초판 발행 | First Edition: 2025

출판사 | Publisher: 새벽별출판사 (Dawn Star Publishing)

ISBN: 978-1-968249-03-8

이런 글을 누가쓸 수 있지?라고 느낄 만큼의 신비한 문장들
문장을 교정하다 눈물이 핑 도는 순간들이 많았다
66권 경전이 하나의 문학작품 안에서 유기적으로 얽혀 있는 구조에 감탄했다
단순히 교정이 아니라 묵상하고 정좌(靜坐)하며 수정하게 되었다

반복된 문장이 아닌, 진짜 체험에서 우러나온 체험체 서술로써
소년과 예삭의 대화는 마치 예수와 제자의 대화를 연상시킨다
하나님과 인간의 대화를 들여다보는 느낌이 들었고
살아 있는 경전이라는 개념은 인간문학의 신기원이라는 생각이 들었다
'문장'이 아니라 '영혼'을 다듬는 작업이었다. - 편집 담당자

누구나 쉽게 접근할 수 있도록 경전을 소설로 풀어낸 세계 최초의 책,
읽는 동안 자신이 정경 속에 들어가는 체험을 제공하여
독자 스스로가 주인공임을 알게한다. 복음, 시, 소설, 치유서가 하나로 엮인
하이브리드 작품으로 영적 체험을 문학적으로 형상화한 보기 드문 걸작이다

실제 인생의 폐허속 체험에서 우러나온 감동의 책이며
모든 인류를 위한 책이라는 분명한 메시지가 있다
독자의 폭넓은 이해과 깨달음을 돕기 위해 한문, 영어,
한국어를 자유롭게 넘나드는 놀라운 문체
삶과 죽음, 구원과 절망을 아우르는 일반적인 허울이 아닌
분명하고 명쾌한 대답을 제시하고 있다
단 한 줄도 허투루 넘기지 않도록
매 페이지마다 깨달음의 씨앗을 발견하게 된다

깨달음 그리고 영원한 행복 2권

노인과 소년, 그리고 당신이 함께 떠나는 소설 경전과의 여정
드라마처럼 펼쳐지는 그 길 위에서, 우리는 인생의 모든 해답을 만나게 됩니다

저자에 대하여

깨달음 그리고 영원한 행복』1권 출간 이후,
저자는 2권을 집필하며 신비로운 체험을 통해 인생의 또 다른 해답을 발견하게 되었습니다.

신은 인간에게 특별한 선물을 주셨고,
진리를 알고 의롭게 살아간다면, 인간은 죽음에서도 다시 살아날 수 있으며,
이 세상에 불가능이란 없다는 사실을 알게 되었습니다.

3년 넘게 집도 없이 무소유로 살아가면서도
가장 건강하고, 가장 행복한 삶을 살아가는 저자의 모습은
그 깨달음이 삶으로 증명되었음을 보여주는 살아 있는 증거입니다.

그는 말합니다:

"이 책은 나 혼자만의 이야기가 아니라, 우리 모든 인류가 고통으로부터 해방되는 선언이다.
그리고 그 영원한 행복의 길을, 지금 당신과 함께 걷고자 한다."

눈물과 피로 문장을 새기는 순례자로서,
저자는 인류를 위한 하나의 정경을 남기고자 이 책에 온 마음을 쏟았습니다.
종교의 울타리를 넘어, 모든 인류가 함께 울고 웃으며
깨달음을 얻고, 영원한 행복에 이르는 여정을 이 책 속에 담았습니다.

또한 이번 2권 출간을 기점으로,
저자는 유튜브로 연결되는 '모빌 콘서트'라는 새로운 형식의 진리 순례길을 선언합니다.
책과 노래, 골프, 축구, 복싱, 줄넘기, 그리고 대화—
무엇이든 이웃과 하나 되어 웃고 울 수 있다면, 언제 어디서든 그는 직접 찾아갈 것입니다.

케이시 김(근철)은 전기가 들어오지 않던 한국의 깊은 산골에서 태어났습니다.
어린 시절부터 웅변, 미술, 축구, 노래 등 다양한 분야에서 두각을 나타냈으며,
복싱 선수로 MBC 신인왕전에 출전하며 프로에 데뷔했습니다.

미국에 정착한 이후엔 자영업, 부동산, 금융업을 통해 자수성가했고,
사막 한복판에서 대형 골프 연습장을 운영하기도 했습니다.

그러던 중, 산속에서 4대 성인의 가르침을 깊이 묵상하던 어느 날,
그는 '예수 그리스도의 음성'을 듣는 신비로운 체험을 하게 됩니다.
이후 뇌진탕 사고와 죽음의 문턱을 넘으며,
인류를 향한 사랑과 사명의 길을 더욱 뚜렷하게 자각하게 되었습니다.

수많은 실패와 병고, 가정의 해체 속에서도 그는 무일푼으로 두 딸을 키워냈고,
첫째는 프로 골프선수로, 둘째는 미국 명문 사립대학 골프 장학생으로 성장했습니다.

그리고 지금, 그는 이렇게 말합니다.

"이 책은 신이 내게 주신 사명이며, 나의 불꽃이자 당신의 등불입니다.
우리 모두 함께 깨어나, 모두 함께 행복해지는 세상을 향해 걸어갑시다."

서문

『깨달음 그리고 영원한 행복』 1권에서 저는 인류의 공통된 질문,
'삶의 본질은 무엇인가', '왜 존재하는가'에 대한 여정을 시작했습니다.
그리고 그 여정은 단지 개인의 깨달음에 머물지 않고,
경전을 통한 인류 보편의 지혜와 사랑으로 확장되었습니다.
이제 2권에서는 그 길의 완성과 응답을 담고자 합니다.

1권이 질문이었다면, 2권은 응답입니다.
1권이 씨앗이었다면, 2권은 열매입니다.
이 책은 경전이라는 이름 아래 나뉘어 있던 진리들을 하나로 꿰어,
모든 인류를 위한 하나의 이야기, 하나의 진실, 하나의 사랑으로 전하고자 합니다.

이 책의 목표는 단순히 정경을 소설화하는 데 그치지 않습니다.
이 여정은 독자 한 사람 한 사람을 위대한 사랑과 깨달음의 중심으로 이끄는 출발점입니다.
제가 인생의 바닥에서 다시 펜을 들게 된 것은, 단지 절망을 기록하기 위함이 아니었습니다.
"왜 고통은 계속되는가?"
"왜 기도해도 삶은 바뀌지 않는가?"
"경전들이 말하는 진정한 진리는 무엇인가?"

그 물음들 속에서, 저는 깨달았습니다.
진리는 이미 우리 안에 있었고, 모든 성인의 가르침은 결국 하나의 목소리였다는 것.
『깨달음 그리고 영원한 행복』 2권은
'정경'이라 불리는 66권의 경전들을 소설 형식으로 재해석하며,
동시에 우리 인생의 해답이 어떻게 그 정경 속에 살아 숨 쉬고 있는지를 보여줍니다.
종교, 국가, 인종, 이념을 초월하여 이 책은 오직 하나의 목적을 위해 존재합니다.

"인류 모두가 함께 깨어나, 영원한 행복으로 나아가는 길."

경천애인(敬天愛人)
하늘을 공경하고, 사람을 사랑하라.
이 간단한 명제 속에 인류의 운명이 담겨 있습니다.
이제 우리는 이 가르침을 고통과 회복의 삶 속에서 살아내야 할 때입니다.

이 책은 그 여정을 담은 살아 있는 정경이자,
우리가 누구이며, 어디로 가야 하는지를 알려주는 영혼의 나침반입니다.
여러분은 이 책을 통해,
성인들의 모든 가르침이 결국 하나의 목소리로 이어진다는 것을 체험하게 될 것입니다.
일이관지(一以貫之), 만법귀일(萬法歸一)
모든 진리는 결국 하나로 꿰뚫어지고, 하나로 돌아온다.
이 책이 당신의 눈물 위에 빛이 되고,
삶의 갈림길에서 해답이 되기를 소망합니다.

감사합니다.

경전(經傳)이란

"이제는 삶 속에서 살아 있는 경전을 느끼고 싶어요."
소년의 눈빛은 1권 때보다 더 깊어졌고, 그의 말에는 실존을 꿰뚫는 간절함이 담겨 있었다.

예삭 노인은 고개를 끄덕이며 작은 노트를 펼쳤다.
"그래, 지금 네가 말한 것이 바로 이 2권의 출발점이지.
이제 우리는 경전을 단순히 과거의 기록으로 보지 않을 거야.
'오늘을 살아가는 우리 각자의 이야기'임을 깨닫는 여정에 들어서게 될 거란다."

소년은 고개를 끄덕이며 말했다.
"예전에는 경전을 종교인의 책이라 생각했는데, 지금은 점점 다르게 느껴져요.
이제 경전은 곧 말씀이요, 진리요, 길이요, 사랑이요, 삶으로 다가옵니다."

노인은 부드럽게 미소 지으며 말했다.
"경전은 유대인만의 것도 아니고, 기독교인의 전유물도 아니지.
모든 인류를 위한, 모든 시대를 꿰뚫는 바른 길의 기록이지."

"그렇다면... 살아 있는 경전이란, 우리가 그 말씀을 어떻게 살아내느냐에 달려 있는 거네요?"
소년의 질문에 예삭은 바닥에 떨어진 낙엽 하나를 집어 들었다.

"맞아. 이 낙엽 하나도 경전이 될 수 있단다.
하나님은 구약에 계셨고, 예수는 신약에 계셨다고들 하지.
그러나 하나님과 예수는 결국 한분이고, 동일한 사랑의 본질이지."

예삭은 소년의 눈을 바라보며 조용히 물었다.
"그렇다면 지금의 '경전 3막'은 누가 써야 할까?"

소년은 가슴에 손을 얹으며 대답했다.
"바로... 우리 자신이군요. 지금을 이 시대를 살아가는 모든 이웃들."

노인은 기쁘게 웃었다.
"그래서 이번 2권에서는 우리가 정경을 읽는 것이 아니라,
정경 속으로 직접 걸어 들어가는 것이지.
그 안에서 인류 모두와 연결된 진정한 진리를 발견하게 될 거란다."

소년은 깨달은 듯 말했다.
"1권은 경전의 지도를 펴는 여정이었고,
2권은 그 지도 속으로 직접 들어가는 여행이군요."

"정확히 이해했구나."
노인은 따뜻하게 말했다.
"2권은 더 이상 단지 책이 아니야.
살아 있는 경전, 살아 있는 복음, 살아 있는 깨달음이 펼쳐지는 여정이지."

소년은 눈을 감고 중얼거렸다.
"경전이란, 우리 모두가 함께 살아내야 할 인류의 이야기..."

잠시 후, 소년의 눈이 번쩍 빛났다.
"8숫자 코드! 기억나요!"

예삭은 고개를 끄덕였다.
"그래, 1권에서 우리가 푼 건 구약의 구조였지.
5-12-5-17; 모세오경 5권, 역사서 12권, 시가서 5권, 예언서 17권"

"그렇다면 신약은 4-1-21-1!
복음서 4권, 역사서 1권(사도행전), 서신서 21권, 예언서 1권(요한계시록)!"

소년이 말했다.

"이 66권의 정경은 단지 종교인이 읽는 책이 아니라,
우리 모두가 지금 이 삶 속에서 살아내야 할 깨달음의 지도이지."

경전이란 무엇인가.
왜 60억 부 이상 팔리며 인류 최대의 베스트셀러가 되었는가.

그 이유는 단 하나.
성공과 실패, 빈부귀천과 무관하게
지금 찰나의 이 순간도 우리 모두가 건강하고 행복하게 살 수 있다는 해답이 그 안에 담겨 있기
때문이다.

경전이란,
이제 더 이상 박물관 속의 고서가 아니라,
우리 모두가 지금 이 순간 살아내야 할 '영혼의 문장'이었다.

소예공부

경전 66권의 매 장면마다 등장하는 '소예공부'는
소크라테스, 예수, 공자, 부처 – 인류 4대 성인이 함께 모여
언어, 종교, 민족, 문명을 초월한 진리와 사랑의 대화를 나누는 장입니다.

이 대화는 인간 내면의 벽을 허물고,
인류가 하나임을 스스로 자각하게 만드는
깨달음의 장이며, 새로운 인류 문명의 서막이기도 합니다.

부록 · 깨달음 그리고 영원한 행복으로 가는 16가지 열쇠

1권과 2권에 나뉜 16가지 열쇠, 총 32개의 글귀는
우리가 삶 속에서 묵상하고 실천해야 할 도구이자 길잡이입니다.

이 열쇠들은 깨달음을 넘어
영원한 행복으로 인도하는 실천적 안내서입니다.

목차

제2권: 신약경전

제1장: 복음서(마태복음~요한복음)

제2장: 역사서 (사도행전)

제3장: 서신서(로마서~유다서)

제 12 권 골로새서
율법과 신비주의에 빠진 골로새 교인들에게 보낸 바울의 또 다른 옥중서신
제 13 권 데살로니가전서
데살로니가 사람들은 바울로부터 그리스도의 복음을 받아들인 첫 유럽인들
제 14 권 데살로니가후서
진리와 순결을 유지하도록 권면하며 데살로니가인들에게 보내는 바울의 두 번째 편지
제 15 권 디모데전서
바울의 편지들을 모아서 성경의 일부가 되도록 한 바울의 제자 디모데
제 16 권 디모데후서
바울이 죽음을 앞두고 디모데에게 보낸 두 번째 옥중서신
제 17 권 디도서
바울, 제자 디도에게 지도자로서 지향해야 할 거룩한 삶을 강조하는 편지를 보내다
제 18 권 빌레몬서
자신을 만나 예수를 믿게 된 부자 빌레몬에게 보낸 바울의 용서에 대한 편지
제 19 권 히브리서
익명의 저자가 그리스도를 옛 언약보다 뛰어난 분으로 믿을 것을 권하다
제 20 권 야고보서
예수의 제자인 야고보, 열두 지파에게 행함이 없는 믿음은 죽은 믿음임을 역설하다
제 21 권 베드로전서
예수의 제자 베드로가 흩어진 유대인들에게 고난에 처하는 비결을 전하다
제 22 권 베드로후서
그리스도의 재림과 심판에 대하여 미혹되지 말 것을 권하는 베드로
제 23 권 요한1서
사랑과 의로움, 하나님과 동행함을 강조하는 요한의 첫 번째 편지
제 24 권 요한2서
택하심을 입은 부녀와 자녀들에게 보낸 조화와 담대함에 관한 요한의 편지
제 25 권 요한3서
가이오와 데메드리오의 신실함을 칭찬하는 요한의 편지
제 26 권 유다서
영지주의 이단을 경계하며 믿음을 지킬 것을 권하는 야고보 동생 유다의 편지

제4장: 예언서 (요한계시록)

제 27 권 요한계시록
요한, 밧모 유배섬에서 받은 그리스도의 재림과 새 천지에 대한 계시를 기록하다

제 2권 신약정경(新約正經 The New Testament)

제 1장 복음서 (마태복음~요한복음)

제 1권 마태복음(Matthew)

"신약성경의 첫 책이자 복음서인 마태복음입니다."
소년은 말을 하며 예삭의 작은 노트를 보았다. 네 권의 복음서에 대한 요점이었다.

마태(Matthew): 구약성경의 예언을 통해 예수님은 그들의 약속된 왕이자 메시야임을
밝히면서, 마태 자신이 혈통인 유대인들을 향해 글을 쓴다.
마가(Mark): 마가는 인류에게 깨달음을 주기 위해 오신 완전한 종으로서의 예수님에 관한
복음을 로마인들에게 전해준다.
누가(Luke): 누가는 잃어버린 양을 찾아 구원하려 하시는 완전한 인간으로서의
예수님에 대하여 글을 쓴다.
요한(John): 요한은 예수님의 기적들과 하나님의 아들 그리스도에 대한 메시지를
모든 인류에게 전한다.

"마태는 하나님께서 우리를 그토록 사랑하셔서 우리에게 보내주신 독생자 예수 그리스도의
삶에 대하여 기록하고 있지." 노인이 벽에 붙은 그리스도의 사진을 보며 말했다.

"아브라함, 룻, 다윗, 히스기야, 요시야, 요셉 등 구약에서 공부한 낯익은 인물들이 등장하네요."
소년이 구약과 신약을 연결지으며 말했다.

"온고지신(溫故知新), 구약을 익혀 신약을 알아가는 것이지."
노인이 논어에서 공자의 말을 떠올리며 말했다.

소년이 소망에 찬 표정으로 신약성경의 첫 장을 넘겼다.

'아브라함과 다윗의 자손 예수 그리스도의 세계라.
아브라함은 이삭을 낳고, 이삭은 야곱을 낳고,
야곱은 유다와 그의 형제들을 낳고,

유다는 다말에게서 베레스와 세라를 낳고,

베레스는 헤스론을 낳고,

헤스론은 람을 낳고,

람은 아미나답을 낳고,

아미나답은 나손을 낳고,

나손은 살몬을 낳고,

살몬은 라합에게서 보아스를 낳고,

보아스는 룻에게서 오벳을 낳고,

오벳은 이새를 낳고,

이새는 다윗 왕을 낳으니라.

다윗은 우리야의 아내에게서 솔로몬을 낳고,

솔로몬은 르호보암을 낳고,

르호보암은 아비야를 낳고,

아비야는 아사를 낳고,

아사는 여호사밧을 낳고,

여호사밧은 요람을 낳고,

요람은 웃시야를 낳고,

웃시야는 요담을 낳고,

요담은 아하스를 낳고,

아하스는 히스기야를 낳고,

히스기야는 므낫세를 낳고,

므낫세는 아몬을 낳고,

아몬은 요시야를 낳고,

바벨론으로 끌려갈 때 요시야는 여고냐와 그의 형제들을 낳으니라.

바벨론으로 끌려간 후에 여고냐는 스알디엘을 낳고,

스알디엘은 스룹바벨을 낳고,

스룹바벨은 아비훗을 낳고,

아비훗은 엘리아김을 낳고,

엘리아김은 아소르를 낳고,

아소르는 사독을 낳고,

사독은 아킴을 낳고,

아킴은 엘리웃을 낳고,

엘리웃은 엘르아살을 낳고,

엘르아살은 맛단을 낳고,
맛단은 야곱을 낳고,
야곱은 마리아의 남편 요셉을 낳았으니,
마리아에게서 그리스도라 칭하는 예수가 나셨느니라.

그런즉 모든 대수는
아브라함부터 다윗까지 열네 대요,
다윗부터 바벨론으로 끌려갈 때까지 열네 대요,
바벨론으로 끌려간 후부터 그리스도까지 열네 대더라.

예수 그리스도의 나심은 이러하니라.
그의 모친 마리아가 요셉과 정혼하고 동거하기 전에,
성령으로 잉태된 것이 나타났더니,
그 남편 요셉은 의로운 사람이라 저를 드러내지 아니하고
가만히 끊고자 하여 이 일을 생각할 때,
주의 사자가 꿈에 나타나 이르되,
다윗의 자손 요셉아, 네 아내 마리아 데려오기를 무서워 말라.
저에게 잉태된 자는 성령으로 된 것이라.
아들을 낳으리니 이름을 예수라 하라.
이는 그가 자기 백성을 그들의 죄에서 구원할 자이심이라 하니라.
이 모든 일이 된 것은 주께서 선지자를 통하여 하신 말씀을 이루려 하심이라.

이르시되, 보라, 처녀가 잉태하여 아들을 낳을 것이요,
그 이름을 임마누엘이라 하리라 하셨으니,
이를 번역한즉 하나님이 우리와 함께 계시다 함이라.
요셉이 잠에서 깨어 일어나 주의 사자의 분부대로 행하여
그의 아내를 데려왔으나,
아들을 낳기까지 동침하지 아니하더니,
낳으매 이름을 예수라 하니라.'

"구약을 공부해서 그런지, 예수 그리스도의 가계를 잇는 혈통의 이름들이 낯익기만 하네요.
하나님의 아들 예수는 아브라함과 다윗의 자손이죠." 소년이 낯설지 않음으로 말했다.

"마태는 예수의 혈통을 세 번에 걸친 열네 대, 그러니까 총 42대손까지 나열하고 있지.
당시 유대인들에게는 족보와 혈연이 아주 중요시되던 시대였고." 노인이 덧붙였다.

"'예수'라는 이름엔 어떤 뜻이 있나요?" 소년이 물었다.

"예수(Jesus)란 이름은 '하나님이 우리와 함께 계시다(God is with us)'는 뜻을 가지고 있지."
"와우~ 그래요?" 소년이 신비로운 발견을 한 듯 두 눈을 반짝이며 말했다.

"예수는 하나님이시니까." 노인이 미소 지으며 말했다.

"……………………………"

"그리고 하나님은 또 우리 안에 거하시니까."
노인이 소년의 침묵을 깨며 덧붙였다.

"네. 진리를 깨우쳐야 바라보는 신앙을 넘어, 우리 안의 그리스도를 깨우는 거죠."
소년이 깊은 깨달음을 담은 표정으로 말했다.

노인이 마태의 복음서를 펼쳤다.

'헤롯왕(King Herod) 때에 예수께서 유대 베들레헴에서 나시매,
동방(east)으로부터 박사들(Magi)이 예루살렘에 이르러 말하되,
유대인의 왕으로 나신 이가 어디 계시뇨?

우리가 동방에서 그의 별을 보고, 그에게 경배하러 왔노라 하니…
유대 베들레헴이오니, 이는 선지자로 이렇게 기록된 바,
또 유대 땅 베들레헴아, 너는 유대 고을 중에 가장 작지 아니하도다.
네게서 한 다스리는 자가 나와서,
내 백성 이스라엘의 목자가 되리라 하였음이니이다…

박사들이 왕의 말을 듣고 길을 떠나자,
동방에서 보던 그 별이 앞서 인도하여 가다가
아기 있는 곳 위에 머물러 섰는지라.
그들이 별을 보고 매우 크게 기뻐하더라.
집에 들어가 아기와 그의 어머니 마리아가 함께 있는 것을 보고,
엎드려 아기께 경배 하고, 보배합을 열어
황금과 유향(有香)과 몰약(沒藥)을 예물로 드리니라.'

"하나님은 작은 것을 소중하게 여기시는 분인가 봐요.
대한민국의 면적 10%와 인구의 20%에 불과한 이스라엘을 택하셨고,
예수님이 탄생하신 베들레헴 역시 현재 인구 2만 명에 불과한 작은 도시예요."
소년이 대한민국의 수도 서울을 떠올리며 말했다.

"베들레헴의 면적은 경상남도와 같은 크기로, 요르단강 서안 지구에 있는 도시이지.
다윗의 고향이며, 야곱의 아내 라헬의 무덤이 여기에 있어."
노인이 1979년 10월에 있었던 부마사태(釜馬事態)를 떠올리며 말했다.
경상남도 부마사태 10일 뒤, 박정희 대통령은 김재규에 의해 암살되었다.

"경상남도와 베들레헴의 면적이 같다고?" 소년이 홀로 중얼거렸다.

"아~ 네. 그래서 아이가 없는 유대교 여자들이 기도하기 위해 자주 찾아가는 곳이군요."

베들레헴은 예루살렘에서 7킬로미터 떨어져 있으며,
해발 777미터의 산 위에 위치한 작은 도시다.

"베들레헴은 Beth(집)와 Lehem(빵)의 합성어로, '빵집'이라는 뜻을 가지고 있어요."

"베들레헴은 중동전쟁으로 많은 수난을 겪었으며,
요르단과 이스라엘 등이 점령하였으나
지금은 팔레스타인 자치정부에게 통치권이 넘어갔지.
1995년 오슬로 평화협정의 결과였어. 지금은 기독교인보다
무슬림 인구가 더 많지. 물론 한 아버지를 둔 같은 형제들이지만."
노인이 자비로운 표정으로 말했다.

소년이 평화로운 얼굴로 복음서 책장을 넘겼다.

'저희가 떠난 후에 주의 사자가 요셉에게 꿈에 나타나 이르되,
헤롯(Herod)이 아기를 찾아 죽이려 하니,
일어나 아기와 그 모친을 데리고 애굽으로 피하여,
내가 네게 이르기까지 거기 있으라 하시니,
요셉이 일어나서 밤에 아기와 그 모친을 데리고 애굽으로 떠나가,
헤롯이 죽기까지 거기 있었으니,
이는 주께서 선지자를 통하여 말씀하신 바,
애굽에서 내 아들을 불렀다함을 이루려 하심이라.

이에 헤롯은 박사들에게 속은 줄 알고 심히 노하여,
사람들을 보내어 베들레헴과 그 주변 모든 지경에 있는
두 살 이하의 사내아이를 죽였으니,
이는 박사들에게 자세히 알아본 그 때를 표준으로 삼은 것이었더라.
이에 선지자 예레미야(Jeremiah)를 통하여 말씀하신 바,

라마(Ramah)에서 슬퍼하며 크게 통곡하는 소리가 들리니,
라헬(Rachel)이 그 자식을 위하여 애곡하는 것이라.
그가 자식이 없으므로 위로받기를 거절하였도다 함이 이루어졌느니라.'

"예수님은 두 살도 되기 전에, 잔인무도한 유대 왕 헤롯의 살해 위협을 피해 이집트로 피난가야 했군요." 소년이 비슷한 환경을 체험했던 모세를 떠올리며 말했다.

"고난 없는 인생이 어디 있겠는가. 하나님의 사랑이 크면 클수록, 시련도 큰 법이지."

"헤롯은 죽었지만, 요셉은 왕위를 이은 헤롯의 아들 아켈라오(Archelaus)를 피해 갈릴리(Galilee) 지방의 나사렛(Nazareth)이라는 동네에서 살게 됩니다."

"우리가 공부한 구약의 선지자가 말한 '나사렛 사람(Nazarene)이라 칭하리라'는 말씀이 정확히 이루어지고 있는 것이지."

"우리의 머리털까지 세시는 하나님이시니까."

예삭이 자비로운 표정으로 복음서 책장을 넘겼다.

'그 때에 세례 요한(John the Baptist)이 이르러,
유대 광야(wilderness of Judea)에서 전파하여 가로되,
회개하라. 천국이 가까이 왔느니라Repent,
for the kingdom of heaven has come near
이 사람은 선지자 이사야(Isaiah)가 말씀한 자라 일렀으되,
광야에 외치는 자의 소리가 있어 가로되,
너희는 주의 길을 예비하라. 그의 첩경을 평탄케 하라 하였느니라...
나는 너희로 회개(悔改 repentance)케 하기 위하여 물로 세례를 주거니와,
내 뒤에 오시는 이는 나보다 능력이 많으시니,
나는 그의 신을 들기도 감당치 못하겠노라.
그는 성령과 불(Holy Spirit and fire)로
너희에게 세례(洗禮 baptize)를 주실 것이요...

이 때에 예수께서 갈릴리에서 요단강으로 오시어
요한에게 세례를 받으려 하시니라.
예수께서 세례를 받으시고, 곧 물에서 올라오실 때
하늘이 열리고 하나님의 성령이 비둘기 같이 내려
자기 위에 임하심을 보시더니,

하늘에서 소리가 있어 말씀하시되,
이는 내 사랑하는 아들이요, 내 기뻐하는 자라 하시니라.'

"선지자 이사야로 말씀하신 자, 예수 그리스도께서 오셨습니다."
"광야에서 외친 자 요한은, '천국이 왔다'고 외쳤지."
"천국은 죽어서 가는 곳이 아니던가요?"

"성경 어디에도 '죽어서 천국 간다'는 말은 없던데."
주 예수와 함께 하는 그곳이 곧 천국이지.
그래서 요한이 광야에서 외친 거야.
예수께서 천국을 들고 오시니, 회개하라고!"

노인의 음성에는 지혜와 자비, 냉철함과 사랑이 담겨 있었다.

"그래서 하나님은 예수님을 '내 사랑하는 아들이요, 내 기뻐하는 자'라 하셨군요."
소년이 먼 산을 응시하며 말했다.
"말씀과 사랑 안에 거하면 그곳이 곧 천국이지.
예수님은 말씀이요, 사랑이시니까."

노인의 말은 흐르는 물처럼 막힘이 없었고, 한없는 사랑으로 가득 차 있었다.

"우리도 말씀 안에 거하면, 하나님의 성령이 비둘기같이 내려 우리 위에 임하시겠지요?
The Spirit of God descending like a dove and alighting on us."
소년의 표정에는 자유함이 배어 있었다.

"물론이지." 예삭이 담대하게 대답하며 복음서 책장을 넘겼다.

'그 때에 예수께서 성령에게 이끌리어 마귀에게 시험을 받으러 광야로 가사
사십 일을 밤낮으로 금식하신 후에 주리신지라Jesus was led by
the Spirit into the wilderness to be tempted by the devil.
After fasting forty days and forty nights, he was hungry.

시험하는 자가 예수께 나아와서 가로되,
네가 만일 하나님의 아들이어든 명하여 이 돌들이 떡덩이가 되게 하라.
예수께서 대답하여 가라사대,
기록되었으되, 사람이 떡으로만 살 것이 아니요,
하나님의 입으로 나오는 모든 말씀으로 살 것이라 하시니,
이에 마귀가 예수를 거룩한 성으로 데려다가

성전 꼭대기에 세우고 가로되,
네가 만일 하나님의 아들이어든 뛰어내리라.
기록되었으되, 저가 너를 위하여 그 사자들을 명하시리니,
저희가 손으로 너를 받들어
발이 돌에 부딪히지 않게 하리로다 하였느니라.

예수께서 이르시되,
또 기록되었으되, 주 너의 하나님을 시험치 말라 하시니,
마귀가 또 그를 데리고 지극히 높은 산으로 가서
천하 만국과 그 영광을 보여 가로되,
만일 내게 엎드려 경배하면 이 모든 것을 네게 주리라.
이에 예수께서 말씀하시되, 사단아, 물러가라. 기록되었으되,
주 너의 하나님께 경배하고 다만 그를 섬기라 하였느니라.
이에 마귀는 예수를 떠나고 천사들이 나아와서 수종드니라.'

"아담과 하와 그리고 구약시대의 왕들은 시험과 유혹, 물질과 권력으로부터
모두 몰락했어요. 심지어 육체적 쾌락과 우상숭배에 빠지기도 하였지요."
소년이 말하며 얼굴을 찡그렸다.
"예수님은 99%의 믿음이 아닌, 100%의 완전하심으로 하나님께 경배하고
섬길 것을 보여주신 분이시지." 노인이 진리가 되어 말했다.
"사십 일을 밤낮으로 주리신 예수님을 생각하며,
스승님도 배고픔과 육체적 아픔을 잘 견디며 공부하셨지요."
소년이 노인을 병간호했던 시절을 떠올리며 말했다.

"구약시대의 왕들은 배부르고 좋은 환경에서도 유혹에 빠져 멸망하였지.
그러나 여기서 중요한 점은, 예수님은 생사가 오가는 극히 위험한 상황에서도
천하 만국의 영광을 주겠다는 모든 시험을 이기셨다는 것이지.
그것도 광야에서 말이야."
예삭이 자신의 권투 선수 시절을 회상하며 말했다.

피가 끓어오르던 15세부터 21세까지,
일주일 만에 5kg을 감량하는 것은 차라리 죽음이었다.
평범한 하루에도 새벽 2시간, 오후 2시간씩 운동하기가 쉽지 않은데,
먹지도 마시지도 않고 그렇게 운동하는 것은 차라리 처절한 구도의 길이었다.

순간, 싯다르타의 모습이 소년의 뇌리를 스치고 지나갔다.
예삭이 들려준 싯다르타 이야기는 왕자의 자리를 버리고 세속을 떠나
해탈(解脫)하여 열반(涅槃)에 이른 석가(釋迦)라는 불자(佛子)였다.
즉, 깨달음을 얻어 자유함에 이른 성자(聖者)였다.

"참으로 눈물나는 진리의 가르침입니다.
그런데 아직도 우리는 말씀인 진리보다는 물질로만 세상을 살아가려 하죠."
"물질도 중요하지만, 영원한 행복은 진리이신 하나님의 말씀을 깨닫는 데
있다는 걸 알고 보다 나은 인생을 지향해야지. 말씀보다는 물질에만 집착하면서
행복하기를 바란다는 것은 모순이지."

예삭 노인이 말하며 자신의 작은 노트를 내밀었다.

'Man shall not live on bread alone, but on every word that comes from the mouth of God
사람이 떡으로만 살 것이 아니요, 하나님의 입에서 나오는 모든 말씀으로 살 것이다.'

한편 예수님은 선지자 이사야의 예언대로 갈릴리로 가셨다가
나사렛을 떠나 스불론과 납달리 지경 해변에 있는 가버나움에 가서 살게 된다.
갈릴리 해변에서, 베드로라 하는 시몬과 안드레라는 두 어부 형제가
낚시하는 모습을 보고 말씀하신다.

'나를 따라 오너라. 내가 너희로 사람을 낚는 어부가 되게 하리라.'

예수가 또 낚시하는 야고보와 그의 형제 요한을 부르니, 그들이 예수를 따른다.

'예수께서 온 갈릴리에 두루 다니사,
저희 회당에서 가르치시며 천국 복음을 전파하시며
백성 중에 모든 병과 모든 약한 것을 고치시니,
그의 소문이 온 수리아에 퍼진지라.
사람들이 모든 앓는 자, 곧 각색 병과 고통에 걸린 자,
귀신 들린 자, 간질하는 자, 중풍병자들을 데려오니, 저희를 고치시더라.
갈릴리와 데가볼리(Decapolis), 예루살렘(Jerusalem), 유대(Judea),
요단강(Jordan) 건너편에서 허다한 무리가 좇으니라.'

"소문이 퍼진 수리아가 어디예요?"
"현재의 시리아(Syria)와 레바논 지역이지."

"이제부터 예수 그리스도의 큰 가르침인 산상수훈(山上垂訓)이 시작되니
묵상(默想)에 좀 더 힘쓰도록." 노인이 자상한 표정으로 말했다.

"네."

3장에 걸쳐 111절로 되어 있는 산상수훈 부분은
예삭과 소년이 마르고 닳도록 공부한지라, 책이 조금은 낡아 있었다.

'예수께서 무리를 보시고 산에 올라가 앉으시니 제자들이 나아온지라.
입을 열어 가르쳐 가라사대,
심령이 가난한 자는 복이 있나니 천국이 저희 것임이요,
애통하는 자는 복이 있나니 저희가 위로를 받을 것임이요,
온유한 자는 복이 있나니 저희가 땅을 기업으로 받을 것임이요,
의에 주리고 목마른 자는 복이 있나니 저희가 배부를 것임이요,
긍휼히 여기는 자는 복이 있나니 저희가 긍휼히 여김을 받을 것임이요,
마음이 청결한 자는 복이 있나니 저희가 하나님을 볼 것임이요,
화평케 하는 자는 복이 있나니 저희가 하나님의 아들이라 일컬음을 받을 것임이요,
의를 위하여 핍박을 받은 자는 복이 있나니 천국이 저희 것임이라.

나를 인하여 너희를 욕하고 핍박하고 거짓으로 너희를 거스려
모든 악한 말을 할 때에는 너희에게 복이 있나니,
기뻐하고 즐거워하라. 하늘에서 너희의 상이 큼이라.
너희 전에 있던 선지자들을 이같이 핍박하였느니라.
너희는 세상의 소금이니, 소금이 만일 그 맛을 잃으면 무엇으로 짜게 하리요?
후에는 아무 쓸 데 없어 다만 밖에 버리워 사람에게 밟힐 뿐이니라.'

"스승님, 맞아요. 예수님은 천국은 욕심이 없으므로
심령이 겸손한 사람의 것이라고 가르치시네요.
죽어서 가는 곳이라는 말씀은 없어요."

예삭은 침묵하며 생각했다, 귀 있는 자는 소년의 소리를 들을 것이라고.

"그래서 스승님은 항상 천국에 있는 사람처럼 느껴지고요.
항상 기뻐하시고 쉬지 않고 말씀을 묵상하며 기도하시고,
모든 일에 감사하시니까요."

".........................."

소년의 말에 예삭은 계속해서 말없이 침묵했다.

20

"부자가 되고 싶으면 온유(溫柔 meek)하게 살 일 이네요. 땅을 상속으로 받는다네요."
소년이 부동산을 가르쳐 준 스승을 생각하며 말했다. 땅은 곧 부(富)를 만들어 주는
부동산이었다.

"산상수훈을 잘 공부하다 보면 예수님께서 가르치고자 하는 것이
주로 성령의 열매라는 것을 알 수 있을 거야."

예삭의 작은 노트에는 성령(聖靈)의 아홉 가지 열매가 영문으로 쓰여 있었다.

'love, joy, peace, patience, kindness, goodness, faithfulness, gentleness, self-control
사희화오 자양충온절'

예삭 노인이 소년에게 가르쳐 준 성령의 열매 암기법이었다.

"스승님은 항상 의(義)에 주리고 목마르신데, 아직 배가 고프신 것 같은데요."
"빵과 말씀으로 겸하여 사는 사람은 항상 풍요롭고 배부른 법이지."
노인이 풍요로운 표정으로 말했다.
"빵으로 부족한 부분은 말씀으로 채워주시니까요."
"긍휼(矜恤 mercy) 또한 자비(慈悲)를 뜻하는 것이니,
성령의 다섯 번째 열매라고 할 수 있지."

노인이 자비한 표정으로 말했다.
예삭의 말은 스펀지처럼 소년의 마음을 파고들어
소년의 머리 위에 성령이 비둘기처럼 임하는 듯하였다.
예삭과 소년은 '맑고 깨끗하고 순진한 마음은
하나님 나라를 보게 한다'는 말씀도 함께 묵상했다.

"솔로몬의 가르침처럼, 때에 맞는 말은 아름다운 법이지.
어디를 가든, 어느 곳에 있든, 존재하는 생각과 말과 행동을 살피는 것이 곧
세상을 화평케 하는 사람, 곧 하나님의 아들이요 세상의 빛과 소금이지."
평화의 표정으로 예삭이 말했다.

예삭과 함께하는 산상수훈은
소년의 마음에 초콜릿과 꿀처럼 달콤하게 다가왔다.
예삭의 말이 소년의 귀에 예수의 말처럼 들려왔다.

"예수와 예삭, 둘은 비슷한 이름처럼 같은 혈통인가."

소년이 혼자 생각하며 미소를 지었다.

맞다. 예수님은 사해(四海)의 모두가 형제요, 자매요, 친구라고 했다.

"천국 이야기가 또 나옵니다.
천국은 의를 위하여 핍박을 받는 자의 것이라고 합니다.
천국은 진정 죽어서 가는 곳이 아닌가 봅니다."
"하나님은 죽은 자의 하나님이 아니라, 산 자의 하나님이라는
가르침이 뒤에 곧 나올 거야."

소년이 마태복음의 책 5장을 펼쳤다.

'너희는 세상의 빛이라. 산 위에 있는 동네가 숨기우지 못할 것이요,
사람이 등불을 켜서 말 아래 두지 아니하고 등잔거리 위에 두나니
이러므로 집안 모든 사람에게 비취느니라.
이같이 너희 빛을 사람 앞에 비취게 하여
저희로 너희 착한 행실을 보고 하늘에 계신 너희 아버지께 영광을 돌리게 하라.
내가 율법이나 선지자나 폐하러 온 줄로 생각지 말라.
폐하러 온 것이 아니요, 완전케 하려 함이로라.
진실로 너희에게 이르노니,
천지가 없어지기 전에는 율법의 일점 일획이라도
반드시 없어지지 아니하고 다 이루리라.

예물을 제단에 드리다가 거기서
네 형제에게 원망 들을 만한 일이 있는 줄 생각나거든,
예물을 제단 앞에 두고 먼저 가서 형제와 화목하고,
그 후에 와서 예물을 드리라.
만일 네 오른눈이 너로 실족케 하거든 빼어 내버리라.
네 백체 중 하나가 없어지고 온 몸이 지옥에 던지우지 않는 것이 유익하며,
또한 만일 네 오른손이 너로 실족케 하거든 찍어 내버리라.
네 백체 중 하나가 없어지고 온 몸이 지옥에 던지우지 않는 것이 유익하니라.'

"예수 그리스도로 인하여 율법이 완전케 된 것은 모든 인류에게 커다란 축복이지.
오직 예수를 통해서 우리는 바라보는 신앙을 넘어,
스스로 깨달아가는 최상의 삶을 누릴 수 있게 된 것이지.
모든 것은 없어져도, 일점일획 말씀의 진리만이 영원할 뿐이지."

"예수님은 죄에 대하여 엄청 단호하시네요.
죄를 짓게 하는 눈과 손은 빼어버리거나 찍어버리라고 말씀하십니다."

22

"죄는 곧 지옥을 말하고, 하나님의 세상을 떠난 것이 바로 지옥이지.
두 눈과 두 손으로 지옥에 있는 것보다,
한 눈과 한 손으로 함께하는 하나님 세상이 훨씬 낫지."
"네. 비교 대상이 될 수가 없죠."

노인과 소년은 죄를 미워하는 사람들처럼 서로 하나가 되어 대화를 이어갔다.

토요일의 정오는, 소리 한 점 들리지 않을 만큼 조용하기만 하였다.
소년이 복음서의 산상수훈을 펼쳤다.

'누구든지 네 오른편 뺨을 치거든 왼편도 돌려 대며,
또 너를 송사하여 속옷을 가지고자 하는 자에게 겉옷까지도 가지게 하며,
또 누구든지 너로 억지로 오리를 가게 하거든 그 사람과 십 리를 동행하고,
네게 구하는 자에게 주며, 네게 꾸고자 하는 자에게 거절하지 말라.

또 네 이웃을 사랑하고 네 원수를 미워하라 하였다는 것을 너희가 들었으나,
나는 너희에게 이르노니, 너희 원수를 사랑하며,
너희를 핍박하는 자를 위하여 기도하라.

이같이 한즉, 하늘에 계신 너희 아버지의 아들이 되리니,
이는 하나님이 그 해를 악인과 선인에게 비취게 하시며,
비를 의로운 자와 불의한 자에게 내리우심이니라.

너희가 너희를 사랑하는 자를 사랑하면 무슨 상이 있으리요?
세리(稅吏 tax collectors)도 이같이 아니하느냐?

또 너희가 너희 형제에게만 문안하면 남보다 더 하는 것이 무엇이냐?
이방인(異邦人)들도 이같이 아니하느냐?

그러므로 하늘에 계신 너희 아버지의 온전하심과 같이 너희도 온전하라.'

"하나님의 아들이 되는 방법,
그 길은 왼뺨도 돌려대고, 겉옷까지 벗어주며,
십 리를 동행하고, 구하는 자에게 주고,
원수를 사랑하고 핍박하는 자를 위해 기도하는 것이지."
소년은 노인의 말을 들으며,
스승 예삭은 진정 스스로 말씀이 되어 살아가는 사람처럼 느껴졌다.
그것은 곧 행동하는 진정한 믿음이었다.

"그 길이 예수 그리스도의 길이지요. 예수님은 자신을

십자가에 못 박는 자들을 '모르고 하는 일이니 용서해 달라'고
하나님께 기도했어요."
소년도 스스로 말씀이 되어가고자 하는 간절함을 담아 말했다.

노인이 천국의 마음을 담은 표정으로 마태복음 책장을 넘겼다.

"하늘에 계신 하나님처럼 완전하라는 그리스도의 가르침인
산상수훈을 배우고 행하는 것이 곧 좁은 문으로 들어가는 것이지.
좁은 문, 모든 인류가 가야 할 길이지Be perfect, therefore,
as your heavenly Father is perfect." 노인이 거룩한 표정으로 말했다.

미운 자를 용서하고, 모두를 사랑하는 커다란 인생.
그 길은 마음을 완전히 내리고,
그리스도의 섬김과 겸손의 마음으로 살아가는 것이다.
예수가 광야에서 사탄의 시험을 이기게 한 건 무엇일까?
그것은 하나님의 말씀을 인용한 것이다.
물론, 하나님이 이 세상을 창조하신 도구도 물질이 아닌 '말씀'이다.

소년이 자유함의 표정으로 책장을 넘겼다.

'사람에게 보이려고 그들 앞에서 너희 의를 행치 않도록 주의하라...
진실로 너희에게 이르노니, 저희는 자기 상을 이미 받았느니라.

너는 구제할 때에 오른손의 하는 것을 왼손이 모르게 하여
네 구제함이 은밀하게 하라.
은밀한 중에 보시는 너의 아버지가 갚으시리라.

너는 기도할 때에 네 골방에 들어가 문을 닫고
은밀한 중에 계신 네 아버지께 기도하라.

또 기도할 때에 이방인과 같이 중언부언(重言復言)하지 말라.
저희는 말을 많이 하여야 들으실 줄 생각하느니라.

구하기 전에 너희에게 있어야 할 것을
하나님 너희 아버지께서 아시느니라.

그러므로 너희는 이렇게 기도하라.

하늘에 계신 우리 아버지여,
이름이 거룩히 여김을 받으시오며,
나라가 임하옵시며,
뜻이 하늘에서 이룬 것 같이 땅에서도 이루어지이다.
오늘날 우리에게 일용할 양식을 주옵시고,
우리가 우리에게 죄 지은 자를 사하여 준 것 같이
우리 죄를 사하여 주옵시고,
우리를 시험에 들게 하지 마옵시고,
다만 악에서 구하옵소서.
나라와 권세와 영광이 아버지께 영원히 있사옵나이다.
아멘.'

"군자탄탕탕 소인장척척."
노인이 갑자기 중국말을 하듯 말하였다.
"네?"
소년이 약간 놀라는 듯한 표정으로 예삭을 바라보았다.
"예수님은 남을 의식하며 뭔가를 바라고 기도하거나,
의를 행치 말라고 말씀하셨지?
독립불구하고 군자탄탕탕하면 되는 것이지."

예삭의 작은 노트에는 그 뜻이 풀이되어 있었다.

'군자독립불구(君子獨立不懼) : 의인은 홀로 우뚝 서서 두려움이 없다.
군자탄탕탕(君子坦蕩蕩) : 의인의 마음은 평안하고 넓으며 호탕하다.'

소년은 공자(孔子)의 논어(論語)에 자주 등장하는 '군자(君子)'는
곧 예수의 성경(聖經)에 등장하는 '의인(義人)'을 뜻한다는 노인의 가르침을 떠올렸다.

"독립불구 돈세무민(獨立不懼 豚世無悶)은 주역(周易)에 등장하는 고사성어지."
노인이 어려운 걸 쉽게 말했다.

"네, 지난번 산속에서 함께 공부했죠.
군자는 혼자 있어도 두렵지 않고,
세상의 속세를 떠나 있어도 근심이 없다는 뜻입니다."
소년이 나이답지 않게 차분하게 말했다.

"주역은 고대 중국의 고전 중 하나로,
세계에서 가장 오래된 점술서 중 하나로 알려져 있지만,

점술서를 넘어서 철학적, 윤리적, 그리고 존재의 본질에 대한
심오한 통찰을 제공하는 동양의 고전이지."
노인이 물 흐르듯이 쉽게 말했다.

"네, 『주역』이라는 책은
우주와 인간 삶의 근본 원리를 이해하고자 하는 도인들에게
많은 도움을 주었어요." 소년이 자유로운 표정으로 말했다.

노인 예삭은
하나로써 모든 걸 꿰뚫어가기 시작하는 소년으로부터
감사와 자비의 마음을 동시에 느꼈다.

"예수님께서 우리는 이미 우리의 상을 받았다고 진실로 말씀하고 계십니다
Truly I tell you, they have received their reward in full."

"'진실로' 말씀하신다는 것은 중요함을 강조하며,
우리로 하여금 깨닫기를 바라시는 것이지.
아무 노력 없이 선물로 받은 우리의 생명과 인생이
바로 우리가 이미 받은 상급이지."

"네, 우리가 원하거나 구하는 모든 것이
이미 우리 안에 있다는 것을 알아차리는 것은
내 인생의 가장 큰 깨달음이었어요."
살아가며 아무것도 필요로 하지 않는 사람처럼
소년이 말했다. 참으로 평화롭고 자유로운 표정이었다.

그런 소년의 표정을 바라보는 노인 예삭의 표정은 사랑 그 자체였다.
하나님은 사랑이시니까.

소년의 작은 노트에는 산상수훈의 가르침인
주기도문(主祈禱文 The Lord's Prayer)이
영한(英韓)으로 정성스럽게 적혀 있었다.

'Our Father, who art in heaven,
hallowed be thy Name,
thy kingdom come, thy will be done,
on earth as it is in heaven.
Give us this day our daily bread.

And forgive us our trespasses,

as we forgive those who trespass against us.

And lead us not into temptation,

but deliver us from evil.

For thine is the kingdom, and the power,

and the glory, forever and ever.

Amen.

하늘에 계신 우리 아버지여,

이름이 거룩히 여김을 받으시오며,

나라가 임하옵시며,

뜻이 하늘에서 이루어진 것 같이 땅에서도 이루어지이다.

오늘 우리에게 일용할 양식을 주시옵고,

우리가 우리에게 죄 지은 자를 사하여 준 것 같이

우리 죄를 사하여 주시옵고,

우리를 시험에 들게 하지 마시옵고,

다만 악에서 구하시옵소서.

나라와 권세와 영광이 아버지께 영원히 있사옵나이다.

아멘.'

주기도문을 마친 소년이 마태의 복음서 책장을 넘겼다.

'너희를 위하여 보물을 땅에 쌓아두지 말라.

오직 너희를 위하여 보물을 하늘에 쌓아두라.

네 보물 있는 그곳에는 네 마음도 있느니라.

눈은 몸의 등불이니,

그러므로 네 눈이 성하면 온몸이 밝을 것이요...

사람이 두 주인을 섬기지 못하나니

너희가 하나님과 재물을 겸하여 섬기지 못하느니라.

그러므로 내가 너희에게 이르노니,

목숨을 위하여 무엇을 먹을까, 무엇을 마실까,

몸을 위하여 무엇을 입을까 염려하지 말라.

목숨이 음식보다 중하지 아니하며,

몸이 의복보다 중하지 아니하냐?

공중의 새를 보라.
심지도 않고 거두지도 않고 창고에 모아 들이지도 아니하되,
너희 천부께서 기르시나니, 너희는 이것들보다 귀하지 아니하냐?

너희 중에 누가 염려함으로 그 키를 한 자나 더할 수 있느냐?
들의 백합화를 보라.
어떻게 자라는가 생각하여 보라.
수고도 아니하고 길쌈도 아니하느니라.
그러나 내가 너희에게 말하노니,
솔로몬의 모든 영광으로도 입은 것이 이 꽃 하나만 같지 못하였느니라.

오늘 있다가 내일 아궁이에 던지우는 들풀도 하나님이 이렇게 입히시거든,
하물며 너희일까보냐, 믿음이 적은 자들아!
그러므로 염려하여 이르기를
무엇을 먹을까? 무엇을 마실까? 무엇을 입을까? 하지 말라.
너희 천부께서 이 모든 것이 너희에게 있어야 할 줄 아시느니라.

너희는 먼저 그의 나라와 그의 의를 구하라.
그리하면 이 모든 것을 너희에게 더하시리라.
그러므로 내일 일을 위하여 염려하지 말라.
내일 일은 내일 염려할 것이요,
한 날의 괴로움은 그 날에 족하니라.'

"보물을 땅에 쌓아두지 말고 하늘에 쌓아두라 하십니다."

"그것이 곧 견물생심(見物生心)의 가르침이지.
물질을 보면 마음이 일어나는 법이지.
한 사람이 두 주인을 섬기지 못하니 보물을 하늘에 두라는 뜻이지.
우주 안의 최고의 보물(寶物),
그것은 하나님의 말씀인 진리요, 사랑이지."

"예수는 말씀이요, 진리요, 하나님이요, 사랑이라
Jesus is the Word, the Truth, God, and Love."

소년이 홀로 속삭였다.
깨달은 사람의 표정처럼 열린 마음으로.

소년이 노인의 작은 노트에 눈길을 멈췄다.

'Where your treasure is, there your heart will be also
네 보물 있는 그 곳에는 네 마음도 있느니라 見物生心 견물생심'

'너희 중에 누가 염려함으로 그 키를 한 자나 더할 수 있느냐
Can any one of you by worrying add a single hour to your life?'

실제로 걱정이나 염려는 우리 인생에 아무 도움이 되지 못하는 해악(害惡)이다.
그래도 하늘을 자유로이 나는 공중의 새와 들의 백합화처럼,
아무 걱정 없이 물질의 유무에 무관하게 살아가는 노인의 모습은
소년에게 의아하고 수수께끼 같기만 했던 때가 많았다.

공중의 새와 들의 백합화(白合花)는
실로 스승 예삭의 살아가는 모습이었다.

"예수님께서 눈은 몸의 등불이라고 했어요The eye is the lamp of the body."

"말씀은 인생의 빛이지.
눈빛과 말씀을 잃으면,우주가 어두워지니
항상 말씀을 인생의 교과서로 삼고 공부하며 살아가야지."

소년은 마태가 전하는 그리스도의 복음을 자신의 작은 노트에 옮겨 적었다.

'내일 일을 위하여 염려하지 말라. 내일 일은 내일 염려할 것이요, 한 날의 괴로움은 그 날에
족하니라Do not worry about tomorrow, for tomorrow will worry about itself. Each day has
enough trouble of its own.'

소년은 걱정 한 점 없이 살아가는 예삭의 모습이 수수께끼처럼 다가왔었다.
이제는 소년의 인생에도 염려라는 것이 사라지기 시작된 지 오래 되어가고 있었다.

'비판을 받지 아니하려거든 비판하지 말라...
어찌하여 형제의 눈속에 있는 티는 보고
네 눈속에 있는 들보(목재木材)는 깨닫지 못하느냐.
거룩한 것을 개에게 주지 말며,
너희 진주를 돼지 앞에 던지지 말라.
저희가 그것을 발로 밟고 돌이켜 너희를 찢어 상할까 염려하라.

구하라, 그리하면 너희에게 주실 것이요,
찾으라, 그리하면 찾을 것이요,

문을 두드리라, 그리하면 너희에게 열릴 것이니
구하는 이마다 얻을 것이요,
찾는 이가 찾을 것이요,
두드리는 이에게 열릴 것이니라.

무엇이든지 남에게 대접을 받고자 하는 대로
너희도 남을 대접하라.
이것이 율법이요 선지자니라.

좁은 문으로 들어가라.
멸망으로 인도하는 문은 크고 길이 넓어
그리로 들어가는 자가 많고,
생명으로 인도하는 문은 좁고 길이 협착하여
찾는 이가 적음이니라.

나더러 주여, 주여 하는 자마다
천국에 다 들어갈 것이 아니요,
다만 하늘에 계신 내 아버지의 뜻대로 행하는 자라야 들어가리라.

누구든지 나의 이 말을 듣고 행하는 자는
그 집을 반석 위에 지은 지혜로운 사람 같으리니
비가 내리고 창수가 나고 바람이 불어
그 집에 부딪히되 무너지지 아니하나니,
이는 주초를 반석 위에 놓은 연고요.

나의 이 말을 듣고 행치 아니하는 자는
그 집을 모래 위에 지은 어리석은 사람 같으니라.'

소년은 노인으로부터 늘 '더하거나 덜함 없이
있는 그대로를 바라보는 습관'을 배웠다.
그리하여 분별은 있지만 판단하지 않는 마음,
비판하지 않는 언어, 평온한 시선을 갖게 되었다.

그렇게 노인 예삭의 수수께끼는,
산상수훈과 함께 하나씩 풀려갔다.

아무리 좋은 진리라도 함부로 말하지 않았다.
때에 맞지 않는 말과 진리는 개나 돼지에게 주는 것이었기 때문이다.
우이독경(牛耳讀經)은 서로의 인생만 낭비할 뿐이었다.

소년은 예삭의 작은 노트에 눈길을 멈추었다.

짧은 글귀가 적혀 있었다.

'구하고 찾고 두드리는 자에게 복이 있을지어다.
싫은 일을 하고, 좋은 일은 남에게 주어라.
그것이 좁은 문으로 들어가는 것이며,
복덕(福德)을 쌓는 길이다.

행함이 없는 기도를 주의하라.
말씀을 행하며 사는 것이
살아서 천국에 거하며 천국을 체험하는 비결이다.
그것이 주초(柱礎)를 반석(盤石) 위에 놓은 인생인 것이다.

Blessed are those who ask, seek, and knock.
Do the things you hate and leave the good things to others.
That is entering through the narrow gate

and the path of accumulating blessings and virtues.
Beware of prayers without works.
Living by doing the Word is the secret to staying alive

and experiencing the kingdom of heaven.
That is a life where the foundation is laid on the rock.'

- 『그리스도의 산상수훈에서 배우다』

"3장에 걸친 111절의 짧은 가르침이었지만,
산상수훈은 저에게 커다란 깨우침이었습니다."

"나도 그래."

예삭의 목소리는 조용하고 겸손하게 울렸다.
소년이 마태의 책장을 넘겼다.

'예수께서 손을 내밀어 저에게 대시며 가라사대
내가 원하노니 깨끗함을 받으라 하신대,
즉시 그의 문둥병이 깨끗하여지니라...

가로되 주여, 내 하인이 중풍병으로 집에 누워 몹시 괴로워하나이다...
예수께서 백부장에게 이르시되 가라, 네 믿은 대로 될지어다
하시니 그 시로 하인이 나으니라...

예수께서 베드로(Peter)의 집에 들어가사,
그의 장모가 열병으로 앓아 누운 것을 보시고
그 손을 만지시니 열병이 떠나가고 여인이 일어나 예수께 수종들더라...

저물매 사람들이 귀신 들린 자를 많이 데리고 예수께 오거늘,
예수께서 말씀으로 귀신들을 쫓아내시고 병든 자를 다 고치시니...

이는 선지자 이사야로 하신 말씀에
우리의 연약한 것을 친히 담당하시고, 병을 짊어지셨도다
함을 이루려 하심이더라...

예수께서 이르시되
여우도 굴이 있고, 공중의 새도 거처가 있으되
오직 인자는 머리 둘 곳이 없다 하시더라...

바다에 큰 놀이 일어나 물결이 배에 덮이게 되었으되,
예수는 주무시는지라.
제자들이 나아와 깨우며 가로되
주여, 구원하소서. 우리가 죽겠나이다.

예수께서 이르시되
어찌하여 무서워하느냐, 믿음이 적은 자들아
하시고 곧 일어나사 바람과 바다를 꾸짖으시니 아주 잔잔하게 되거늘.'

마태는 문둥병자와 백부장의 하인,
베드로의 장모와 귀신들린 자를 치유하는 그리스도의 사역과
바다의 풍랑을 잔잔케 하시는 예수님의 권능을 기록하고 있다.

"예수님께서 여우도 굴이 있고 공중의 새도 거처가 있으되
오직 인자는 머리 둘 곳이 없다 하셨는데,
그래서 스승님도 집 없이 홈리스로 사시는 건가요?"
소년이 푸른 잔디를 응시하며 홀로 속삭였다.

스승 예삭은 집 없이 사는 것이 믿기 어려우리만치
깔끔하고 단정한 옷사림에, 늘 맑고 밝고 환한 표정이었고
그 누구보다 풍요롭고 행복한 어린아이 같은 모습이었다.

200불에 구입한 중고차는
오일이 새거나 문이 잘 열리지 않아도,
예삭은 늘 감사하고 즐거워했다.
거기다가 60대의 젊은 노인인데도 불구하고
군살 없는 근육질의 찰진 몸매였다.

비결은 하루 한 끼 식사에 꾸준한 운동,
그리고 무엇보다 맑은 마음이었다.

그의 몸은 곧 예수님이 거하시는 성전(聖殿)이었다.
그야말로 문무가 겸비된 노인이었다.
스승의 재산 목록 1호는 언제나 가슴에 품고 다니던 한 권의 책,
말씀이요 진리인 '성경'이었다.

"예수님께서 말씀하셨어요. '어찌하여 무서워하느냐,
믿음이 적은 자들아You of little faith, why are you so afraid?'"
"믿음과 신념이 확실한 자들은 무소유(無所有)에서도
늘 감사하고 만족하는 법이지."
예삭이 깔끔한 목소리로 말했다.

"이어서 중풍병자와 혈루증 환자, 죽은 야이로의 딸을 살리고,
소경과 벙어리 등을 고치는 사역이 소개됩니다."
"이러한 치유의 사역들은
죄사함을 통한 전 인류의 구원을 위한 목적의 뜻을 담고 있지."
노인이 말하며 마태의 책장을 넘겼다.

'예수께서 마태의 집에서 저녁을 잡수실 때,
많은 세리와 죄인들이 와서 예수와 그 제자들과 함께 앉았더니,
바리새인들(Pharisees)이 보고 그 제자들에게 이르되
어찌하여 너희 선생은 세리와 죄인들과 함께 잡수시느냐 하거늘,
예수께서 들으시고 이르시되
건강한 자에게는 의원이 쓸데 없고 병든 자에게라야 쓸데 있느니라.
너희는 가서 내가 긍휼을 원하고

제사를 원치 아니하노라 하신 뜻이 무엇인지 배우라.
내가 의인을 부르러 온 것이 아니요, 죄인을 부르러 왔노라....
새 포도주는 새 부대에 넣어야 둘이 다 보전되느니라......

열두 해를 혈루증으로 앓는 여자가
예수의 뒤로 와서 그 겉옷 가를 만지니
이는 그것만 만져도 구원을 받겠다 함이라.

예수께서 돌이켜 가라사대
딸아, 안심하라. 네 믿음이 너를 구원하였다.
하시니 그 시로 여자가 구원을 받으니라...
무리를 내어 보낸 후에 예수께서 들어가사
소녀의 손을 잡으시매 일어나는지라...
이에 예수께서 저희 눈을 만지시며
가라사대 너희 믿음대로 되라 하시니 그 눈들이 밝아진지라...

예수께서 엄히 경계하시되
삼가 아무에게도 알게 하지 말라 하셨으나...
예수께서 모든 성과 촌에 두루 다니사
저희 회당에서 가르치시며,
천국 복음을 전파하시며 모든 병과 약한 것을 고치시니라.

무리를 보시고 민망히 여기시니
이는 저희가 목자 없는 양같이 고생하며 고립됨이라.
이에 제자들에게 이르시되
추수할 것은 많되, 일꾼은 적으니 추수하는 주인에게 청하여
일꾼들을 보내주소서 하라 하시니라.'

"바리새인들이 마태의 집에서
세리와 죄인들과 함께 식사하신 예수님을 비난했어요."
소년이 얼굴을 찡그리며 말했다.

"건강한 사람에게는 의사가 필요 없듯,
우리는 늘 극히 작은 자들과 병든 자들과 함께 하시는
그리스도의 긍휼을 배워야지."
예삭이 담대함과 자비가 섞인 표정으로 말했다.

"율법이나 제사에 얽매이지 않으시고
의인보다는 죄인에게 자비와 사랑을 베푸신 예수님은 곧 하나님이십니다."
소년이 자유와 사랑으로 말했다.

"예수님이 위대한 것은 가르친 것을 실제로 행하셨고,
행한 것을 가르치신 분이라는 것이지."

소년이 늘 '행함'을 강조하던 스승의 가르침을 생각하며
기쁜 마음으로 마태복음의 책장을 넘겼다.

기쁜 마음으로 선을 행하며 이웃을 사랑하는 것이
보이는 행함이요, 판단하지 않고 염려하지 않으며
늘 감사하는 마음이 보이지 않는 행함이었다.

'예수께서 그 열두 제자(twelve disciples)를 부르사
더러운 귀신을 쫓아내며,
모든 병과 약한 것을 고치는 권능을 주시니라...
병든 자를 고치며, 죽은 자를 살리며,
문둥이를 깨끗하게 하며, 귀신을 쫓아내되
너희가 거저 받았으니 거저 주어라.

너희 전대에 금이나 은이나 동이나 가지지 말고,
여행을 위하여 주머니나 두 벌 옷이나
신이나 지팡이를 가지지 말라.
이는 일군이 저 먹을 것을 받는 것이 마땅함이니라...
보라, 내가 너희를 보냄이 양을 이리 가운데 보냄과 같도다.
그러므로 너희는 뱀 같이 지혜롭고, 비둘기 같이 순결하라.'

"열두 제자에게 권능을 주시며
우리가 생명도 공짜의 선물로 받았으니,
병든 자를 고쳐주고 죽은 자를 살릴지라도
댓가 없이 하라는 예수님의 큰 가르침입니다."
소년이 댓가 없이 선물로 받은 자신의 생명을 생각하며 말했다.

"사역을 위해 떠나더라도
빈손으로 떠나야 한다는 말씀에도 귀를 기울여야지."
노인이 무소유함으로 말했다.

소년은 '뱀 같이 지혜롭고, 비둘기 같이 순결하라'는
그리스도의 가르침을 자신의 작은 노트에 정성스럽게 적었다.

'Be as shrewd as snakes and as innocent as doves.'

'말하는 이는 너희가 아니라 너희 속에서 말씀하시는 자,
곧 너희 아버지의 성령이시니라. 장차 형제가 형제를,
아비가 자식을 죽는데 내어주며,
자식들이 부모를 대적하여 죽게 하리라.

또 너희가 내 이름을 인하여 모든 사람에게 미움을 받을 것이나
나중까지 견디는 자는 구원을 얻으리라...
너희에게는 머리털까지 다 세신 바 되었나니,
너희 아버지께서 허락지 아니하시면
그 하나라도 땅에 떨어지지 아니하리라...

아비나 어미를 나보다 더 사랑하는 자는 내게 합당치 아니하고,
아들이나 딸을 나보다 더 사랑하는 자도 내게 합당치 아니하며,
또 자기 십자가를 지고 나를 좇지 않는 자도 내게 합당치 아니하니라.
자기 목숨을 얻는 자는 잃을 것이요,
나를 위하여 자기 목숨을 잃는 자는 얻으리라.'

"마태의 기록이 지금도 현실로 나타나고 있어요.
오늘도 뉴스를 보았지만 가족이 가족을 해치는 그런 무시무시한 사건들..."

소년이 말끝을 흐리며 말했다.

"그래도 우리는 머리털까지 다 세신 바 되었으니,
그리스도의 말씀처럼 끝까지 견디는 자는 구원을 받게 되지
The one who stands firm to the end will be saved."
노인이 소망의 눈동자로 말했다.

"부모님이나 자식을 예수님보다 더 사랑하는 자는
합당치 않다는 말씀은 무슨 뜻인지요?"
소년이 고개를 갸우뚱하며 물었다.

"부모나 자식에 대한 지나친 집착을 경계하신 말씀이시지.
그리스도와 함께 십자가에 못 박힘으로써
나의 목숨도 나의 것이 아닐진대,
부모나 자식 또한 나의 소유가 될 수 있겠는가.
무소유란 것은 꼭 물질만을 뜻하는 것이 아니라
모든 인연 또한 영원하지 않으니,

소유와 집착으로부터 자유로워지는 법을 배워야지."
노인이 자유함과 깨달음으로 말했다.

"쉽진 않지만 무슨 뜻인지 알 것 같아요.
그것이 바로 모든 것을 초월하는 깨달음의 세계네요."
소년은 겸손히 말했지만 이미 그 세계를 체험한 듯 보였다.
예삭은 그런 소년에 대하여 늘 그리스도의 긍휼함과 사랑을 느꼈다.

"예수님은 우리 스스로가 자기 십자가를 지고 그리스도를 따르라고
말씀하고 계시지Take up their cross and follow me."
"예수님께서 '목숨을 잃는 자는 얻을 것이요,
목숨을 얻는 자는 잃을 것이라'고 말씀하십니다."

예삭은 대답 대신 자신의 작은 노트를 내밀었다.

'필사즉생(必死卽生) 필생즉사(必生卽死),
자기 목숨을 얻는 자는 잃을 것이요,
나를 위하여 자기 목숨을 잃는 자는 얻으리라
Whoever finds their life will lose it,
and whoever loses their life for my sake will find it.'

"이 말은 이순신 장군이 명량해전(鳴梁海戰)에서 하신 말씀 아닌가요?
1597년 10월 26일, 13척으로 일본 함선 330척을 무찔렀죠."
소년이 말했다.

"이순신 장군은 명량해전이 있기 무려 1560여 년 전에
예수님께서 마태복음에서 하신 말씀을 마음으로 공부했을 거야."
그리고 예삭은 조용히 덧붙였다.
"아이러니하게도 그로부터 정확히 382년 후인1979년 10월 26일,
박정희 대통령이 시해(弑害)되었지."

"네... 그렇네요."
소년이 깊은 숨결과 함께 말했다.

'소경이 보며 앉은뱅이가 걸으며
문둥이가 깨끗함을 받으며
귀머거리가 들으며 죽은 자가 살아나며
가난한 자에게 복음이 전파된다 하라.

누구든지 나를 인하여 실족하지 아니하는 자는
복이 있도다 하시니라.
수고하고 무거운 짐 진 자들아 다 내게로 오라,
내가 너희를 쉬게 하리라.
나는 마음이 온유하고 겸손하니
나의 멍에를 메고 내게 배우라.
그러면 너희 마음이 쉼을 얻으리니,
이는 내 멍에는 쉽고 내 짐은 가벼움이라 하시니라.'

제자들은 예수님의 치유와 복음의 행적을 옥중에 있는 요한에게 전했다.

"수고하고 무거운 짐을 진 우리들이 쉴 수 있는 유일한 은신처,
그곳은 곧 예수님의 말씀에 거하는 것이지
The only shelter where we who labor
and are heavily laden can rest,
that place is to abide in the Word of Jesus."

"예수님의 멍에와 짐은 쉽고 가벼우니까요
Jesus' yoke and burden are easy and light."

노인이 마태의 책장을 넘겼다.

'예수께서 가라사대,
너희 중에 어느 사람이 양 한 마리가 있어
안식일에 구덩이에 빠졌으면 붙잡아 내지 않겠느냐.
사람이 양보다 얼마나 더 귀하냐.
그러므로 안식일에 선을 행하는 것이 옳으니라 하시고...
바리새인들이 나가서 어떻게 하여 예수를 죽일꼬 의논하거늘...
이는 선지자 이사야로 말씀하신 바, 보라 나의 택한 종,
곧 내 마음에 기뻐하는 바 나의 사랑하는 자로다.

내가 내 성령을 줄 터이니, 그가 심판을 이방에 알게 하리라...
그러나 내가 하나님의 성령을 힘입어 귀신을 쫓아내는 것이면,
하나님의 나라가 이미 너희에게 임하였느니라...
그러므로 내가 너희에게 이르노니,
사람의 모든 죄와 훼방은 사하심을 얻되,

성령을 훼방하는 것은 사하심을 얻지 못하겠고...'

이제 바리새(Pharisee) 유대인들은
안식일에 선을 행하는 것이 옳다고 하시는
예수님을 죽이기 위한 방법을 모색한다.

"하나님의 나라는 예수 그리스도를 통해서만 완성을 이루게 되는 것이지."
"네. 예수님이 없으면 반쪽 신앙, 즉 절름발이 종교가 되는 것이죠."
"예수님을 통해 우리는 우리 안에 계신 하나님의 모습을 깨울 수 있는 것이지."
"예수님이 계시지 않다면,
우리는 영원히 스스로의 깨달음이 없는,
바라만 보는 무속신앙(巫俗信仰)에 머물고 말았을 거예요."
"그래서 하나님은 인류에게 깨달음을 주기 위해,
하나뿐인 독생자 예수 그리스도를 우리에게 보내주신 것이지."
"귀 있는 자는 들을 거예요. 무슨 소리인지를."
"인간의 어리석음은 깨닫지 못하는 무지(無知)에서 오는 것이지."

예삭이 소년과의 대화를 통해,
깨달음은 나이순이 아니구나란 생각을 하며 말했다.
소년의 깨달음은 쉬지 않고 흐르는 맑은 물소리였다.

"우리는 구약성경을 통해 하나님의 사랑을 알았고,
또 신약성경을 통해 이웃 사랑하는 법을 배워가고 있는 것이죠."

예삭과 소년은 커다란 소나무 밑에서 주거니 받거니
막힘없는 대화를 나누고 있었다.
다람쥐들도 둘의 친구가 되어주고 있었다.

"천국이 또 증거됩니다."
소년이 말씀을 묵상하며 말했다.

'내가 하나님의 성령을 힘입어 귀신을 쫓아내는 것이면 하나님의 나라가 이미 너희에게
임하였느니라If it is by the Spirit of God that I drive out demons, then the kingdom of God
has come upon you.'

"성령이 임하는 곳이 곧 하나님의 나라인 천국이지

Heaven, the kingdom of God, is where the Holy Spirit descends."
예삭이 말하며 마태의 복음서 책장을 넘겼다.

'요나(Jonah)가 밤낮 사흘을 큰 물고기 뱃속에 있었던 것 같이,
인자도 밤낮 사흘을 땅속에 있으리라.
심판 때에 니느웨(Nineveh) 사람들이 일어나 이 세대 사람을 정죄하리니,
이는 그들이 요나의 전도를 듣고 회개하였음이거니와,
요나보다 더 큰 이가 여기 있으며
심판 때에 남방 여왕이 일어나 이 세대 사람을 정죄하리니,
이는 그가 솔로몬의 지혜로운 말을 들으려고 땅 끝에서 왔음이거니와,
솔로몬(Solomon)보다 더 큰 이가 여기 있느니라...
누구든지 하늘에 계신 내 아버지의 뜻대로 하는 자가
내 형제요 자매요 모친이니라 하시더라.'

"누구든지 하늘에 계신 내 아버지의 뜻대로 하는 자가
내 형제요 자매요 모친이라는 예수님의 큰 가르침이 있네요
Whoever does the will of my Father in heaven
is my brother and sister and mother."
예삭이 말없이 자신의 작은 노트를 내밀었다.
스승과 함께 공부했던 논어의 한 구절이었다.

'사해지내(四海之內) 개형제야(皆兄弟也) 천하의 모든 사람이 다 형제'

"공자(孔子 Confucius)도 마태복음을 공부했나 보네요."
"그렇다고 봐야지."
"종교와 문화, 나라와 인종을 초월하여
우리는 모두 한 아버지를 둔 형제요 자매네요."
"그것이 깨달음이지."
예삭이 말하고, 소년이 거룩한 책장을 넘겼다.

'내가 저희에게 비유로 말하기는, 저희가 보아도 보지 못하며,
들어도 듣지 못하며, 깨닫지 못함이니라...
이사야(Isaiah)의 예언이 저희에게 이루었으니 일렀으되,
너희가 듣기는 들어도 깨닫지 못할 것이요, 보기는 보아도 알지 못하리라...
눈으로 보고, 귀로 듣고, 마음으로 깨달아...

그런즉 씨 뿌리는 비유를 들으라...
의인들은 자기 아버지 나라에서 해와 같이 빛나리라.

귀 있는 자는 들으라.
고향으로 돌아가사 저희 회당에서 가르치시니, 저희가 놀라 가로되,
이 사람의 이 지혜와 이런 능력이 어디서 났느뇨?
이는 그 목수의 아들이 아니냐?
그 모친은 마리아, 그 형제들은 야고보, 요셉, 시몬, 유다라 하지 않느냐?
그 누이들은 다 우리와 함께 있지 아니하냐?
그런즉 이 사람의 이 모든 것이 어디서 났느뇨? 하고 예수를 배척한지라.
예수께서 저희에게 말씀하시되,
선지자가 자기 고향과 자기 집 외에서는
존경을 받지 않음이 없느니라 하시고...'

"보아도 보지 못하고, 들어도 듣지 못하고 깨닫지 못한다
Though seeing, they do not see; though hearing,
they do not hear or understand?"
소년이 스스로에게 질문하듯 속삭였다.

"깨달음을 얻은 후
중생(衆生)들에게 불법(佛法)을 전하지 않으려 했던
싯다르타(석가 釋迦)의 마음이 그런 심정이었겠지."
소년이 홀로 속삭이는 의미를 알아차린 예삭이 말했다.

"눈으로 보고 귀로 듣고 진정한 마음으로 깨달아야겠지요
You must see with your eyes, hear with your ears,
and understand with your true heart." 소년이 심신(心身)으로 말했다.

"그것이 예수 그리스도의 말씀을 통한 힐링이지
That is healing through the words of Jesus Christ." 노인이 진리로 말했다.

"예수님의 지혜와 능력에 놀란 형제들과 고향 이웃들은
목수의 아들을 믿을 수 없어 예수님을 홀대했어요."
"모든 귀한 것과 위대한 것들은 내 주위에 존재하는 법이지.
눈이 있어도 보지 못하고, 귀가 있어도 듣지 못할 뿐이지."

41

토요일 오후는 조용했지만 날씨는 완연한 가을이었다.

소년이 마태의 복음서 책장을 넘겼다.

'아무나 천국 말씀을 듣고 깨닫지 못할 때는
악한 자가 와서 그 마음에 뿌리운 것을 빼앗나니,
이는 곧 길가에 뿌리운 자요.
돌밭에 뿌리웠다는 것은 말씀을 듣고 즉시 기쁨으로 받되,
그 속에 뿌리가 없어 잠시 견디다가 말씀을 인하여
환난이나 핍박이 일어나는 때에는 곧 넘어지는 자요.
가시떨기에 뿌리웠다는 것은 말씀을 들으나,
세상의 염려와 재리의 유혹에 말씀이 막혀 결실치 못하는 자요.
좋은 땅에 뿌리웠다는 것은 말씀을 듣고 깨닫는 자니,
결실하여 혹 백배, 혹 육십 배, 혹 삼십 배가 되느니라 하시더라.'

"예수님께서 뿌리는 씨앗은 곧 하나님의 말씀이지."

"악한 자로부터 말씀을 지키는 사람은 길가(path)에 뿌리운 자가 아니지요."

"환난이나 핍박에도 견디는 사람은 돌밭(rocky ground)에 뿌리워진 자가 아니지."

"걱정과 재물의 유혹에 빠지지 않는 사람은 가시떨기(thorns)에 뿌리워진 자가 아니지요."

"말씀을 깨달아 백배의 결실을 맺는 사람은 좋은 땅(good soil)에 뿌리워진 축복의 사람이죠."

"흐르는 시냇물도 독사가 먹으면 독이 되고,
소가 마시면 우유가 되는 법이지요
Even a flowing stream becomes poison
if eaten by a poisonous snake
and becomes milk if drunk by a cow."

"구약을 이해하려면 신약을 알아야 하고,
신약은 구약을 앎으로써 이해가 되는 것 같아요."
"연관성 때문이지. 물론 구약은 예수 그리스도에 의해서 완성을 이루는 것이고."
"네."
"예수 그리스도가 위대한 것은,
가르친 것을 실제로 행하시거나 행하신 것을 가르치신 분이라는 것이지."

"예수님은 제2의 고향인 나사렛(Nazareth)에서 존경을 받지 못하고,

갈릴리 바다를 건너 두로와 시돈 지역으로 사역 무대를 옮기십니다."

한편 예수님으로부터 가장 큰 사람이라 일컬음을 받았던 세례 요한은,
목이 잘리는 처참한 순교를 당한다.

'전에 헤롯이 그 동생 빌립(Philip)의 아내 헤로디아(Herodias)의 일로
요한을 잡아 결박하여 감옥(prison)에 가두었으니,
이는 요한(John)이 헤롯(Herod)에게 말하되
당신이 동생의 여자를 취한 것이 옳지 않다 하였음이라.
헤롯의 생일 날에 동생의 아내 헤로디아의 딸이
연석 가운데서 춤을 추어 헤롯을 기쁘게 하니...
세례 요한의 머리를 소반에 담아 여기서 내게 주소서 하니...
사람을 보내어 요한을 옥에서 목 베어...'

이어서 예수님께서 오병이어(五餠二魚)와 물 위를 걸으시는 이적(異蹟)을 행하신다.

'제자들이 가로되 여기 우리에게 있는 것은
빵 덩어리 다섯 개와 물고기 두 마리뿐
only five loaves of bread and two fish이니이다.

가라사대 그것을 내게 가져오라 하시고,
무리를 명하여 잔디 위에 앉히시고,
떡 다섯 개와 물고기 두 마리를 가지사 하늘을 우러러 축사하시고,
떡을 떼어 제자들에게 주시매,
제자들이 무리에게 주니 다 배불리 먹고,
남은 조각을 열두 바구니에 차게 거두었으며,
먹은 사람은 여자와 아이 외에 오천 명이나 되었더라...

배가 이미 육지에서 수 리나 떠나서,
바람이 거슬리므로 물결로 인하여 고난을 당하더라.
밤 사경에 예수께서 바다 위로 걸어서 제자들에게 오시니,
제자들이 그 바다 위로 걸어 오심을 보고 놀라...
베드로가 배에서 내려 물 위로 걸어서 예수께로 가되,
바람을 보고 무서워 빠져 가는지라.
소리질러 가로되 주여, 나를 구원하소서 하니,

예수께서 즉시 손을 내밀어 저를 붙잡으시며 가라사대,
믿음이 적은 자여, 왜 의심하였느냐? 하시고...'

"스승님도 굶주리실 때 오병이어의 기적을 체험하곤 하셨지요."
"어느 곳, 어느 상황에 처하든,
우리에게 능력 주시는 자 안에서는 능치 못할 일이 없는 법이지
I can do all this through him who gives me strength."
"신실하신 믿음이시네요."
"믿음이 적은 자여, 왜 의심하였느냐
You of little faith, why did you doubt?라고 말씀하신
예수님의 가르침을 가슴에 묻고 살아가야지."
"네. 우리가 말씀을 실제 인생에 적용시키며 살아가지 않는 믿음은
아무 쓸모가 없는 것이죠."
소년이 책장을 넘기며 말했다.

'사람의 계명으로 교훈을 삼아 가르치니
나를 헛되이 경배하는도다 하셨느니라.
하시고 무리를 불러 이르시되, 듣고 깨달으라.
입에 들어가는 것이 사람을 더럽게 하는 것이 아니라,
입에서 나오는 그것이 사람을 더럽게 하는 것이니라.

바리새인들은 소경이 되어 소경을 인도하는 자로다.
만일 소경이 소경을 인도하면, 둘이 다 구덩이에 빠지리라.
예수께서 가라사대, 너희도 아직까지 깨달음이 없느냐?
예수께서 거기서 떠나사 갈릴리 호숫가에 이르러
산중턱(mountainside)에 올라가 거기 앉으시니,
큰 무리가 절뚝발이와 불구자와 소경과 벙어리와
기타 여럿을 데리고 와서 예수의 발앞에 두매 고쳐 주시니,
벙어리가 말하고 불구자가 건전하고 절뚝발이가 걸으며
소경이 보는 것을 무리가 보고 기이히 여겨
이스라엘의 하나님께 영광을 돌리니라.'

"예수님은 '듣고 깨달을 것(Listen and understand)'을 거듭 강조하시네요."

"교회나 절을 다녀도 다람쥐 쳇바퀴 도는 시행착오의 윤회 인생,
그것은 깨달음이 없기 때문이지."

"윤회요?"

"발전의 향상(向上) 없이 인생살이가 똑같이 반복되는 게 윤회(輪廻)지."

"예수님의 말씀처럼,

하나님의 계명이 아닌 사람의 계명으로 헛되이 가르치니,

깨달음은 먼 곳의 이야기겠죠."

"소경이 소경을 인도하면, 서로 구덩이에 빠질 수밖에

If the blind lead the blind, both will fall into a pit."

"예수님은 여러 기적을 행하고도

하나님께 영광을 돌리시는 걸로 끝마무리하시는 참된 목자였어요."

소년의 마태복음서 어느 구절엔 빨간 색 밑줄이 그어져 있었다.

'너희는 아직까지 깨달음(覺)이 없느냐Are you still so dull?'

소년이 한참을 묵상하다가 복음서 책장을 넘겼다.

'악하고 음란한 세대가 표적을 구하나,

요나(Jonah)의 표적밖에는 보여줄 표적이 없느니라.' 하시고 저희를 떠나...

그제야 제자들이 떡의 누룩이 아니요,

바리새인과 사두개인들의 교훈을 삼가라고 말씀하신 줄을 깨달으니라.

가라사대,

너희는 나를 누구라 하느냐Who do you say I am?

시몬 베드로(Simon Peter)가 대답하여 가로되,

주는 그리스도시요, 살아 계신 하나님의 아들이시니이다.

내가 천국 열쇠를 네게 주리니,

네가 땅에서 무엇이든지 매면 하늘에서도 매일 것이요,

네가 땅에서 무엇이든지 풀면 하늘에서도 풀리리라 하시고...'

"예수님께서 이사야와 요나 등 구약의 선지자들을 자주 언급하시네요."

소년이 유대 왕국 웃시야 왕이 죽던 해에

50년간 활동한 위대한 예언자 이사야를 떠올리며 말했다.

"하나님과 예수님이 하나이듯, 구약과 신약은 하나의 연결판이지."

여로보암 2세 때, 삼일 동안 물고기 배 속에 있으면서

자신의 잘못을 뉘우쳤던 예언가 요나를 생각하며 예삭이 말했다.

"아, 네. 온고지신(溫故知新)이라고 하셨죠.

구약을 익혀 그리스도를 안다."

소년이 홀로 속삭이듯 말했다.

'스승님은 의인불우불구(義人不憂不懼)를 가슴에 달고 사시나?'

의인은 걱정하거나 놀라지 않는다는 뜻을 되새기며,
소년은 공자의 논어 속 가르침을 성경과 함께 떠올렸다.

"꽝— 하며 스승님의 뒤통수를 강타하며 깨달음으로 다가왔다는
예수님의 가르침이 나옵니다.
저에게도 깨달음(覺)의 말씀이었습니다. 바로 천국의 열쇠죠."

노인이 빅 베어 산속(Big Bear Mountain)에서
성경책과 시름하며 깨달았다는 구절이었다.

'내가 천국 열쇠를 네게 주리니,
네가 땅에서 무엇이든지 매면 하늘에서도 매일 것이요,
네가 땅에서 무엇이든지 풀면 하늘에서도 풀리리라
I will give you the keys of the kingdom of heaven;
whatever you bind on earth will be bound in heaven,
and whatever you loose on earth will be loosed in heaven.'

"우리가 인생을 살아가면서 땅에서 하는 일들이 곧 하늘에서 하는 일들이요,
하늘에서 일어나는 일들이 곧 땅에서 일어나는 일들이란 뜻이지."

노인이 예수님이 주신 천국의 열쇠로 말했다.

"네에~ 그래서 예수님은
뜻이 하늘에서 이룬 것 같이,
땅에서도 이루어지이다 라는 주기도문도 가르쳐주신 거고요."
"지극히 작은 자에게 한 것이 곧 나에게 한 것이라는 예수님의 말씀을,
귀 있는 자는 듣겠지. 소리 없는 소리를."
"우리가 스쳐 지나가는 이웃들에게 한 것이
곧 성부성자(聖父聖子)이신 하나님과 그리스도에게 한 것이죠."
"그것을 깨닫는 것(覺)이 곧 천국의 열쇠(keys of the kingdom of heaven)지."

예삭과 소년의 얼굴은 막힘 없는 사람들처럼 환하게 빛을 발했다.
시내산에서 돌판을 들고 내려오는 모세의 얼굴처럼.

'이때로부터 예수 그리스도께서 자기가 예루살렘에 올라가
장로들(elders)과 대제사장들(chief priests)과
서기관들(teachers of the law)에게 많은 고난을 받고,
죽임을 당하고, 제 삼일에 살아나야 할 것을 제자들에게 비로소 가르치시니...
이에 예수께서 제자들에게 이르시되,
아무든지 나를 따라 오려거든 자기를 부인하고
자기 십자가를 지고 나를 좇을 것이니라.

누구든지 제 목숨을 구원코자 하면 잃을 것이요,
누구든지 나를 위하여 제 목숨을 잃으면 찾으리라.
사람이 만일 온 천하를 얻고도 제 목숨을 잃으면 무엇이 유익하리요?
사람이 무엇을 주고 제 목숨을 바꾸겠느냐?'

"구원이니 영혼이니 하는 이야기도 살아서 이야기지,
죽으면 다 소용없는 일. 생명 없는 구원이나 영혼이 있던가?"
소년은 스스로에게 냉철하게 물음표를 던졌다.

"하나님은 죽은 자의 하나님이 아니라 산 자의 하나님이시지."
"더함도 뺌도 없이 말씀 그대로 살아가는 것이 순수한 깨달음 같아요."
소년이 노인의 작은 노트에 쓰여진 글귀를 보며 말했다.

'인능홍도 비도홍인(人能弘道 非道弘人),
사람이 도를 넓히는 것이지, 도가 사람을 넓히는 것이 아니지 않은가.'

"그래서 하나님은 우리 인간에게 선택의 자유를 주셨지."
"네, 그래서 하나님은 사랑이시고요 God is love."
예삭의 작은 노트에 적힌 메모가 소년의 눈동자를 멈추게 했다.

'무아유주(無我唯主): 나는 없고 오직 그리스도.'
스스로를 부인하고 십자가를 지고 오직 그리스도만 좇는 것,
그것이 무아유주(無我唯主)의 가르침이었다.

소년은 예삭의 작은 노트에서 또 다른 글귀들을 보았다.
초록색 글씨였다.

'필사즉생 필생즉사(必死卽生 必生卽死),
천생천하 유아독존(天上天下 唯我獨尊)'

마태복음 16장의 가르침이었다.

순간, 소년은 스승이 가르쳐 준
'일이관지(一以貫之), 만법귀일(萬法歸一)'을 떠올렸다.

'하나로써 모든 것을 꿰뚫어 간다. 모든 법이 하나로 돌아온다.'

성인들의 모든 가르침은 바로 성경 안에 있었다.
나를 버리고 죽고자 하는 마음으로

예수 그리스도를 내 삶의 주인으로 삼으면 살 것이고,
살고자 하여 내가 주인이 되어 살고자 하면 죽을 것이라는
'필사즉생 필생즉사(必死卽生 必生卽死)'의 뜻이
바로 예수 그리스도의 가르침이었다.
그것은 곧 그리스도의 길인 '좁은 문'으로 들어가는 것이다.
이순신 장군의 좌우명과,
싯다르타가 태어나자마자 외쳤다는 게송(偈頌)은
곧 그리스도의 가르침이었다.

어둠이 있는 세상에 생명의 메시지를 전하는
하나님의 도구로서 살고 싶어 하는 스승 예삭.
소년도 어느덧 그 길을 함께 걷고 있었다.
하나님이 말씀으로 세상을 창조하셨듯이,
예삭과 소년은 그런 위대한 말씀의 진리를 세상에 전파하는 것이
그들의 인생이었다.
베드로와 야고보와 요한처럼 like Peter, James and John.

소년이 책장을 넘겼다.

'엿새 후에 예수께서 베드로와 야고보(James)와
그 형제 요한을 데리시고 따로 높은 산에 올라가셨더니,
저희 앞에서 변형되사 그 얼굴이 해 같이 빛나며 옷이 빛과 같이 희어졌더라.
때에 모세와 엘리야(Moses and Elijah)가
예수로 더불어 말씀하는 것이 저희에게 보이거늘
말할 때에 홀연히 빛난 구름이 저희를 덮으며,

구름 속에서 소리가 나서 가로되
이는 내 사랑하는 아들이요, 내 기뻐하는 자니
너희는 저의 말을 들으라 하는지라...
저희가 산에서 내려올 때에 예수께서 명하여 가라사대,
인자가 죽은 자 가운데서 살아나기 전에는
본 것을 아무에게도 이르지 말라 하시니...
엘리야가 이미 왔으되 사람들이 알지 못하고...
그제야 제자들이 예수의 말씀하신 것이
세례 요한인 줄을 깨달으니라.'

달라스의 토요일은 한가하다.
오늘은 부동산 사무실에서 토마토와 양파
그리고 마늘을 첨가하여 라면을 끓여 먹었다.
소년이 부동산을 공부한 지도 벌써 2년의 세월이 흘렀다.
교토삼굴(狡兔三窟)이 가르쳐준 지혜.
예삭은 요즈음 시대는 문명의 발달로
세 가지의 전문 능력을 갖추는 것이 그리 어려운 일은 아니라고 했다.
그래서 공부한 것이 부동산이었다.

소년도 노인의 작은 노트에 적혀있는 글을 자신의 노트에 기록했다.

'교토삼굴(狡兔三窟),
영리한 토끼는 숨을 굴을 세 개나 갖고 있어 죽음을 면한다.'

'가라사대, 너희 믿음이 적은 연고니라.
진실로 너희에게 이르노니,
너희가 만일 믿음이 겨자씨만큼만 있으면
이 산을 명하여 여기서 저기로 옮기라 하여도 옮길 것이요,
또 너희가 못할 것이 없으리라.
갈릴리에 모일 때에 예수께서 제자들에게 이르시되,
인자가 장차 사람들의 손에 넘기워 죽임을 당하고,
제 삼일에 살아나리라 하시니, 제자들이 심히 근심하더라.'

"진실한 믿음이 겨자씨 만큼만 있어도 산을 움직인다는 예수님의 가르침입니다."
"'믿음 앞에는 불가능한 일이 없다Nothing will be impossible for you라고도 말씀하시지."
"예수께서 자신의 죽음과 부활을 알리고 있습니다."

'가라사대, 진실로 너희에게 이르노니,
너희가 돌이켜 어린 아이들과 같이 되지 아니하면
결단코 천국에 들어가지 못하리라.
그러므로 누구든지 이 어린 아이와 같이
자기를 낮추는 그이가 천국에서 큰 자니라

그때 베드로가 나아와 가로되,
주여, 형제가 내게 죄를 범하면 몇 번이나 용서하여 주리이까?
일곱 번까지 하오리이까?
예수께서 가라사대,
네게 이르노니 일곱 번뿐 아니라,
일흔 번씩 일곱 번이라도 할지니라.
너희가 각각 중심으로 형제를 용서하지 아니하면,
내 천부께서도 너희에게 이와 같이 하시리라.'

"예수님께서 천국에 들어가려면
어린아이와 같아야 한다고 가르치고 계십니다."
"우리가 공부한 산상수훈을 기억해 내야지.
어린아이들처럼 심령이 가난해야 하고,
마음이 청결하면 우리는 하나님을 볼 것이고 천국은 우리의 것이지."
"네. 예수님은 또 천국은 의를 위하여
핍박을 받은 자의 것이라고 산에서 가르치셨어요
Blessed are those who are persecuted because of righteousness,
for theirs is the kingdom of heaven."
"예수님은 지금 490번까지라도 용서하라고 말씀하고 계시지."
"네. 하나님은 용서(容恕)하는 자를 용서하시죠."
"강자는 용서할 줄 알고,
용서는 또한 사람을 자유케 하는 힘을 가지고 있지."

예삭이 책장을 넘겼다.

'예수께서 이 말씀을 마치시고 갈릴리에서 떠나
요단강(Jordan) 건너
유대 지경(region of Judea)에 이르시니...
어떤 사람이 주께 와서 가로되,
선생님이여,

내가 무슨 선한 일을 하여야
영생(eternal life)을 얻으리이까?"
예수께서 가라사대,
어찌하여 선한 일을 내게 묻느냐?
선한 이는 오직 한 분이시니라.
네가 생명에 들어가려면 계명들을 지키라.
예수께서 또 가라사대,
살인하지 말라, 간음하지 말라, 도적질하지 말라,
거짓 증거하지 말라, 네 부모를 공경하라,
네 이웃을 네 몸과 같이 사랑하라 하신 것이니라.'

"스승님 말씀대로 우리는 십계명을 잊으면서 죄를 짓고 살아가지요."
"모세가 시내산에서 받아온 십계명을 가슴에 담고 살아가야지."
"그래서 예수님도 영생을 얻고 싶어하는 사람에게 먼저 계명을 지킬 것을 말씀하시네요."

소년이 '신우여안부 살간도거탐'이라는 십계명(十誡命) 암기법을 혼자 속삭였다.

'예수께서 제자들에게 이르시되,
내가 진실로 너희에게 이르노니,
부자는 천국에 들어가기가 어려우니라.
다시 너희에게 말하노니,
약대가 바늘귀로 들어가는 것이
부자가 하나님의 나라에 들어가는 것보다 쉬우니라...
또 내 이름을 위하여
집이나 형제나 자매나 부모나 자식이나 전토를 버린 자마다,
여러 배를 받고 또 영생을 상속하리라.
그러나 먼저 된 자로서 나중 되고,
나중 된 자로서 먼저 될 자가 많으니라.'

"부자는 천국에 들어가지 못하나요?"
"들어갈 수는 있지. 쉽지 않을 뿐이지."
"아쉬움이 덜하니, 그만큼 말씀에 대한 간절함이 덜 하겠군요."
"가난을 통해서 깨달음을 얻을 수 있다면, 부유함보다도 더 큰 축복이지."

소년은 이 세상에는 물질에 무관하게 돈 앞에서 의연한,

깨달은 사람들이 꽤 있다는 사실에 놀랐다.

특히 스승 예삭의 친구분들 중에는 그런 사람들이 많았다.
그러나 그들은 늘 풍요로운 마음의 소유자들이었다.
깨달음을 통한 영원한 행복은 돈에 의한 즐거움에 비할 바가 아니었다.
그곳은 시공을 초월하는 넓고 큰 거룩한 세계였다.

"먼저 된 자로서 나중 되고,
나중 된 자로서 먼저 될 자가 많다는 예수님의 말씀은
늦은 자들에 대한 소망이예요."
"끝까지 포기하지 않는다면 인생은 역전승이 많은 무대지.
어느 상황에서도 의연함을 지키며 오래 참고 기다리는 법을 배워야지."

예삭이 솔로몬의 전도서 9:11을 펴주며 말했다.

'빠른 경주자도 선착하는 것이 아니다.
내가 돌이켜 해 아래서 보니,
빠른 경주자라고 선착하는 것이 아니며,
유력자라고 전쟁에서 승리하는 것이 아니며,
지혜자라고 식물을 얻는 것이 아니며,
명철자라고 재물을 얻는 것이 아니며,
기능자라고 은총을 얻는 것이 아니니,
이는 시기와 우연이 이 모든 자에게 임함이라.'

소년이 예수님께서 자신의 죽음을 예고하신 말씀을 펼쳤다.

'예수께서 예루살렘으로 올라가려 하실 때,
열두 제자를 따로 데리시고 길에서 이르시되,
보라, 우리가 예루살렘으로 올라가노니,
인자가 대제사장들과 서기관들에게 넘기우매,
저희가 죽이기로 결의하고, 이방인들에게 넘겨주어 그를 능욕하며,
채찍질하며, 십자가에 못 박게 하리니, 제 삼일에 살아나리라...
너희 중에 누구든지 크고자 하는 자는 너희를 섬기는 자가 되고,
너희 중에 누구든지 으뜸이 되고자 하는 자는 너희 종이 되어야 하리라.
인자가 온 것은 섬김을 받으려 함이 아니라, 도리어 섬기려 하고,
자기 목숨을 많은 사람의 대속물로 주려 함이니라.'

"결국에는 대제사장과 서기관들이 예수님을 죽이기로 결정하네요."

"세상에서 가장 처참한 죽음은,
이방인들로부터 능욕과 채찍질을 당하고,
십자가에 못 박히는 죽음이지."
"차라리 편안하게 죽는다는 것은 축복이네요."
"그것도 하나의 큰 깨달음이지."
"예수님께서 남의 종이 되어 섬길 줄 알아야
크고 으뜸이 될 수 있다는 가르침도 주시네요."
"만왕의 왕이신 예수님은,
이 세상에서 존중받기 위해 오신 것이 아니라,
오히려 우리를 섬기시기 위해 오셨다는
엄청난 메시지를 우리는 깊이 묵상해야만 하지."
"네. 우리 인류의 모든 죄를 대속(代贖)해서 지고 가시는 것이지요."
"은혜와 자비를 베풀며 섬기고자 하는 인생,
그것이 예수 그리스도의 길이지."

예수님은 이어서 감람산, 벳바게(Bethphage), 베다니(Bethany) 등을
두루 다니시며 말씀을 전하시고 병든 자를 고치신다.
이곳들은 모두 현재 이스라엘 예루살렘 동쪽에 위치한 지역이며,
예수님의 사역과 관련하여 중요한 역할을 한 장소들로,
지금은 예루살렘 근처 유적지로 보존되어 있다.

"감람산(Mount of Olives)이 어디죠?"
"예루살렘을 내려다보는 언덕으로, 예수님이 승천하신 곳이지."
"벳바게(Bethphage)는요?"
"감람산 동쪽 경사면에 위치한 작은 마을로,
예수님이 예루살렘에 입성하시기 전,
나귀를 빌린 사건이 일어난 장소로 알려져 있지."
"베다니(Bethany)는요?"
"감람산 동쪽 기슭에 있는 마을로,
나사로가 부활한 장소로 유명하지.
예수님이 자주 방문하셨던 곳이고."
"네. 나사로는 죽었다가 예수님의 기적으로 무덤에서 다시 살아난 인물입니다.
마태복음서에 호산나라는 말이 등장합니다. 무슨 뜻이죠?"
"호산나(Hosanna)는 '할렐루야' 또는 '구원해 주소서'란 의미로 사용되지."

노인이 말하며 책장을 넘겼다.

53

'너희가 기도할 때에 무엇이든지 믿고
구하는 것은 다 받으리라 하시니라...
그 둘 중에 누가 아비의 뜻대로 하였느뇨.
가로되 둘째 아들이니이다.
예수께서 저희에게 이르시되,
내가 진실로 너희에게 이르노니,
세리들과 창기들이 너희보다 먼저 하나님의 나라에 들어가리라.
요한이 의의 도로 너희에게 왔거늘 너희는 저를 믿지 아니하였으되,
세리와 창기는 믿었으며,
너희는 이것을 보고도 종시 뉘우쳐 믿지 아니하였도다.'

"기도해도 응답을 받지 못하는 경우가 많다고들 합니다."
"잘못된 기도에는 응답이 없는 법이지."
"기도하며 구해도 받지 못한다는 것이지요."
"요한계시록에서는 미지근하지 말라고 가르치지.
차든지 덥든지 둘 중에 하나."
"네, 믿는 둥 마는 둥, 확실한 믿음 없이 그저 구하기만 하니 응답이 없다는 뜻이군요."
"부정 축재의 표본이었던 세리(稅吏)들과 심지어 매춘부들(prostitutes)이 먼저 하늘나라에
들어갈 것이라고 말씀하셨지."
"네. 하나님은 모두를 똑같이 사랑하시니까 믿음에는 빈부나 귀천이 없죠."
"세리와 창녀(娼女)는 우리에게
의의 도(道之義, way of righteousness)로 온 요한(John)을 알아본 것이지."
"아멘, 입니다."

소년이 책장을 넘겼다.

'청함을 받은 자는 많되 택함을 입은 자는 적으니라
For many are invited, but few are chosen...
부활 때에는 장가도 아니 가고 시집도 아니 가고,
하늘에 있는 천사들과 같으니라...
죽은 자의 부활을 논할진대 하나님이 너희에게 말씀하신 바,
"나는 아브라함의 하나님이요 이삭의 하나님이요
야곱의 하나님이로라 하신 것을 읽어 보지 못하였느냐?
하나님은 죽은 자의 하나님이 아니요,
산 자의 하나님이시니라 하시니
무리가 듣고 그의 가르침에 놀라더라.

예수께서 사두개인들로 하여금
대답할 수 없게 하셨다 함을 바리새인들이 듣고 모였는데,
그중 한 율법사가 예수를 시험하여 묻되,
선생님이여, 율법 중에 어느 계명이 가장 크니이까?
Which is the greatest commandment in the Law?
예수께서 가라사대,
네 마음을 다하고, 목숨을 다하고,
뜻을 다하여 주 너의 하나님을 사랑하라 하셨으니,
이것이 크고 첫째 되는 계명이요,
둘째는 그와 같으니,
네 이웃을 네 몸과 같이 사랑하라 하셨으니,
이 두 계명이 온 율법과 선지자의 강령이니라.'

"청함과 택함은 어떻게 구별되나요?"
"하나님은 대자대비(大慈大悲)하신 분이라서 인류 모두에게 청함을 주셨고,
택함은 말 그대로 우리에게 선택의 자유를 주신 것이지."
"그렇다면 택함은 오히려 우리에게 달렸다는 뜻인가요?"
"택함을 입은 자란 곧 하나님의 말씀을 읽고 묵상하며 행하는 사람이라 할 수 있지."
"네. 이어지는 말씀은 우리에게 진실로 깨달음을 주는 가르침이네요.
바로 하나님은 죽은 자가 아닌 산 자의 하나님이라는 사실요
He is not the God of the dead but of the living."
"마음의 귀가 있고, 마음의 눈이 있는 자는 듣고 보겠지."
"바리새인 율법사가 예수님께 가장 큰 계명을 묻습니다."
"예수님의 대답은 '경천애인'이었다는 것을 기억하도록."
"네, 일찍이 스승님과 함께 많이 공부했지요."

경천애인(敬天愛人)이라는 말은
'하늘을 공경하고 사람을 사랑한다'는 뜻으로,
홍익인간(弘益人間)과 함께
고조선의 건국이념이었다는 사실은 소년에게 신선한 충격이었다.

"하나님 곧 그리스도의 가르침인 성경의 말씀이,
우리 민족의 철학이자 사상이었다니…"

소년은 몇 날 밤을 새워가며 한국의 고대사를 공부한 기억을 떠올렸다.

예삭이 소년의 작은 노트에 적힌 글귀를 보며 책장을 넘겼다.

'경천애인(敬天愛人 KyungChunAeIn)
홍익인간(弘益人間 HongIkInGan),
 Love the Lord your God with all your heart,
with all your soul, and with all your mind
and your neighbor as yourself.
네 마음을 다하고, 목숨을 다하고,
뜻을 다하여 주 너의 하나님을 사랑하고,
네 이웃을 네 몸과 같이 사랑하라.'

'누구든지 자기를 높이는 자는 낮아지고,
누구든지 자기를 낮추는 자는 높아지리라...

화 있을진저 외식하는 서기관들과 바리새인들이여!
너희가 박하(薄荷, mint)와 회향(茴香, dill)과
근채(根菜, cumin)의 십일조를 드리되
율법의 더 중한 바, 의와 인과 신은 버렸도다.
그러나 이것도 행하고 저것도 버리지 말아야 할지니라...

예수께서 대답하여 가라사대,
너희가 사람의 미혹을 받지 않도록 주의하라.
많은 사람이 내 이름으로 와서,
내가 그리스도라 하여 많은 사람을 미혹하게 하리라.
민족이 민족을, 나라가 나라를 대적하여 일어나겠고,
처처에 기근과 지진이 있으리니,
이 모든 것이 재난의 시작이니라.
그때 사람들이 너희를 환난에 넘겨주겠으며,
너희를 죽이리니,
너희가 내 이름을 위하여 모든 민족에게 미움을 받으리라.

그러나 끝까지 견디는 자는 구원을 얻으리라.'

소년은 예삭의 작은 노트에 눈길을 멈추었다.

'겸손(謙遜)이란, 누구든지 자기를 높이는 자는 낮아지고,
누구든지 자기를 낮추는 자는 높아지리라.
For those who exalt themselves will be humbled,
and those who humble themselves will be exalted'

"예수님은 물론, 의와 자비, 사랑과 신실함이
십일조보다 더 중요한 법이라고 가르치십니다."
"자칭 그리스도라며 사람들을 미혹하는 자들을 주의하라는 말씀도 기억해야지."

민족이 민족을, 나라가 나라를 대적하고,
기근과 지진이 예전에도 있었고 지금도 있으며 앞으로도 있을 것이다.
그러나 인류 모두가 말씀과 진리로 하나가 되어
사랑과 자비와 행복이 넘치는 세계가 될 수 있다면,
그런 세상을 꿈꾸는 것이 소년의 인생이 되어가고 있었다.

'The one who stands firm to the end will be saved.
끝까지 견디는 자는 지켜지리라.'

소년이 묵상하며 책장을 넘겼다.

'번개가 동편에서 나서 서편까지 번쩍임 같이 인자의 임함도 그러하리라...
그때에 인자의 징조가 하늘에서 보이겠고,
그때에 땅의 모든 족속들이 통곡하며
그들이 인자가 구름을 타고 능력과 큰 영광으로 오는 것을 보리라...
천지는 없어지겠으나 내 말은 없어지지 아니하리라.

그러나 그 날과 그 때는 아무도 모르나니,
하늘의 천사들도, 아들도 모르고, 오직 아버지만 아시느니라.
노아(Noah)의 때와 같이 인자의 임함도 그러하리라.
홍수(flood) 전에 노아가 방주(ark)에 들어가던 날까지
사람들이 먹고 마시고 장가 들고 시집가고 있으면서
홍수가 나서 저희를 다 멸하기까지 깨닫지 못하였으니,
인자의 임함도 이와 같으리라...
그러므로 깨어 있으라.
어느 날에 너희 주가 임할는지 너희가 알지 못함이니라...
이러므로 너희도 예비하고 있으라.
생각지 않은 때에 인자가 오리라.'

"우주의 모든 것은 변하지만, 영원한 것은 오직 진리인 말씀뿐입니다.
Heaven and earth will pass away, but my words will never pass away.
지구의 종말이 가까웠다며 사람들을 현혹하는 자들이 많습니다."

"예수님은 분명히 말씀하셨지.
그 날과 그 때는 아무도 모르며, 오직 아버지만 아신다고.
About that day or hour no one knows,
not even the angels in heaven, nor the Son,
but only the Father.
항상 깨어 있어서,
땅의 소금과 세상의 빛으로 존재하는 자에게는
모든 것이 준비된 법이지."
"네, 누가가 쓴 사도행전에도 그런 말씀이 있어요."

소년이 노인의 작은 노트에 기록된 구절을 떠올리며 말했다.

'이르시되,
때와 시기는 아버지께서 자기의 권한에 두셨으니
너희가 알 바 아니요
It is not for you to know
the times or dates the Father has set by his own authority..'

"정답이군."

노인이 짧게 말하며 마태복음서를 넘겼다.

'또 어떤 사람이 타국에 갈 때에 그 종들을 불러 자기 소유를 맡김과 같으니,
각각 그 재능대로, 하나에게는 금 다섯 달란트(five bags of gold)를,
하나에게는 두 달란트를, 하나에게는 한 달란트를 주고 떠났더니...

다섯 달란트를 받은 자는 바로 가서 그것으로 장사하여 또 다섯 달란트를 남기고,
두 달란트를 받은 자도 그같이 하여 또 두 달란트를 남겼으되,
한 달란트를 받은 자는 가서 땅을 파고 주인의 돈을 감추어 두었더라.

오랜 후에 그 종들의 주인이 돌아와 저희와 회계(會計 settled accounts)할 새,
다섯 달란트를 받았던 자는 다섯 달란트를 더 가지고 와서,
주여, 내게 다섯 달란트를 주셨는데, 보소서 내가 또 다섯 달란트를 남겼나이다.

58

그 주인이 이르되, 잘하였도다, 착하고 충성된 종아.
네가 작은 일에 충성하였으매, 내가 많은 것으로 네게 맡기리니
네 주인의 즐거움에 참예할지어다.

두 달란트를 받은 자도 와서 말하되,
주여, 내게 두 달란트를 주셨는데, 보소서 내가 또 두 달란트를 남겼나이다.
그 주인이 이르되, 잘하였도다, 착하고 충성된 종아.
네가 작은 일에 충성하였으매, 내가 많은 것으로 네게 맡기리니
네 주인의 즐거움에 참예할지어다.

한 달란트를 받은 자도 와서 가로되,
주여, 당신은 굳은 사람이라 심지 않은 데서 거두고
헤치지 않은 데서 모으는 줄을 내가 알았으므로 두려워하여
나가서 당신의 달란트를 땅에 감추어 두었나이다.

보소서, 당신의 것을 받으셨나이다.

그 주인이 대답하여 가로되, 악하고 게으른 종아.
나는 심지 않은 데서 거두고,

헤치지 않은 데서 모으는 줄로 네가 알았느냐?
그러면 네가 마땅히 내 돈을 취리(取利)하는 자들에게 맡겨
내가 돌아와서 본전과 이자를 받게 하였어야 할 것이니라.

그리고 그에게서 한 달란트를 빼앗아 열 달란트를 가진 자에게 주어라.
무릇 있는 자는 받아 풍족하게 되고, 없는 자는 그 있는 것까지 빼앗기리라.'

"하나님께서는 재능대로 (each according to his ability) 주시는 법이니까,
스스로 무실역행(務實力行)에 힘써야지."
예삭이 말하며 자신의 작은 노트를 내밀었다.

'무실역행(務實力行), 모든 기회로부터 최선을 이끌어내어 자신의 능력을 쌓는다.'

"독립운동가 도산 안창호 선생은,
110여 년 전 일제시대의 치욕은 힘이 없었기 때문이라며
무실역행을 강조하셨어. 하늘은 스스로 돕는 자를 돕는다
God helps those who help themselves
하나님은 스스로의 몫만큼 주시지."
"하나님은 게으름은 곧 악이라며 꾸짖으십니다You wicked, lazy servant!"

"하나님은 우리가 가난하길 바라시지 않으시지."

"신묘막측(神妙莫測)하신 하나님은, 우리에게 처함의 비밀을 주셨죠.
빈부(貧富)에 처할 줄 아는 비결 말입니다."

"그래. 처할 줄 아는 자에게는 부유함도 가난함도 아무 문제가 되지 않지."

"금 다섯 주머니를 열 주머니로 불리는 것이 바로 복리의 힘이지요."

"복리요?"

"복리(複利 compound interest)는 인류의 8번째 불가사의라고도 불리지.
20세기의 위대한 과학자 알버트 아인슈타인은
복리는 우주의 가장 강력한 힘이라고 했지.
특히 72의 법칙은 꼭 기억해야 해."

"72의 법칙이요?"

"복리에서 72의 법칙은 아주 간단하면서도 핵심적인 계산법이지.
투자 자산이 두 배가 되려면 얼마나 걸리는지를 계산할 때,
72 ÷ 연평균 수익률로 계산하면 되는 거야.

예를 들어, 수익률이 6%라면 72 ÷ 6 = 12년,
즉 12년 후에 투자금이 두 배가 되는 거지."

"그럼 수익률이 12%라면 6년 만에 투자금이 두 배?"

소년은 스스로 놀라며 복리의 비밀을 깨우쳐 가고 있었다.
그것은 예삭 노인이 Series 7이라는
미국 주식 브로커 자격증을 취득하며 배운 지식이었다.

"프로 권투선수 출신이, 미국인에게도 어렵다는 시험을 어떻게...
그것도 영어로...?"

소년이 고개를 갸우뚱거리며 속삭였다. 불가능이 없는 노인?

"성경에는 부자가 되는 비결도 다 들어있네요."

"정경(正經)에는 우주의 모든 비밀과 해답이 담겨 있지.
부자의 길인 부동산(不動産)도 솔로몬의 잠언(箴言)에 나와 있고."

소년은 예삭의 작은 노트에서 정성스럽게 기록된 초록색 글씨를 보았다.
그것은 예삭이 Big Bear 산에서 우뢰 같은 음성과 함께 깨달았다는
그리스도의 가르침이었다.

'내가 진실로 너희에게 이르노니,
너희가 여기 내 형제 중에 지극히 작은 자 하나에게 한 것이
곧 내게 한 것이니라Truly I tell you,
whatever you did for one of the least of these brothers
and sisters of mine, you did for me.'

소년도 이 말씀을 가슴에 담고 살았다.
스쳐가는 모든 사람들에게서 예수 그리스도의 얼굴을 보았다.
참으로 눈물겨운 깨달음이었다.
모두가 형제요 자매였고, 그곳에는 영원한 사랑과 소망,
그리고 기쁨과 행복이 있었다.
찰나의 순간들이 주 예수와 동행하는 천국이었다.
소년은 그렇게 죽어서가 아닌 살아서 천국의 인생을 살아가고 있었다.

깨달은 자에게는 종말이 의미 없다.
자신의 존재 자체가 없기 때문이다.
오직 주의 십자가만이 있을 뿐이다.
이미 예수 그리스도와 함께 십자가에 못 박혀 죽지 않았던가.

불교에서는 이를 무아혹은 공(空)이라 표현한다.
색즉시공(色卽是空), 공즉시색(空卽是色)
색(形)이 있으므로 공(空)이 있고, 공이 있으므로 색(形)이 있다.
어느 하나만 존재하는 것은 신도, 우주도 아니다.
보이지 않는 공과 보이는 색의 조화.
그것이 곧 신의 법칙이요, 우주의 법칙이다.

"그리스도께서 감람산(Mount of Olives)에 오르셔서,
앞으로 예수님에게 일어날 비극적인 일들을 제자들에게 예언하십니다.
감람산은 예루살렘 동쪽에 위치한 언덕으로,
성경에서 매우 중요한 사건들과 연관된 장소입니다."

"예수님께서 예루살렘에 들어가기 전,
이곳에서 기도하시고 제자들에게 설교하신 곳이지.
감람산은 예수님의 재림과도 관련된 예언이 있는 곳으로 유명해."

"겟세마네(Gethsemane)라는 곳에 이르셔서
하나님 아버지께 기도하시는 모습,
그리고 체포당하시는 장면은 참으로 안타깝고,
엄숙할 수밖에 없는 순간들입니다."

"겟세마네는 감람산 기슭에 위치한 동산으로,
예수님이 체포되시기 전, 제자들과 함께 기도하셨던 장소지.
예수님의 고난이 시작된 곳으로 보면 되지."

"감람산과 겟세마네, 두 장소 모두 성경적 중요성을 지닌 역사적인 장소로,
오늘날에도 많은 순례자들이 방문하는 곳입니다."
소년이 말하며 책장을 넘겼다.

'내가 진실로 너희에게 이르노니,
너희 중에 한 사람이 나를 팔리라.
저희가 먹을 때에 예수께서 떡을 가지사 축복하시고
떼어 제자들에게 주시며 가라사대,
받아 먹으라, 이것이 내 몸이니라.
또 잔을 가지사 사례하시고 저희에게 주시며 말씀하시기를,
너희가 다 이것을 마시라.
이것은 죄 사함을 얻게 하려고 많은 사람을 위하여 흘리는바,
나의 피 곧 언약의 피(blood of the covenant)니라.

오늘 밤에 너희가 다 나를 버리리라.
그러나 내가 살아난 후에,
너희보다 먼저 갈릴리로 가리라.
베드로가 대답하였다.
다 주를 버릴지라도, 나는 언제든지 버리지 않겠나이다.
예수께서 가라사대,
내가 진실로 네게 이르노니,
오늘 밤 닭 울기 전에
네가 세 번 나를 부인하리라.
예수는 조금 나아가 얼굴을 땅에 대시고 기도하셨다.

내 아버지여,
할만하시거든 이 잔을 내게서 지나가게 하옵소서.
그러나 나의 원대로 마옵시고,
아버지의 원대로하옵소서.

시험에 들지 않게 깨어 있어 기도하라.
마음은 원이로되, 육신이 약하도다.
때가 가까왔으니, 인자가 죄인의 손에 팔리느니라.
네 검을 도로 집어넣으라.
검을 가지는 자는 다 검으로 망하느니라.
이 모든 일은 선지자의 예언을 이루기 위함이라.
이에 제자들이 다 예수를 버리고 도망하였다.

그 후, 예수께서 말씀하셨다.
너희가 인자가 권능의 우편에 앉은 것과,
하늘 구름을 타고 오는 것을 보리라.
이에 사람들이 예수의 얼굴에 침을 뱉고,
주먹으로 치며, 손바닥으로 때리더라.
베드로가 저주하며 맹세하며 말하되,
내가 그 사람을 알지 못하노라.
그 순간, 닭이 곧 울더라.'

"얼굴에 침을 뱉고 주먹과 손바닥으로 때리기까지 하다니..."
소년이 슬픈 얼굴로 말했다.

"제자들에게 배신당하고 버림받고,
육체적으로 고통받는 예수님의 모습은
참으로 눈뜨고 보기 힘든 순간들이지.
그러니 우리가 겪는 고난은,
그리스도의 고난 앞에선 작은 위로가 되기도 해."
"네. 그분의 고난을 생각하며 살아가는 것도
살아 있는 기도요, 호흡하는 신앙입니다."

"죽음 앞에서도
'내 뜻대로 마옵시고 아버지의 뜻대로 하옵소서
not as I will, but as you will'라고

기도하는 그 장면은, 장엄하기까지 하지."

예삭이 말하며 조용히 책장을 넘겼다.

'새벽에 모든 대제사장과 백성의 장로들이 예수를 죽이려고 함께 의논하고,
결박하여 끌고 가서 총독 빌라도(Pilate the governor)에게 넘겨주니라.

예수를 판 유다(Judas)가 스스로 뉘우쳐
그 은 삼십을 대제사장들과 장로들에게 돌려주며
성소에 던져 넣고 물러가 스스로 목매어 죽은지라.
이에 선지자 예레미야(Jeremiah)로 하신 말씀이 이루어졌더라.

명절이 되면 총독이 무리의 소원대로 죄수 하나를 놓아주는 전례가 있더니,
그때 바라바(Barabbas)라 하는 유명한 죄수가 있었다.
무리가 모였을 때 빌라도가 물어 이르되,
너희는 내가 누구를 너희에게 놓아주기를 원하느냐,
바라바냐 그리스도라 하는 예수냐? 하니,
이는 그가 저희의 시기로 예수를 넘겨준 줄 앎이러라.
총독이 다시 말하여,
둘 중에 누구를 너희에게 놓아주기를 원하느냐? 하니
그들이 말하되, 바라바로소이다.
빌라도가 이르되,
그러면 그리스도라 하는 예수(Jesus who is called the Messiah)는 내가 어떻게 하랴? 하니,
그들이 다 말하되,
십자가에 못 박으소서(Crucify him)! 하더라.

이에 바라바는 무리에게 놓아주고,
예수는 채찍질(flogged)하고 십자가에 못 박히게 넘겨주니라.
그의 옷을 벗기고 홍포(紅袍, scarlet robe)를 입히며,
가시 면류관(crown of thorns)을 엮어 그의 머리에 씌우고,
갈대를 그의 오른손에 들리고 그 앞에 무릎을 꿇고 조롱하며 말하기를,
유대인의 왕이여, 평안할지어다! 하고 그에게 침을 뱉으며,
갈대를 빼앗아 그의 머리를 치더라.
They spit on him,
and took the staff and struck him

on the head again and again.'
조롱(mock)을 다한 후,
그 홍포를 벗기고 도로 그의 옷을 입혀
십자가에 못 박으려고 끌고 나가니라.
After they had mocked him,
they took off the robe and put his own clothes on him.
Then they led him away to crucify him.'

"유다의 배신과 그가 후회하며 스스로 목숨을 끊은 장면은
예수님의 고난이 단순히 육체적 고통만이 아니라,
가까운 제자에게서 받은 배신도 포함하고 있어요."
"빌라도는 예수님이 무죄임을 알고 있었음에도 불구하고,
군중의 요구에 굴복하여 바라바를 석방하고
예수님을 십자가에 못 박으려 넘겨주는 장면은
정치적 압력과 인간의 약점이 하나님의 계획 속에서
어떻게 이루어지는지를 보여주고 있지요."
"예수님은 가시 면류관을 쓰고 홍포를 입으며 조롱을 당하시고,
머리를 맞는 등의 모욕을 겪으십니다."

소년이 안타까운 심정으로 말했다.

"그것은 곧 예수님의 왕권과 인류 구속을 위한 희생을 조롱하는 세상과,
그분의 겸손한 순종을 상징적으로 보여주고 있지요.
예수님이 가시는 길은 왕의 길이지만,
세속적인 방식이 아닌 고난과 희생을 통한 구속의 길임을 나타내고 있지요."

예삭과 소년은 조금은 슬픈 듯한 표정으로,
아무 말 없이 예수님이 능욕당하는 구절을 읽어내려갔다.

'나가다가 시몬이란 구레네 사람을 만나매,
그를 억지로 끌어 예수의 십자가를 지웠더라.
골고다(Golgotha), 곧 해골의 곳(place of the skull)이라는 곳에 이르러,
그 머리 위에는
이는 유대인의 왕 예수라 쓴 죄패(written charge)가 붙었더라.

지나가던 자들이 그를 모욕하며 이르되,

성전을 헐고 사흘 만에 짓는 자여,
네가 하나님의 아들이어든 자기를 구원하고 십자가에서 내려오라 하며,
제 구시 즈음(about three in the afternoon)에 예수께서 크게 소리 질러 가라사대,
엘리 엘리 라마 사박다니(Eli, Eli lema sabachthani)! 하시니,
이는 곧 나의 하나님, 나의 하나님, 어찌하여 나를 버리셨나이까? 하는 뜻이라.

예수께서 다시 크게 소리 지르시고 영혼이 떠나시니(he gave up his spirit),
이에 성소 휘장이 위로부터 아래까지 찢어져 둘이 되고,
땅이 진동하며 바위가 터지고,
무덤들이 열리며 자던 성도의 몸이 많이 일어나되,
예수의 부활 후(after Jesus' resurrection),
저희가 무덤에서 나와 거룩한 성에 들어가 많은 사람에게 보이니라.

백부장과 함께 예수를 지키던 자들이
지진과 그 일어나는 일들을 보고 심히 두려워하여 이르되,
이는 진실로 하나님의 아들이었도다Surely he was the Son of God! 하더라.

그 중에는 막달라 마리아(Mary Magdalene),
또 야고보와 요셉(James and Joseph)의 어머니 마리아(Mary),
또 세베대(Zebedee)의 아들들의 어머니도 있더라.

저물었을 때,
아리마대(Arimathea)의 부자 요셉이라 하는 사람이 왔으니,
그도 예수의 제자더라.

그가 빌라도에게 가서 예수의 시체를 달라 하니,
이에 빌라도가 내어주라 분부하거늘,
요셉이 시체를 가져다가 정한 세마포(clean linen cloth)로 싸서
바위 속에 판 자기 새 무덤에 넣어 두고,
큰 돌을 굴려 무덤 문에 놓고 가니,
거기 막달라 마리아와 다른 마리아가 무덤을 향하여 앉았더라.

그 이튿날,
곧 예비일 다음 날에,
대제사장들과 바리새인들이 함께 빌라노에게 모여 말하되,
주여, 저 유혹하던 자가 살았을 때 말하기를

내가 사흘 후에 다시 살아나리라 한 것을 우리가 기억하노니...
이에 그들이 파숫군과 함께 가서 돌을 인봉하고 무덤을 굳게 하니라.'

예수님은 그렇게 십자가에 못 박혀 돌아가셨다.
예삭과 소년의 침묵은 한참 동안 계속되었다.

"예수님께서 십자가에서 돌아가시기 전
'엘리 엘리 라마 사박다니'라고 외치시는 장면은
예수님의 극심한 고통과 인간적인 면모를 보여주고 있어요."
"예수님이 우리를 위해 희생하시고,
죄인을 대신하여 고통을 감당하셨다는 깊은 의미를 담고 있는 장면이지."
"예수님의 부활 후 무덤에서 나와 성도들이 다시 살아난 사건은
부활의 중요성을 강조하고 있어요."
"이 사건을 통해 예수님께서 단순히 죽음을 극복하신 것이 아니라,
모든 믿는 자들에게 새로운 생명을 주신다는 희망을 전해주고 있는 것이지요."
"예수님의 죽음과 그로 인해 일어난 일들을 목격한 백부장과 함께한 사람들이
'이는 진실로 하나님의 아들이었도다'라고 고백하는 장면은,
예수님의 신성을 인정하는 순간을 보여주고 있어요."

소년과 노인이 동시에 책장을 넘겼다.

'안식일(Sabbath)이 다하여가고
안식 후 첫날이 되려는 미명(未明, dawn 동틀녘)에
막달라 마리아와 다른 마리아가 무덤을 보려고 왔더니,
큰 지진이 나며 주의 천사가 하늘로부터 내려와 돌을 굴려내고 그 위에 앉았는데,
그 형상은 번개 같고 그 옷은 눈같이 희더라.
His appearance was like lightning, and his clothes were white as snow

천사가 여자들에게 이르되,
그가 죽은 자 가운데서 살아나셨고,
너희보다 먼저 갈릴리로 가시나니 거기서 너희가 뵈오리라.
보라, 내가 너희에게 일렀노라 하거늘,
그 여자들이 무서움과 큰 기쁨으로 무덤을 빨리 떠나
제자들에게 알리려고 달음질할 때,
예수께서 저희를 만나 이르시되,
평안하냐? 하시거늘,

여자들이 나아가 그 발을 붙잡고 경배하니라.

예수께서 나아와 말씀하시되,
하늘과 땅의 모든 권세를 내게 주셨으니,
그러므로 너희는 가서 모든 족속으로 제자를 삼아,
아버지와 아들과 성령의 이름으로 세례를 주고,
내가 너희에게 분부한 모든 것을 가르쳐 지키게 하라.
볼지어다,
내가 세상 끝날까지 너희와 항상 함께 있으리라
Therefore go and make disciples of all nations,
baptizing them in the name of the Father
and of the Son and of the Holy Spirit.'

"예수님께서 번개 같은 형상으로,
눈같이 흰 옷을 입고 부활하셨습니다."
"예수님께서 항상 우리와 함께 하시니,
우리는 지구의 모든 이웃들과 함께 서로 말씀을 사모하며 사랑해야지."
"그것이 우리를 향한 그리스도의 소망이요, 사랑이십니다."
"막달라 마리아와 다른 마리아가 무덤을 방문했을 때,
천사가 내려와 돌을 옮기고 예수님의 부활을 알리는 장면은
부활의 확실한 증거로서 매우 중요한 부분이지요."
"천사의 등장과 그 형상이 번개 같고,
옷이 눈같이 희다는 묘사는 초자연적인 사건임을 상징하고 있어요."
"세상 끝날까지 너희와 항상 함께 있으리라는 약속은
우리에게 큰 위로와 희망을 주는 중요한 말씀이시지.
이제 두 번째 복음서를 준비해야지?"

노인이 마태의 복음서 마지막 책장을 덮으며 말했다.

"넵."

소년이 대답했다.

소예공부(마태복음)

"예수는 약속된 메시아이며 왕이십니다. 예수님의 족보와 출생부터 시작해, 구약의 예언을 성취하는 메시아로 소개되고 있습니다. 예수님은 인류 모두를 다스릴 사랑의 왕이자, 인류의 진정한 구원자이십니다. 하늘나라, 즉 천국은 지금 여기에 임하고 있습니다. 천국은 죽어서 가는 곳이 아니라, 회개하고 믿는 자 안에서 시작되는 현재적 실재입니다. 하늘나라는 이미 우리 안에 임했고, 하나님과 이웃을 사랑하는 것이 그 증거입니다."

부처 싯다르타가 사랑을 담아 깨달음으로 말했다.

"세례 요한과 예수님은 동일하게 '회개하라 천국이 가까이 왔느니라'고 외칩니다. 영어 성경의 repent라는 단어는 단순한 회개를 넘어, 뉘우치고 참회하며 삶의 방향을 전환하라는 뜻입니다. 어리석음을 깨우쳐 이미 우리 안에 계신 하나님의 나라를 체험하라는 것입니다."

소크라테스가 깨우침으로 말했다.

"예수님의 산상수훈은 인류의 윤리적 혁명입니다. 팔복과 원수를 사랑하라는 가르침은 가장 급진적이며 아름다운 사랑의 선언입니다. 마태복음은 인간의 본성을 넘어, 하나님의 성품으로 살아가라고 초대합니다. 율법의 완성은 사랑이기 때문입니다. 예수님은 율법을 폐하러 오신 것이 아니라, 사랑으로 완성하시려 오셨으며, 모든 계명의 핵심은 '하나님 사랑, 이웃 사랑'입니다."

공자가 이웃 사랑으로 말했다.

"고난과 십자가는 구속의 길입니다. 예수님은 그 고난을 피하지 않으시고, 인류의 죄를 대신 짊어지셨습니다. 예수님의 부활은 새로운 생명의 시작입니다. 죽음을 이기신 예수님의 부활은 인류 모두에게 영원한 생명의 소망이 됩니다. 구약이 하나님의 말씀이라면, 신약은 예수님의 이루심입니다. 신약과 예수님의 존재는, 하나님을 바라보는 신앙을 넘어, 스스로 행동하고 참여하며 실천함으로써, 모든 인류가 우리 안에 살아계신 하나님을 깨우쳐, 스스로 말씀과 진리가 되어가는 삶을 지향하게 합니다."

소년(少年)에서 청년(靑年)으로 성장한 소년(蘇年)이 말했다.

제2권 마가복음 (Mark)

"마가를 말해보세요."
노인이 친구처럼 말했다.
"마가는 종으로 오신 예수님을 표현하고 있어요.
하나는 섬김을 받으러 오신 것이 아니라 섬기려고 오셨다는 것이고,
또 하나는 자신을 희생하며 인류의 죄를 대신하기 위해 오셨다는 것이죠."
소년이 스쳐가는 이웃을 섬기는 마음으로 말했다.

"예수님이 위대하신 것은 그 목적을 이루기 위해
모든 배고픔과 목마름의 고난을 다 이기셨다는 것이지.
기도와 성령의 힘으로 초인적인 능력을 발휘하기도 하셨고."
노인이 모든 것을 이긴 고난으로 말했다.

"가르치시는 말씀을 빠른 결단력을 통해
행함으로 보여주신 유일무이한 의인이십니다."

예삭이 마가(Mark)의 복음서 첫 장을 펼쳤다.

'하나님의 아들 예수 그리스도 복음의 시작이라.
선지자 이사야의 글에, 보라,
내가 내 사자를 네 앞에 보내노니 그가 네 길을 예비하리라.
광야에 외치는 자의 소리가 있어 가로되,
너희는 주의 길을 예비하라, 그의 첩경을 평탄케 하라.
기록된 것과 같이,
세례 요한이 이르러 광야에서 죄 사함을 받게 하는 회개의 세례를 전파하니,
온 유대 지방과 예루살렘 사람들이 다 나아가
자기 죄를 자복하고 요단강에서 그에게 세례를 받더라.

요한은 약대털을 입고 허리에 가죽띠를 띠고
메뚜기와 석청(石淸 wild honey)을 먹더라.
그가 전파하여 가로되, 나보다 능력 많으신 이가 내 뒤에 오시나니,
나는 굽혀 그의 신들메를 풀기도 감당치 못하겠노라.
나는 너희에게 물로 세례를 주었거니와,

그는 성령으로 너희에게 세례를 주시리라.

그 때에 예수께서 갈릴리 나사렛으로부터 와서
요단강에서 요한에게 세례를 받으시고,
곧 물에서 올라오실 때
하늘이 갈라짐과 성령이 비둘기같이 자기에게 내려오심을 보시더니,
하늘로서 소리가 나기를, 너는 내 사랑하는 아들이라,
내가 너를 기뻐하노라 하시니라.

성령이 곧 예수를 광야로 몰아내신지라.
광야에서 사십 일을 계셔서 사단에게 시험을 받으시며,
들짐승과 함께 계시니 천사들이 수종들더라.

요한이 잡힌 후 예수께서 갈릴리에 오셔서
하나님의 복음을 전파하여 말씀하시되,
때가 찼고 하나님의 나라가 가까이 왔으니 회개하고 복음을 믿으라 하시니라.
갈릴리 해변을 지나시다가 시몬(베드로)과 그의 형제 안드레가
바다에서 그물을 던지는 것을 보시니, 그들은 어부였더라.
예수께서 그들에게 이르시되,
나를 따라오너라. 내가 너희로 사람을 낚는 어부가 되게 하리라 하시니…'

"네 권의 복음서는 서로 중복되는 내용이 많아요."
"중복된다는 것은 곧 진리는 단순하다는 것을 뜻하지. 중복은 복습이고, 복습은 깨달음을 얻는 가장 훌륭한 방법이지."
"네."

소년이 스승이 가르쳐준 일이관지(一以貫之)를 떠올리며 말했다.
하나로써 모든 것을 꿰뚫어가는 진리. 노인의 가르침은 묵직하면서도 늘 단순했다.

"요한에게 세례를 받으신 예수님은 무언가를 보셨어, 무엇을?"
"하늘이 갈라지며 성령이 비둘기같이 예수님에게 내려오시는 것을요
He saw heaven being torn open and the Spirit descending on him like a dove."
"요한에게 세례를 받으신 예수님은 들으셨지."
"무엇을요?"
"'너는 내가 기뻐하고 사랑하는 내 아들이라
You are my Son, whom I delight in and love는 하나님의 음성을."

"예수님은 광야에서 사단에게 시험을 받으시며
사십 일 동안 들짐승과 함께 생활하셨어요."
"그것도 40일을 금식하며 굶주린 극도로 처절한 상황이었지.
그러니 우리는 살아가면서 겪게 되는 시련에 엄살을 부려서는 아니되지."
"예수님께서 사탄에게 시험받으실 때 광야에서 40일 동안 금식하시며
굶주리신 본 말씀은 마태, 마가, 누가 세 복음서에 모두 기록되어 있어요."
"우리도 그리스도를 본받아 고난을 이겨내며
사람을 낚는 어부(fisher of men)가 되어야지."
"복음을 전하는 12명의 어부, 좋습니다."

소년이 말하며 마가의 복음서를 넘겼다.

'그러나 인자가 땅에서 죄를 사하는 권세가 있는 줄을
너희로 알게 하려 하노라 하시고, 중풍병자에게 말씀하시되,
내가 네게 이르노니, 일어나 네 상을 가지고 집으로 가라 하시니...
예수께서 들으시고 저희에게 이르시되,
건강한 자에게는 의원이 쓸데 없고 병든 자에게라야 쓸데 있느니라.
내가 의인을 부르러 온 것이 아니요, 죄인을 부르러 왔노라 하시니라...
바리새인들이 예수께 말하되,
보시오, 저희가 어찌하여 안식일에 하지 못할 일을 하나이까?
예수께서 가라사대,
안식일은 사람을 위하여 있는 것이요,
사람이 안식일을 위하여 있는 것이 아니니,
이러므로 인자는 안식일에도 주인이니라.'

"안식일은 사람을 위하여 있는 것이요, 사람이 안식일을 위하여 있는 것이 아니라는
그리스도의 가르침이십니다The Sabbath was made for man, not man for the Sabbath."
소년은 순간 스승과 함께 공부한 구절을 떠올렸다.

'인능홍도 비도홍인(人能弘道 非道弘人),
사람이 도를 넓히는 것이지, 도가 사람을 넓히는 것이 아니다.'

"맞아요. 사람이 종교를 위해 있는 것이 아니라, 종교가 사람을 위해 있는 것이지요."
"예수님이 계시지 않았다면, 우리는 영원히 바라만 보는 신앙을 가졌을 거야."
"네. 예수님을 통해서 구약의 율법은 완성을 이룬 것이고,
우리 스스로도 우리 안에 계신 그리스도를 깨우치며 살아가는 것이지요."

"그래서 우리도 말씀대로 행하면서 스스로 깨달아 가는 믿음을 가질 수 있는 것이지."
"예수님이 길이요 진리요 생명이십니다."

소년이 진리로 말하며 마가의 복음서 책장을 넘겼다.

'바리새인들(Pharisees)이 나가서 곧 헤롯당(Herodians)과 함께
어떻게 하여 예수를 죽일까 의논하니라.
예수께서 제자들과 함께 바다로 물러가시니,
갈릴리에서 큰 무리가 따르며,
유대와 예루살렘과 이두매(Idumea)와 요단강 건너편과
또 두로와 시돈 근처에서도
허다한 무리가 그의 행하신 큰 일을 듣고 몰려오더라.
더러운 귀신들도 예수를 보면,
그 앞에 엎드려 부르짖어 가로되 당신은 하나님의 아들이니이다 하니,
예수께서 자기를 나타내지 말라고 엄히 경계하시니라.
예수께서 제자들을 불러다가 비유로 말씀하시되,
사탄이 어찌 사탄을 쫓아낼 수 있느냐?
사람의 모든 죄와 무릇 훼방하는 말은 사하심을 얻되,
누구든지 성령을 훼방하는 자는 영원히 사하심을 얻지 못하고,
영원한 죄에 처하느니라.
예수께서 가라사대,
누구든지 하나님의 뜻대로 하는 자는 내 형제요, 자매요, 어머니니라.'

"성령을 모독하는 자는 영원히 용서받지 못하고 영원한 죄에 처한다고 하셨어요."
소년이 성령의 아홉 가지 열매를 떠올리며 말했다.

"하나님과 예수님의 영이시고 사랑이신 성령(聖靈 Holy Spirit)님을 누가 훼방할 수 있겠어.
스스로 거룩하게 살아가며 사단을 주의하여야지. 사단이 사단을 쫓아낼 수는 없는
법이지How can Satan drive out Satan?'

노인이 말씀을 묵상하며 성령으로 말하였다.

'누구든지 하나님의 뜻대로 하는 자는 내 형제요, 자매요, 어머니니라
Whoever does God's will is my brother and sister and mother.'

"이 큰 가르침을 다시 복습하듯 공부하게 되어 좋아요."
소년이 열린 마음으로 말했다.

"그렇지. 우리 모든 인류는 같은 아버지를 둔 친구요, 형제요, 자매지."
예삭이 사랑과 자비의 표정으로 복음서 책장을 넘기며 말했다.

'예수께서 다시 바닷가에서 가르치시니,
큰 무리가 모여들거늘 예수께서 배에 올라 바다에 떠 앉으시고,
온 무리는 바다 곁 육지에 있더라
Again Jesus began to teach by the lake.
The crowd that gathered around him was so large
that he got into a boat and sat in it out on the lake,
while all the people were along the shore at the water's edg.

들을 귀 있는 자는 들으라 하시니라. 예수께서 이르시되,
하나님 나라의 비밀은 너희에게는 주었으나,
외인에게는 모든 것을 비유로 하나니...
씨를 뿌리는 자는 말씀을 뿌리는 것이라The farmer sows the word.
또 이르시되, 하나님의 나라는 사람이 씨를 땅에 뿌림과 같으니...
우리가 하나님의 나라를 어떻게 비유하며,
또 무슨 비유로 나타낼까?

겨자씨 한 알과 같으니,
땅에 심길 때에는 땅 위의 모든 씨보다 작으되,
심긴 후에는 자라서 모든 나물보다 커지며 큰 가지를 내니,
공중의 새들이 그 그늘에 깃들일 만큼 되느니라.'

"예수님의 무대는 그 어느 곳보다 낭만적이고 훌륭하네요.
바닷가, 높은 산, 바다에 떠 있는 배, 그리고 그 주변에 모여든 사람들.
위대한 한 편의 드라마요, 영화의 한 장면입니다."
소년이 황홀한 표정으로 말했다.

"귀 있는 자는 들으라 하신 말씀이 무엇이었지?"
"...................."

소년이 잠시 침묵했고,
노인도 잠시 먼산을 응시했다, 천국의 열쇠를 받은 것처럼.
"하나님 나라의 비밀은 너희에게 이미 주어졌다
The secret of the kingdom of God has been given to you.

74

이 말씀을 알아들어야지."
마가복음 411의 비밀이었다.

이 소중한 가르침의 비밀은,
노인 예삭이 캘리포니아 빅베어산에서
실제로 예수 그리스도로부터 굉음과 함께 받은 깨우침이다.
이는 또한 모든 것은 마음에서 흘러나온다는 솔로몬 왕의 깨달음이기도 하였다.

"네. 우리는 이미 하나님의 나라를 우리 안에 가지고 있죠.
예수님과 동행하며, 말씀이 되어 살아가니까요."

노인은 소년의 깊은 깨달음에 놀랐지만, 표정을 감추었다.

일요일은 늘 조금 더 평안한 날이다.
매일 아침 스트레칭, 조기축구, 오후 축구까지.
예삭의 몸은 여자만큼이나 유연했다.

63세를 넘긴 나이에 일요일마다 4시간씩 축구를 하며,
몸은 늘 최상의 상태를 유지하고 있었다.
몸은 곧 예수님이 거하시는 성전이기에,
성경 공부와 함께하는 규칙적인 운동은 예삭의 생활 시스템이었다.
금강산과 지리산을 넘나들며,
무사도와 풍류를 연마했던 신라의 화랑도처럼,
문(文)과 무(武)를 겸비하고자 늘 노력해온 예삭 노인이었다.
화랑도들은 광야의 예수님처럼
산속 동굴에서 단식기도를 하며 신비한 체험을 하곤 했다.
그 대표적인 인물이 바로 예삭의 조상 김유신이다.

화랑도의 세속오계(世俗五戒)는 모세의 십계명과도 비슷했다.

임금(하나님)을 충성으로 섬기고 (사군이충 事君以忠),
부모를 공경하며 (사친이효 事親以孝),
산과 물을 찾아 즐기고 (유오산수 遊娛山水),
도와 의를 닦고 (상마도의 相磨道義),
노래와 음악을 즐긴다 (상열가락 相悅歌樂).
소년은 깨달음을 안고 책장을 넘겼다.

'예수께서 바다 건너편 거라사인(Gerasenes) 지방에 이르러 배에서 나오시매,
곧 더러운 귀신 들린 사람이 무덤 사이에서 나와 예수를 만나다…
이는 예수께서 이미 저에게 이르시기를
더러운 귀신아, 그 사람에게서 나오라Come out of this man, you impure spirit! 하셨음이라.
열두 해를 혈루증(血漏症 bleeding)으로 앓던 여인이 있어
그의 옷에만 손을 대어도 구원을 얻으리라 하였고,
예수께서 가라사대,
딸아, 네 믿음이 너를 낫게 하였으니, 평안히 가라. 네 병에서 놓여 건강할지어다.

그 아이의 손을 잡고 말씀하시되,
달리다굼(Talitha koum), 곧 소녀야, 내가 네게 말하노니, 일어나라 하심이라.
예수께서 이 일을 아무도 알지 못하게 하시고,
소녀에게 먹을 것을 주라 하시니라.'

"예수님의 거라사 광인 치유사역이 이방인 거주 지역인
대가볼리에서 일어났다는 것은 무엇을 의미하나요?"

거라사(Gerasenes)는 고대 데가볼리(Decapolis) 지역에 속했던 도시다.
현재는 요르단 북부에 있는 자라(Zarqa) 또는 제라시(Jerash)근처로 추정되는 지역이다.

"예수님은 구약의 율법을 폐하러 온 것이 아니라
완성을 이루러 오셨다는 것을 증거하시는 것이지."

소년이 침묵하자 예삭이 구약 성경을 펼쳐보였다.
레위기 19장 34절의 말씀이었다.

'너희와 함께 있는 이방인을 너희 중에서 낳은 자 같이 여기며, 자기 같이 사랑하라The
foreigner residing among you must be treated as your native-born. Love them as yourself.'

"이방인을 네 몸같이 사랑하라는 깨우침의 큰 가르침이네요."

언젠가 이 한 줄의 말씀만으로도 세계가 통일되고,
인류가 하나가 될 수 있다고 했던
예삭의 말을 떠올리며 소년이 말했다.

"하나님은 대자대비(大慈大悲)하셔서 언어와 문화, 나라와 민족, 종교와 시공을 초월하여 생명이 있는 모두를 치유하신다는 사실을 이해하고 알아듣는 것이 곧 깨달음으로 가는 길이지."
노인이 대자대비한 마음으로 말했다.

"심이(心耳), 곧 마음의 귀가 있는 자는 알아듣겠죠."
서로 다름은 갈등의 대상이 아니라,
배움과 화합과 사랑의 대상이라고 말한 노인의 말을 떠올리며 소년이 말했다.

"바람과 바다도 순종케 하시는 예수님의 이적은 무엇을 의미할까요?"
"예수님은 하신 말씀을 행하시기 때문에 더욱 위대하고 거룩하신 분이라는 것이지."

'行行行(행행행), 말씀을 행함 행함 행함'

소년은 홀로 중얼거렸다.

"그렇다면 교회나 절에 나가도 커다란 변화가 없다는 것은,
깨달음에 의한 행함이 없기 때문이라는 건가요?"
소년은 그렇게 생각했다.

"사랑하라 하셨는데 미워하고,
판단하지 말라 하셨는데 판단하고,
걱정하지 말라 하셨는데 걱정하고,
항상 기뻐하고 감사하라 하셨는데 슬퍼하고 불평하고...
정경에 기록된바와 반대로,
하라는 것은 하지 않고 하지말라는 것은 하고?
그러면서 너무 쉽게 하나님 이야기를 한다?
그것이 바로 하나님의 영광을 가리는 일이 아니고 무엇이겠는가.
그것이 바로 하나님의 이름을 망령되이 일컫는 일이 아니고 무엇이겠는가."

그렇다면 성경의 말씀대로 진리로 살아가며
하나님의 이름을 함부로 일컫지 않는 예삭 노인은 누구지?
소년이 또 홀로 되뇌이며 노인의 작은 노트에 눈동자를 멈췄다.

'Daughter, your faith has healed you! 딸아, 네 믿음이 너를 낫게 하였구나!'

혈루증 여인을 치료해주신 예수님의 말씀이었다.

"믿음."

소년은 마태복음 14장을 떠올리며 속삭였다.

물 위를 걷는 예수님과 베드로의 모습이었다.

'베드로가 배에서 내려 물 위로 걸어서 예수께로 가되,
바람을 보고 무서워 빠져 가는지라.
소리질러 가로되, 주여 나를 구원하소서 하니,
예수께서 즉시 손을 내밀어 저를 붙잡으시며 가라사대,
믿음이 적은 자여, 왜 의심하였느냐
You of little faith, why did you doubt?'

새벽 5시, 친구 집에서 자고 나온 예삭과 소년은
무더운 8월의 달라스 날씨에도 아랑곳없이
고속도로 위에서 3시간 넘게 발이 묶여 있었다.
고물차가 고장으로 멈춰버린 것이었다.
그러나 그 좋지 않은 시간도 이겨내게 한 지혜와 힘이 그들에게는 있었다.
바로 디모데전서 6장 7절 말씀에서 나온 빈손으로 와서 빈손으로 간다는
공수래공수거(空手來空手去)의 말씀이었다.

'바리새인들과 모든 유대인들은 장로들의 전통을 지켜
손을 부지런히 씻지 않으면 먹지 아니하더라.
이에 바리새인들과 서기관들이 예수께 묻되,
어찌하여 당신의 제자들은 장로들의 유전을 준행치 아니하고,
부정한 손으로 떡을 먹나이까?
예수께서 가라사대,
너희가 하나님의 계명은 버리고 사람의 전통을 지키느니라.
또 가라사대,
너희가 너희 유전을 지키려고 하나님의 계명을 잘 저버리는도다.
모세는 네 부모를 공경하라 하였고,
아비나 어미를 훼방하는 자는 반드시 죽으리라 하였거늘...'

"바리새인과 유대인들은 보이는 것을 말하고,
예수님은 보이지 않는 것을 말씀하시네요."
"소년도 어느덧 보이지 않는 것을 볼 줄 아는 심안(心眼)을 가졌군."
"예수님의 가르침은 보이는 제사보다는,
보이지 않는 사랑과 자비였어요."

보이지 않는 세계를 이야기하는 둘의 표정은
한층 더 맑고, 평화로워 보였다.

소년이 예삭 노인의 작은 노트에 눈길을 멈추었다.

'하나님은 사랑이시라,
사랑은 보이지 않지만 우리 인류는 서로 사랑한다,
고로 존재한다
The expression of the two who talked about the invisible world
looked much more transparent and more peaceful.
God is love; although love is invisible,
we humans love each other — and therefore, being.'

노인 예삭이 빅베어 산에서 깨달음의 도구로 사용했던
자신의 소중한 메모를 소년에게 건넸다.
소년은 그 메모를 자신의 작은 노트에 옮겨 적으며 묵상했다.
복음서들에 기록된 예수 그리스도의 가르침이었다.

'인능홍도 비도홍인(人能弘道 非道弘人)'– 마가 2:27
'십자가(十字架) = 무아(無我 예수)'– 마가 8:34
'필사즉생 필생즉사(必死則生 必生則死)'– 마가 8:35
'천상천하 유아독존(天上天下 唯我獨尊)'– 마가 8:36
'오병이어(五餅二魚)'– 마가 6:41~
'사해지내 개형제야(四海之內 皆兄弟也)'– 마가 3:35

소년은 마가복음에서 위의 말씀들을 찾아 마르고 닳도록 묵상하고 또 묵상했다.
말씀의 중복은 곧 복습이었고, 복습은 곧 깨달음으로 가는 길이었다.
소년은 진정 하나로써 모든 진리를 꿰뚫어가고 있었다.

집이 없는 예삭은 요즘 차나 어느 공장 사무실에서 숙식을 해결하였다.
예수님이 광야에서 굶주리셨던 것처럼,
늦은 저녁 그들에게도 배고픔이 몰려왔다.
예삭이 라면을 준비하기 위해 그릇에 물을 채웠다.

소년이 마가의 책장을 넘겼다.

'너희가 눈이 있어도 보지 못하며, 귀가 있어도 듣지 못하느냐?
또 기억하지 못하느냐...

할 수 있거든이 무슨 말이냐.

믿는 자에게는 능치 못할 일이 없느니라.

기도 외에는 다른 것으로는 이런 일이 나갈 수 없느니라.

아무든지 첫째가 되고자 하면,

뭇사람의 끝이 되며 뭇사람을 섬기는 자가 되어야 하리라.

어린 아이 하나를 데려다가

그들 가운데 세우시고 안으시며 말씀하시되,

누구든지 내 이름으로 이런 어린아이 하나를 영접하면,

곧 나를 영접함이요, 나를 영접하는 자는 나를 영접함이 아니요,

나를 보내신 이를 영접함이니라.

소금은 좋은 것이로되, 그 맛을 잃으면 무엇으로 이를 짜게 하리요?

너희 속에 소금을 두고 서로 화목하라.'

"사람의 인생이란 것이 자신이 생각한 대로 되어가듯,

자신의 생각을 믿는 신념은 기적과 같은 일을 만들어 내기도 합니다."

소년이 신념에 찬 목소리로 말했다.

"믿음(faith)은 신념(belief)보다 강하지.

믿는 자에게는 능치 못할 일이 없으며,

기적 같은 일이 아닌 기적을 만들어내지."

소년은 마음속으로 조용히 되뇌었다.

"신념은 사람이 자신의 생각을 믿는 것이고,

믿음은 그리스도와 인간의 합작품으로 기적을 만들어낸다...

예수님께서 세상에 섬기려고 오셔서 왕이 되셨듯,

이웃을 섬기고자 하는 사람이 최상의 인생을 살게 되지."

노인의 목소리에는 사랑이 담겨 있었다.

"어린아이를 영접(welcome)하는 것이 곧 예수님을 영접하는 것이요,

예수님을 영접(迎接)하는 것은 하나님을 경외하는 길이라는

예수님의 위대한 가르침입니다."

"우리는 그 가르침을 본받아 세상의 빛과 소금으로써

80

이웃에게 그리스도의 빛이 되어야 하지."

끓고 있는 라면의 구수한 냄새가
소년과 예삭의 배고픔을 더욱 부채질했지만,
그들은 여전히 마가복음에서 눈을 떼지 않았다.

이어지는 성경 말씀은 부자가 영생을 얻고자 하는 이야기였다.

'예수께서 길에 나가실 때, 한 사람이 달려와 꿇어 앉아 묻자오되,
선한 선생님이여, 내가 무엇을 하여야 영생을 얻으리이까?
예수께서 이르시되, 네가 어찌하여 나를 선하다 일컫느냐?
하나님 한 분 외에는 선한 이가 없느니라.
계명을 아나니, 살인하지 말라, 간음하지 말라, 도적질하지 말라,
거짓 증거하지 말라, 속여 취하지 말라, 네 부모를 공경하라.

그가 여짜오되,
선생님이여, 이것은 내가 어려서부터 다 지키었나이다.
예수께서 그를 보시고 사랑하사 이르시되,
네게 오히려 한 가지 부족한 것이 있으니,
가서 네 있는 것을 다 팔아 가난한 자들에게 주라.
그리하면 하늘에서 보화가 네게 있으리라.
그리고 와서 나를 좇으라 하셨더니,
그 사람은 재물이 많은 고로, 이 말씀을 인하여
슬픈 기색을 띠고 근심하며 가니라.'

"예수님께서 십계명 안에 영생의 길이 있음을 알려주시며,
선하신 분은 오직 하나님 한 분이라고 어느 부자를 가르치신 말씀이네요."

"그뿐만 아니라,
자신이 소유한 모든 것을 가난한 자들에게 주고
예수님을 좇을 때 영생의 길이 열리는 것이지."
노인이 싯다르타를 떠올리며 말했다.

"그래서 예수님은 '부자가 하나님의 나라에 들어가는 것보다
낙타가 바늘귀를 통과하는 것이 더 쉽다'고 하셨군요."

"하지만 부자이면서 하늘나라에 들어간 사람도 있지."
"누군데요?"
"싯다르타."

"아, 네. 세상의 부와 명예와 권력을 모두 내려놓고,
세속을 떠나 깨달음을 얻은 왕자님 말씀하시는 거군요."

"그렇지.
깨달음은 곧 영생으로 가는 좁은 문이지."

"그럼 그 왕자는, 모세의 십계명을 지키고,
자신의 모든 재물을 가난한 자들에게 준 사람과도 같다고 할 수 있겠네요."

노인의 작은 노트에는 불교의 십계명이 초록색 펜으로 쓰여 있었다.

불교의 십계명

1. 불살생계(不殺生戒)– 살아 있는 것을 죽이지 말라.
2. 불투도계(不偸盜戒)– 도둑질하지 말라.
3. 불음행계(不淫行戒)– 음행하지 말라.
4. 불망어계(不妄語戒)– 거짓말하지 말라.
5. 악의 찬 거짓말을 하지 말고 정직을 실천하라.
6. 이간질을 하지 말고 서로 화합하는 말을 골라 하라.
7. 감언이설로 현혹하지 말고, 성실하고 충직한 말을 즐겨 행하라.
8. 분수에 맞지 않는 것을 탐내지 말고, 자기 분수에 만족하며 살아라.
9. 성내는 일을 삼가고, 자비심을 일으켜라.
10. 책임지는 말, 진실된 말, 사랑스러운 말, 부드러운 말을 하라.

모든 계명이 결국 사랑과 진리를 향해 있다는 사실을 깨달으며,
소년은 만법귀일(萬法歸一),
모든 법은 하나로 귀결된다는 그 뜻을 조용히 되뇌었다.

"필사즉생(必死卽生),
석가 싯다르타는 6년 동안 뱃가죽이 등에 붙을 정도로
죽음을 각오한 고행 끝에 깨달음을 얻은 것이지."

"얻은 깨달음이란?"
소년이 물음표를 던졌다.

"더하거나 빼지 말라는 성경 말씀뿐만 아니라,
우리는 존재하는 모든 것에 대해 있는 그대로를 볼 줄 알아야 해.
스스로가 더하거나 빼는 판단이

오히려 불필요한 괴로움을 가져오는 것이지.
그것이 바로 '판단하지 말라'는 성경의 가르침이고."

소년은 깨달음에 대한 목마름으로 침묵했다.

"싯다르타가 깨달은 것은
따지고 따져보니
사실 인생이라는 것이
'괴로울 일이 없다'는 것이지.
결국 그는 해탈하여 열반에 이르렀고,
그것이 곧 모든 것에 처할 줄 아는 자유함이지."

그럼 살아가면서 느끼는 괴로움은 스스로 만들어 내는 번뇌의 결과?
노인의 말을 뒤로 하며 소년이 홀로 물었다.

"스승님께서 성경을 한마디로
'하나님을 사랑하고 이웃을 사랑하는 경천애인(敬天愛人)'이라고 하셨는데,
불교에서는 이를 무엇이라 하나요?"

"상구보리 하화중생(上求菩提 下化衆生)."

"네?"

"위로는 깨달음(지혜)을 구하고,
아래로는 중생(이웃)을 가르친다는 뜻이지.
잠언의 말씀처럼 결국 하나님을 아는 것이 곧 지혜의 근본이니,
상구보리는 하나님을 공경하는 경천(敬天)을,
하화중생은 애인(愛人)을 뜻하는 것이지."

정말 스승은 하나로써 모든 걸 꿰뚫는구나─소년은 속으로 생각했다.

"싯다르타 역시 도를 구하고 이웃을 사랑하는 방법으로
'선한 생각, 선한 말, 선한 행동'을 최고의 덕목으로 꼽았어요."

소년이 예삭과 함께 4대 성인을 공부하던 시절을 떠올리며 말했다.

순간,
노인 예삭의 가르침이 소년의 머릿속을 빛보다 빠른 속도로 스쳐 지나갔다.

'일이관지(一以貫之) 만법귀일(萬法歸一)'
하나로써 모든 걸 꿰뚫어가고, 모든 법이 하나로 돌아온다.

소년은 왜 예삭 스승이 그토록 이 글귀를 강조하셨는지
비로소 이해하게 되었다.
우주, 지구, 모든 만물이 시공을 초월하여 하나로 다가왔다.
그 순간, 이 지구에 존재하는 모든 인류가
하나로 보였고, 자신의 모습 같았고,
형제 자매였으며, 하나님 곧 사랑이었다.
국가와 민족, 문화와 종교 (기독교, 이슬람, 힌두,
불교, 유대교, 시크교, 도교, 바하이교 등)을 초월하여.

소년의 거룩한 표정과는 달리,
예삭은 자연스레 마가복음의 책장을 넘겼다.

'예수께서 가라사대, 내가 진실로 너희에게 이르노니
나와 및 복음을 위하여 집이나 형제나 자매나 어미나 아비나 자식이나
전토(田土)를 버린 자는,
금세에 있어 백 배나 받되, 핍박(逼迫 persecutions)을 겸하여 받고
내세에는 영생(永生, eternal life)을 받지 못할 자가 없느니라.
그러나 먼저 된 자로서 나중 되고,
나중 된 자로서 먼저 될 자가 많으니라.

너희 중에는 그렇지 아니하니,
너희 중에 누구든지 크고자 하는 자는 너희를 섬기는 자가 되고,
너희 중에 으뜸이 되고자 하는 자는 모든 사람의 종이 되어야 하리라.
인자의 온 것은 섬김을 받으려 함이 아니라,
도리어 섬기려 하고 자기 목숨을 많은 사람의 대속물로 주려 함이니라.'

"집이나 형제나 자매나 부모나 자식이나 재산을 버린다는
예수님의 말씀은 무슨 뜻인가요?"
소년이 물었다.

"단지 재물만이 아니지.
모든 인연에 대한 소유와 집착을 버리고
오직 진리의 말씀을 따르라는 것이지.
영원하지 않은 인연조차도

무소유(無所有)의 마음으로 바라보며,
영원한 진리를 깨닫는 가르침이지."

"아브라함이 지체하지 않고 이삭을 하나님께 드리려고 했던 것처럼요?"

"그렇지. 물론 그 안에는
'하나님께서 이삭을 반드시 보호하실 것'이라는
반석 같은 믿음이 있었지."

그 순간, 소년은 헤르만 헤세의 말을 떠올렸다.

'둘이서 셋이서 갈 수도 있다. 그러나 마지막 한 걸음은 혼자 가야만 한다.'

이 모든 말씀은 영원하지 않은 소유로부터의 집착을 버리고,
자유함 가운데 영원한 진리에 머무르게 하는 가르침이었다.

"먼저 된 자로서 나중 되고,
나중 된 자로서 먼저 될 자가 많다는 말씀은
고난받는 인생들에게 소망이네요."
"영생은 말씀을 사모하며 끝까지 견디는 자의 몫이지."

"네. 말씀은 영원한 것이고,
그 말씀을 따라 스스로 진리의 말씀이 되어 살아간다면,
그것이 곧 영생이겠지요."
소년이 자유함으로 말했다.

"우리는 예수님처럼 겸손한 마음으로
이웃을 섬기며,
자신의 목숨을 인류의 대속물로 주시기까지 하신
그 위대한 발자취를 따라가야지."

소년의 작은 노트에는 방금 노인과 함께 묵상한
그리스도의 무소유에 대한 가르침이 영문으로 정성스럽게 적혀 있었다.
노인과 소년은 스스로 말씀이 되기 위해
수없이 묵상한 흔적이 역력했다.

'Truly I tell you, Jesus replied, no one who has left home or brothers or sisters or mother or
father or children or fields for me and the gospel will fail to receive a hundred times as
much in this present age: homes, brothers, sisters, mothers, children and fields—along with
persecutions—and in the age to come, eternal life. But many who are first will be last, and

the last first. Not so with you. Instead, whoever wants to become great among you must be your servant, and whoever wants to be first must be slave of all. For even the Son of Man did not come to be served, but to serve, and to give his life as a ransom for many내가 진실로 너희에게 말한다,' 예수께서 대답하셨다.

나와 복음을 위해 집이나 형제나 자매나 어머니나 아버지나 자녀나 밭을 버린 사람은,
이 세상에서 집, 형제, 자매, 어머니, 자녀, 밭을 백 배로 받게 될 것이다.
핍박과 함께 말이다. 그리고 오는 세상에서는 영원한 생명을 받을 것이다.
그러나 먼저 된 자가 나중 되고, 나중 된 자가 먼저 될 것이다.

너희는 그렇지 않다.
너희 중 누구든지 크고자 하는 자는 너희를 섬기는 자가 되어야 하고,
먼저 되고자 하는 자는 모든 사람의 종이 되어야 한다.
인자도 섬김을 받으러 온 것이 아니라 섬기러 왔으며,
많은 사람을 위한 대속물로 자기 생명을 내어주려 온 것이다.'

아무것도 가진 것이 없고, 또한 아무것도 필요로 하지 않는 무소유(無所有)의 인생.
그래서 스승 예삭은 어떤 일이 일어나도 흔들림 없이 늘 초연하고 의연했던 것일까.
소년은 홀로 생각했다.

한편 예수님은 갈릴리에서의 복음을 마치시고,
예루살렘으로 향하셨다.
도착한 곳은 감람산 벳바게와 베다니(Bethphage and Bethany)라는 곳이었다.

"생명이 선물이듯이, 천국 또한 하나님이 주시는 선물이지.
선물이란 본인의 의지와 무관하게 값없이 주어지는 것이고,
늘 감사하는 풍요로운 마음과 자유함으로 살아갈 일이야."
노인이 천국을 거니는 마음으로 말했다.

"남은 우리의 인생도 사랑과 자비로서
이웃에게 하나님의 은혜를 베풀며살아가는 것이죠."
소년이 사랑과 자비, 은혜의 마음으로 말했다.

"우리가 배우고 묵상하는 예수님의 말씀이 위대한 것은,
겸손함과 섬김과 담대함의 결정체이기 때문이지."
노인이 말하며 복음서 책장을 넘겼다.

'예수께서 가라사대,
너희가 성경도 하나님의 능력도 알지 못하므로 오해함이 아니냐?
사람이 죽은 자 가운데서 살아날 때에는,
장가도 아니 가고 시집도 아니 가고

하늘에 있는 천사들과 같으니라.
모세의 책 중 가시나무 떨기에서
하나님이 모세에게 이르시되,
나는 아브라함의 하나님이요, 이삭의 하나님이요,
야곱의 하나님이로라 하신 말씀을 읽어보지 못하였느냐.
하나님은 죽은 자의 하나님이 아니요, 산 자의 하나님이시라.
너희가 크게 오해하였도다.'

"마음을 다하고, 지혜를 다하고,
힘을 다하여 하나님을 사랑하는 것과
이웃을 내 몸과 같이 사랑하는 것이,
전체로 드리는 모든 번제물과 기타 제물보다 낫습니다."
소년이 사랑으로 말했다.

'예수께서 제자들을 불러 말씀하시되,
내가 진실로 너희에게 이르노니,
이 가난한 과부는 연보궤에 넣은 모든 사람보다 더 많이 넣었도다.
그들은 다 풍족한 중에서 넣었거니와,
이 과부는 그 궁핍한 중에서 자기 모든 소유,
곧 생활비 전부를 넣었느니라.'

"하나님은 죽은 자의 하나님이 아니요, 산 자의 하나님이시라...
마음의 눈과 귀가 열린 자는 이 큰 가르침을 듣고 보게 될 거야.
그게 바로 깨달음이지."
노인이 생명 있는 말씀으로 말했다.

"드리는 모든 제물보다 경천애인(敬天愛人)하는 것이
성경 전체의 핵심 가르침이라는 사실은
우리에게도 큰 통찰을 줍니다."
소년 역시 걸림 없는 마음으로 말했다.

"주님을 인생의 주인으로 삼고,
이웃을 내 몸처럼 사랑하는 것이
가장 고귀하고 거룩한 인생이지."
노인이 경천애인으로 말했다.

"풍족함 속의 드림보다,
부족함 속에서도 모든 것을 드리는 그 과부로부터
우리는 '없는 자로부터 오는 소망'을 봅니다."

"죽고자 하면 살 것이요, 그것이 깨달음으로 가는 좁은 문이지."
노인이 앙드레 지드의 『좁은 문』을 떠올리며 말했다.

"믿음이 없는 강한 사람보다는,
믿음이 있는 연약한 사람들이
새 역사를 창조해 나가는 법이지요."
소년이 신념 있게 말했다.

소년은 최근 부동산 에이전트 시험에 합격하여 일을 시작하였다.
이날은 BK라는 동료가 딜을 마친 기념으로
'동천홍'이라는 중국집에서 풍요로운 점심을 대접하였다.
소년은 감사한 마음으로 맛있게 식사를 마쳤다.

신라 화랑도들이 문무를 겸비했다면,
소년은 열심히 일하는 것과 말씀 공부, 꾸준한 운동을 통해
조화로운 인생을 살아가고 있었다.

'예수께서 이르시되, 너희가 사람의 미혹을 받지 않도록 주의하라.
많은 사람이 내 이름으로 와서 이르되 '내가 그로라' 하여
많은 사람을 미혹케 하리라...
너희를 넘겨줄 때 무엇을 말할까 미리 염려치 말라.
그 시에 성령이 너희에게 주시는 말을 하라.
말하는 이는 너희가 아니요, 성령이시니라.
또 너희가 내 이름으로 인하여 미움을 받을 것이나
끝까지 견디는 자는 구원을 얻으리라.
거짓 그리스도들과 거짓 선지자들이 이적과 기사를 행하며
할 수만 있으면 택하신 자들도 미혹케 하리라.'

예삭을 만나기 전,
소년은 운동선수처럼 귀가 얇아 사람들의 말에 쉽게 미혹되곤 했다.
그로 인해 물질을 잃거나 마음에 상처를 입기도 했다.

하지만 노인으로부터

'사람은 믿음의 대상이 아니라,

사랑의 대상이다' 라는 충언을 들은 후
소년은 사람에게 미혹되지 않는 법을 배웠고,
말씀으로 우뚝 선 인생을 살아가게 되었다.

"저는 가끔 스승님이 하시는 말씀이,
스승님의 음성으로 들리지 않을 때가 있어요."
"나도 종종 내가 말하고 있지만,
그 말이 내가 한 것이 아닐 수도 있다는 느낌을 받아.
성령님이 나를 통해 말씀하시는 것 같거든."
"성령의 열매 중 네 번째인 오래 참음을 통해서
우리는 하나님의 자녀가 될 수 있는 것이겠지요."
"성령에는 미혹됨이 없으니까."

금요일 아침이었다.
고물차가 연이어 고장 나며,
2박 3일 동안 사무실에 갇히다시피 하였다.
그러나 그들은 여전히 기쁜 마음으로
새벽에 일어나 1시간 스트레칭과 운동으로
하루를 활기차게 시작했다.
환경은 그들에게 큰 영향을 주지 못했다.

예삭과 소년은 마가복음의 마지막 장을 펼쳤다.

'빌라도(Pilate)가 무리에게 만족을 주고자 하여
바라바(Barabbas)는 놓아주고,
예수는 채찍질한 뒤 십자가에 못 박히게 넘겨주니라...
예수께 자색 옷을 입히고, 가시 면류관을 엮어 씌우고,
유대인의 왕이여 평안할지어다 하고 조롱하며,
갈대로 그의 머리를 치며, 침을 뱉고, 꿇어 절하더라...
예수께서 십자가를 지시고 골고다(Golgotha)라 하는 곳,
곧 '해골의 곳'에 이르러...
제삼시인 오전 9시가 되어 십자가에 못 박히니라.
It was nine in the morning when they crucified him.
예수께서 큰 소리를 지르시고 운명하시다.
With a loud cry, Jesus breathed his last.
그렇게 운명하시는 예수를 향해 서 있던

백부장(centurion)이 이르되,
이 사람은 진실로 하나님의 아들이었도다
Surely this man was the Son of God.'

"자신의 인생에 시련이 있다고 여기는 사람들은
인류를 대신하여 고통받으신 예수님의 십자가 처형을 떠올려야 해요."
소년이 예수와 함께 십자가에 못박혀 죽는 마음으로 말했다.
"채찍질, 침 뱉음, 가시 면류관,
십자가에 못 박히는 그 처참한 고통—
인류의 죄를 짊어진 어린양 예수님을 우리는 잊어서는 안 되지."
노인이 어린양이 되어 말했다.
"제자 유다는 배신했고, 베드로는 부인했지요."
소년이 예수님의 고초를 떠올리며 말했다.
"한 번 왔다 한 번 가는 인생이라면,
십자가에 못 박히지 않고 편안히 죽을 수 있음도 축복이지."
노인이 죽음을 이긴 표정으로 말했다.
"그래서 깨달은 자에게는 죽음도 축복이지."
노인이 마치 죽음이 없는 사람처럼 자유함으로 말을 이었다.
"예수님은 진실로 하나님의 아들이셨어요 Surely this man was the Son of God."
소년이 말하며 마가복음의 마지막 책장을 넘겼다.

'청년이 이르되, 놀라지 말라.
너희가 십자가에 못 박히신 나사렛 예수(Jesus the Nazarene)를 찾는구나.
그가 살아나셨고(He has risen), 여기 계시지 아니하시니라.
보라, 그를 두었던 곳이니라...

예수께서 안식 후 첫날 이른 아침에 살아나신 후,
전에 일곱 귀신을 쫓아내주신
막달라 마리아(Mary Magdalene)에게 먼저 보이셨다.
그 후 열한 제자가 음식을 먹고 있을 때,
예수께서 그들에게 나타나셨다.
그들의 믿음 없음과 마음의 완악함을 꾸짖으셨다.
이는 예수의 부활을 목격한 자들의 말을 믿지 않았기 때문이었다.

너희는 온 천하에 다니며 만민에게 복음을 전파하라.
믿고 세례를 받는 자는 구원을 얻을 것이요,

믿지 않는 자는 정죄를 받으리라.
믿는 자들에게는 이런 표적이 따르리니—
내 이름으로 귀신을 쫓아내며,
새 방언을 말하며, 뱀을 집으며,
무슨 독을 마실지라도 해를 받지 아니하며,
병든 사람에게 손을 얹은즉 나으리라.'

주 예수께서 말씀을 마치신 후,
하늘로 올리우사 하나님의 우편에 앉으셨다.
제자들은 흩어져 두루 전파하였고, 주께서 함께 역사하사,
그 따르는 표적으로 말씀을 확실히 증거하셨다.

"예수님이 죽음에서 부활하셨어요 He has risen."
소년이 해처럼 밝은 표정으로 말했다.
"이제 우리의 할 일은,
온 세상 인류에게 하나님의 말씀을 전하는 것이지
Go into all the world and preach the gospel to all creation."
"네. 그것이 부활하신 예수님의 첫 말씀이죠."
"우리는 그 일을 할 수 있지. 예수님이 함께 하시니까."

예삭과 소년은 그렇게 서로가 말씀이 되어 살아가는 축복의 인생을 누렸다.

예수님은 금요일, 십자가에 못 박혀 돌아가셨다.
이는 인류 역사상 가장 중요하고,
인간이 겪을 수 있는 가장 처절하면서도
고통스러운 죽음이었다.
그리고 예수님은 사흘 후, 일요일에 부활하셨다
.

"오늘 퇴근하고 나면, 누가복음을 준비하세요."
"네."

예삭과 소년은 아침식사를 따로 준비하지 않았다.
얼마 전부터 하루 두 끼 식사 패턴으로 바꾸었기 때문이다.
돈과 시간이 절약되었을 뿐 아니라,
무엇보다 몸이 훨씬 가벼워졌다는 것을 체감하고 있었다.
소년은 휘파람을 불며 출근 준비를 하고 있었다.

소예공부(마가복음)

"예수님은 섬기기 위해 오셨고, 종의 형상으로 오신 사랑이십니다. 진정한 리더십은 낮아짐과 희생입니다. 즉시 행하라.깨달은 자는 지체하지 않습니다. 진리는 생각으로 머무는 것이 아니라, 행동으로 증명되는 것입니다." 부처 석가가 행함으로 말했다.

"하나님의 나라는 이미 너희 안에 있다는 예수님의 말씀을 깨우쳐야 합니다. 천국은 멀리 있는 것이 아니라, 이웃을 사랑하는 삶 안에서 존재합니다. 말씀은 곧 생명이요 천국이며, 그 씨앗이 자라면 인생 전체가 결실을 맺습니다." 소크라테스가 땅에 있는 하늘나라에서 말했다.

"먼저 된 자가 나중 되고, 나중 된 자가 먼저 되기도 합니다. 말씀과 진리를 사모하며, 인생은 때때로 천천히 쉬어가도 됩니다. 하나님은 죽은 자의 하나님이 아니요, 산 자의 하나님이시라. 천국은 지금 여기, 살아 움직이는 존재로서 하나님과 동행하는 삶입니다."
공자가 안빈낙도(安貧樂道) 하는 마음으로 말했다.

"진리와 말씀이 생명이 되는 삶. 그것이 진정한 신앙입니다. 부활은 진리의 완성이며, 고통의 끝은 죽음이 아니라 부활입니다. 모든 인류는 그 부활의 약속 안에 있습니다." 예수가 부활함으로 말했다.

"마가복음은 사랑으로 오신 종 예수님을 통해 우리 모두가 겸손과 믿음으로 살아가는 법, 즉, 즉시 행하고, 섬기며, 끝까지 믿는 자에게는 부활이 있다는 길을 보여주는 생명의 복음입니다."
예삭 노인이 누가복음을 펼치며 말했다.

제 3권 누가복음 (Luke)

"누가복음을 말해보세요."
노인이 책장을 펼치며 말했다.

"누가복음은 사도 바울(Paul)과 함께 전도 여행을 떠났던 누가(Luke)라는 의사가 쓴 책입니다.
누가는 예수님을 차별 없이 인류 모두에게 은혜를 베푸시는 유일하신 의인으로 표현하고
있습니다."

소년이 말하며, 노인 예삭의 작은 노트에 눈길을 멈추었다.

'왕종인신주(王僕人神主): Jesus Christ came into this world as a King,
a servant, a man, and with divine nature.'

영어가 없었다면 소년은 그 뜻을 이해할 수 없었을 것이다.
왕종인신주는 마태, 마가, 누가, 요한이 예수 그리스도를 각각
왕, 종, 사람, 신성으로 묘사한 순서를 뜻했다.
노인 예삭의 공부하는 모습은 차라리 구도자의 모습이었다.

"누가복음은 인간의 죄를 대속하시기 위해 완전한 인간으로 오신 예수님의 이야기로,
아름다운 문학적 복음서라고 할 수 있겠네요."
소년이 예삭 노인의 정성에 감동하며 말했다.

하나님과 인간 사이에 예수님이 계시지 않았다면,
종교가 주는 깨달음은 훨씬 더 멀고 어려웠을 거란 생각이 소년의 머리를 스치고 지나갔다.
그리스도를 통해 이웃을 사랑하고 하나님을 닮아가는 것,
그것이 인류의 소망이요 희망이었다.
결국 누구를 믿든, 그런 깨달음을 성취하면 모든 인류는 시공을 초월하여
하나님 앞에서 하나가 되어, 서로를 사랑으로 만날 수도 있으리라는 생각이 들었다.

소년이 엄숙한 마음으로 책장을 넘겼다.

'우리 중에 이루어진 사실에 대하여 처음부터 말씀의 목격자 되고 일꾼 된 자들의 전하여 준
그대로 내력을 저술하려고 붓을 든 사람이 많은지라. 그 모든 일을 근원부터 자세히 미루어
살핀 나도, 데오빌로 각하에게 차례대로 써 보내는 것이 좋은 줄 알았노니, 이는 각하로 그
배운 바의 확실함을 알게 하려 함이로라.'

"첫 장부터 예수님에 대한 복음서를 기록하고자 한 누가의 투철한 사명감이 남다르게 느껴집니다." 소년이 복음으로 말했다.

"누가는 예수 그리스도의 모든 일을 자세히 살폈고,
스스로 증거가 되어 데오빌로 각하에게 확실하게 전하고자 한 것이지."
"데오빌로 각하가 누구예요?"
"데오빌로(Theophilus)각하란, 바로 모든 인류를 뜻하는 것이지.
한글 성경이 most excellent를 '각하(閣下)'로 번역했고,
하나님 곧 예수님의 친구 또는 하나님이 사랑한 사람들이란 뜻의
'데오빌로'는 그대로 사용했으니,
이해가 조금은 쉽지 않았겠지."
"모든 인류에게 예수님의 모든 사실들을 분명하게 전하고자
복음서를 썼다는 뜻이네요."

소년이 노인의 작은 노트를 들여다보며 말했다.

"그렇게 간단한 것이지."
"그것이 스승님의 인생 아닌가요?"

예삭은 소년의 말에 아무 말 없이 침묵했다.

그러나 소년은 알고 있었다.
60억 권 이상이 팔린 인류 최대의 베스트셀러 성경을,
이 세상에 60억 번 이상 읽히게 하려는 것이 바로 예삭이 존재하는 이유라는 것을.

소년은 누가복음의 다음 장을 넘겼다.

'유대 왕 헤롯(Herod king of Judea) 때에,
아비야 반열에 속한 제사장 사가랴(Zechariah)라는 사람이 있었는데,
그의 아내는 모세의 형 아론의 자손으로 이름은 엘리사벳(Elizabeth)이라.
이 두 사람은 하나님 앞에 의인이니,
주의 모든 계명과 규례대로 흠이 없이 행하더라.'

"사가랴와 그의 아내 엘리사벳은,
모세의 율법을 지킨 하나님 앞에 흠이 없는 의인이었어요."
"엘리사벳은 모세와 아론의 후손이지."

"요한이 모세의 자손이라는 것도 놀라워요.
그리고 '엘리자베스'는 참으로 아름다운 이름 같아요."
"엘리자베스 2세는 영국의 여왕이었고,
요한 바오로 2세는 종교계에서 위대한 인물이었지."
"많은 사람들이 요한의 탄생을 기뻐했어요."

소년은 노인의 해박한 설명을 들으며 과거와 현재를 잇는 대화를 즐겼다.

"요한은 하나님이 부르고 택하신 큰 사람이었지.
태어나기도 전에 모태에서부터 성령 충만함을 받았고."
"말씀엔 요한이 포도주나 소주를 마시지 않았다고 쓰여 있어요."

소년은 누가복음 1장 15절을 기억하며 말했다.

"영문 성경에는 소주(燒酒) 대신, 발효주(fermented drink)라고 쓰여 있지."
"그땐 '참이슬'이나 '처음처럼'은 없었겠죠."

소년이 웃으며 말했다.
노인도 살짝 미소 지었다.

"지금도 요한처럼 스님이나 성직자들은 술을 안 마시는 경우가 많지."
"중생이나 성도는 마셔도 되나요?"
"성경엔 마셔도 된다고 나와. 슬픈 자에겐 포도주를,
죽게 될 자에겐 독주를 주라고도 했지."
"정말요? 저는 술 취하지 말라는 구절만 봤어요."
"예수님께서 세상에 오셔서 첫 번째로 행하신 기적도 물로 술을 만드신 것이었지."

노인이 요한복음 2장을 떠올리며 말했다.

"슬픈 자에게는 포도주, 죽게 된 자에게는 독주...
그래서 결혼식이나 상가집에 가면 빠지지 않는 것이 술이군요."
"포도주는 인생을 즐겁게 한다(wine makes life merry)고, 솔로몬이 말했지."
"맞아요. 솔로몬 왕이 '사람이 먹고 마시며 즐거워하는 것보다 나은 것이 없다'고도 했어요."

소년이 전도서 8장 15절을 기억하며 웃으며 말했다.

"우로나 좌로나 치우치지 않는 중용, 그 조화로운 인생이 가장 아름다운 법이지."

소년은 늘 넘치지도 모자라지도 않게,
중용의 삶을 살아가는 노인의 모습을 떠올렸다.
예삭은 지나치게 한 쪽으로 치우치지 않는
중용의 삶을 지향하는 조화롭고도 부드러운 노인이었다.

"술 취하지 말라는 말씀을 멋지게 표현한 사람이 바로 공자(孔子)입니다.
믿음도 분량대로, 술도 분량대로! 인생은 주로 case-by-case죠."

소년이 노인과 함께 읽었던 논어를 생각하며 말했다.

'유주무량 불급란(唯酒無量 不及亂),
술의 양은 정해 놓지 않고 마시나 취하지 않는다'

"술에 대하여 오해가 있었던 것은
말씀에 기준을 두지 않고 자신에게 기준을 두었기 때문이네요."

붉은 포도주와 막걸리 외에는 다른 술은 마시지 않는 노인을 생각하며 말했다.
알맞는 량의 붉은 포도주와 막걸리는 술이 아니라 보약이었다.
이것 또한 홈리스이면서도 세계에서 가장 건강하고 가장 행복한 노인의 건강비결이었다.

예삭의 작은 노트에는 중국 명나라 때 홍자성(洪自誠)이 지은 책
『채근담(菜根譚)』에 담긴 술에 관한 글이 적혀 있었다.

'화간반개 주음미훈 차중대유가취(花看半開 酒飮微醺 此中大有佳趣),
꽃은 반만 핀 것을 보고, 술은 조금 취하도록 마시면
이 가운데 무한한 풍류(風流), 곧 가취(佳趣)가 있다.'

"채근담이 무슨 책이에요?"
"사람과의 관계와 자연에 대한 즐거움,
그리고 인생의 처세술을 담은 책으로서
현대그룹 창업주인 정주영 회장이 가장 좋아했던 책이지."

채근(菜根)이란 나물과 뿌리처럼 소박한 음식을 먹으며
안빈낙도(安貧樂道)하는 삶, 곧 풍류를 누리는 인생을 뜻한다.
유교, 도교, 불교의 사상을 융합하여 교훈을 수는 동양 고전의 가르침이지만,
성경을 공부한 사람은 쉽게 이해할 수 있다.

"채근담은 속세에 있으면서도 없는 듯,
속세에 없으면서도 있는 듯이 살아가는 그런 인생을 보여주지."

예삭이 말하며 누가복음의 책장을 넘겼다.

'여섯째 달에 천사 가브리엘(Gabriel)이 하나님의 보내심을 받아
갈릴리 나사렛(Nazareth, a town in Galilee)이란 동네에 가서,
다윗의 자손 요셉(Joseph)이라 하는 사람과
정혼한 처녀 마리아(Mary)에게 이르니라.
그에게 들어가 이르되, 은혜를 받은 자여, 평안할지어다.
주께서 너와 함께하시도다 하니, 처녀는 그 말을 듣고 놀라,
이런 인사가 어찌함인가 생각하매, 천사가 말하되,
마리아여, 무서워하지 말라. 네가 하나님께 은혜를 입었느니라.
보라 네가 잉태하여 아들을 낳으리니, 그 이름을 예수라 하라.
그는 큰 자가 되고 지극히 높으신 이의 아들이라 일컬어질 것이요,
주 하나님께서 그 조상 다윗의 왕위를 그에게 주시리니,
그가 영원히 야곱의 집을 다스릴 것이며, 그 나라가 무궁하리라.'

"하나님의 은혜를 입은 마리아가 잉태하여,
지극히 높으신 하나님의 아들 예수님이 탄생하는 순간입니다."
"하나님은 그리스도의 조상인 다윗(David)의 왕권(throne)을 예수님에게 주실 것이고,
야곱(Jacob)의 후예(descendants)로서 그리스도(Jesus)의 왕국(kingdom)은 영원할 것이야."

예삭이 말하자 소년이 누가의 책장을 넘겼다.

'천사가 대답하여 이르되,
성령이 네게 임하시고, 지극히 높으신 이의 능력이 너를 덮으시리니,
이러므로 나실 바 거룩한 자는 하나님의 아들이라 일컬어지리라.
보라 네 친족 엘리사벳도 늙어서 아들을 잉태하였느니라.
본래 수태하지 못한다고 하던 자가, 이미 여섯 달이 되었나니,
대저 하나님의 모든 말씀은 능치 못하심이 없느니라.....
마리아가 이르되, 내 영혼이 주를 찬양하며,
내 마음이 하나님 내 구주를 기뻐하였음은,
그 계집종의 비천함을 돌보셨음이라.
보라, 이제 후로는 만세에 나를 복이 있다 일컬으리로다.
능하신 이가 큰 일을 내게 행하셨으니, 그 이름이 거룩하시며.....

엘리사벳이 해산할 기한이 차서 아들을 낳으니,
이웃과 친족이 주께서 그를 크게 긍휼히 여기셨다는 말을 듣고
함께 즐거워하더라.'

"나는 성령이 소년에게 임하시고, 지극히 높으신 예수 그리스도의 능력이
소년을 덮으시리라는 것을 알지The Holy Spirit will come on you,
and the power of the Most High will overshadow you."

노인이 거룩한 음성으로 말했다. 마치 하나님이 시키신 듯이.

"거룩하시고 능하신 이가 그 큰 일을 제게 행하신다고요
That the Holy and Mighty One is doing great things for me?"

성령이 소년을 감화시키고 있었다.

"대저 하나님의 모든 말씀은 능치 못하심이 없는 법이지.
For all the words of God are not impossible.
For no word from God will ever fail."

예삭의 목소리가 소년의 귀에 거룩하게 들렸다.
소년은 베드로전서 1장을 떠올렸다.

'Be holy, because I am holy내가 거룩하니 너희도 거룩하라.'

요한은 탄생했고,
누가(Luke)는 요한의 아버지 사가랴의 위대한 예언을 기록한다.

'그 부친 사가랴가 성령의 충만함을 입어 예언하여 가로되,
"찬송하리로다, 주 이스라엘의 하나님이여!
그 백성을 돌아보사 속량하시며,
우리를 위하여 구원의 뿔을 그 종 다윗의 집에 일으키셨으니,
이는 주께서 예로부터 거룩한 선지자의 입으로 말씀하신 바와 같이,
우리 원수에게서와 우리를 미워하는 모든 자의 손에서 구원하시는 구원이라.
우리 조상을 긍휼히 여기시며, 그 거룩한 언약을 기억하셨으니,
곧 우리 조상 아브라함에게 맹세하신 맹세라.

우리로 원수의 손에서 건지심을 입고, 종신토록 주의 앞에서
성결과 의로, 두려움 없이 섬기게 하리라 하셨도다.
이 아이여, 네가 지극히 높으신 이의 선지자라 일컬음을 받고
주 앞에 앞서 가서 그 길을 예비하여,
주의 백성에게 그 죄 사함으로 말미암는 구원을 알게 하리니,
이는 우리 하나님의 긍휼하심을 인함이라.
이로써 돋는 해가 위로부터 우리에게 임하여,
어두움과 죽음의 그늘에 앉은 자에게 비취고,
우리 발을 평강의 길로 인도하시리로다.
아이가 자라며 심령이 강하여지고,
이스라엘에게 나타나는 날까지 빈 들에 있으니라.'

예삭과 소년은 구약과 신약 성경의 아름다운 만남을 의미하며
누가복음을 묵상하고 또 묵상했다.
거기에는 다윗과 아브라함,
요한과 예수 그리스도의 시공을 초월한 만남이 있었다.

"돋는 해가 위로부터 우리에게 임하여 어두움과 죽음의 그늘에 앉은 자에게 비취고
우리 발을 평화의 길로 인도하신다는 것이 무엇이라고 생각하지, 소년은? What
makes the rising sun come to us from heaven to shine on those living in darkness
and the shadow of death to guide our feet into the path of peace?"

예삭이 갑자기 영어로 질문을 던졌다.

"우리 하나님의 긍휼하심(the tender mercy of our God)이죠."

소년은 지체 없이 대답했다.

"예수님은 광야에 계셨는데 요한은 빈 들에서 지내네요."
"'wilderness'에 대한 번역의 차이일 뿐, 빈 들 같은 광야겠지."

예삭과 소년은 대수롭지 않은 듯 미소를 지었다.

"모든 길은 로마로 통하였듯이All roads lead to Rome,
위대한 지도자들은 광야의 길을 걸어야만 했지
All leaders lead to the wilderness."

예삭의 말이 소년의 가슴에 깊이 새겨졌고,
어떠한 시련도 소년에게는 훈련과 감사의 시간이 되어갔다.
노인이 복음서 책장을 넘겼다.

'천사가 이르되, 무서워 말라.
보라, 내가 온 백성에게 미칠 큰 기쁨(great joy)의
좋은 소식(good news)을 너희에게 전하노라.
오늘날 다윗의 동네에 너희를 위하여 구주(Savior)가 나셨으니,
곧 그리스도 주시니라.

너희가 가서 강보(襁褓)에 싸여 구유(manger)에 누운 아기를 보리니,
이것이 너희에게 표적(sign)이니라.
마리아와 요셉은 구유에 누운 아기를 찾아가고,
팔일이 되매, 할례(circumcision)를 행하고 이름을 예수라 하니,
이는 천사가 수태되기 전에 일러준 바대로라.

모세의 법(Law of Moses)대로 결례(purification rites)의 날이 차매
아기를 데리고 예루살렘에 올라가니,
내 눈이 주의 구원을 보았사오니, 이는 만민 앞에 예비하신 것이요,
이방을 비추는 빛이요, 주의 백성 이스라엘의 영광이니이다 하니,
주의 율법을 좇아 모든 일을 마치고,
갈릴리로 돌아가 본 동네 나사렛에 이르니라.

아기가 자라며 강하여지고, 지혜가 충족하며,
하나님의 은혜가 그 위에 있더라.
예수께서 열두 살 되었을 때,
저희가 이 절기의 전례를 따라 예루살렘에 올라갔다가
날이 다해 돌아갈 때에 아이 예수는 예루살렘에 머무셨더라.
사흘 후, 성전에서 만난즉
그가 선생들 중에 앉아 저희에게 듣기도 하시며 묻기도 하시니,
듣는 자가 다 그 지혜와 대답을 기이히 여기더라.

예수께서 가라사대,
어찌하여 나를 찾으셨나이까?
내가 내 아버지 집에 있어야 할 줄을 알지 못하셨나이까? 하시니,
양친이 그 하신 말씀을 깨닫지 못하더라.

한가지로 내려가사 나사렛에 이르러 순종하여 받드시더라.
그 모친은 이 모든 말을 마음에 두니라.

예수는 지혜와 키가 자라며,
하나님과 사람에게 더 사랑스러워 가시더라.'

"예수님은 화려하지 않은, 오히려 초라한 환경에서 태어나셨어요.
스승님도 전기도 들어오지 않던 마을에서 태어나셨죠."
소년이 미소를 머금고 말했다.

"포대기에 싸이고 여물통에 누인 아기 예수,
하나님은 지극히 작은 것으로부터 역사를 창조하시지."
낮은 데로 임하시기를 좋아하던 예삭 노인이 부드럽게 말했다.

"의롭고 경건하여(righteous and devout)
하나님의 은혜를 입은 예루살렘 사람 시므온(Simeon)이
성령의 감동을 받아 말했어요.
예수님은 이방인을 비추는 빛light for revelation to the Gentiles."

소년이 빛처럼 말했다.

"우리는 자비와 사랑이 크셔서 모든 인류를 사랑하고
은혜를 베푸시는 예수님을 본받아야지."
노인이 긍휼(矜恤)의 음성으로 말했다.
"네. 서로 다름은 틀림이 아닌 공존의 증거죠."
소년이 열린 마음으로 대답했다.
"하늘 아래 모든 인류는 하나지."
노인이 막힘없는 마음으로 말했다.

"마리아와 요셉도 아들 예수님이 하시는 말씀을 다 깨닫지 못했어요."
"예수님은 하나님을 닮아 신묘막측(神妙莫測),
곧 신비하고 오묘하신 분이라,
마리아와 요셉이 세상의 아버지와 하늘의 아버지 뜻을
모두 이해하지 못할 수도 있었겠지."
노인이 신비한 눈빛으로 말했다.

101

"예수님은 이미 열두 살 때부터 십계명을 지키는
완전한 인성과 신성을 갖추신 분이셨어요."
소년이 예수님을 닮고 싶은 마음을 담아 말했다.
"예수님은 고향 나사렛(Nazareth)으로 돌아가
부모님께 순종(obedient to parents)하며 받드시기도 하셨지."

예삭 노인이 말하며, 갑자기 신약정경의 열 번째 책,
에베소서를 펼쳤다. 6장이었다.

'자녀들아, 주 안에서 너희 부모에게 순종하라.
이것이 옳으니라. 네 아버지와 어머니를 공경하라.
이것은 약속이 있는 첫 계명이니.'

소년은 예삭 노인의 지혜로운 가르침에 다시 한번 놀랐다.
지금 노인은, 약속 있는 첫 계명인 '효도'를 가르치며
예수님이 얼마나 효자였는지를 증거하고 있었다.

"사람들은 예수님이 열두 살 때, 듣기도 하고 묻기도 하는
그 지혜와 대답에 놀라워했죠Everyone who heard him was amazed
at his understanding and his answers."
"하나님은, 듣고 묻기만 하던 그 시절의 예수님과도
이미 함께하고 계셨던 것이지."
"하나님과 사람들은, 지혜와 함께 자라가는 예수님을
더욱 사랑스러워하셨어요Jesus grew in wisdom and stature,
and in favor with God and man."
"죄 없이 이 세상에 오신 두 사람, 아담과 예수.
그러나 완전한 의인으로 존재하신 분은
예수님 한 분뿐이죠."
"우리가 겪을 모든 시련을 대신 겪으시고,
마침내 승천하셨지."

노인이 승천(昇天)함으로 말하며 책장을 넘겼다.

'안나스와 가야바(Annas and Caiaphas)가 대제사장으로 있을 때에
하나님의 말씀이 광야(wilderness)에서 사가랴(Zechariah)의
아들 요한(John)에게 임한지라.

요한이 요단강(Jordan River) 부근 각처에 와서
죄 사함을 얻게 하는 회개의 세례를 전파하니,
이미 도끼가 나무 뿌리에 놓였으니,
좋은 열매 맺지 아니하는 나무마다 찍혀 불에 던지우리라.

요한이 모든 사람에게 대답하여 이르되,
나는 물로 너희에게 세례를 주거니와,
나보다 능력이 많으신 이가 오시나니,
나는 그 신들매를 풀기도 감당치 못하겠노라.
그는 성령과 불로 너희에게 세례를 주실 것이다.

백성이 다 세례를 받을 때에 예수도 세례를 받으시고,
기도하실 때에 하늘이 열리며
성령이 형체로 비둘기같이 그의 위에 강림하시더니
하늘에서 소리가 나기를,
너는 내 사랑하는 아들이라.
내가 너를 기뻐하노라 하시니라.

예수께서 가르치심을 시작할 때에 삼십세쯤 되시니라.
사람들의 아는 대로는 요셉의 아들이니,
요셉의 위는 헬리요(Heli) ......그 위는 에노스(Enosh)요,
그 위는 셋(Seth)이요, 그 위는 아담(Adam)이요,
그 위는 하나님(God)이시니라.'

"요한은 제사와 같은 외식적인 종교 의식을 넘어
마음의 회개와 실제적인 생활의 변화를 강조한 열린 사도였지."
"요한은 요단강 근처에서 회개의 세례를 통해 사람들이 죄 사함을 얻게 하는
사역을 하였네요preaching a baptism of repentance for the forgiveness of sins."
"요한 자신은 물로 세례(baptize)를 주지만, 오실 예수님은
성령과 불(Holy Spirit and fire)로 세례를 주신다고 말하고 있지."
"네. 요한은 예수님의 신발 끈을 풀기도 감당하지 못하겠노라 라고
고백하고 있어요the straps of whose sandals I am not worthy to untie."
"이제 예수께서 가르치심을 시작하실 거야."
"네. 예수님 나이 이제 30세이신데, 33세에 돌아가셨으니
예수님께서 그 많은 일을 하신 건 불과 3년밖에 안 되네요.
37세에 돌아가셨다는 설도 있지만요."

"하나님께서 세상을 창조하시는 데도 불과 6일밖에 걸리지 않으셨지.
그런 것들이 바로 하나님과 예수님의 능력이시지."

예수님의 주 활동 무대는
베드로의 집터가 발견된 가버나움(Capernaum)이었고,
그곳에서 12제자를 택하였으며, 2년 동안 복음을 전하며 사역하셨다.

고물차가 망가져 사무실에 발이 묶인 지 7일째.
그러나 예삭의 표정에는 조금도 불편한 기색이 없었다.
'스승은 정녕 말씀이 되어 살아가는 사람인가?
아니면 인생을 살아가는 방법이나 비밀을 아는 분인가?'
소년은 조용히 생각에 잠겼다.

그러나 어떠한 상황에서도 운동을 빼놓지 않는 예삭.
베드로 오라는 분이 새벽 스트레칭을 마친 스승을 태우고
축구장으로 향했다.

심신일여(心身一如) — 마음과 몸은 하나.
예삭에게는 최상의 상태를 유지해야 하는 몸이 곧
예수님이 거하시는 성전(聖殿)이었다.
때는 2023년 9월의 첫 주였다.

축구장에서 돌아온 예삭이 누가복음의 책장을 넘겼다.

'예수께서 성령의 충만함을 입어 요단강에서 돌아오사,
광야에서 40일 동안 성령에게 이끌리시며 마귀에게 시험을 받으시더라.
이 모든 날에 아무것도 잡수시지 아니하시니,
날 수가 다하매 주리신지라.'

"광야에서 사십일 동안 굶주리면서도
마귀의 시험을 이겨내기 위해 예수님이 사용한 것은 무엇일까요?"
"성경."
"네?"
"말씀."

예삭은 시편 119편을 펼쳐 보였다.

'내가 주께 범죄치 아니하려 하여 주의 말씀을 내 마음에 두었나이다.'

"아~ 그렇군요. 예수님은 성경 구절들을 인용하여 마귀를 물리치셨네요."

예수님은 실제로 신명기 6장과 8장의 말씀으로
세 번에 걸친 사탄의 유혹을 이기셨다.

'사람이 떡으로만 사는 것이 아니요,
여호와의 입에서 나오는 모든 말씀으로 사는 줄을
너로 알게 하려 하심이라.
다른 신들을 좇아 그들을 섬기며 그들에게 절하면
내가 너희에게 증거하노니 너희가 정녕히 멸망할 것이라.
주 너의 하나님을 시험치 말라.'

하나님께서 말씀으로 세상을 창조하셨고,
예수님께서 말씀으로 사탄을 물리치셨듯이
말씀은 위대한 능력이었다.
그것이 바로 성경이다.

"예수님이 사십 일을 굶주리시며, 광야에서 사탄을 견뎌내신 힘이
기적이나 능력이 아니라, 하나님의 말씀이라는 사실에 놀랐습니다."

소년이 말씀이 되어 말했다.

"말씀이 곧 특별한 기적이고 능력이지."

노인이 진리가 되어 말했다.

"그래서 성경은 모든 인류가 애독(愛讀)하며 읽어야 할 책이고요."

떡덩이가 되게 하라,
내게 절하라,
성전 꼭대기에서 뛰어내리라—

"굶주린 상황에서 이 모든 마귀의 시험을 이겨낸 예수님은
광야에서 갈릴리로 돌아와 복음을 전하십니다."

"예수님은 자라나신 고향 나사렛에 도착하여,
안식일에 회당에서 성경을 읽으셨지."

노인이 말하며 예수님이 읽으신 성경구절을 펼쳐보였다.

'주의 성령이 내게 임하셨으니,
이는 가난한 자에게 복음을 전하게 하시려고
내게 기름을 부으시고
나를 보내사 포로 된 자에게 자유를,
눈먼 자에게 다시 보게 함을 전파하며,
눌린 자를 자유케 하고
주의 은혜의 해를 전파하게 하려 하심이라 하였더라
The Spirit of the Lord is on me,
because he has anointed me
to proclaim good news to the poor.
He has sent me to proclaim freedom
for the prisoners and recovery of sight for the blind,
to set the oppressed free, to proclaim the year of the Lord's favor.'

"예수님께서 성경책을 읽으시는 모습, 상상만 해도 감동이네요."

"…"

예삭도 감동에 잠긴 듯 한동안 침묵을 지켰다.

"성령으로 가난한 자에게 복음을 전하시는 예수님.
모든 인류의 시련과 아픔을 치유하시며 자유케 하시는 예수님.
그분은 곧 진리요 길이요 생명이시지."

"네. 인생의 무게에 눌려 눈이 있어도 보지 못하고,
귀가 있어도 듣지 못하는 우리를
자유케 하시고 은혜를 베푸십니다."

예삭과 소년의 얼굴에는
은혜, 자비, 사랑, 깨달음이 교차하듯 빛나고 있었다.

'또 가라사대, 내가 진실로 너희에게 이르노니
선지자가 고향에서 환영을 받는 자가 없느니라.
Truly I tell you,
no prophet is accepted in his hometown.'

소년은 이 말씀을 통해,
자신의 주변 사람들로부터의 미움과 사랑으로부터 자유로울 수 있었다.

어차피 의인은 없고, 자신도 완벽할 수 없다는 것을 받아들였다.
소년이 할 수 있는 최선의 것은 하나님을 공경하고, 이웃을 사랑하는 것이었다.

한편, 예수님은 게네사렛(Gennesaret) 호숫가에서
시몬(Simon)의 배에 올라 낚시를 하시며
그물이 찢어지도록 많은 물고기를 낚아,
시몬과 야고보, 요한을 놀라게 하셨다.

"낚시하시는 예수님, 참으로 낭만적이네요."
소년이 낭만으로 말했다.

"자신들이 소유한 모든 것을 버리고 예수님을 따른
시몬과 야고보, 요한도 무소유를 실천한 훌륭한 용기 있는 사람들이지."
노인이 말하며 책장을 넘겼다.

'예수께서 손을 내밀어 저에게 대시며 가라사대,
내가 원하노니 깨끗함을 받으라 하신대 문둥병(leprosy)이 곧 떠나니라.

예수의 소문이 더욱 퍼지매
허다한 무리가 말씀도 듣고, 자기 병도 낫기 원하여 몰려오되
예수는 물러가사 한적한 곳에서 기도하시니라.

레위(Levi)가 예수를 위하여 자기 집에서 큰 잔치를 하니,
세리와 다른 사람들이 많이 함께 앉았더라.

새 포도주는 새 부대에 넣어야 할 것이니라.
묵은 포도주를 마시고 새 것을 원하는 자가 없나니,
이는 묵은 것이 좋다 함이니라.

이 때에 예수께서 기도하시러 산으로 가사, 밤이 맞도록 하나님께 기도하시고,
날이 밝으매 그 제자들을 부르사 그 중에서 열둘을 택하여 사도라 칭하셨으니,

곧 베드로라 이름 지으신 시몬과 그 형제 안드레,
야고보, 요한, 빌립, 바돌로매, 마태, 도마,
알패오의 아들 야고보, 셀롯이라 하는 시몬,
야고보의 아들 유다, 그리고 예수를 팔 자 될 가룟 유다라.'

"예수님께서 산에 오르셔서 밤을 새우며 철야기도를 하셨어요
spent the night praying to God."

107

"그러고 나서 열두 제자를 택하셨지."
"이제 예수님의 산상수훈과 평지수훈(level place)이 나옵니다."
소년이 얼굴에 홍조를 띠며 말했다.

'예수께서 눈을 들어 제자들을 보시고 가라사대,

가난한 자는 복이 있나니 하나님의 나라가 너희 것임이요,
이제 주린 자는 복이 있나니 너희가 배부를 것이요,
이제 우는 자는 복이 있나니 너희가 웃을 것이요,
인자로 인하여 사람들이 너희를 미워하고, 멀리하고, 욕하고,
너희 이름을 악하다 하여 버릴 때에는 복이 있도다.

...그러나 너희 듣는 자에게 내가 이르노니,
너희 원수를 사랑하며, 너희를 미워하는 자를 선대하며,
너희를 저주하는 자를 위하여 축복하고,
너희를 모욕하는 자를 위하여 기도하라.

네 이 뺨을 치는 자에게 저 뺨도 돌려대며,
네 겉옷을 빼앗는 자에게 속옷도 금하지 말라.
무릇 네게 구하는 자에게 주며,
네 것을 가져가는 자에게 다시 달라지 말라.
남에게 대접을 받고자 하는 대로 너희도 남을 대접하라.

너희가 너희를 사랑하는 자만을 사랑하면 무슨 칭찬이 있으리요?
죄인들도 자기 사랑하는 자를 사랑하느니라.
너희가 선대하는 자만을 선대하면 무슨 칭찬이 있으리요?
죄인들도 그리하느니라.
너희가 받기를 바라고 사람들에게 빌리면 무슨 칭찬이 있으리요?
죄인들도 도로 받기 위해 빌리느니라.

오직 너희는 원수를 사랑하고 선대하며,
아무것도 바라지 말고 베풀라.
그리하면 너희 상이 클 것이요,
또 지극히 높으신 이의 아들이 되리니,
그는 은혜를 모르는 자와 악한 자에게도 인자하시니라.

너희 아버지의 자비하심 같이,
너희도 자비하라.

비판하지 말라, 그리하면 너희가 비판받지 않을 것이요.
정죄하지 말라, 그리하면 정죄받지 않을 것이요.
용서하라, 그리하면 너희가 용서를 받을 것이요.'

소년의 작은 노트에는 예수님의 가르침이 영어로 정성스럽게 기록돼 있었다.

'But to you who are listening I say:

Love your enemies, do good to those who hate you,

bless those who curse you, pray for those who mistreat you.

If someone slaps you on one cheek, turn to them the other also.

If someone takes your coat, do not withhold your shirt from them.

Give to everyone who asks you,

and if anyone takes what belongs to you, do not demand it back.

Do to others as you would have them do to you....

Be merciful, just as your Father is merciful.

Do not judge, and you will not be judged.

Do not condemn, and you will not be condemned.

Forgive, and you will be forgiven.'

"애증(愛憎)이 교차하는 것이 인생일진대,
나를 미워하고 저주하고 모욕하는 자를 위해
축복하고 기도하라는 말씀은 참으로 위대한 가르침입니다.
예수님처럼 거룩하고, 하나님처럼 자비롭기를 소망합니다."

"내가 가진 것을 이웃에게 모두 줄 수 있는 용기도 필요하지.
비난하지 않고 정죄하지 않으며 모두를 용서하는 마음,
그것이 말씀을 행하는 참 신앙이지."

소년이 누가복음 책장을 넘겼다.

'어찌하여 형제의 눈 속에 있는 티는 보고, 네 눈 속에 있는 들보는 깨닫지 못하느냐?
못된 열매 맺는 좋은 나무가 없고, 좋은 열매 맺는 못된 나무가 없느니라.
나무는 그 열매로 아나니, 가시나무에서 무화과를, 찔레에서 포도를 딸 수 없느니라.

선한 사람은 마음에 쌓은 선에서 선을 내고, 악한 자는 쌓은 악에서 악을 내나니,
이는 마음에 가득한 것을 입으로 말함이니라.

너희는 나를 '주여 주여' 하면서도 어찌하여 나의 말하는 것을 행하지 아니하느냐?

내게 나아와 내 말을 듣고 행하는 자는,
집을 짓되 깊이 파고 주초를 반석 위에 놓은 사람과 같으니
큰 물이 나서 탁류가 그 집에 부딪혀도,
잘 지은 연고로 능히 요동하지 못하였거니와,

듣고도 행하지 아니하는 자는
주초 없이 흙 위에 집 지은 사람과 같으니
탁류가 부딪히매 집이 곧 무너져 파괴됨이 심하니라.'

소년은 성경을 알기 전부터 예삭에게 남을 판단하지 않는 법을 배워왔다.
자신의 생각으로 더하지도 빼지도 않고,
그대로 이웃을 바라보며
자비와 사랑의 마음으로 사람을 대하는 태도를 익혀왔다.
그러나 의인이 아닌 인간으로 살아가며 부딪히는
불협화음은 그렇게 쉽게 피할 수 있는 일이 아니었다.
결국, 어느 정도 마음을 다잡게 해준 건
예수님의 '티끌과 들보'에 대한 가르침이었다.

소년과 예삭은 소년의 작은 노트에 기록된 말씀을
다시 한 번 가슴속으로 깊이 묵상했다.

'Why do you look at the speck of sawdust in your brother's eye
and pay no attention to the plank in your own eye?
자신의 눈 속에 있는 널빤지는 보지 못하면서,
타인의 눈 속의 톱밥 같은 미세한 것만 보는 거야?'

소년이 조용히 중얼거렸다.
그 말은 늘 자신을 돌아보고
이웃은 긍정과 사랑과 자비의 시선으로 대하라고
가르쳐주신 예수 그리스도의 말씀이었다.

"말은 곧 그 사람이 누구인지를 보여주지."
"네. 사람은 말로서 사랑을 받고, 말로서 상처받기도 하지요."

소년은 예삭과 성경을 함께 공부하며,
말을 통해 이웃에게 용기아 소망을 전하는 법을 배워가고 있었다.

"화평케 하는 자는 복이 있나니..."

소년은 그렇게 복된 인생을 살아가고 있었다.

"예수님은 '주여~ 주여' 할 뿐 아니라, 행(行)할 것을 강조하여 가르치십니다."
"행함이 없는 믿음은 죽은 것이라 말씀하셨지faith without deeds is dead."
"그럼, 사랑하지 않는 믿음도 죽은 것이겠네요faith without love is dead."

소년은 지혜와 명철함, 그리고 사랑을 함께 익혀가고 있었다.

"행함이 있는 사람은 집을 짓되 깊이 파고 주초(foundation)를
반석(rock) 위에 놓은 것과 같다고 말씀하셨지."
"그런 믿음은, 홍수가 나서 급류가 그 집에 부딪혀도
무너지지 않는 집처럼 견고한 삶의 기초가 되죠."

예삭과 소년은 서로 말씀을 주고받으며
스스로 진리가 되어 살아가는 법을 배워가고 있었다.
그것은 곧 깨달음을 통하여 영원한 행복에 이르는 길이었다.

마침 그 시에, 예수께서 질병과 고통,
그리고 악귀 들린 자들을 고치시며 소경의 눈을 뜨게도 하셨다.

'예수께서 대답하여 가라사대,
너희는 가서 보고 들은 것을 요한에게 고하라.
소경이 보며, 앉은뱅이가 걷고, 문둥이가 깨끗함을 입으며,
귀머거리가 듣고, 죽은 자가 살아나며,
가난한 자에게 복음이 전파되느니라.
누구든지 나로 말미암아 실족하지 아니하는 자는
복이 있도다 하시니라.
내가 너희에게 말하노니,
여자가 낳은 자 중에 요한보다 큰 이가 없도다.
그러나 하나님의 나라에서는 극히 작은 자라도
그보다 크니라 하시며,
예수께서는 말씀하셨다.
저의 많은 죄가 사하여졌도다. 이는 저의 사랑함이 많음이라.
사함을 받은 일이 적은 자는 적게 사랑하느니라.'

"사랑이 많을수록 죄는 사라지네요."
"하나님은 사랑이시니까."
"사랑은 빛이고, 죄는 어둠이네요."
"사랑은 천국이고, 죄는 지옥이지."
"죄를 씻는 길은 오로지 사랑뿐이네요."

예삭과 소년은 말씀을 읽고 또 읽으며 깊이 묵상했다.
말씀이 스스로가 되고, 스스로가 말씀이 될 수 있도록.

'Their many sins have been forgiven
—as their great love has shown.
But whoever has been forgiven little loves little.
The one who is least in the kingdom of God is great
저의 많은 죄가 사하여졌도다. 이는 저의 사랑함이 많음이라.
사함을 받은 일이 적은 자는 적게 사랑하느니라.
하나님의 나라에서는 극히 작은 자라도 크니라.'

소년이 책장을 넘겼다.

'이 후에 예수께서 각 성(town)과 촌(village)에 두루 다니시며
하나님의 나라를 선포(proclaiming)하시며,
그 복음(good news)을 전하실째,
열두 제자가 함께 하였고...
씨는 하나님의 말씀이요,
길가, 바위, 가시떨기, 좋은 땅은 말씀을 듣는 자니라...

숨은 것이 장차 드러나지 않을 것이 없고,
감추인 것이 장차 알려지고 나타나지 않을 것이 없느니라...

예수께서 대답하여 가라사대,
내 모친과 내 동생들은
곧 하나님의 말씀을 듣고 행하는 이 사람들이라 하시니라.

갈릴리 맞은편 거라사인(Gerasenes)의 땅에 이르러...
예수께서 열두 제자를 불러 모으사
모든 귀신을 제어하며 병을 고치는 능력과 권세를 주시고,

하나님의 나라를 전파하며 앓는 자를 고치게 하시려고 내어 보내셨다.

누구든지 제 목숨을 구원하고자 하면 잃을 것이요,
나를 위하여 제 목숨을 잃으면 구원하리라.

사람이 온 천하를 얻고도
자기를 잃든지 빼앗기든지 하면 무엇이 유익하리요?

내가 참으로 너희에게 이르노니,
여기 선 사람 중에는 죽기 전에 하나님의 나라를 볼 자들도 있느니라.
이 말씀을 하신 후 팔일쯤 되어,
예수께서 베드로와 요한과 야고보를 데리고 기도하시러 산에 올라가사
기도하실 때에 용모가 변화되고 그 옷이 희어져 광채가 나더라.
문득 두 사람이 예수와 함께 말하니,
이는 모세와 엘리야라.
그들은 영광 중에 나타나서,
장차 예수께서 예루살렘에서 별세하실 것을 말씀드렸다.
예수께서 말씀하시되,
여우도 굴이 있고 공중의 새도 집이 있으되,
인자는 머리 둘 곳이 없도다.'

노인의 작은 노트에 메모된 말씀이 소년의 눈동자를 사로잡았다.
소년이 한영으로 묵상했다.

'내가 진실로 너희에게 이르노니, 여기 선 사람 중에는 죽기 전에 하나님의 나라를 볼 자들도
있느니라 Truly I tell you, some who are standing here will not taste death before they see
the kingdom of God.'

"죽어서가 아닌 죽기전에? 살아서 하나님나라를 본다? 그것도 예수님이 그냥 말씀하신게
아니고, Truly 즉 진실로 하신 말씀? 예수님이 중요한 말씀을 하실때마다 사용하시는
'Truly진실로'란 단어, 아~~~ 살아서 하나님 나라를 살아가는 노인 예삭은 누구인가.
 그것이 깨달음? 그래서 영원한 행복으로 기쁨으로 사랑으로 감사함으로 살아간다?"

소년은 하늘을 떠도는 흰구름을 바라보며 한참이나 생각에 잠기었다. 아니 그것은 생각이
아니라 깨달음으로 가는 말씀의 묵상(默想)이었다.

"하나님의 말씀을 듣고 행하는 자들이 곧 내 모친이요 내 형제라는
예수님의 말씀은 참으로 큰 가르침입니다."

"나 역시 예수님의 그 가르침으로부터,
막힘 없이 열린 마음으로 폭넓게 사랑하는 법을 배우고 깨달았지."

예삭은 조용히 자신의 작은 노트를 펼쳤다.
논어(論語) 위령공(衛靈公) 편 제21장이었다.

'군자 긍이부쟁, 군이부당(君子 矜而不爭 群而不黨),
군자(의인)는 이웃을 긍휼히 여기되 다투지 않고,
무리 짓되 편애하거나 야합하지 않는다.'

"군자 화이부동, 소인 동이불화(君子和而不同 小人同而不和), 기억하나?"

"네. 군자는 조화롭게 지내되 동일해지려 하지 않고,
소인은 동일해지려 하나 조화롭게 지내지 못한다는 뜻입니다."
소년이 예삭과 함께 공부한 논어 자로(子路) 편을 떠올리며 대답했다.

소년의 작은 노트에는 논어 위정(爲政) 편의 문장도 적혀 있었다.

'군자 주이부비(君子周而不比), 소인 비이부주(小人比而不周),
군자는 두루 친하되 결탁하지 않고, 소인은 결탁하되 두루 친하지 않는다.'

"사불편부당(士不偏不黨)도 기억하나?"
"네. 선비는 한쪽으로 편중되지 않으며,
편협한 무리를 만들어서도 안 된다는 뜻입니다."

소년은 중국 춘추시대의 역사서『여씨춘추(呂氏春秋)』도 함께 기억해냈다.

"허이실(虛而實), 의인은 겉으로는 온유하지만, 안으로는 꽉 차 있는 법이지. "
"사익을 취하지 말고, 모두를 사랑하라는 그리스도의 위대한 가르침.
우리는 그 안에서 모든 것을 배우고 깨닫게 됩니다."
"만법귀일(萬法歸一), 자고로 모든 법은 하나로 돌아가는 법이지."

상전벽해(桑田碧海),
뽕나무 밭이 푸른 바다가 되듯, 세상은 덧없이 흘러간다.
와일리 광야에서의 연단의 세월을 뒤로 한지 1년이란 세월이 흘렀다.
소년은 오클라호마 주의 휴양지로 부동산 회사 MT를 떠나고 있었다.
달라스에서 3시간 거리.
여행길은 늘 새롭고 아름다웠다,

'이 후에 주께서 다른 칠십 인을 세우사,
친히 가시려는 각 동네 각처로 둘씩 앞서 보내시며 이르시되,
추수할 것은 많되 일군이 적으니,
추수하는 주인에게 청하여 일군을 보내 주소서 하라.
내가 너희를 보내노니
이는 어린 양을 이리 가운데 보내는 것과 같도다.
전대나 주머니나 신을 가지지 말고,
길에서 아무에게도 문안하지 말라.
어느 집에 들어가든지 먼저 말하되,
이 집이 평안할지어다 하라.

내가 너희에게 말하노니,
저날에 소돔이 그 동네보다 견디기 쉬우리라.
화 있을진저 고라신(Chorazin)아,
화 있을진저 벳새다(Bethsaida)야.
너희에게 행한 모든 권능을
두로와 시돈(Tyre and Sidon)에서 행했더라면
벌써 베옷을 입고 재에 앉아 회개했으리라.
심판 날에 두로와 시돈이 너희보다 견디기 쉬우리라...
그러나 귀신들이 너희에게 항복하는 것으로 기뻐하지 말고,
너희 이름이 하늘에 기록된 것으로 기뻐하라.

어떤 율법사가 일어나 예수를 시험하여 묻되,
선생님, 내가 무엇을 하여야 영생을 얻으리이까?
예수께서 이르시되,
율법에 무엇이라 기록되었으며, 네가 어떻게 읽느냐?
대답하되,
네 마음을 다하고, 목숨을 다하고, 힘을 다하고,
뜻을 다하여 주 너의 하나님을 사랑하고,
또한 네 이웃을 네 몸과 같이 사랑하라 하였나이다.

예수께서 이르시되,
네 대답이 옳도다. 이를 행하라. 그러면 살리라.
이 사람이 자기를 옳게 보이려고 예수께 여쭈되,
그러면 내 이웃이 누구이니이까?
이웃에게 자비를 베푸는 자니라...

마르다야, 마르다야, 네가 많은 일로 염려하고 근심하나,
그러나 몇 가지만 하든지, 혹 한 가지만이라도 족하니라.
마리아는 이 좋은 편을 택하였으니, 빼앗기지 아니하리라 하시니라.'

"예수님은 2인 1조로 제자들을 보내어 복음을 전하게 하셨네요."
"추수할 것은 많고, 일군이 적었기 때문이지.
그래서 가장 효과적인 방법으로 보내신 거야."
"무소유로 떠나도록 명하시면서도,
양을 이리떼에게 보내는 심정으로 말씀하신 그 간절함이 전해져요."
"누가 지도자의 마음을 온전히 헤아릴 수 있을까.
영생을 얻는 비밀은 바로 경천애인(敬天愛人),
하나님을 경외하고 이웃을 사랑하는 데 있지."
"네. 성경 전체의 가르침이 결국은 그 한마디로 요약되네요."

소년의 작은 노트에는 영생의 비밀을 밝히는 가르침이 영어로도 적혀 있었다.

'What must I do to inherit eternal life? Love the Lord your God with all your heart and with all your soul and with all your strength and with all your mind; and, love your neighbor as yourself경천애인(敬天愛人).'

예삭이 누가복음의 책장을 넘겼다.

'예수께서 한 곳에서 기도하시고 마치시매, 제자 중 하나가 여쭈어 이르되,
주여, 요한이 자기 제자들에게 기도를 가르친 것과 같이,
우리에게도 가르쳐 주옵소서.
예수께서 이르시되, 너희는 기도할 때 이렇게 하라.
아버지여, 이름이 거룩히 여김을 받으시오며
나라가 임하옵시며,
우리에게 날마다 일용할 양식을 주옵시고,
우리가 우리에게 죄 지은 모든 사람을 용서하오니
우리 죄도 사하여 주옵시고,
우리를 시험에 들게 하지 마옵소서.

내가 또 너희에게 이르노니,
구하라, 그리하면 너희에게 주실 것이요,
찾으라, 그리면 찾을 것이요,
문을 두드리라, 그리하면 너희에게 열릴 것이니,

구하는 이마다 받을 것이요,
찾는 이는 찾을 것이요,
두드리는 이에게는 열릴 것이니라.
너희가 악할지라도 자식에게 좋은 것을 줄 줄 알거든,
하물며 너희 천부께서 구하는 자에게 성령을 주시지 않겠느냐 하시니라.

예수께서 이르시되,
오히려 하나님의 말씀을 듣고 지키는 자가 복이 있느니라.
무리가 모였을 때, 예수께서 말씀하시되, 이 세대는 악한 세대라.
표적을 구하되 요나(Jonah)의 표적 밖에는 보일 표적이 없느니라.
요나가 니느웨(Nineveh) 사람들에게 표적이 된 것 같이,
인자도 이 세대에 그러하리라.

심판 때에 남방 여왕이 이 세대 사람들을 정죄하리니,
그는 솔로몬의 지혜를 듣기 위해 땅 끝에서 왔음이라.
그러나 솔로몬보다 더 큰 이가 여기 있느니라.
심판 때에 니느웨 사람들이 이 세대 사람들을 정죄하리니,
그들은 요나의 전도를 듣고 회개하였음이라.
그러나 요나보다 더 큰 이가 여기 있느니라.
등불을 켜서 움속이나 사발 아래 두지 아니하고,
등잔대 위에 두나니, 이는 들어오는 사람들이 그 빛을 보게 하려 함이니라.

너희 몸의 등불은 눈이라.
네 눈이 성하면 온 몸이 밝을 것이요,
눈이 나쁘면 네 몸도 어두우리라.'

"예수님의 주기도문(the Lord's Prayer)이 나옵니다."
소년은 자신의 마음속에 새겨진 기도에 대한 예수님의 가르침을 떠올리며 말했다.
"기도하며 말씀을 행하는 가운데
구하면 얻고, 찾으면 찾고, 두드리면 문은 열리는 법이지."
"예수님께서 요나의 표적을 말씀하십니다."
"기억하나, 우리가 공부했던 요나(Jonah)?"
"네. 구약 성경 39권 중 32번째 책입니다.
요나는 3일 만에 큰 물고기 뱃속에서 나왔고,
예수님은 3일 만에 땅속에서 부활하셨죠."

구약과 신약을 연결하며 공부하는 예삭과 소년의 방식은
어려운 개념도 쉽게 이해하게 하는 지혜의 방식이었다.

"니느웨 사람들은 요나의 심판 선포를 듣고 회개했지.
인류는 예수 그리스도의 죽음과 부활을 통해 진리를 깨닫고 구원에 이르게 되었고."
"네. 구약은 오실 메시야에 대한 예언들이고, 신약은 오신 메시야에 대한 기록입니다."
"그리고 예수 그리스도로 인해, 구약은 비로소 완성을 이루게 된 것이지."
"우리는 구약 속 모든 율법과 선지자와 왕들로부터 불완전함을 보았고,
예수 그리스도를 통해 완전함을 보게 된 것입니다."

예삭은 눈을 크게 뜨며 소년을 바라보았다.
그 눈빛엔 감탄과 감사가 담겨 있었다.

"예수님의 구원과 치유 사역은,
시간과 공간을 초월하여 이방인을 포함한 모든 인류를 향한 것이지."
"오순절요?"
소년이 물었다.
"오순절(Pentecost)은, 예수님의 부활 이후 50일째 되는 날,
제자들이 함께 모인 곳에 성령이 강림한 사건을 기념하는 날이지."

소년은 최근 2박 3일간 MRG 부동산회사 MT를 마친 후
하나님의 은혜로 구입한 중고 SUV차량을 시운전하며 예삭과 마주 앉았다.
그들의 표정엔 말로 표현할 수 없는 벅참이 있었다.
우리가 이런 차를 운전해도 되는 걸까?
감당키 힘든 은혜를 입은 사람들의 얼굴이었다.

예삭이 다시 복음서 책장을 넘겼다.

'너희에게는 머리털까지도 다 세신 바 되었나니,
두려워하지 말라. 너희는 많은 참새보다 귀하니라.
사람이 너희를 회당과 통치자와 권력자들 앞에 끌고 갈지라도
무엇을 대답할지 염려하지 말라.
그 때에 성령이 마땅히 할 말을 너희에게 가르치시리라.

삼가 모든 탐심을 물리치라.
사람의 생명이 그 소유의 넉넉함에 있지 아니하니라.
목숨을 위하여 무엇을 먹을까,

118

몸을 위하여 무엇을 입을까 염려하지 말라.
목숨은 음식보다, 몸은 의복보다 중하니라.
까마귀(ravens)를 생각하라.
심지도 아니하고 거두지도 않으며 골방도 창고도 없으되 하나님이 기르시나니,
너희는 새보다 얼마나 더 귀하냐.

또 너희 중에 누가 염려함으로 자신의 키를 한 자라도 더할 수 있느냐?
지극히 작은 일도 하지 못하면서 다른 것을 염려한들 무슨 유익이 있겠느냐?
백합화를 생각해보라.
실도 만들지 않고 짜지도 아니하되
솔로몬의 모든 영광도 이 꽃 하나만 같지 못하였느니라.
오늘 있다가 내일 아궁이에 던지우는 들풀도
하나님이 이렇게 입히시거든,
하물며 너희일까보냐? 믿음이 적은 자들아.
무엇을 먹을까 마실까 염려하지 말라.
이 모든 것은 세상 사람들이 구하는 것이라.
너희 아버지께서 이 모든 것이 너희에게 필요함을 아시느니라.
오직 그의 나라를 구하라.
그리하면 이런 것들을 너희에게 더하시리라.
너희 보물 있는 곳에 너희 마음도 있으리라.'

예삭은 탐욕을 경계하라는 예수님의 가르침이
소년의 노트에 영어로 기록돼 있는 것을 보았다.

'Watch out! Be on your guard against all kinds of greed;
life does not consist in an abundance of possessions.
삼가 모든 탐욕을 물리치라.
사람의 인생이 그 소유의 넉넉함에 있지 아니하니라.'

소년도 예삭의 작은 노트에서
'탐·진·치 삼독(貪瞋痴三毒)'이라는 불교 교리를 발견했다.
탐욕(貪), 분노(瞋), 어리석음(痴)은 인간의 세 가지 독이다.

"탐진치는 불교의 교리 아닌가요?"
"성경에도 같은 메시지가 분명하게 기록되어 있지.

119

탐욕은 죄를 낳고 죄는 사망을 낳는다는 야고보의 편지,
노하기를 더디하라는 잠언의 지혜,
하나님을 경외하는 것이 지혜의 근본이라는 솔로몬의 가르침.
모두 무지와 어리석음을 깨우쳐주는 말씀이지."

소년은 예삭과 함께 공부했던 만법귀일(萬法歸一)의 뜻을 다시 떠올렸다.
모든 진리는 결국 하나로 귀결된다는 깨달음이었다.

"인간의 불행은 어느 한쪽으로 치우친 부조화에서 오는 것이니,
물질만능의 어리석음에서 벗어나 마음 공부를 병행하는 삶이 중요하지."
"네. 인생의 가치는 풍부한 소유가 아닌,
탐욕을 버리라는 예수님의 말씀에서 울림을 받습니다."
"교황 요한 바오로 2세가 한국을 방문했을 때 왜 가장 검소한 차를 타고 다녔는지,
그 의미를 다시금 생각해봐야 해."
"좋은 차, 좋은 옷, 좋은 집... 모두 물질 지상주의를 비유적으로 경계하신 것이죠."

소년은 처음엔 가난과 배고픔 속에서도 무엇을 먹고 입을까 걱정하지 않고
말씀이 되어 살아가던 예삭 노인을 이해하지 못했다.
그러나 지금, 소년은 깨달았다. 그 말씀은 이렇게 전해졌다.

'주의 말씀을 열면 빛이 비치어 우둔한 사람들을 깨닫게 하나이다The unfolding of your words gives light; it gives understanding to the simple.'

시편 119:130이었다.

소년은 심지도 거두지도 않지만
하나님이 기르시는 까마귀를 바라보며 걱정하지 않는 법을 배웠다.

"나 역시 걱정함으로 내 인생을 한 시간도 늘릴 수 없다는
예수님의 말씀에서 걱정하지 않는 법을 배웠지."

예삭의 말이 소년의 가슴에 깊게 와닿았다.

"네, 길가의 들국화도, 아무도 기르지 않지만 홀로 아름답게 자라지요."
"인간이 추구하는 물질과 명예도 그 들국화 한 송이보다 나을 게 없지."
"네. 영원한 것은 오직 진리, 곧 말씀뿐입니다."
"그렇지. 말씀과 진리를 十하는 것이 하나님 나라요,
그 나머지 모든 것은 다 따라오는 법이지."

해 질 무렵,
사무실 밖에서 차를 정리하던 예삭은 축구장에서 알게 된SY 친구를 우연히 만났다.
그는 정직하고 성실한 차기능공이었으며, 예삭보다 25살이나 어렸지만 예삭은 그를
그냥 친구라 불렀다. 노인은 그렇게 세대를 초월하며 살아가고 있었다.

소년이 인생의 교과서인 누가복음 책장을 넘겼다.
그 책은 곧 거룩한 생명의 책이었다.

'그러므로 가라사대, 하나님의 나라를 무엇에 비하랴?
마치 사람이 자기 밭에 심은 겨자씨 한 알 같으니,
자라서 나무가 되어 공중의 새들이 그 가지에 깃들이느니라.

또 가라사대, 내가 하나님의 나라를 무엇에 비하랴?
마치 여자가 가루 서 말 속에 넣어 전부 부풀게 한 누룩 같으니라.

예수께서 각 성과 각 촌을 다니시며 가르치시고,
예루살렘으로 여행하시더니, 어떤 이가 묻기를
주여, 구원을 얻는 자가 적으니이까?
이에 예수께서 이르시되, 좁은 문으로 들어가기를 힘쓰라.
들어가기를 구하여도 못하는 자가 많으리라.
보라, 나중 된 자로서 먼저 될 자도 있고,
먼저 된 자로서 나중 될 자도 있느니라.

예수께서 바리새인들과 율법사들에게 대답하여 말씀하시되,
안식일에 병을 고쳐주는 것이 합당하냐, 아니하냐?
저희가 잠잠하거늘,
예수께서 병든 자를 데려다가 고쳐 보내시며 다시 말씀하시되,
너희 중에 누가 아들이나 소가 우물에 빠졌으면,
안식일일지라도 곧 끌어내지 않겠느냐?

또 이르시되, 청함을 받았을 때 차라리 가서 말석에 앉으라.
그러면 너를 청한 자가 와서 '벗이여 올라 앉으라' 하리니,
그 때에야 함께 앉은 모든 사람 앞에서 영광이 있으리라.
무릇 자기를 높이는 자는 낮아지고,
자기를 낮추는 자는 높아지리라.

무릇 내게 오는 자가 자기 부모와 처자와 형제와 자매,
및 자기 목숨까지 미워하지 아니하면,
능히 내 제자가 되지 못하고,
누구든지 자기 십자가를 지고 나를 좇지 않는 자도
능히 내 제자가 되지 못하리라.
이와 같이, 너희 중에 누구든지 자기의 모든 소유를 버리지 아니하면
능히 내 제자가 되지 못하리라.

소금이 좋은 것이나,
만일 그 맛을 잃으면 무엇으로 짜게 하리요?
땅에도, 거름에도 쓸 데 없어 내어버리느니라.
들을 귀가 있는 자는 들을지어다.'

"먼저 된 자에게는 겸손을, 나중 된 자에게는 소망을 주시는 예수님의 말씀이 어찌 그리
달콤한지요Jesus gives humility to those who are first and hope to those who are last."
소년이 입맛을 다시며 말했다.
"진리는 초콜릿보다 달콤한 법이지."
노인이 미소 지으며 말했다.

"안식일(安息日)에 일해도 되는가에 대한 논쟁이 다시 나옵니다.
마태, 마가, 누가, 요한... 모두 반복해서 전하고 있지요."
"행행행(行行行), 반복은 귀한 법이지. 많은 사람이 한두 번 들어서는 깨닫지 못하니
예수님도 자주 이렇게 말씀하셨지. 들을 귀 있는 자는 들을지어다Whoever has ears
to hear, let them hear."
"앙드레 지드(Andre Gide)의 『좁은 문(Strait is the Gate)』을 읽어보았지만,
'좁은 문으로 들어가라'는 예수님의 말씀은 영원불멸(永遠不滅)의 진리입니다."

"지드도 말했지. '하나님이 인간에게 모든 희열을 향유하며
삶을 충만하게 살도록 허락하셨다'고."
"솔로몬도 전도서에서 비슷하게 말씀하셨죠."
"인간의 행복을 억압하는 것은 하나님이 아니라
스스로에게 부과한 도덕과 윤리라는 지드의 말도 의미가 있지."
"『좁은 문』에서 제롬은 사촌 누이 알리사를 사랑하지만,
그 사랑은 순결하고 성스러운 길로 선택되죠.
좁은 문은 결국 스스로의 길이기도 하니까요."

"예수님은 율법사들과 바리새인들에게 안식일의 본질을 물었지.
자신의 소나 자식이 물에 빠져 죽게 되었을 때,
오늘이 안식일이니 구해줄 수 없다고 말할 사람은 없겠지."

"결국 예수님의 말씀은 제사보다 사랑과 자비가 더 나은 것이라는 메시지예요."
소년이 순종의 목소리로 말했다.

"우리를 율법과 죄에서 자유롭게 하시기 위해예수님이 오신 것이고,
단순한 관찰자가 아닌 참여자로,
깨달음과 실천으로우리는 복음을 땅끝까지 전해야 하는 그리스도의 사도야."

"예수님은 신약을 통해 구약을 완성하셨어요.
구약의 핵심은 하나님을 사랑하는 것과 겸손이었고,
그 겸손의 길은 예수님의 이 말씀에 다 담겨 있죠."

'무릇 자기를 높이는 자는 낮아지고, 자기를 낮추는 자는 높아지리라
For all those who exalt themselves will be humbled,
and those who humble themselves will be exalted.'

소년은 예삭의 노트에 적힌 메모를 자신의 노트에 옮겨 적으며 깊이 묵상했다.

'무소유(無所有)'

'If anyone comes to me and does not hate father and mother, wife and children, brothers
and sisters—yes, even their own life—such a person cannot be my disciple 누구든지 내게
오면서 아버지와 어머니, 아내와 자녀, 형제자매, 나아가 자기 목숨까지 미워하지 않으면 내
제자가 될 수 없다'

'And whoever does not carry their cross and follow me cannot be my disciple. In the same
way, those of you who do not give up everything you have cannot be my disciples 또 자기
십자가를 지고 나를 따르지 않는 자도 내 제자가 될 수 없다. 이와 같이, 너희 중 누구든지 자기
소유를 다 버리지 않으면 내 제자가 될 수 없다.'

"완전한 무아, 무소유, 필사즉생(無我·無所有·必死卽生)의 가르침이군." 소년이 깊은
깨달음으로 홀로 속삭였다.

"들을 귀 있는 자는 들을지어다Whoever has ears to hear, let them hear." 예수님의 목소리가
소년의 귓전에 강한 울림으로 들려왔다.

'내가 너희에게 이르노니, 이와 같이 죄인 하나가 회개하면
하늘에서는 회개할 것 없는 의인 아흔 아홉보다 더 기뻐하느니라.

주인에게 빚진 자들을 낱낱이 불러다가 먼저 온 자에게 이르되,
네가 내 주인에게 얼마나 졌느냐?

주인은 옳지 않은 청지기가 지혜롭게 행동한 것을 칭찬하였으니,
이 세대의 아들들이 자기 시대에는 빛의 아들들보다 더 지혜로움이니라.

지극히 작은 것에 충성된 자는 큰 것에도 충성되고,
지극히 작은 것에 불의한 자는 큰 것에도 불의하니라.

너희가 불의한 재물에 충성하지 아니하면,
누가 참된 것을 너희에게 맡기겠느냐?
너희가 남의 것에 충성치 아니하면,
누가 너희의 것을 너희에게 주겠느냐?
집 하인이 두 주인을 섬길 수 없나니,
이를 미워하고 저를 사랑하거나,
이를 중히 여기고 저를 경히 여길 것이니라.
너희는 하나님과 재물을 겸하여 섬길 수 없느니라.'

"구약의 율법과 선지자는 요한의 때까지였고,
그 이후로는 예수 그리스도에 의해 복음이 전파되어
인류 모두가 자유를 얻게 되었지."

"하늘과 땅이 사라지는 날이 와도, 말씀의 획 하나는 결코 떨어지지 않는다는 그 말씀이네요It is easier for heaven and earth to disappear than for the least stroke of a pen to drop out of the Law."

소년은 말하며 다시 책장을 넘겼다.

'하루에 일곱 번이라도 죄를 짓고, 일곱 번 회개하노라 하고 돌아오면,
너는 용서하라. 하나님의 나라는 너희 안에 있느니라.'

예수님은 말씀하셨다.
눈에 보이는 게 아닌, 마음의 통치가 하나님의 나라였다.

노아의 때, 롯의 때처럼
사람들은 먹고 마시고 시집가고 장가들다가
하루아침에 멸망에 이르렀다.

무릇 자기 목숨을 보존하려는 자는 잃을 것이요, 잃는 자는 살리리라.
하나님 나라는 어린아이와 같이 받들지 않으면 결단코 들어갈 수 없다
Anyone who will not receive the kingdom of God like a little child will never enter it.
부자가 하나님의 나라에 들어가는 것은,
낙타가 바늘귀에 들어가는 것보다 어려우니라.'

소년은 예삭이 빅베어산에서 성경을 읽고 묵상했을 때,
스승 자신을 깨달음에 이르게 했다는 구절을 자신의 작은 노트에 기록했다.

'바리새인들이 하나님의 나라가 어느 때에 임하나이까 묻거늘, 예수께서 대답하여 가라사대,
하나님의 나라는 볼 수 있게 임하는 것이 아니요, 또 여기 있다, 저기 있다도 못하리니,
하나님의 나라는 너희 안에 있느니라. The coming of the kingdom of God is not something
that can be observed, nor will people say, Here it is or There it is, because the kingdom of
God is in your midst.'

"바리새인들은 이미 자신들 가운데 임한 천국이 언제 오느냐고 묻고 있습니다."

"옛날 옛날 한 옛날, 석가(釋迦)라는 분은 6년 간의 고행을 통해 깨달음을 얻고,
야자수 나무 아래에서 말했지. 알아듣지 못할 중생들을 생각하며,
가르침을 멈추기로 했다고도 하지."

"네, 현대인들도 예수님의 말씀을 깨닫지 못해 허우적거리며,
거짓 선지자들의 미혹을 받기도 하지요."

"하지만 예수님은 분명히 가르치고 계셔.
'천국은 여기 있다 저기 있다 하지 마라.
하나님 나라는 이미 너희 안에 있다.'
진리는 이토록 단순한 것이지."

노인은 빅베어산에서 들은 그리스도의 음성을 떠올리며 말했다.

"네. 주 예수와 함께라면 그 어디나 하늘나라죠.
들을 귀가 있는 자는 깨달을 겁니다."

예삭은 일찍 깨달아 인생을 최선으로 살아가는 소년이 대견하다고 느꼈다.

"이순신 장군의 좌우명인 필사즉생 필생즉사(必死則生 必生則死)가
누가복음에서도 반복되고 있습니다."

'Whoever tries to keep their life will lose it, and whoever loses their life will preserve it
무릇 자기 목숨을 보존하려는 자는 잃을 것이요, 잃는 자는 살리라.'

"겸손(謙遜)에 대한 가르침도 또 다시 등장하고 있습니다."
"이리저리 흔들리는 것보다는,
말씀의 핵심을 짚고 집중해서 공부하다 보면 깨달음이 오는 법이지."
"네. 구약의 가르침은 겸손한 자세로 하나님을 알아 섬기는 것입니다."

'Those who exalt themselves will be humbled, and those who humble themselves will be
exalted. 무릇 자기를 높이는 자는 낮아지고, 자기를 낮추는 자는 높아지리라 하시니라.'

"내가 여기까지 살아올 수 있었던 것도 항상 기도하고 낙망치 말라는 예수님의 가르침
덕분이었지always pray and not give up."

"하나님의 나라를 어린아이와 같이 받들지 않는 자는
결단코 들어가지 못한다'는 말은 무슨 뜻인가요?"

"마음이 혼탁하고 생각이 많으면 결코 하나님 나라를 체험할 수 없다는 말이지.
산상수훈의 가르침처럼, 마음이 가난하고 깨끗해야 천국이 열린다,
아이의 순수한 눈으로 하나님을 받아들일 때
비로소 하나님 나라가 우리 안에 임하게 되는 것이지."

소년이 가난하고 어린아이같은 표정으로 책장을 넘겼다.

'저들은 그 풍족한 중에서 헌금을 넣었거니와,
이 과부는 그 구차한 중에서 자기의 있는 바
생활비 전부를 넣었느니라 하시니라...
그러므로 너희는 변명할 것을 미리 연구치 않기로 결심하라...

또 너희가 내 이름으로 인하여 모든 사람에게 미움을 받을 것이나,
너희 머리털 하나도 상치 아니하리라...
너희의 인내로 너희 영혼을 얻으리라.
그 때에 사람들이 인자가 구름을 타고
능력과 큰 영광으로 오는 것을 보리라...

싹이 나면 여름이 가까운 줄 알듯이,
이런 일이 나는 것을 보면 하나님의 나라가 가까운 줄 알리.
천지는 없어지겠으나, 내 말은 없어지지 아니하리라.

방탕함, 술 취함, 생활의 염려로 마음이 둔하여지지 않도록 스스로 조심하라.
이 날은 온 지구상에 거하는 모든 사람에게 임할 것이다.
그러므로 너희는 항상 기도하며 깨어 있으라.
인자 앞에 서도록 준비하라.'

"굳게 서서 인내하면 생명을 얻을 것이라고 하십니다Stand firm, and you will win life."
"천지는 사라질지라도, 진리이신 말씀은 영원히 남는 법이지Heaven and earth will pass away, but my words will never pass away."

노인이 영원함으로 말했다.

"낮에는 성전(temple)에서 가르치시고,
밤이면 감람산(Mount of Olives)에서 쉬시는 예수님의 모습,
정말 거룩하지요."
"예수님은 우리 모두에게 '너도 할 수 있다'고 말씀하셨어."

예삭이 자신의 작은 노트를 펼쳤다.
요한복음 14장이었다.

'나를 믿는 사람은 내가 하는 일을 그도 할 것이며, 그보다 더 큰 일도 하게 될 것이다. 이는 내가 아버지께로 가기 때문이다. Whoever believes in me will do the works I have been doing, and they will do even greater things than these, because I am going to the Father.'

예삭은 소년에게 말로 가르치지 않았다.
삶의 태도와 선택, 묵상의 깊이를 통해
그리스도께서 하나님께 가신 이유를 전하고 있었다.
긍정과 겸손,
그리고 오직 하나님 아버지의 뜻을 좇는 십자가의 순종이 그 핵심이었다.

소년은 생각했다.

'이 지혜는 어디에서 오는 걸까? 솔로몬? 아니면 하나님?'

노인이 누가복음의 마지막 책장을 넘겼다.

'유월절(Passover), 즉 무교절(Festival of Unleavened Bread)이 가까우매
대제사장들과 서기관들이 예수를 죽일 방법을 궁리하니,
이는 백성을 두려워함이더라...

저녁 먹은 후에 예수께서 잔을 들고 말씀하시되,
이 잔은 내 피로 세우는 새 언약이다.
곧 너희를 위하여 붓는 것이니라.

그리고 이르시되,
내 아버지께서 나라를 내게 맡기신 것 같이,
나도 너희에게 맡기노라.

베드로에게 이르시되,
오늘 닭 울기 전에 네가 세 번 나를 모른다고 부인하리라.'

예수께서 감람산에 가셔서 무릎을 꿇고 기도하신다.

'아버지여, 만일 아버지의 뜻이거든 이 잔을 내게서 옮기시옵소서.
그러나 내 원대로 마옵시고 아버지의 뜻대로 되기를 원하나이다.

그 기도를 들으시고 하늘에서 천사가 나타나 예수께 힘을 주었더라.
예수께서 더욱 간절히 기도하시며,
땀이 땅에 떨어지는 피방울 같이 되더라...

해골이라 하는 곳에서,
예수를 십자가에 못박았고,
두 행악자도 양편에 각각 못박히더라.

이에 예수께서 말씀하시되,
아버지여, 저희를 사하여 주옵소서.
자기들이 하는 일을 알지 못하나이다.

예수께서 큰 소리로 외치시며,
아버지여, 내 영혼을 아버지 손에 부탁하나이다.
이 말씀을 하신 후, 숨을 거두시더라.'

"예수님께서 자신의 영혼을 아버지께 맡기며 운명하신그 순간,
우리 인류는 용서와 위탁이라는 가장 고귀한 유산을 물려받은 셈이지."

노인이 침묵아닌 침묵으로 말했다.

"예수님의 기도는, 자기를 십자가에 못 박은 자들을 향한 용서의 기도였고,
죽음 앞에서도 자신의 뜻이 아닌 하나님의 뜻을 따르기를 소망하는
순종의 기도였습니다."

소년이 초월(超越)의 마음으로 말했다.

"우리가 살아가며 용서하지 못할 이웃이 없다는 말씀,
그리고 모든 영혼은 결국 하나님께 돌아간다는 이 진리를
가슴 깊이 새기게 되지." 노인이 용서의 영혼을 담아 말했다.

예삭과 소년은 말없이 눈을 감았다.
눈물은 흘리지 않았지만,
그들의 마음은 이미 성전이었다.

부활의 아침, 무덤에서 천사의 외침
안식 후 첫날 새벽, 여자들이 예비한 향품을 가지고 무덤에 이르렀다.
돌이 무덤에서 굴려져 있었고, 안으로 들어가 보니 예수님의 시신은 보이지 않았다.
그들은 근심하고 있었고, 그때 찬란한 옷을 입은 두 사람이 곁에 섰다.
여자들이 두려워 얼굴을 땅에 대자, 두 사람이 말했다.

어찌하여 산 자를 죽은 자 가운데서 찾느냐
Why do you look for the living among the dead?
여기 계시지 않고 살아나셨느니라!
He is not here; He has risen!

갈릴리에 계실 때 너희에게 말씀하신 것을 기억하라.
인자가 죄인의 손에 넘겨져 십자가에 못 박히고,
제삼일에 다시 살아나야 하리라 하셨느니라.

여자들은 예수님의 말씀을 기억하고,
무덤에서 돌아가 이 모든 일을 열한 사도와 다른 이들에게 전했다.
그들은 막달라 마리아, 요안나, 야고보의 어머니 마리아,
그리고 함께한 다른 여자들이었다.

그러나 사도들은 그 말이 허탄하게 들려 믿지 않았다.
베드로는 곧 무덤으로 달려가 몸을 굽혀 들여다보니
세마포만 남아 있었다.
그는 그 일을 기이히 여기며 돌아갔다.

엠마오 길에서
그 날 오후, 제자 중 두 사람은
예루살렘에서 25리, 약 11km 떨어진 엠마오라는 마을로 향했다.

그들은 이 모든 일에 대해 서로 이야기하며 길을 걷고 있었다.
바로 그때, 예수께서 가까이 다가와 동행하셨다.
하지만 그들의 눈은 가려져 그분이 예수님이라는 것을 알아보지 못했다.

"예수님의 부활을 목격한 첫 증인이 누구였지?"
"예수님의 부활을 가장 먼저 목격한 사람은 막달라 마리아(Mary Magdalene)와
야고보의 어머니 마리아(Mary)였습니다."
"예수께서 모세와 모든 선지자의 글로 시작해성경에 기록된 모든 것,
곧 자기 자신에 대한 예언을 제자들에게 설명하셨지."
"네, 주께서 과연 살아나시고 시몬에게 나타나셨습니다."
"엠마오로 가던 두 제자도 길에서 있었던 일과 떡을 떼실 때
예수님이 자신들에게 알려지신 것을 증언했지."
"'너희에게 평강이 있을지어다' 예수님이 제자들 가운데 서서 말씀하셨을 때
그들은 놀라고 두려워하여, 예수님을 영으로 착각하였어요."

영광의 몸으로 다시 오신 주님이 말씀하신다.

"어찌하여 두려워하느냐? 어찌하여 마음에 의심이 일어나느냐?
내 손과 발을 보고 나인 줄 알라. 또 나를 만져보라.
영은 살과 뼈가 없으되 너희 보는 바와 같이 나는 있느니라."

예수님은 부활하신 몸으로 제자들 앞에 서서 성경을 깨닫게 하셨다.

"내가 너희와 함께 있을 때 너희에게 말한 바,
곧 모세의 율법과 선지자의 글과 시편에
나를 가리켜 기록된 모든 것이 이루어져야 하리라 한 말이 이것이라
'This is what I told you while I was still with you:
Everything must be fulfilled that is written about me in the Law of Moses,
the Prophets, and the Psalms."

소년은 무릎을 치며 깨달았다.

"구약 66권 전체가 곧 예수 그리스도에 대한 책이었다!
하나님은 곧 사랑이요, 예수님은 바로 그 사랑의 성육신이시니까."
"우리 안에 살아계신 예수님,
그렇다면 성경은 인류 모두의 이야기!"

소년의 귓가에 노인 예삭의 낮은 음성이 깊게 울려 퍼졌다.

"복음서의 마지막 책인 요한복음을 펼쳐볼까요?"
예삭이 조용히 말했다.

"네."

평온한 토요일 아침, 노인과 소년은 빨래와 운동을 마친 후
샌드위치와 커피로 간단히 아침을 해결했다.

노인 예삭은 63세를 넘겼지만,
시간이 흐를수록 더욱 강해지고, 오히려 빛을 발하고 있었다.

"나보다 행복하고 나보다 더 건강한 노인의 비결은 뭘까?"

소년은 고개를 갸웃거리며 혼잣말을 했다.

말씀과 진리로 언제나 깨어 있음,
규칙적인 운동,
단순 청정한 마음,
절제된 소식,
말보다는 행함으로 스스로 진리가 되어 살아가는 사람,
소년이 바라본 노인의 모습이었다.

소예공부(누가복음)

"누가복음은 예수님의 삶과 가르침을 기록한 복음서 중 하나로, 인류에게 전하는 깊은 메시지를 담고 있습니다. 하나님의 사랑은 모두에게 열려 있으며 예수님이 세리와 죄인과도 함께 하셨다는 점을 강조합니다. 하나님은 특정한 사람들만을 사랑하시는 것이 아니라, 모든 인류에게 사랑과 구원의 길을 열어주셨다는 점에 귀를 기울여야 합니다." 부처 싯다르타가 인류를 포용하는 마음으로 말했다.

"하나님은 가난하고 겸손한 자에게 가까이 하십니다. 그래서 부자가 하늘나라 가는 것은 낙타가 바늘구멍을 지나는 것보다 힘들다고 하신 겁니다. 예수님의 탄생 이야기는 베들레헴의 구유에서 시작됩니다. 구유란 말이 먹이를 먹거나 자는 곳, 즉 **마조(馬槽)**를 뜻합니다. 이는 하나님이 이 세상에서 가장 낮고 가난한 자리에서 시작하셨음을 보여 주며, 겸손한 마음을 가진 자에게 가까이 하신다는 메시지를 전합니다." 소크라테스가 겸손한 마음으로 말했다.

"예수님은 '내가 너희를 용서할 때, 너희도 서로 용서하라'고 가르치셨습니다. 이는 인간 관계에서 용서가 얼마나 중요한지를 강조하며, 회개와 용서가 하나님의 뜻에 부합하는 삶의 핵심이라는 교훈을 전합니다. '네 이웃을 네 자신처럼 사랑하라'는 계명은 누가복음에서 가장 중요한 교훈입니다. 예수님은 이웃에 대한 사랑을 실천적으로 보여주셨고, 이를 통해 진정한 사랑이란 말뿐이 아닌 행동으로 나타내야 한다는 메시지를 전달합니다." 공자가 용서와 사랑을 강조하며 말했다.

"누가복음은 하나님의 나라가 이미 이 땅에 임했다고 선언합니다. 예수님은 하나님의 나라가 바로 그분 안에서 실현되었음을 알려주셨고, 이 나라는 사람들의 마음속에 먼저 임한다고 가르치셨습니다. 그는 자신이 섬김을 받기 위해 온 것이 아니라 섬기기 위해 왔음을 명확히 하셨습니다. 진정한 부유함은 물질적 것이 아니라 영적인 것입니다. 예수님은 사회적으로 소외된 자들, 가난한 자들, 병든 자들, 이방인들에게 관심을 가지셨습니다. 이는 하나님의 나라가 특정한 계층의 사람들을 위한 것이 아니라 모든 사람을 위한 것임을 알려줍니다." 소년이 섬김의 마음으로 말했다.

"누가복음은 예수님의 부활을 통해 부활과 영원한 생명에 대한 희망을 전합니다. 예수님은 죽음을 이기고 부활하심으로써 모든 인류에게 부활의 가능성을 열어주셨습니다. 말씀을 통하여 깨달음을 얻으면 누구든지 죽음을 초월하여 영원한 행복을 누릴 수 있는 것입니다." 노인이 부활의 의미를 전하며 요한복음 책장을 펼쳤다.

제 4 권 요한복음 (John)

"요한복음은 어떤 책인가요?" 노인이 소년에게 존칭어로 물었다, 친구처럼.

"베드로(Peter)와 야고보(James)처럼 예수님(Jesus)을 가장 가까이서 보좌한 3인방 중 한 사람인 요한(John)이 저술한 복음서입니다. 요한은 예수님의 어머니를 모시고 살았던 의리의 사도였죠." 소년이 신성(神性)로 대답했다.

"여기서 우리가 주목해야 할 것은 예수가 죽으신 것은 생명을 빼앗기신 것이 아니라 당신의 자유로운 뜻으로 생명을 버렸고, 그의 죽으심은 굴욕이 아니라 영광이며 생명의 근원이라는 것이지." 노인이 영광스럽게 말했다.

"사람으로서의 그리스도를 다룬 마태, 마가, 누가의 공관복음서(共觀福音書)와는 달리, 요한복음은 하나님으로서의 예수님, 즉 신성(神性)을 다루었다는 점이 특징입니다."

예삭과 소년은 사랑과 자비의 표정으로 동시에 요한의 복음서를 펼쳤다.

'태초에 말씀이 계시니라. 이 말씀이 하나님과 함께 계셨으니 이 말씀은 곧 하나님이시니라. 그가 태초에 하나님과 함께 계셨고, 만물이 그로 말미암아 지은 바 되었으니 지은 것이 하나도 그가 없이는 된 것이 없느니라. 그 안에 생명이 있었으니 이 생명은 사람들의 빛이라. 빛이 어두움에 비취되 어두움이 깨닫지 못하더라. 하나님께로서 보내심을 받은 사람이 났으니 이름은 요한이라. 저가 증거하러 왔으니 곧 빛에 대하여 증거하고 모든 사람으로 자기를 인하여 믿게 하려 함이라. 그는 이 빛이 아니요, 이 빛에 대하여 증거하러 온 자라. 참빛, 곧 세상에 와서 각 사람에게 비취는 빛이 있었나니, 그가 세상에 계셨으며 세상은 그로 말미암아 지은 바 되었으되 세상이 그를 알지 못하였고, 자기 땅에 오매 자기 백성이 영접지 아니하였으나, 영접하는 자 곧 그 이름을 믿는 자들에게는 하나님의 자녀가 되는 권세를 주셨으니 이는 혈통으로나 육정으로나 사람의 뜻으로 나지 아니하고, 오직 하나님께로서 난 자들이니라. 말씀이 육신이 되어 우리 가운데 거하시매, 우리가 그 영광을 보니 아버지의 독생자의 영광이요 은혜와 진리가 충만하더라.'

"스승님께 커다란 깨달음으로 다가왔다는 요한복음의 첫 장입니다." 소년이 온유한 표정으로 말했다.

"우리가 처음 성경 공부를 시작했을 때 창세기 1장 1절의 첫 구절을 기억할 거야."

"네. '태초에 하나님이 천지를 창조하시니라In the beginning God created the heavens and the earth입니다." 소년이 말씀을 기억해내며 말했다.

"하나님께서 천지를 창조하셨는데,
천지를 창조하신 하나님은 곧 말씀이란 것이 요한복음의 첫 가르침이라는 것이지."
"말씀, 그렇다면 성경이 곧 하나님이시네요."
"이해가 빨라 좋군. 천지를 창조한 것은 바로 말씀이란 것이지."
노인이 행복한 표정으로 말했다.
"말씀 안에 생명이 있었는데 이 생명은 곧 사람들의 빛이지."
노인이 말을 이었다.

소년은 예삭의 작은 노트에서 마르고 닳도록 읽고 묵상한 흔적이 있는 글귀를 보았다.

'태초에 말씀이 계셨는데 이 말씀은 곧 하나님이시라. 말씀 안에 생명이 있었으니 이 생명은 곧 사람들의 빛이라In the beginning was the Word, and the Word was God. There was life in the Word, which is the light of men.'

세상을 창조한 것은 말씀이요, 말씀이 곧 하나님이요, 이 말씀 안에는 또 생명이 있었고, 이 생명은 곧 사람들의 빛이라? 사람들? 결국 하나님은 사람들, 이웃들, 인류를 그토록 불쌍히 여기고 사랑하신 것인가. 그래서 이웃을 네 몸처럼 사랑하라는 가장 큰 가르침을 주신 것인가? 소년은 골똘히 생각에 잠겨 보았다.

"하나님은 사랑이시니까 God is love."

예삭의 목소리가 소년의 귓전에 무게 있게 들려왔다.

아~ 하나님은 신묘막측(神妙莫測 fearfully and wonderfully)하신 분이셔서 한 모습이 아니라 여러 모습으로 우리에게 다가오시는구나. 하나님은 예수님이요, 성령님이요, 말씀이시요, 진리시요, 사랑이시구나! 소년의 가슴은 훤하게 뚫려만 갔다. 막힘없이!

"말씀이 육신이 되어 우리에게 오신 예수님,
그래서 우리는 보이는 빵으로만 살아가는 것이 아니요,
보이지 않는 말씀으로 인생을 살아가는 것이지."

예삭의 목소리는 여전히 소년의 귓전을 때렸다.
요한복음 1장은 소년을 깨달음으로 인도하는 사랑이요 말씀이었다.
진리의 말씀을 통한 깨달음이 없다면, 자신도 남유다와 북이스라엘로 분열되었던 이스라엘의 39명의 왕들과 다름없는 우상숭배적인 신앙을 가졌을 것이라는 생각이 소년의 머리를 스치고 지나갔다.

노인이 평화로운 표정으로 책장을 넘겼다.

'요한이 그에 대하여 증거하여 외쳐 가로되, 내가 전에 말하기를,
내 뒤에 오시는 이가 나보다 앞선 것은
나보다 먼저 계심이라 한 것이 이 사람을 가리킴이라 하니라.
우리가 다 그의 충만한 데서 받으니, 은혜 위에 은혜러라.
율법은 모세로 말미암아 주신 것이요,
은혜와 진리는 예수 그리스도로 말미암아 온 것이라.
본래 하나님을 본 사람이 없으되,
아버지 품속에 있는 독생하신 하나님이 나타내셨느니라.

유대인들이 예루살렘에서 제사장들과 레위인들을
요한에게 보내어 네가 누구냐? 고 물을 때,
요한의 증거가 이러하니라.
요한이 드러내어 말하고 숨기지 아니하니, 드러내어 하는 말이
나는 그리스도가 아니라 한대,
또 묻되, 그러면 네가 엘리야냐?
가로되, 나는 아니라
또 묻되, 네가 그 선지자냐?
대답하되, 아니라,
또 말하되, 누구냐?
우리를 보낸 이들에게 대답하게 하라. 너는 네게 대하여 무엇이라 하느냐?
가로되, 나는 선지자 이사야의 말과 같이
주의 길을 곧게 하라고 광야에서 외치는 자의 소리로라 하니라.
저희는 바리새인들에게서 보낸 자라.
또 물어 가로되, 네가 만일 그리스도도 아니요, 엘리야도 아니요,
그 선지자도 아닐진대, 어찌하여 세례를 주느냐?
요한이 대답하되, 나는 물로 세례를 주거니와,
너희 가운데 너희가 알지 못하는 한 사람이 섰으니,
곧 내 뒤에 오시는 그이라.
나는 그의 신들메 풀기도 감당치 못하겠노라 하더라.
이 일은 요한이 세례 주던 곳,
요단강(Jordan River) 건너편 베다니(Bethany)에서 된 일이니라.'

"소년도 주의 길을 곧게 하라고 광야에서 외치는 자의 소리의 주인공으로
살아가세요 I am the voice of one calling in the wilderness,
Make straight the way for the Lord."
노인이 한영(韓英)으로 묵상하듯 말했다.

135

"네, 하나님은 우리 모두를 부르셨지만, 택함의 자유를 우리에게 주셨어요."

예삭은 소년의 작은 노트에 기록된 성경구절을 보았다.
빌립보서와 요한복음의 말씀이었다.

'나를 믿는 자는 나의 하는 일을 저도 할 것이요, 또한 이보다 큰 것도 하리니,
내게 능력 주시는 자 안에서 내가 모든 것을 할 수 있느니라Whoever believes
in me will do the works I have been doing, and they will do even greater
things than these. I can do everything through him who gives me strength.'

예수님께서 하신 일을 나도 할 수 있고, 그보다 큰 것도 한다?
내가 모든 것을 할 수 있다?
그럼 불가능한 일이란 없단 말인가?
모든 일에 대한 가능과 긍정의 힘을 주는 거룩한 책,
그것은 곧 모든 인생의 비밀이 들어있는 성경이었다.
그러나 소년은 그보다 더 중요한 노인 예삭의 조언을 잊지 않았다.
그런 능력을 주시는 이는 그리스도요,
그보다 큰 것도 할 수 있는 비밀은 바로
그리스도께서 십자가에 못 박혀 돌아가시면서
하나님 아버지께로 가셨기 때문이라는 겸손과 무아의 가르침이었다.

깨달아 가는 소년의 모습을 바라보며,
노인이 긍휼과 자비의 마음을 담아 요한의 복음서 책장을 넘겼다.

'이튿날 요한이 예수께서 자기에게 나아오심을 보고 가로되,
보라, 세상 죄를 지고 가는 하나님의 어린 양이로다.
내가 전에 말하기를 내 뒤에 오는 사람이 있는데,
나보다 앞선 것은 그가 나보다 먼저 계심이라 한 것이 이 사람을 가리킴이라.
나도 그를 알지 못하였으나, 내가 와서 물로 세례를 주는 것은
그를 이스라엘에게 나타내려 함이라 하니라.

요한이 또 증거하여 가로되,
내가 보매 성령이 비둘기같이 하늘로서 내려와서 그의 위에 머물렀더라.
나도 그를 알지 못하였으나,
나를 보내어 물로 세례를 주라 하신 그이가 내게 말씀하시되,
성령이 내려서 누구 위에든지 머무는 것을 보거든

그가 곧 성령으로 세례를 주는 이인 줄 알라 하셨기에,
내가 보고 그가 하나님의 아들이심을 증거하였노라 하니라.

요한의 말을 듣고 예수를 좇는 두 사람 중에
하나는 시몬 베드로의 형제 안드레라.
그가 먼저 자기 형제 시몬을 찾아 말하되,
우리가 메시야(그리스도)를 만났다 하고 데리고 예수께로 오니,
예수께서 보시고 가라사대,
네가 요한의 아들 시몬이니 장차 게바(베드로)라 하리라 하시니라.

이튿날 예수께서 갈릴리로 나가려 하시다가 빌립을 만나 이르시되,
나를 좇으라 하시니,
빌립은 안드레와 베드로와 한 동네 벳새다 사람이라.
빌립이 나다나엘을 찾아 이르되,
모세가 율법에 기록하였고 여러 선지자가 기록한 그이를 우리가 만났으니,
요셉의 아들 나사렛 예수니라.
나다나엘(Nathanael)이 가로되,
나사렛(Nazareth)에서 무슨 선한 것이 날 수 있느냐?
빌립이 가로되, 와 보라 하니라.

예수께서 나다나엘이 자기에게 오는 것을 보시고 그를 가리켜 가라사대,
보라, 이는 참 이스라엘 사람이라. 그 속에 간사한 것이 없도다.
나다나엘이 가로되, 어떻게 나를 아시나이까?
예수께서 대답하여 가라사대,
빌립이 너를 부르기 전에 네가 무화과나무 아래 있을 때에 보았노라.
나다나엘이 대답하되,
랍비여, 당신은 하나님의 아들이시요, 당신은 이스라엘의 임금이로소이다.
예수께서 대답하여 가라사대,
내가 너를 무화과나무 아래서 보았다 하므로 믿느냐?

이보다 더 큰 일을 보리라. 또 가라사대,
진실로 진실로 너희에게 이르노니,
하늘이 열리고 하나님의 사자들이 인자 위에 오르락 내리락하는 것을 보리라 하시니라.'

"예수님은 열두 제자 중 시몬(Simon)에게 베드로(Peter)라고 하는 새 이름을 주셨어요."

"빌립(Philip)은 안드레(Andrew)와 베드로와 한 동네 벳새다(Bethsaida) 사람이었지."
노인이 뒤에 나올 빌립보서와 베드로서를 떠올리며 말했다.

노인의 작은 노트에는 예수님의 12제자 이름이 적혀 있었다.

역시나 노인의 암기법으로, '안요도마작다 빌베야시유바'

안드레(Andrew) – 베드로의 형제.
요한(John) – 야고보의 동생으로 예수님의 사랑받는 제자.
도마(Thomas) – 의심 많은 도마로도 불린다.
마태(Matthew) – 세리 출신으로 마태복음의 저자.
작은 야고보(James the Less) – 알패오의 아들로, 작은 야고보로 불린다.
다대오(Thaddeus) – 유다 다대오(Jude)로도 불린다.
베드로(Peter) – 원래 이름은 시몬(Simon), 예수님께서 베드로라는 이름을 주셨다.
야고보(James) – 세베대의 아들로, 큰 야고보로 불린다.
빌립(Philip) – 아버지를 보여달라고 했던 제자.
바돌로매(Bartholomew) – 나다나엘(Nathanael)로도 알려짐.
시몬(Simon) – 열심당원 시몬(Simon the Zealot).
가룟 유다(Judas Iscariot) – 예수님을 배신한 제자.

"12제자 중 신약정경을 저술한 사도는 요한(5), 마태(1), 베드로(2), 야고보(1),
유다(1) 등 다섯 명입니다. 즉 27권 중 10권은 그리스도의 사도들이 기록한 것이죠."
논어의 가르침처럼 때때로 배우고 익히는 것을 즐거워하는 소년이 말했다.
소년의 작은 노트에는 노인과 공부한 논어의 내용이 기록돼 있었다.

'학이시습지 불역열호(學而時習之 不亦說乎),
배우고 때때로 그것을 익히면 또한 기쁘지 아니한가?'

노인이 말없이 흐뭇한 미소를 지으며 요한의 복음서 책장을 넘겼다.

'사흘 되던 날에 갈릴리 가나에 혼인이 있어 예수의 어머니도 거기 계시고,
예수와 그 제자들도 혼인에 청함을 받았더니 포도주가 모자란지라.
예수의 어머니가 예수에게 이르되,
저희에게 포도주가 없다 하니...
연회장은 물로 된 포도주를 맛보고 어디서 났는지 알지 못하되,
물 떠온 하인들은 알더라...

예수께서 이 처음 표적(first of the signs)을 갈릴리 가나에서 행하여
그 영광을 나타내시매, 제자들이 그를 믿으니라.
성전 안에서 소와 양과 비둘기 파는 사람들과
돈 바꾸는 사람들의 앉은 것을 보시고,
노끈으로 채찍을 만드사 양이나 소를 다 성전에서 내어 쫓으시고,
돈 바꾸는 사람들의 돈을 쏟으시며 상을 엎으시고,
비둘기 파는 사람들에게 이르시되,
이것을 여기서 가져가라.
내 아버지의 집으로 장사하는 집을 만들지 말라 하시니...

예수는 그 몸을 저희에게 의탁지 아니하셨으니,
이는 친히 모든 사람을 아심이요,
또 친히 사람의 속에 있는 것을 아시므로,
사람에 대하여 아무의 증거도 받으실 필요가 없음이니라.'

"예수님께서 이 세상에 오셔서 첫 번째로 행하신 기적이 초대된 혼인잔치에서
술을 만드신 거네요. 교회 다니는 사람들은 술 마시면 안 된다고들 하던데요."
"……………………"
소년의 말에 노인은 침묵했다.
"말씀을 더하지도 말고 빼지도 말라는 가르침이 있지만,
인생은 자신의 분량대로 살아가는 것인가 봐요."
"술을 마시라는 말씀도, 또는 보지도 말라는 말씀이 있지."
"네? "

소년이 노인의 작은 노트에 눈길을 멈추었다. 잠언 31장이었다.

'독주는 죽게 된 자에게, 포도주는 마음에 슬픔과 괴로움이 있는 자에게 줄지어다
Give strong drink to the one who is perishing, and wine to those in bitter distress.'

소년이 쉬지 않고 노인의 작은 노트에 기록된 전도서 8장의 말씀도 읽어내려갔다.

'이에 내가 희락을 칭찬하노니, 이는 사람이 먹고 마시고 즐거워하는 것보다 해 아래서 나은 것이 없음이라. 하나님이 사람으로 해 아래서 살게 하신 날 동안 수고하는 중에 이것이 항상 함께 있을 것이니라So I commend the enjoyment of life, because there is nothing better for a person under the sun than to eat and drink and be glad. Then joy will accompany them in their toil all the days of the life God has given them under the sun.'

139

"아이러니 하네요. 술을 마시면 안 되는 것이라면,
예수님께서 왜 술을 만드시는 일로 첫 번째 기적을 행하셨을까요?"
"……………………………"
'독주는 죽게 된 자에게, 포도주는 마음에 슬픔과 괴로움이 있는 자에게'
성년이 된 소년이 미소를 지으며 홀로 속삭였다.

"인생은 case by case? 분량대로 사는 법. 좌로나 우로나 치우치지 않는 중용과 절제의 인생을
살아가는 것이 중요?."
소년이 홀로 생각하며 다시 노인의 작은노트에 시선을 고정했다.
잠언 23장이었다.

'포도주는 붉고 잔에서 번쩍이며 순하게 내려가나 너는 그것을 보지도 말지어다. 마침내 뱀
같이 물 것이요 독사 같이 쏠 것이며'

"마셔도 된다? 마시면 안된다?" 소년(蘇年)이 고개를 갸우뚱하며 홀로 속삭였다.

"처할 줄 알아야지, 각자의 인생의 분량에 따라 마실 때가 있고 마시지 않을 때가 있고."

노인이 낮은 목소리로 말하자 소년이 노인과 공부했던 공자의 논어의 글귀를 떠올렸다.

'술취하지 말라, 유주무 량불급란(唯酒無量 不及亂)'

노인이 요한복음 책장을 넘겼다.

'진실로 진실로 네게 이르노니,
사람이 거듭나지 아니하면 하나님 나라를 볼 수 없느니라…
예수께서 대답하시되, 진실로 진실로 네게 이르노니,
사람이 물과 성령으로 나지 아니하면 하나님 나라에 들어갈 수 없느니라.
육으로 난 것은 육이요, 성령으로 난 것은 영이니…

내가 땅의 일을 말하여도 너희가 믿지 아니하거든,
하물며 하늘 일을 말하면 어떻게 믿겠느냐?

하늘에서 내려온 자, 곧 인자 외에는 하늘에 올라간 자가 없느니라.
모세가 광야에서 뱀을 든 것 같이, 인자도 들려야 하리니,
이는 저를 믿는 자마다 영생을 얻게 하려 하심이니라.
하나님이 세상을 이처럼 사랑하사 독생자를 주셨으니,
이는 저를 믿는 자마다 멸망치 않고 영생을 얻게 하려 하심이니라.

140

하나님이 그 아들을 세상에 보내신 것은 세상을 심판하려 하심이 아니요,
저로 말미암아 세상이 구원을 받게 하려 하심이라.
저를 믿는 자는 심판을 받지 아니하는 것이요,
믿지 아니하는 자는 하나님의 독생자의 이름을 믿지 아니하므로
벌써 심판을 받은 것이니라...
진리를 좇는 자는 빛으로 오나니,
이는 그 행위가 하나님 안에서 행한 것임을 나타내려 함이라.'

노인과 소년의 표정은 맛있는 음식을 먹는 것보다 더 행복한 모습이었다.

'요한이 대답하여 가로되,
만일 하늘에서 주신 바 아니면 사람이 아무것도 받을 수 없느니라...
하나님의 보내신 이는 하나님의 말씀을 하나니,
이는 하나님이 성령을 한량 없이 주심이니라.
아버지께서 아들을 사랑하사 만물을 다 그 손에 주셨으니,
아들을 믿는 자는 영생이 있고,
아들을 순종치 아니하는 자는 영생을 보지 못하고,
도리어 하나님의 진노가 그 위에 머물러 있느니라.'

소년은 조용히 고개를 숙인 채, 노인의 작은 노트를 바라보았다.
그곳에는 손글씨로 정갈하게 이렇게 쓰여 있었다.

'의지함이 없으니 상처함도 없느니라. 그저 긍휼과 사랑만이 존재함이니라.'

"사람은 의지의 대상이 아니라, 사랑의 대상이라는 깨달음을 주는 말씀이 등장합니다."
소년의 목소리는 낮았지만 또렷했다.

'예수는 그 몸을 저희에게 의탁지 아니하셨으니,
이는 친히 모든 사람을 아심이요,
또 친히 사람의 속에 있는 것을 아시므로
사람에 대하여 아무의 증거도 받으실 필요가 없음이니라
Jesus would not entrust himself to them,
for he knew all people.
He did not need any testimony about mankind,
for he knew what was in each person.'

"니고데모는 바리새인으로서 율법주의자이면서 교사였고,
권력자였지만 진리에 어두웠습니다."
"구원의 진리란 하나님께로부터 오는 선물인데,
자신의 의로 구원을 얻으려 했기 때문이지."
말하는 예삭의 얼굴은 빛을 발하였으나, 스스로는 모르는 듯하였다.

"네. 구원은 하나님과 성령님과 그리스도로부터 오는 소중한 선물이죠."

노인 예삭을 만나기 전, 누군가가 말했다.
"예수를 믿고 구원을 얻으면 죽으면 천당에 갈 것이다."
깨달음을 얻기 위해 성경을 정독하고 공부했지만, 성경에는 그런 말씀이 없었다.
혼자 구원받아 천국 간다?
그 말이 얼마나 어리석고 이기적인 미혹이었는지 소년은 깨달았다.
소년은 종교에 대하여 우왕좌왕하던 시절을 떠올리며 스스로에게 긍휼의 미소를 지었다.
노인은 사람들이 어려워하는 것을 쉽게 가르쳐 주었다.
소년은 하나님을 경외하고, 이웃을 사랑하며,
그리스도와 동행하고,
말씀이 되어 살아가는 길이 곧 살아서 누리게 되는 구원,
곧 하나님의 나라라는 노인의 가르침에 감사했다.

'하나님은 죽은 자의 하나님이 아니요, 산 자의 하나님이시다God is not the God of the dead, but of the living.' - 마태복음 22장, 마가복음 12장, 누가복음 20장

세 복음서에 똑똑하게 기록된 그 말씀을 손가락으로 분명히 짚어 준 분이,
소리 없이 사시는 노인 예삭이었다.

소년이 열린 표정으로 복음서 책장을 넘겼다.

'진실로 진실로 네게 이르노니
사람이 거듭나지 아니하면 하나님 나라를 볼 수 없느니라...
예수께서 대답하시되, 진실로 진실로 네게 이르노니
사람이 물과 성령으로 나지 아니하면 하나님 나라에 들어갈 수 없느니라.

육으로 난 것은 육이요, 성령으로 난 것은 영이니라.
내가 땅의 일을 말하여도 너희가 믿지 아니하거든,
하물며 하늘 일을 말하면 어떻게 믿겠느냐.
하늘에서 내려온 자, 곧 인자 외에는 하늘에 올라간 자가 없느니라.

모세가 광야에서 뱀을 든 것 같이 인자도 들려야 하리니,
이는 저를 믿는 자마다 영생을 얻게 하려 하심이니라.
하나님이 세상을 이처럼 사랑하사 독생자를 주셨으니,
이는 저를 믿는 자마다 멸망치 않고 영생을 얻게 하려 하심이니라.

하나님이 그 아들을 세상에 보내신 것은 세상을 심판하려 하심이 아니요,
저로 말미암아 세상이 구원을 받게 하려 하심이라.
저를 믿는 자는 심판을 받지 아니하는 것이요,
믿지 아니하는 자는 하나님의 독생자의 이름을 믿지 아니하므로
벌써 심판을 받은 것이니라...

진리를 좇는 자는 빛으로 오나니,
이는 그 행위가 하나님 안에서 행한 것임을 나타내려 함이라...'

소년은 예수님의 말씀을 또박또박 읽어 내려가다가 노인을 보고 물었다.

"거듭나지 않으면 하나님 나라를 볼 수 없다고 하십니다. 거듭나는 길은 무엇인지요?"

"쉬지 않고 말씀을 묵상하고, 행하고, 또 행하고, 그러다 보면 깨닫게 되고... 그 깨달음을
행하는 것이 곧 거듭나는 것이지. 스스로 말씀이 되어 이웃을 사랑하면 성령이 임하고,
그리스도께서 우리 안에 거하는 하나님 나라를 살아가는 것이지."

쉽게 사랑으로 가르쳐 주는 예삭의 믿음은 늘 소년의 가슴에 깨달음으로 다가왔다.

"거듭난다는 것은 곧 말씀과 진리로 다시 태어난다는 뜻이고."

노인의 말이 꽝하고 소년의 뒤통수를 때렸다.

일요일, 축구하는 날.
예삭은 일어나자마자 25분간 스트레칭으로 하루를 시작했다.
일주일에 세 번 축구를 하다 보니 약간 무리가 온 듯하여,
오늘은 새벽 근력운동을 쉬었다.
새벽은 언제나 정신도 마음도 신선하다.

예삭이 요한의 복음서 책장을 환한 미소로 넘겼다. 일부내용은 복습묵상이었다.

'내가 땅의 일을 말하여도 너희가 믿지 아니하거든, 하물며 하늘 일을 말하면 어떻게 믿겠느냐?
하늘에서 내려온 자, 곧 인자 외에는 하늘에 올라간 자가 없느니라. 모세가 광야에서 뱀을 든

것 같이 인자도 들려야 하리니, 이는 저를 믿는 자마다 영생을 얻게 하려 하심이니라. 하나님이 세상을 이처럼 사랑하사 독생자를 주셨으니, 이는 저를 믿는 자마다 멸망치 않고 영생을 얻게 하려 하심이니라. 하나님이 그 아들을 세상에 보내신 것은 세상을 심판하려 하심이 아니요, 저로 말미암아 세상이 구원을 받게 하려 하심이라...'

"공자는 참으로 성경을 사랑한 사람 같아요. 성경의 가르침을 멋들어지게 표현한 사람이에요."

소년은 예삭의 작은 노트에 적혀 있던 글귀를 떠올렸다.『논어(論語)』옹야편(雍也篇) 제11장에 나오는 유명한 구절이었다.

'미지생 언지사(未知生 焉知死), 삶도 모르는데 죽음을 어찌 알겠는고?'

노인이 예수님께서 니고데모와 대화 중에 하신 말씀을 펼쳤다.

'내가 땅의 일을 말하여도 너희가 믿지 아니하거든,
하물며 하늘 일을 말하면 어떻게 믿겠느냐I have spoken
to you of earthly things and you do not believe;
how then will you believe if I speak of heavenly things?'

미지생 언지사(未知生 焉知死), 소년은 논어를 공부함으로써 성경을 깨우쳐가고 있었다.

"땅의 일을 알아야 하늘 일도 알 수 있는 법이지."

노인의 말은 언제나 흐르는 물처럼 막힘이 없었다.

"어떤 사람들은 세상이 말세라고 하지만, 하나님은 하나뿐인 독생자 예수를 주시기까지 하며 세상을 그토록 사랑하셨어요For God so loved the world that he gave his one and only Son."

소년이 복음서를 묵상하며 말했다.

"거짓 선지자들로부터 미혹되지 말아야지. 때는 아무도 모르고, 오직 하나님만 아신다는 것을 우리는 분명히 배웠지. 하나님께서 우리에게 예수님을 보내신 목적은, 우리로 하여금 영생을 얻게 하기 위함이라는 것whoever believes in him shall not perish but have eternal life, 이 말씀을 똑똑히 깨우쳐야지."

"어떻게 하면 영생을 얻을 수 있나요?"

"죄를 회개하고, 우리의 죄를 위해 죽으시고 사흘 만에 부활하신 것을 믿고, 주 예수를 영접하면 하나님께서 선물로 주시는 것이 바로 영생이지."

"그럼 영생이란 죽어서 시작되는 게 아니라, 이미 우리 안에 존재하는 현재진행형의 세계네요."
소년은 생각했다. 영생은 죽어서 시작되는 것이 아니라는 것만 알아차려도, 그것이 커다란
깨달음이라는 것을.

"깨달은 자에게는 죽음이 아무런 의미가 없는 것이지. 예수님과 함께 십자가에 못 박힘으로,
이미 죽음을 이긴 거지."

"그럼 무아(無我)라든가 생사(生死)를 초월(超越)했다는 등의 이야기는, 영생을 얻어 진리와
말씀이신 예수님과 동행하는 인생을 뜻하나요?"

"그것이 성경의 가르침이지."

예삭의 대답은 간단하고 명료했다.
진리와 지도자는 언제나 정직하고, 언제나 분명했다.
소년은 그렇게 알아갔다.

"예수님께서 세상을 심판하러 오신 것이 아니라, 우리 모든 인류로 하여금 구원을 받게 하려
오셨다는 것For God did not send his Son into the world to condemn the world, but to save
the world through him, 이 말씀 또한 인류의 희망입니다."

"하나님은 부정이 아닌, 긍정의 하나님이시지."

"심판이라는 것도 죽어서 받는 것이 아니라, 예수 그리스도를 믿지 않음으로서 이미 심판을
받았다는 건 무슨 뜻인가요?"

"하나님은 죽은 자의 하나님이 아니라, 산 자의 하나님이라는 걸 우리는 이미 배웠지. 죄를
회개하고, 우리의 죄를 위해 죽으시고 사흘 만에 부활하신 것을 믿고 주 예수를 영접함으로서
받은 영생, 그것이 곧 심판의 값이지."

"아, 네... 예수님을 영접하지 않은 사람들은 이 달콤한 말씀의 세계를 모른다는 것 자체가
심판을 받았다는 뜻이네요."
소년이 행복으로 말했다.

"스스로 말씀이 되어, 영생의 삶을 살아가는 이 기쁨과 행복의 세계를 모르고 살아가는 것.
그것이야말로 이미 받은 심판의 대가인 것이지."
"그래서 스승님은 어떠한 상황에서도
늘 기쁘고 행복하고 감사하는 인생을 살아가는 것이고요."

실제로 소년이 본 예삭은, 죽음 앞에서도 흔들림 없는 의연함으로, 스스로 말씀이 되어
살아가는 사람이었다.

"우리가 마태의 복음서에서 배웠듯이,
우리가 예수님을 모르면 하나님도 우리를 알아보지 못한다는 진실을 기억해야 해."

예삭이 말을 하며 마태복음 7장을 펼쳤다.

'내가 너희를 도무지 알지 못하니, 불법을 행하는 자들아,
내게서 떠나가라 I never knew you. Away from me, you evildoers!.'

소년은 순간적으로 노인과 함께 공부했던 히브리어 원문을 떠올렸다.

אַבְרָ אֱלֹהִים בְּצֶלֶם אֱלֹהִים בָּרָא אֹתוֹ זָכָר וּנְקֵבָה בָּרָא אֹתָם וַיִּבְרָא 하나님이 사람을 자기 형상으로
창조하시니라

'하나님이신 말씀'이 육신이 되어 오신 예수 그리스도를 통해서만 영생을 얻을 수 있다는,
시간이 흐를수록 소년은 그렇게 깨달음의 좁은 문을 통과하고 있었다.
율법은 제사였고, 그리스도는 긍휼이요, 자비요, 사랑이었다.

노인이 요한의 복음서 책장을 넘겼다.

'예수의 제자를 삼고 세례를 주는 것이 요한보다 많다 하는 말을
바리새인들이 들은 줄을 주께서 아신지라.
예수께서 친히 세례를 주신 것이 아니요, 제자들이 준 것이라.
유대를 떠나사 다시 갈릴리로 가실째, 사마리아로 통행하여야 하겠는지라.
사마리아에 있는 수가(Sychar)라 하는 동네에 이르시니,
야곱이 그 아들 요셉에게 준 땅이 가깝고,
거기 또 야곱의 우물(Jacob's well)이 있더라.

예수께서 행로에 곤하여 우물 곁에 그대로 앉으시니 때가 제 육시쯤 되었더라.
사마리아 여자 하나가 물을 길러 왔으매, 예수께서 물을 좀 달라 하시니,
이는 제자들이 먹을 것을 사러 동네에 들어갔음이러라.
사마리아 여자가 가로되,
당신은 유대인으로서 어찌하여 사마리아 여자 나에게 물을 달라 하나이까? 하니,
이는 유대인이 사마리아인과 상종치 아니함이러라.
예수께서 대답하여 가라사대,
네가 만일 하나님의 선물과 또 네게 물을 좀 달라 하는 이가 누구인 줄 알았더면,
네가 그에게 구하였을 것이요, 그가 생수를 네게 주었으리라...
내가 주는 물을 먹는 자는 영원히 목마르지 아니하리니,

나의 주는 물은 그 속에서 영생하도록 솟아나는 샘물이 되리라.

예수께서 또 말씀하셨다.
아버지께 참으로 예배하는 자들은 신령과 진정으로 예배할 때가 오나니,
곧 이때라. 아버지께서는 이렇게 자기에게 예배하는 자들을 찾으시느니라.
하나님은 영이시니, 예배하는 자가 신령과 진정으로 예배할지니라.

나의 양식은 나를 보내신 이의 뜻을 행하며, 그의 일을 온전히 이루는 이것이니라.
거두는 자가 이미 삯도 받고, 영생에 이르는 열매를 모으나니,
이는 뿌리는 자와 거두는 자가 함께 즐거워하게 하려 함이라.
그런즉 한 사람이 심고, 다른 사람이 거둔다 하는 말이 옳도다.'

노인은 소년이 말씀에 감동하는 모습에 감사의 미소를 지었다.

"예수님과 함께 유대(Judea)와 사마리아(Samaria)와 갈릴리(Galilee)를 다니며 세례를 주는
예수님의 제자들, 어찌 그리 아름다운지요."

소년도 영생(永生)을 얻고 말씀을 사랑하며,
복음을 전하는 그리스도의 제자 아닐까란 생각을 하며
노인은 소년을 바라보았다.
바라만 보는 신앙이 아니라,
소년 스스로 말씀이 되어 살아가길 바라는 소망을 담아서.

"예수님의 제자들이 먹을 것을 사러 동네에 들어가는 모습이 얼마나 인간적인지요."
"인간적인 모습으로 오신 분이 예수님이시지. 우리처럼 눈물도 흘리시고,
주리면 배고파하시고."

노인이 말씀이 육신이 되어 오신 그리스도를 사랑하는 마음으로 말했다.

"유대인은 왜 사마리아인들과 상종하지 않았나요?"

"우리가 구약에서 공부했듯이, 우상을 숭배했던 사마리아인들은 알렉산더 군대를 돕기도
하고, 바빌론의 포로에서 돌아와 예루살렘을 재건하려는 유대인들을 방해하기도 했지. 두
민족 간의 분쟁은 오랜 역사를 가지고 있어. 그런 사마리아인까지 감싸고 포용하시는
예수님의 크신 사랑에서 우리는, 이방인도 네 몸처럼 사랑하라는 구약의 말씀을 기억해야 해."

노인이 스스로 말씀이 되어 말했다.

"네. 예수님은 참으로 막힘이 없는 대자대비(大慈大悲)하신 분입니다."
"그래서 예수님이 주시는 물을 먹는 사람은 영원히 목마르지 아니한 법이지."
"네. 주님이 주시는 물은 그 속에서 영생하도록 솟아나는 샘물이 되기 때문입니다."

소년은 노인의 작은 노트에 기록된 말씀을 떠올렸다.

'내가 주는 물을 마시는 자는 영원히 목마르지 아니하리라. 내가 주는 물은 그 사람 안에서 영생에 이르는 샘물이 될 것이다Whoever drinks the water I give them will never thirst. Indeed, the water I give them will become in them a spring of water welling up to eternal life.'

예삭이 소년의 노트를 잠시 바라보았다.

'하나님은 영이시니, 예배하는 자가 신령(神靈)과 진정(眞正)으로 예배할지니라God is spirit, and his worshipers must worship in the Spirit and in truth.'

"하나님은 령(靈)이시다 God is spirit"

소년이 조용히 속삭이며 요한복음의 다음 장을 넘겼다.

'그러므로 안식일에 이러한 일을 행하신다 하여
유대인들이 예수를 핍박하게 된지라.
예수께서 저희에게 이르시되,
"내 아버지께서 이제까지 일하시니 나도 일한다 하시매
유대인들이 이를 인하여 더욱 예수를 죽이고자 하니,
이는 안식일만 범할 뿐 아니라 하나님을 자기의 친 아버지라 하여
자기를 하나님과 동등으로 삼으심이러라.

예수께서 또 말씀하셨다.
내가 진실로 진실로 너희에게 이르노니,
아들이 아버지의 하시는 일을 보지 않고는 아무 것도 스스로 할 수 없나니,
아버지께서 행하시는 그것을 아들도 그와 같이 행하느니라...
이는 모든 사람으로 아버지를 공경하는 것 같이 아들을 공경하게 하려 하심이라.
아들을 공경치 아니하는 자는, 그를 보내신 아버지를 공경치 아니하느니라.
내 말을 듣고, 또 나 보내신 이를 믿는 자는 영생을 얻었고,
심판에 이르지 아니하나니, 사망에서 생명으로 옮겼느니라.'

"살아도 산 것이 아니었는데,

우리가 스스로 회개하고 예수님의 사망과 부활을 믿고 영생을 얻음으로써,
심판도 받지 않고 사망에서 생명으로 옮겨지는 새로운 인생을 얻었습니다."
소년이 말하며 눈빛을 반짝였다.

그날 오후, 예삭과 소년은 Costco에서 야채 kits를 샀다.
야채와 계란으로 점심을 하고, 축구장으로 향할 계획이었다.
오늘은 NTPSA 축구시합이 있는 날이라 그런지,
예삭은 어린아이처럼 들떠 있었고, 새벽부터 얼굴이 상기돼 있었다.
소년은 예삭을 보며 생각했다, 오늘 스승님은 몇 골이나 넣으실까.
죽음을 이긴 진리를 품고 사는 스승은,
축구장에서조차 유연한 몸짓과 놀라운 집중력을 발휘하였다.

"예수님께서는 죽은 자도 하나님의 음성을 들으면 다시 살아난다고 말씀하십니다A time is coming and has now come when the dead will hear the voice of the Son of God and those who hear will live."

"살아도 산 것이 아니었거늘,
영생을 얻고 새 생명을 얻었으면
그것 또한 죽음에서 살아났다고 할 수 있지."

예삭의 말은 생사와 시공을 초월한 영생(永生)의 소리였다.
소년은 스승의 작은 노트를 펼쳤다.

'권선징악 (勸善懲惡), 선을 권하고, 악을 벌한다.'

공자가 저술한 『춘추좌씨전』(春秋左氏傳)에 나오는 이 사자성어는
모든 종교의 공통적인 가르침이며,
진리는 서로 달라 보이지만 결국 하나로 귀결된다는 뜻이다.

"공자는 참으로 성경 말씀의 훌륭한 전도자예요.
어찌 그리 성경 말씀을 잘 표현해서 동양문화에 그 가르침을 전했을까요."

소년은 예삭과 함께 공부했던,
'일이관지(一以貫之)'와 '만법귀일(萬法歸一)'을 떠올렸다.

"선한 것을 권하고, 악을 벌하는 권선징악은 모든 종교의 공통된 황금률이자,
성령의 여섯 번째 열매인 양선(良善)이기도 하지."

예삭은 선(善)한 얼굴로 말했다.

소년은 예수님의 말씀을 노트에서 다시 읽었다.

'선한 일을 행한 자는 생명의 부활로, 악한 일을 행한 자는 심판의 부활로 나오리라Those who have done what is good will rise to live, and those who have done what is evil will rise to be condemned.'

"우리는 성경을 통해 예수님을 증거할 뿐 아니라, 성경을 읽고 묵상하고 실천함으로써 영생을 얻는다는 걸 알고, 스스로 말씀이 되어가야지."
예삭은 소년의 노트 속 말씀을 짚으며 덧붙였다.

'너희가 성경을 상고하는 것은 그 안에 영생이 있다고 생각하기 때문이라. 이 성경은 곧 나에 대하여 증거하는 것이라You study the Scriptures diligently because you think that in them you have eternal life. These are the very Scriptures that testify about me.'

소년도 고개를 끄덕이며 말했다.

"네. 모세도 오실 예수님에 대해 기록하였지요."

'너희가 모세를 믿었더라면 또 나를 믿었으리니,
이는 그가 내게 대하여 기록하였음이라If you believed Moses,
you would believe me, for he wrote about me..'

노인이 감사하는 마음으로 책장을 넘겼다.

'그 후에 예수께서 갈릴리 바다
곧 디베랴(Tiberias) 바다 건너편으로 가시매 큰 무리가 따랐다.
이는 병자들에게 행하시는 표적을 보았기 때문이었다.
예수께서 산에 오르사 제자들과 함께 거기 앉으시니,
마침 유대인의 명절인 유월절(Jewish Passover Festival)이 가까웠다.

예수께서 눈을 들어 큰 무리가 자기에게로 오는 것을 보시고 빌립(Philip)에게 물으셨다.
우리가 어디서 떡을 사서 이 사람들로 먹게 하겠느냐.
그곳에 잔디가 많았고, 사람들이 앉으니 수효가 오천쯤 되었다.
예수께서 떡을 가져 축사하신 후에, 앉은 자들에게 나눠주시고,
고기도 그렇게 저희의 원대로 주셨다.
지희기 배부른 후에 예수께서 제자들에게 말씀하셨다.
남은 조각을 거두고 버리는 것이 없게 하라.

150

이에 거두니, 보리떡 다섯 개로 먹고 남은 조각이 열두 바구니에 찼더라.

예수께서 저희가 와서 자기를 억지로 잡아 임금 삼으려는 줄 아시고,
다시 혼자 산으로 떠나 가셨다.
제자들이 노를 저어 십여 리쯤 가다가,
예수께서 바다 위로 걸어 배에 가까이 오심을 보고 두려워했다.
내니, 두려워 말라.
기뻐서 영접하자 배는 곧 그들이 가려던 땅에 이르렀다.
예수께서 말씀하셨다.
내가 진실로 진실로 너희에게 이르노니,
너희가 나를 찾는 것은 표적을 본 까닭이 아니요, 떡을 먹고 배부른 까닭이로다.
썩는 양식을 위하여 일하지 말고, 영생하도록 있는 양식을 위하여 하라.
이 양식은 인자가 너희에게 주리니, 인자는 아버지 하나님의 인치신 자니라.

사람들이 물었다. 우리가 어떻게 하여야 하나님의 일을 하오리이까?
예수께서 대답하시되,
하나님의 보내신 자를 믿는 것이 하나님의 일이니라.'

소년은 조용히 작은 노트에 적었다.

'하나님의 일이란 이것이다: 그분께서 보내신 이를 믿는 것이다
The work of God is this: to believe in the one he has sent.'

"예수님이 곧 생명의 떡이니,
그리스도에게로 오는 자는 결코 배고프지 않을 것이고,
또 그리스도를 믿음으로써 우리는 인생에서 영원히 목마르지 않게 되지."
노인이 깊이 묵상하며 말했다.

'I am the bread of life. Whoever comes to me will never go hungry,
and whoever believes in me will never be thirsty.'

"썩는 양식을 위하여 일하기보다는, 영생토록 있는 양식인 말씀과
진리를 위하여 일하는 우리는 참으로 행복한 사람들입니다
Do not work for food that spoils, but for food that endures to eternal life."
소년도 감동을 담아 말했다.

"디베랴(Tiberias) 바다 건너편 산에 오르셔서 빌립과 안드레와 함께 행하신 이적과,
그 거룩하신 복음 전파는 참으로 위대하지."
예삭이 책장을 넘기며 말했다.

'예수께서 다시 말씀하셨다.
내가 하늘로서 내려온 것은 내 뜻을 행하려 함이 아니요,
나를 보내신 이의 뜻을 행하려 함이니라.
그 뜻은, 내게 주신 자 중에 하나도 잃어버리지 아니하고
마지막 날에 다시 살리는 것이니라.

진실로 진실로 너희에게 이르노니,
믿는 자는 영생을 가졌나니, 내가 곧 생명의 떡이로라.
너희 조상들은 광야에서 만나를 먹었어도 죽었거니와,
이는 하늘로서 내려오는 떡이니,
사람으로 하여금 먹고 죽지 아니하게 하는 것이니라.
나는 하늘로서 내려온 산 떡이니, 사람이 이 떡을 먹으면 영생하리라.
나의 줄 떡은 곧 세상의 생명을 위한 내 살이로라.

유대인들이 서로 다투었다.
이 사람이 어찌 자기 살을 우리에게 주어 먹게 하겠느냐?
예수께서 이르시되,
내가 진실로 진실로 너희에게 이르노니,
인자의 살을 먹지 아니하고,
인자의 피를 마시지 아니하면 너희 속에 생명이 없느니라.
내 살을 먹고 내 피를 마시는 자는 영생을 가졌고,
마지막 날에 내가 그를 다시 살리리니,
내 살은 참된 양식이요, 내 피는 참된 음료로다.
내 살을 먹고 내 피를 마시는 자는 내 안에 거하고, 나도 그 안에 거하나니,
살아 계신 아버지께서 나를 보내시매 내가 아버지로 인하여 사는 것 같이,
나를 먹는 그 사람도 나로 인하여 살리라.

예수께서 또 말씀하셨다.
내가 너희 열둘을 택하지 아니하였느냐. 그러나 너희 중에 한 사람은 마귀니라.
이 말씀은 가룟 시몬(Simon Iscariot)의 아들 유다(Judas)를 가리키심이었다.
그는 열둘 중의 하나로 예수를 팔 자러라.'

152

일요일 축구시합, 예삭은 경기 중 타박상을 입어 다소 불편해 보였다.
팀은 베트남을 상대로 4:1 대승을 거두었고,
예삭은 골키퍼 역할을 하며 골문을 지켰다.
소년은 예삭을 바라보며 생각했다.

'운동을 하면서도, 말씀과 영양을 소홀히 하지 말아야겠다.'

예수께서 말씀하셨다.
내 교훈은 내 것이 아니요, 나를 보내신 이의 것이니라.
사람이 하나님의 뜻을 행하려 하면,
이 교훈이 하나님께로서 왔는지,
내가 스스로 말함인지를 알리라.
스스로 말하는 자는 자기 영광만 구하되,
보내신 이의 영광을 구하는 자는 참되니, 그 속에 불의가 없느니라...
외모로 판단하지 말고, 공의의 판단으로 판단하라.

명절 끝날, 곧 큰날에 예수께서 서서 외쳐 가라사대,
누구든지 목마르거든 내게로 와서 마시라.
나를 믿는 자는 성경에 이름과 같이, 그 배에서 생수의 강이 흘러나리라.
말씀을 전하신 후 예수는 감람산으로 가셨고,
다음 날 아침 성전으로 다시 들어오셨다.
백성들이 예수께 모여들었고, 예수는 앉으사 저희를 가르치셨다.

서기관들과 바리새인들이 간음 중에 잡힌 여인을 끌고 와 가운데 세우고 예수께 말했다.
선생이여, 이 여자가 간음하다가 현장에서 잡혔나이다.
모세는 율법에 이러한 여자를 돌로 치라 명하였거니와,
선생은 어떻게 말씀하시겠나이까?
이 말은 예수를 고소할 조건을 얻고자 시험함이었다.
예수께서는 몸을 굽히사, 손가락으로 땅에 무언가를 쓰셨다.
그들이 묻기를 그치지 않자, 예수께서 일어나 말씀하셨다.
너희 중에 죄 없는 자가 먼저 이 여인을 돌로 치라.
말씀이 떨어지자 사람들은 양심에 가책을 느끼고,
어른으로부터 시작하여 하나둘씩 떠나갔다.
예수께서 일어나 여인 외에 아무도 없는 것을 보시고 물으셨다.
여자여, 너를 고소하던 그들이 어디 있느냐? 너를 정죄한 자가 없느냐?
여인이 대답하였다.

주여, 없나이다.
예수께서 말씀하셨다.
나도 너를 정죄하지 아니하노니, 가서 다시는 죄를 범하지 말라.'

소년은 숨을 멈춘 채로 조용히 스승을 바라보았다.
그 표정은 잔잔한 감동으로 물들어 있었다.

'예수께서 또 일러 가라사대,
나는 세상의 빛이니,
나를 따르는 자는 어두움에 다니지 아니하고 생명의 빛을 얻으리라...
너희는 육체를 따라 판단하나, 나는 아무도 판단치 아니하노라.
만일 내가 판단하여도 내 판단은 참되니,
이는 내가 혼자 있는 것이 아니요,
나를 보내신 이가 나와 함께 계심이라...

너희는 아래서 났고, 나는 위에서 났으며,
너희는 이 세상에 속하였고, 나는 이 세상에 속하지 아니하였느니라.'

"구약의 왕들은 하나님을 찾다가도 형편이 좋아지면 자기 영광만 구하다가 멸망을 자초했어.
하지만 예수님은 삶 자체가 하나님이셨지."

노인이 진리에 대한 초지일관(初志一貫)의 마음으로 말했다.

"예수님께서 '내 교훈은 내 것이 아니요, 나를 보내신 이의 것이다'고 말씀하신 걸 보며,
늘 하나님 중심의 삶을 사셨다는 걸 알 수 있어요 My teaching is not my own.
It comes from the one who sent me."

소년도 자신이 아닌 예수의 마음으로 말했다.
노인이 늘 자신을 죽이고 하나님의 사랑으로 언행(言行)하듯.

"사람을 외모로 판단하지 말라 하셨지.
'지극히 작은 자에게 한 것이 곧 나에게 한 것이다'는 말씀도 같은 맥락이야."
노인이 모두를 사랑하는 마음으로 말했다.

"맞아요. 그 가르침은 제 인생을 바꿔 놓았어요.
어리석은 판난에서 빗어나게 해주셨고,

154

이제는 모든 사람에게서 작은 예수님의 얼굴을 보게 되었어요."

소년의 얼굴에는 그리스도의 빛이 흐르고 있었다.

"깨달음을 통하여 스스로 진리가 되어 가는 삶이로군."

노인이 소년에 대한 사랑을 담아 홀로 속삭였다.

"긍휼함을 배운 거군."
"긍휼함...이요?"
"우리가 좋아하는 사람을 사랑하는 건 어렵지 않지만,
원수까지 사랑하는 힘은 긍휼함을 배움으로써 가능한 것이지."
소년의 얼굴에는 깊은 침묵 속에 잔잔한 물결이 일고 있는 표정이었다.

"긍휼(矜恤)이란, 누군가를 불쌍히 여겨 그 생명을 애절하게 사랑하는 마음에서 비롯되지.
지나가는 행인에게서도 생명의 소중함을 발견하는 그 사랑말이야. 그때 우리는 서로의 인생에
대한 자비, 사랑, 동지애를 느끼게 되는 거지."

소년은 여전히 아무 말이 없었지만, 그 침묵 속에서 따뜻한 감정이 흘러나왔다.

"진정한 긍휼을 체험하면, 모든 인간관계의 갈등과 미움은 사라지게 돼.
이웃 모두가 어린양의 얼굴로 보이게 되는 은혜를 받는 거지.
그곳엔 오직 용서와 사랑, 자비만이 존재하게 돼."

소년은 천천히 고개를 끄덕였다.

"감람산(Mount of Olives)과 성전(temple courts)을 오가며 가르치시는 예수님의 모습이,
어찌 그리 고요하고도 거룩하신지요..."

소년이 거룩함으로 말했다.

"서기관들과 바리새인들이 모세의 율법에 따라 그 여인을 돌로 치라고 말했을 때,
예수님은 죄 없는 자가 먼저 돌로 치라고 하셨지Let any one of you who is
without sin be the first to throw a stone at her."
"그 가르침은 제게 너무나 큰 깨달음이었어요.
이웃의 죄에 관대하고, 내 죄엔 냉혹하라는 가르침,
그 말씀을 통해 저는 행복으로 가는 좁은 문을 보았어요."
"예수님은 그런 가르침으로 율법을 완성하셨지."
"세상의 빛이신 예수님과 함께하면 우리는 생명의 빛을 얻게 되지요."

소년이 노트에 적힌 영어 구절을 따라 읽었다.

'You judge by human standards; I pass judgment on no one
너희는 사람의 기준으로 판단하지만, 나는 아무에게도 판단을 내리지 않는다.'

"예수님이 참으로 위대하신 것은, 항상 하나님과 함께하셨다는 거야."

노인이 스스로의 안에 있는 진리를 꺼내어 말했다.
소년도 가슴에 새겨진 말씀을 꺼내 묵상했다.

'The one who sent me is with me; he has not left me alone, for I always do what pleases
him나를 보내신 분은 나와 함께 계신다. 그분은 나를 혼자 버려두지 않으셨다. 이는 내가
항상 그분이 기뻐하시는 일을 하기 때문이다.'

"우리도 예수님처럼 생각하면, 하나님께서 우리 안에 항상 계시겠지요.
바라보는 신앙을 넘어, 참여하고 깨닫는 신앙을 가르쳐 주셔서 감사합니다, 스승님."
소년이 고개를 숙이며 말했다.

"Not me, thank Jesus! 내가 아니지. 예수님께 감사해야지."
노인이 나 없음(무아 無我)으로 말하자
소년은 감사 가득한 얼굴로 요한복음의 책장을 넘겼다.

'그러므로 예수께서 자기를 믿은 유대인들에게 이르시되,
너희가 내 말에 거하면 참 내 제자가 되고, 진리를 알지니,
진리가 너희를 자유케 하리라.
죄를 범하는 자마다 죄의 종이라.
아들이 너희를 자유케 하면, 너희가 참으로 자유하리라...

그러나 내 말이 너희 속에 있을 곳이 없으므로, 나를 죽이려 하는도다.
지금 하나님께 들은 진리를 너희에게 말한 사람인 나를 죽이려 하는도다.
아브라함은 이렇게 하지 아니하였느니라.
아버지는 한 분뿐이시니, 곧 하나님이시로다.
하나님이 너희 아버지였으면 너희가 나를 사랑하였으리니,
이는 내가 하나님께로 나서 왔음이라.
나는 스스로 온 것이 아니요, 아버지께서 나를 보내신 것이니라.
어찌하여 내 말을 깨닫지 못하느냐... 나는 내 영광을 구치 아니하나,
구하고 판단하시는 이기 계시니라.
진실로 진실로 너희에게 이르노니,

사람이 내 말을 지키면 죽음을 영원히 보지 아니하리라.'

"인간이 종교를 갖는 목적은 무엇일까요?"

"삶의 의미와 목적을 찾기 위해,
심리적 안정과 위안, 영적인 체험, 사후 세계에 대한 궁금증,
또 자신의 정체성과 자아 발견 등을 위해서지."
소년은 고개를 숙이며 깊은 침묵에 잠겼다.

"깨달음을 얻어, 모든 것으로부터의 자유함으로 영원한 행복에 이르기도 하고."

노인은 말을 멈추고 한참 동안 먼 산을 바라보았다.

"그럼 우리는 어떻게 자유함에 이를 수 있나요?"

예삭은 대답 대신 작은 노트를 소년에게 내밀었고
소년은 마음으로 묵상했다.

'예수님은

생명의 떡bread of life,
세상의 빛light of the world,
양의 문gate for the sheep,
선한 목자good shepherd,
부활이요 생명resurrection and the life,
길이요 진리요 생명the way, the truth, the life,
참 포도나무true vine.'

'너희가 내 말에 거하면 참 내 제자가 되고,
진리를 알지니, 진리가 너희를 자유케 하리라.
If you hold to my teaching, you are really my disciples.
Then you will know the truth, and the truth will set you free.'

"아... 우리를 자유케 하는 것은 진리이고, 그 진리는 곧 예수 그리스도시네요."

소년이 자유함으로 말했다.

"예수님은 곧 성경이시고, 말씀이시니...
말씀 안에 거하면, 우리도 자유함에 이르게 되는 것이지."

노인이 말씀이 되어 말했다.

"모든 재물과 왕자의 자리를 버리고,
빈손으로 떠나 고행의 길을 걸었던 싯다르타는 자유함을 얻었을까요?"
"그렇지. 다만 불자들은 자유(自由)라는 표현보다는
해탈(解脫)이나 열반(涅槃)이라는 용어를 사용하지."

"해탈과 열반의 차이는 뭔가요?"

노인이 대답 대신 자신의 작은 노트를 펼쳐보였다.

'해탈(解脫 Mokṣa) :번뇌, 집착, 윤회의 얽매임에서 벗어남. 번뇌, 탐욕, 어리석음 등으로부터 벗어나 마음이 자유로워진 경지.'

'열반(涅槃 Nirvāṇa) :번뇌의 불길이 완전히 꺼진 고요함의 최종 목적지'

"묶여 있던 끈을 푸는 즉 더 이상 고통과 얽힘에 끌려가지 않는 것이 해탈이네요. 수행의 목표이자 실천의 열매?" 소년이 자유함으로 속삭였다.

"탐욕, 성냄, 어리석음이라는 삼독(三毒)이 완전히 소멸한 영원한 평화의 경지를 열반(涅槃)의 세계라 할 수 있고. 모든 번뇌에서 벗어난, 영원한 진리를 깨달은 경지?"

소년이 노인의 메모에 시선을 멈췄다.

'해탈을 통해 열반에 이른다Liberation leads the way to Nirvāṇa'

"해탈을 통해 얻게 되는 것이 열반이네요."
"해탈은 자유함, 열반은 공(空)의 경지로 표현되기도 하지."
"일반인들도 열반이라는 공(空)의 세계를 체험할 수 있나요?"
"'나 없음인 무아(無我)의 경지가 공(空)이지. 우리가
예수님과 함께 십자가에 못 박힘으로 무아의 인생을 살아가듯이 말이야."
"그럼 그 세계에서는... 탐욕도 없고, 화내는 것도 없고, 어리석음도 끊어진 세계인가요?"

소년이 노인 예삭의 인생을 생각하며 말했다.

"그렇다고 봐야지."

그렇다면... 탐욕도 없고, 화내는 것도 본 적 없고, 어리석어 보이지도 않는 스승은
이미 자유함을 얻으신 분이라는 말인가?
진리이신 말씀으로...?

158

소년은 깨달음이 오는 듯, 또 멀어지는 듯, 고개를 갸우뚱거렸다.

그러다 문득, 자신도 삶 속에서 자유함을 체험했던 순간들이 떠올랐다.
그건 언제나 말씀과 진리 속에서있었고,
완전하신 그리스도의 사랑 안에서만 가능했던 일이었다.

소년은 깨달아갔다.
그리스도를 닮아갈 때,
우리도 온전히 거룩하게 되어
참된 자유에 이른다는 사실을.

소년은 다시 노인의 노트에 눈을 멈췄다.

'내가 거룩하니 너희도 거룩하라Be holy, because I am holy.
진리가 너희를 자유케 하리라The truth will set you free.'

예수께 대들던 유대인들이 비아냥거리며 물었다.

'네가 아직 오십도 못 되었는데, 아브라함을 보았느냐?
You are not yet fifty years old, and you have seen Abraham?

예수께서 대답하셨다.
진실로 진실로 너희에게 이르노니,
아브라함이 나기 전부터 내가 있느니라.
Very truly I tell you, before Abraham was born, I am!'

"스승님, 예수님께서 하신 이 말씀... 어떤 뜻인가요?"

소년은 그 대화 장면을 떠올리며 예삭에게 물었다.

"먼저, 우리가 예수님이 누구신가를 알게 되면, 이 말씀의 의미는 명확하지.
중요한 건, 스스로의 예측이나 해석으로 더하거나 빼지 않는 깨끗한 마음으로
성경 말씀을 그대로 받아들이는 거야."

예삭은 성경에 기록된 그대로의 예수님에 대한 구절들을 소년에게 보여주었다.

'예수님은 주시며 나의 하나님,
하나님 곧 우리 구주 예수 그리스도.
그리스도는 참 하나님이시며 영원한 생명.
하나님이신 말씀이 육신이 되어 우리 가운데 거하시는 예수님.
한 처녀가 잉태하여 아들을 낳으리니, 그의 이름은 임마누엘이라 하리라.

이는 해석하면 하나님께서 우리와 함께 계시다는 뜻이라.
우리에게 한 아이가 태어났고,
그의 이름은 경이로운 분, 능하신 하나님.
피에 적신 옷을 입었는데, 그의 이름은 하나님의 말씀이라.
하나님은 한 분이시며, 하나님과 사람 사이의 중보자도 단 한 분이시니,
곧 사람이신 그리스도 예수라.'

소년은 숨고르기를 하였다.
그리고 예삭 노인이 위의 말씀을 시적으로 표현한 영어버전도 함께 묵상했다,
가슴으로.

'Jesus is the Giver and my God—
God Himself, our Savior, Christ Jesus.
Christ is the true God and eternal life.
The Word, who is God, became flesh and made His dwelling among us—Jesus.
Behold, a virgin shall conceive and give birth to a Son,
and they shall call His name Immanuel,
which means God with us.
For to us a Child is born,
and His name shall be called Wonderful Counselor, Mighty God.
He was clothed in a robe dipped in blood,
and His name is the Word of God.
For there is one God,
and one Mediator between God and mankind—
the Man Christ Jesus.'

"하나님이 예수님이시네요..."
"그래, 예수님이 바로 하나님이시지."
"그렇다면 아담과 노아, 아브라함보다도 먼저 계셨던 분...
그분이 곧 말씀이신 예수님이셨군요."
"태초에 하나님이 말씀으로 세상을 창조하셨고,
그 말씀이 곧 예수님이셨지."
"사람이 예수님의 말씀을 지키면... 죽음을 영원히 보지 않는다고 하셨죠Very truly I tell you,
whoever obeys my word will never see death."

"생명의 끝은 죽음이지.
그러나 예수 그리스도와 함께 십자가에 못 박혀 죽은 사람은
스스로의 생명이 없는 무아(無我)의 상태이니, 죽음도 없는 법이지.
즉 말씀과 진리로 깨달은 자는 죽음을 이미 이겼다는 의미지."

소년은 말없이 침묵했다.

"생명도 내 것이 아닌데, 죽음인들 어찌 존재하겠는가.
영원한 것은 오직 진리와 말씀뿐. 스스로 말씀이 되어
살아가는 인생에는 죽음조차 존재하지 않는 법이지."

노인의 말은 마치 은은한 향처럼 소년의 가슴에 스며들었다.

"그것이 바로... 깨달음의 끝이군요."

소년이 침묵으로 말했고 노인은 아무 표정 없이, 다시 요한복음의 책장을 넘겼다.

'내가 세상에 있는 동안에는 세상의 빛이로라
While I am in the world, I am the light of the world. ......
그가 죄인인지 내가 알지 못하나 한 가지 아는 것은
내가 소경으로 있다가 지금 보는 그것이니이다.

나는 선한 목자라. 선한 목자는 양들을 위하여 목숨을 버리거니와.
아버지께서 나를 사랑하시는 것은 내가 다시 목숨을 얻기 위하여 목숨을 버림이라.
내 양은 내 음성을 들으며, 나는 저희를 알며, 저희는 나를 따르느니라.
내가 저희에게 영생을 주노니, 영원히 멸망치 아니할 터이요,
또 저희를 내 손에서 빼앗을 자가 없느니라.
저희를 주신 내 아버지는 만유보다 크시매,
아무도 아버지 손에서 빼앗을 수 없느니라.

나와 아버지는 하나이니라 하신대.
예수께서 가라사대 너희 율법에 기록한 바,
내가 너희를 신이라 하였노라 하지 아니하였느냐.
성경은 폐하지 못하나니,
하나님의 말씀을 받은 사람들을 신이라 하셨거든,
하물며 아버지께서 거룩하게 하사 세상에 보내신 자가
나는 하나님 아들이라 하는 것으로 너희가 어찌 참람하다 하느냐.

예수께서 본래 마르다와 그 동생과 나사로를 사랑하시더니.
예수께서 가라사대 나는 부활이요 생명이니,
나를 믿는 자는 죽어도 살겠고,
무릇 살아서 나를 믿는 자는 영원히 죽지 아니하리니, 이것을 네가 믿느냐.

예수께서 눈물을 흘리시더라.
돌을 옮겨 놓으니 예수께서 눈을 들어 우러러 보시고 가라사대,
아버지여, 내 말을 들으신 것을 감사하나이다.
이 말씀을 하시고 큰 소리로 나사로야, 나오라! 부르시니,
죽은 자가 수족을 베로 동인 채로 나오는데, 그 얼굴은 수건에 싸였더라.'

소년이 바라본 예삭의 작은 노트에는 예수님의 큰 가르침이 적혀 있었다.

'I and the Father are one 나와 아버지는 하나이니라.'

"예수님의 이 최선의 가르침으로부터 우리 인류는 깨달음을 얻어야 할 거야."
"……………………………"
소년은 깨달음이 오는 순간은 늘 침묵으로 일관했다.

"예수님은 심지어 우리를 하나님(you are gods)이라 하셨지.

성경은 영원한 것이니 하나님의 말씀을 받은 사람들을 신이라 하셨지."
노인이 자신의 작은 노트에 기록된 말씀을 펼치며 말했다.

'If he called them gods to whom the word of God came and Scripture cannot be
set aside하나님의 말씀이 임한 자들을 신들이라 불렀고, 성경은 폐기될 수 없나니.'

"예수님과 하나님과 말씀이 우리 안에 거하면, 우리도 신이라고 불리우게 되는 것이지."
노인이 자신의 작은 노트를 펼쳐 보이며 말했다. 갈라디아서 2장이었다.

'내가 그리스도와 함께 십자가에 못 박혔나니,
그런즉 이제는 내가 산 것이 아니요, 오직 내 안에 그리스도께서 사신 것이라.'

"이제 나 이외에 다른 신을 두지 말라는 십계명의 뜻을 알겠나?"
노인이 이 가르침으로부터 모든 인류가 깨달음을 얻어
영원한 행복에 이르기를 바라는 소망을 담아 물었다.

"네. 하나님께서 이미 우리 안에 거하시니예수님은 우리를 신이라 하셨어요.
깨닫지 못하고 나 이외의 신을 두는 것이 바로 미신이죠."
소년이 커다란 깨달음으로 대답했다.

깨영행,
노인과 소년은 루이스빌에 위치한 깐부에서 재출판 막바지를 준비하고 있었다.

"천상천하유아독존(天上天下唯我獨尊)이라는 뜻이 바로 여기에 있는 것이지.
하나님이 거하시는 내 안에 모든 답의 비밀이 있는 것이지.
나 이외의 밖에서 무엇을 찾는다는 것은 무지요, 어리석음이지."

노인 예삭의 말은 소년의 마음에 울림으로 다가왔다.
소년은 순간 스승과 함께 공부했던
금강경의 천상천하유아독존(天上天下唯我獨尊)을 떠올렸다.
하나로써 모든 걸 꿰뚫어 간다(一以貫之)?
부처의 그런 가르침도 마태복음 16장에 있는 그리스도의 말씀이라고
알려준 사람도 노인 예삭이었다.
소년은 그렇게 모든 법이 하나로 돌아오는 만법귀일(萬法歸一)을 알아가고 있었다.

"예수님은 눈물을 흘리시기까지 하며(Jesus wept) 마르다와
그 동생 나사로(Martha and her sister Lazarus)를 사랑하셨어요."
"말씀이신 예수님께서 우리와 같은 육신으로 오셔서
지극히 인간적인 모습을 보여주는 감동적인 장면이지."
"예수님은 그 감동과 사랑으로 죽은 나사로를 살리셨어요."

스승 예삭에게 생사를 초월하는 깨달음을 얻게 해 주었다는
성경 말씀이 소년의 작은 노트에도 메모되어 있었다.

'The one who believes in me will live, even though they die; and whoever lives by believing in me will never die 나를 믿는 자는 죽어도 살겠고, 무릇 살아서 나를 믿는 자는 영원히 죽지 아니하리니.'

"부활이요 생명(the resurrection and the life)이시며 말씀이요
진리이신 예수님을 닮아가는 인생에는 생사(生死)가 없는 법이지."
"네. 말씀과 진리는 영원한 것이니까요."

예삭도 소년의 작은 노트에서 소년에게 깨달음을 주었다는 성경 구절을 보았다.

'너희가 아버지께서 내 안에 계시고, 내가 아버지 안에 있음을 깨달아 알리라
You may know and understand that the Father is in me, and I in the Father.'

"The Father is in me, and I in the Father아버지께서 내 안에 계시고, 내가 아버지 안에 있음."
소년이 다시 한번 홀로 속삭였다, 예수님의 가르침을.
예삭과 소년은 인류에 대한 구원과 사랑과 보살핌으로
자신의 생명까지 바치시는 예수님의 참된 자비와 희생을 배워가고 있었다.

소년이 열린 표정으로 복음서 책장을 넘겼다.

'그 이튿날에는 명절에 온 큰 무리가 예수께서 예루살렘으로 오신다 함을 듣고,
종려(棕櫚)나무 가지(palm branches)를 가지고 맞으러 나가 외치되
호산나(Hosanna)! 찬송하리로다!
주의 이름으로 오시는 이, 곧 이스라엘의 왕이시여!" 하더라.

예수는 한 어린 나귀를 만나서 타시니, 이는 기록된 바
시온 딸아, 두려워 말라. 보라,
너의 왕이 나귀 새끼를 타고 오신다함과 같더라.....
내가 진실로 진실로 너희에게 이르노니,
한 알의 밀이 땅에 떨어져 죽지 아니하면 한 알 그대로 있고,
죽으면 많은 열매를 맺느니라.
자기 생명을 사랑하는 자는 잃어버릴 것이요,
이 세상에서 자기 생명을 미워하는 자는 영생하도록 보존하리라.....

내가 땅에서 들리면 모든 사람을 내게로 이끌겠노라 하시니,
이렇게 말씀하심은 자기가 어떠한 죽음으로 죽을 것을 보이심이러라.....
이사야가 이렇게 말한 것은 주의 영광을 보고 주를 가리켜 말한 것이라.....
예수께서 외쳐 가라사대 나를 믿는 자는 나를 믿는 것이 아니요,
나를 보내신 이를 믿는 것이며, 나를 보는 자는 나를 보내신 이를 보는 것이니라.
사람이 내 말을 듣고 지키지 아니할지라도, 내가 저를 심판하지 아니하노라.
내가 온 것은 세상을 심판하려 함이 아니요, 세상을 구원하려 함이로라.'

"예수님은 나귀 새끼(donkey's colt)를 타고 오신다는 구약의 말씀대로
한 어린 나귀를 만나서 타셨어요."
소년이 전신난만한 얼굴 표정으로 말했디.

"예수님은 한 알의 밀알로 오셔서 돌아가심으로써 많은 열매를 맺으며
인류를 죄로부터 구원하셨지." 노인이 자신의 작은 노트를 펼쳐 보이며 말했다.

" 구약에서 이사야가 예수님의 영광을 보고
그리스도를 가리켜 말한 것이라는 것을 이제야 알 것 같아요
Unless a kernel of wheat falls to the ground and dies,
it remains only a single seed. But if it dies, it produces many seeds."

소년이 예삭의 작은 노트에 기록된 글을 떠올리며 말했다.

'필사즉생, 필생즉사(必死則生 必生則死), 자기 생명을 사랑하는 자는 잃어버릴 것이요,
이 세상에서 자기 생명을 미워하는 자는 영생하도록 보존하리라Anyone who loves
their life will lose it, while anyone who hates their life in this world will keep it for
eternal life.'

"예수님을 믿는 사람은 보내신 하나님을 믿는 것입니다."
"그리스도를 보는 사람은 보내신 하나님을 보는 것이지."

소년이 요한의 책장을 넘겼다.

'유월절 전에 예수께서 자기가 세상을 떠나
아버지께로 돌아가실 때가 이른 줄 아시고,
세상에 있는 자기 사람들을 사랑하시되 끝까지 사랑하시니라.
마귀가 벌써 시몬의 아들 가룟 유다의 마음에 예수를 팔려는 생각을 넣었더니,
저녁 먹는 중 예수는 아버지께서 모든 것을 자기 손에 맡기신 것과
또 자기가 하나님께로부터 오셨다가 하나님께로 돌아가실 것을 아시고,
저녁 잡수시던 자리에서 일어나 겉옷을 벗고 수건을 가져다가 허리에 두르시고,
이에 대야에 물을 담아 제자들의 발을 씻기시고
그 두르신 수건으로 씻기기를 시작하여 시몬 베드로에게 이르시니,
가로되 주여, 주께서 내 발을 씻기시나이까?
예수께서 대답하여 가라사대
나의 하는 것을 네가 이제는 알지 못하나, 이후에는 알리라.
새 계명을 너희에게 주노니 서로 사랑하라.
내가 너희를 사랑한 것 같이 너희도 서로 사랑하라.

베드로가 가로되

주여, 내가 지금은 어찌하여 따를 수 없나이까?
주를 위하여 내 목숨을 버리겠나이다.
예수께서 대답하시되
네가 나를 위하여 네 목숨을 버리겠느냐?
내가 진실로 진실로 네게 이르노니,
닭 울기 전에 네가 세 번 나를 부인하리라.

너희는 마음에 근심하지 말라. 하나님을 믿으니 또 나를 믿으라.
내 아버지 집에 거할 곳이 많도다. 그렇지 않으면 너희에게 일렀으리라.
내가 너희를 위하여 처소를 예비하러 가노니,
가서 너희를 위하여 처소를 예비하면
내가 다시 와서 너희를 내게로 영접하여 나 있는 곳에 너희도 있게 하리라.
내가 가는 곳에 그 길을 너희가 알리라.

도마가 가로되
주여, 어디로 가시는지 우리가 알지 못하거늘,
그 길을 어찌 알겠삽나이까?"
예수께서 가라사대
내가 곧 길이요 진리요 생명이니,
나로 말미암지 않고는 아버지께로 올 자가 없느니라.'

"예수님께서 섬김을 받거나 심판을 하려
이 세상에 오신 것이 아니라는 것을 증거하고 계십니다.
심지어 자신을 팔거나 배반할 유다와 베드로의 발을 씻어주시기까지 하십니다."
"예수님께서 돌아가시기 전에 우리에게 주시는 새로운 계명인
사랑을 증거하고 계신 것이지. 참으로 엄청난 사랑이시지."
"네, 길이요 진리요 생명이신 예수님으로 말미암지 않고는 하나님께로 갈 수 없습니다."
"성경은 곧 사랑이시지."

노인이 사랑으로 말했다.
소년은 주님께서 주시는 새로운 계명을 자신의 작은 노트에 정성스럽게 적었다.

'새 계명을 너희에게 주노니 서로 사랑하라.
내가 너희를 사랑한 것 같이 너희도 서로 사랑하라
A new command I give you: Love one another.
As I have loved you, so you must love one another.'

166

토요일과 일요일은 그래도 좀 마음의 여유가 있는 날.
예삭과 소년은 스트레칭을 끝마친 후 곧바로 성경의 책장을 넘겼다.

'You are what you eat 당신이 먹는 것이 당신이다.'
물론 건강을 두고 한 말이지만,
예삭과 소년은 말씀에 배고파하고 있었다.

'사람은 빵으로만 살 것이 아니요, 하나님의 말씀으로 살지어다.
빌립이 가로되 주여,
아버지를 우리에게 보여 주옵소서, 그리하면 족하겠나이다.
예수께서 가라사대
빌립아, 내가 이렇게 오래 너희와 함께 있었으되 네가 나를 알지 못하느냐?
나를 본 자는 아버지를 보았거늘, 어찌하여 아버지를 보이라 하느냐?
나는 아버지 안에 있고 아버지는 내 안에 계신 것을 네가 믿지 아니하느냐?
내가 너희에게 이르는 말이 스스로 하는 것이 아니라,
아버지께서 내 안에 계셔 그의 일을 하시는 것이라.
내가 아버지 안에 있고, 아버지께서 내 안에 계심을 믿으라.
그렇지 못하겠거든 행하는 그 일을 인하여 나를 믿으라.

내가 진실로 진실로 너희에게 이르노니,
나를 믿는 자는 나의 하는 일을 저도 할 것이요,
또한 이보다 큰 것도 하리니, 이는 내가 아버지께로 감이니라.

너희가 내 이름으로 무엇을 구하든지 내가 시행하리니,
이는 아버지로 하여금 아들을 인하여 영광을 얻으시게 하려 함이라.
내 이름으로 무엇이든지 내게 구하면 내가 시행하리라.
너희가 나를 사랑하면 나의 계명을 지키리라.
내가 아버지께 구하겠으니,
그가 또 다른 보혜사를 너희에게 주사 영원토록 너희와 함께 있게 하시리니,
저는 진리의 영이라.'

"예수님의 제자 빌립이 하나님을 보여달라고 졸라댑니다."
"예수님을 본 것이 하나님을 본 것이지."
"예수님이 하시는 일은 예수님 안에 계신 하나님께서 하시는 일이라고 합니다."
"우리가 하는 일도 우리 안에 계신 예수님께서 하시는 것이니 능치 못할 일이 없는 법이지."
"네. 하나님께서 진리의 영(the Spirit of Truth)이신

또 다른 보혜사(保惠師 advocate)를 우리에게 주시니,
그 어떠한 염려와 걱정도 없고 두려움도 없습니다."

소년은 예삭의 작은 노트에서
스승이 동굴 속에서 공부할 때 받았다는 큰 깨달음의 글귀를 보았다.

'내가 진실로 진실로 너희에게 이르노니, 나를 믿는 자는 나의 하는 일을 저도 할 것이요, 또한
이보다 큰 것도 하리니, 이는 내가 아버지께로 감이니라Whoever believes in me will do the
works I have been doing, and they will do even greater things than these, because I am
going to the Father.'

"소년은 이 깨달음의 말씀에서 무엇을 배우는고?"
"우리도 예수님께서 하신 일을 할 수 있고,
또한 그보다 더 큰 일도 할 수 있다는 엄청난 가르침입니다."
"또 다른 깨달음은?"
"..........................."
소년은 침묵했고, 예삭이 말을 이었다.

"Because I am going to the Father
예수님께서 하나님께 가시기 때문이라는 이 말씀 속에서,
우리는 높은 경지의 겸손함도 아울러 배울 수 있는 것이지."
"네. 참으로 깊은 깨달음입니다. 그 누구도 십자가에 못 박히며 인류의 죄를 대속하고
하나님께로 간 사람이 없죠. 그러니 우리가 아무리 위대하고 큰 일을 해도 그 모든 영광은
예수님께로 가는 것이죠."
"예수님의 영광은 곧 하나님의 영광이고."
노인이 소년의 말에 감동한 듯 말했다.

"믿습니다."
소년이 우렁차고 힘차게 대답했다.

"무엇보다도 우리가 해야 할 일은 예수님의 계명을 지키는 것이지."
노인이 말씀을 묵상하며 말했다.

'If you love me, keep my commands 너희가 나를 사랑하면 나의 계명을 지키라'

"무엇이 예수님의 계명인가요?"
"경천애인(敬天愛人)." 예삭이 짧게 대답했다.

"네, 맞습니다. 목숨과 뜻을 다하여 하나님을 사랑하고,
이웃을 내 몸처럼 사랑하는 것입니다."
"늘 말씀을 묵상하며 스스로 말씀이 되어 살아가야지."

예삭과 소년은 스스로 말씀이 되어 책장을 넘겼다.

'세상은 능히 저를 받지 못하나니
이는 저를 보지도 못하고 알지도 못함이라.
그러나 너희는 저를 아나니 저는 너희와 함께 거하심이요,
또 너희 속에 계시겠음이라.
내가 너희를 고아와 같이 버려두지 아니하고 너희에게로 오리라.
조금 있으면 세상은 다시 나를 보지 못할 터이로되
너희는 나를 보리니 이는 내가 살았고 너희도 살겠음이라.
그 날에는 내가 아버지 안에,
너희가 내 안에,
내가 너희 안에 있는 것을 너희가 알리라.
나의 계명을 가지고 지키는 자라야 나를 사랑하는 자니,
나를 사랑하는 자는 내 아버지께 사랑을 받을 것이요,
나도 그를 사랑하여 그에게 나를 나타내리라.

평안을 너희에게 끼치노니 곧 나의 평안을 너희에게 주노라.
내가 너희에게 주는 것은 세상이 주는 것 같지 아니하니라.
너희는 마음에 근심도 말고 두려워하지도 말라.
내가 갔다가 너희에게로 온다 하는 말을 너희가 들었나니,
나를 사랑하였더면 나의 아버지께로 감을 기뻐하였으리라.
아버지는 나보다 크심이니라.'

예삭과 소년은 근심과 두려움이 없도록,
우리들의 인생에 평안을 주시는 예수님의 말씀을 찬양하며 묵상하였다.

'나는 참 포도나무요, 내 아버지는 그 농부라.
내 안에 거하라. 나도 너희 안에 거하리라.
가지가 포도나무에 붙어 있지 아니하면 절로 과실을 맺을 수 없음같이,
너희도 내 안에 있지 아니하면 그러하리라.
나는 포도나무요 너희는 가지니,
저가 내 안에,

내가 저 안에 있으면 이 사람은 과실을 많이 맺나니,
나를 떠나서는 너희가 아무것도 할 수 없음이라.
너희가 내 안에 거하고 내 말이 너희 안에 거하면,
무엇이든지 원하는 대로 구하라.
그리하면 이루리라.

내 계명은 곧 내가 너희를 사랑한 것 같이
너희도 서로 사랑하라 하는 이것이니라.
사람이 친구를 위하여 자기 목숨을 버리면 이에서 더 큰 사랑이 없나니,
너희가 나의 명하는 대로 행하면 곧 나의 친구라.
이제부터는 너희를 종이라 하지 아니하리니,
종은 주인의 하는 것을 알지 못함이라.
너희를 친구라 하였노니,
내가 내 아버지께 들은 것을 다 너희에게 알게 하였음이니라.

너희가 나를 택한 것이 아니요, 내가 너희를 택하여 세웠나니,
이는 너희로 가서 과실을 맺게 하고 또 너희 과실이 항상 있게 하여,
내 이름으로 아버지께 무엇을 구하든지 다 받게 하려 함이니라.
내가 이것을 너희에게 명함은 너희로 서로 사랑하게 하려 함이로라.
그러나 이는 저희 율법에 기록된 바,
저희가 연고 없이 나를 미워하였다 한 말을 응하게 하려 함이니라.
내가 아버지께로서 너희에게 보낼 보혜사,
곧 아버지께로서 나오시는 진리의 성령이 오실 때에 그가 나를 증거하실 것이요,
너희도 처음부터 나와 함께 있었으므로 증거하느니라.'

"하나님은 농부이시고 예수님은 포도나무이시며, 우리는 많은 과실을 맺는 가지입니다.
예수님은 또한 친구의 의리를 말씀하십니다."
"예수님의 계명을 지킴으로써 우리는 예수님의 친구가 되는 특권을 얻었지."

소년은 예수님의 진짜 친구가 되고 싶은 심정으로
그리스도의 말씀을 자신의 작은 노트에 정성스럽게 기록했다.

'사람이 친구를 위하여 자기 목숨을 버리면 이에서 더 큰 사랑이 없나니,
너희가 나의 명하는 대로 행하면 곧 나의 친구라.
너희를 종이라 하지 아니하고 친구라 하였노라

Greater love has no one than this: to lay down one's life for one's friends.
You are my friends if you do what I command.
I no longer call you servants; I have called you friends.'

예삭의 숙연한 표정에, 소년이 따뜻한 녹차 한 잔을 건넸다.

'내가 너희에게 실상을 말하노니,
내가 떠나가는 것이 너희에게 유익이라.
내가 떠나가지 아니하면
보혜사(保惠師 성령)가 너희에게로 오시지 아니할 것이요,
가면 내가 그를 너희에게로 보내리니
그가 와서 죄에 대하여, 의에 대하여,
심판에 대하여 세상을 책망하시리라.
죄에 대하여라 함은 저희가 나를 믿지 아니함이요.
의에 대하여라 함은
내가 아버지께로 가니 너희가 다시 나를 보지 못함이요.'

소년은 복음서 속 말씀을 읽고,
예수님이 말씀하신 보혜사가 오실 이유와 의미를 곱씹었다.
그리고 한참 묵상하던 예삭이 천천히 복음서의 다음 장을 펼쳤다.

6명의 카톡방에 남긴 예삭의 문자 내용이었다.
1남 5녀의 막내 아들로 태어난 예삭은 다섯 누님들과 카톡방을 공유하고 있었다.
아버님께서 90세를 일기로 돌아가실 때, 가지 말라고 애원하는 누나에게
너희들을 위해서 나는 꼭 가야 한다며 떠나시는 꿈 이야기를
예삭은 늘 가슴속에 간직하고 있었다.
어떤 상황에서도 의연함을 유지하는 스승이지만,
'부모님' 이야기가 나오면
그는 늘 고요한 침묵 속에서 숙연한 모습을 보이는 인물이었다.
소년은 그런 스승의 모습을 보면서,
모세의 십계명에서 우리를 향한 첫 계명이
왜 네 부모를 공경하라는 말이었는지
이제는 더욱 가슴 깊이 이해할 수 있었다.
아무리 많이 해도 지나치지 않은 것이 효도.
예삭이 딱 한 가지 숙연한 모습을 보이는 순간은
부모님께 드리는 '효'에 대한 화두였다.

"예수님은 우리의 유익을 위해서 떠나셨어요."
소년이 말씀을 기억해내며 말했다.

'내가 떠나는 것이 너희에게 유익이니라It is for your good that I am going away.'

"인류의 유익을 위해서 목숨을 바치신 유일한 의인이시지."
"네. 하나님께 가심으로써 의를 증거하셨어요."
소년이 그리스도의 말씀을 묵상하며 말했다.

'의에 대하여라 함은, 내가 아버지께로 가기 때문이요
about righteousness, because I am going to the Father.'

노인이 복음서 책장을 넘겼다.

'그러하나 진리의 성령이 오시면,
그가 너희를 모든 진리 가운데로 인도하시리니,
그가 자의로 말하지 않고,
오직 듣는 것을 말하시며 장래 일을 너희에게 알리시리라...
내가 진실로 진실로 너희에게 이르노니,
너희는 곡하고 애통하리니 세상이 기뻐하리라.
너희는 근심하겠으나, 너희 근심이 도리어 기쁨이 되리라.

여자가 해산하게 되면 그 때가 이르렀으므로 근심하나,
아기를 낳으면 세상에 사람 난 기쁨으로
그 고통을 다시 기억하지 아니하느니라.
지금은 너희가 근심하나 내가 다시 너희를 보리니,
너희 마음이 기쁠 것이요 너희 기쁨을 빼앗을 자가 없느니라.
그 날에는 너희가 아무 것도 내게 묻지 아니하리라.

내가 진실로 진실로 너희에게 이르노니,
너희가 무엇이든지 아버지께 구하는 것을 내 이름으로 주시리라.
지금까지는 너희가 내 이름으로 아무 것도 구하지 아니하였으나,
구하라, 그리하면 받으리니 너희 기쁨이 충만하리라...
이것을 너희에게 이름은,
너희로 내 안에서 평안을 누리게 하려 함이라.
세상에서는 너희가 환난을 당하나, 담대하라.
내가 세상을 이기었노라.'

172

소년은 예수님의 가르침으로부터
하나님과 진리, 성령과 예수님이 하나임을 알아 가고 있었다.

"십자가에 못 박히는 근심이 도리어 부활의 기쁨이 되었습니다."
"예수님을 다시 보게 되는 기쁨은 아무도 빼앗을 수 없지.
우리 인생에 참된 평안을 누릴 수 있는 곳은 오직 예수님의 품속이지."
"우리의 친구이신 예수님께서 세상을 이기셨는데I have overcome the world
거칠 것이 뭐가 있겠습니까!"

소년의 목소리는 우렁찼고 거침이 없었다.
예삭과 소년은 호흡을 가다듬고 자세를 온전하게 고쳐 앉았다.
예수님의 거룩하시고도 위대한 기도가 준비되고 있었기 때문이다.

예수님의 기도

'예수께서 이 말씀을 하시고 눈을 들어 하늘을 우러러 가라사대,
"아버지여, 때가 이르렀사오니 아들을 영화롭게 하사,
아들로 아버지를 영화롭게 하게 하옵소서.
아버지께서 아들에게 주신 모든 자에게 영생을 주게 하시려고,
만민을 다스리는 권세를 아들에게 주셨음이로소이다.
영생은 곧 유일하신 참 하나님과 그의 보내신 자 예수 그리스도를 아는 것이니이다.
아버지께서 내게 하라고 주신 일을 내가 이루어,
아버지를 이 세상에서 영화롭게 하였사오니
아버지여, 창세 전에 내가 아버지와 함께 가졌던 영화로써,
지금도 아버지와 함께 나를 영화롭게 하옵소서.

세상 중에서 내게 주신 사람들에게 내가 아버지의 이름을 나타내었나이다.
저희는 아버지의 것이었는데 내게 주셨으며, 저희는 아버지의 말씀을 지켰나이다.
지금 저희는 아버지께서 내게 주신 것이 다 아버지께로서 온 것인 줄 알았나이다.
나는 아버지께서 내게 주신 말씀들을 저희에게 주었사오며,
저희는 이것을 받고, 내가 아버지께로부터 나온 줄을 참으로 알았으며,
아버지께서 나를 보내신 줄도 믿었사옵나이다.
내가 저희를 위하여 비옵나니, 내가 비옵는 것은 세상을 위함이 아니요,
내게 주신 자들을 위함이니이다.
저희는 아버지의 것이로소이다.
내 것은 다 아버지의 것이요, 아버지의 것은 내 것이온데,
내가 저희로 말미암아 영광을 받았나이다.

나는 세상에 더 있지 아니하오나,
저희는 세상에 있사옵고, 나는 아버지께로 가옵나니
거룩하신 아버지여, 내게 주신 아버지의 이름으로 저희를 보전하사
우리와 같이 저희도 하나가 되게 하옵소서.
저희를 진리로 거룩하게 하옵소서.
아버지의 말씀은 진리니이다.
아버지께서 나를 세상에 보내신 것 같이, 나도 저희를 세상에 보내었고
또 저희를 위하여 내가 나를 거룩하게 하오니,
이는 저희도 진리로 거룩함을 얻게 하려 함이니이다.

내가 비옵는 것은 이 사람들만 위함이 아니요,
또 저희 말을 인하여 나를 믿는 사람들도 위함이니이다.
아버지께서 내 안에, 내가 아버지 안에 있는 것 같이,
저희도 다 하나가 되어 우리 안에 있게 하사,
세상으로 아버지께서 나를 보내신 것을 믿게 하옵소서.
내게 주신 영광을 내가 저희에게 주었사오니,
이는 우리가 하나가 된 것 같이,
저희도 하나가 되게 하려 함이니이다.

곧 내가 저희 안에, 아버지께서 내 안에 계셔,
저희로 온전함을 이루어 하나가 되게 하려 함은
아버지께서 나를 보내신 것과,
또 나를 사랑하신 것 같이 저희도 사랑하신 것을
세상으로 알게 하려 함이로소이다.
아버지여, 내게 주신 자도 나 있는 곳에 나와 함께 있어,
아버지께서 창세 전부터 나를 사랑하심으로 내게 주신 나의 영광을
저희로 보게 하시기를 원하옵나이다.'

예삭과 소년은 한참 동안이나 침묵을 지켰다.
얼마나 많이 묵상했던지, 예수님의 기도인 요한복음 17장의 책장은
마태복음의 산상수훈 책장보다도 더 낡아 있었다.
소년의 작은 노트에는 스승 예삭이 가르쳐준 말씀,
무소유의 풍요로움을 체험하도록 안내했던 예수님의 말씀이 적혀 있었다.

'내 것은 다 아버지의 것이요, 아버지의 것은 내 것이온데
내가 저희로 말미암아 영광을 받았나이다.
저희는 아버지의 것이로소이다
All I have is yours, and all you have is mine.
And glory has come to me through them.
They are yours..'

"세상에 오셔서 자신이 아닌,
오직 하나님의 영광과 인류의 평화를 구하며 사신 예수님은
참으로 거룩하고 위대하신 분입니다."

소년이 경건하게 말했고 노인은 잠시 침묵을 지켰다.
소년이 예삭의 눈물을 본 것은 예수님의 기도가 처음이자 마지막이었다.
특히 '인류가 하나 되기를 소망하는 구절'에서는
예삭이 눈시울을 붉히지 않을 수 없었다.

'거룩하신 아버지여,
내게 주신 아버지의 이름으로 저희를 보전하사
우리와 같이 저희도 하나가 되게 하옵소서
Holy Father,
protect them by the power of your name,
the name you gave me,
so that they may be one as we are one.'

"예수님의 기쁨을 우리 안에 충만케 하시려는
그리스도의 긍휼과 자비함이 눈물겹습니다."
노인이 침묵하자, 소년이 말을 이었다.

"예수님과 하나님이 늘 함께하시듯,
우리 인류도 우리 안에 있는 진리와 말씀 속에서 하나가 되어
서로 사랑하는 날들이 반드시 올 거예요."

"하나가 되어 서로 사랑하는 날들...?"
노인이 낮은 목소리로 되뇌었다.

"하나님은 이미 인류를 사랑 안에서 하나로 창조하셨지.
태초에 언어가 하나였다는 사실이 그 증거야.
분열은 인간의 교만과 어리석음으로 비롯된 것이지.
바벨탑 사건을 기억해 보는 것도 괜찮지.
중요한 건, 우리가 다시 하나 되는 것이 아니라
'원래부터 하나였다는 진리를 깨닫는 것'이지."

소년은 침묵했다.
예삭의 말은 벼락같은 울림으로 소년의 가슴을 쳤다.

'인류가 하나 되기를 바라기보다, 인류는 이미 하나이다.'

이 깨달음이 바로 영원한 행복의 시작임을 소년은 처음으로 느낄 수 있었다.

스승 예삭이 빅베어 산속에서 예수님으로부터 받은 해답,
'모든 답은 이미 스스로의 안에 있다'는 깨달음처럼,
인류가 하나 되기를 바라기보다는 인류는 이미 하나라는 사실—
그 진리를 깨닫는 것이 영원한 행복의 답이라는 생각이
소년의 뇌리를 스치고 지나갔다.

"예수님은 사랑과 진리와 하나님이 우리 안에 있음을 깨우쳐 주고 있습니다."
소년이 노인의 작은 노트의 메모를 응시하며 말했다.
"우리를 거룩하게 하는 것은 진리이신 하나님의 말씀이시지The love you
(God) have for me may be in them, and that I myself may be in them."
노인도 자신의 작은 노트를 바라보며 말했다.

'그들을 진리로 거룩하게 하옵소서 아버지의 말씀은 진리니이다
Sanctify them by the truth; your word is truth.'

소년이 놀란 것은, 예삭이 예수님의 기도를
한글과 영문으로 모두 암송하고 있다는 사실이었다.
소년은 늘 스스로 말씀이 되어 예수님을 닮아가려는 스승의 모습을 보아왔다.

한편, 예수님은 제자들과 자주 모이던 곳인 기드론 시내 근처에 있는
정원(Garden)으로 들어가셨다.
그곳엔 예수님을 판 유다(Judas)도 있었다.

노인이 책장을 넘겼다.

'군대와 천부장과 유대인의 하속들이 예수를 잡아 결박하여
먼저 안나스(Annas)에게로 끌고 가니,
안나스는 그 해의 대제사장(high priest)인
가야바의 장인(father-in-law of Caiaphas)이었다.
안나스가 예수를 결박한 그대로 대제사장 가야바에게 보내니라...

예수께서 대답하시되, 내 나라는 이 세상에 속한 것이 아니라.
만일 내 나라가 이 세상에 속한 것이었더라면,
내 종들이 싸워 나로 유대인들에게 넘기우지 않게 하였으리라.
이제 내 나라는 여기에 속한 것이 아니니라.
빌라도(Pilate)가 가로되, 그러면 네가 왕이 아니냐?
예수께서 대답하시되, 네 말과 같이 내가 왕이니라.
내가 이를 위하여 났으며, 이를 위하여 세상에 왔나니,
곧 진리에 대하여 증거하려 함이로라.
무릇 진리에 속한 자는 내 소리를 듣느니라.
이에 빌라도가 예수를 데려다가 채찍질하더라.'

"예수님은 자신을 채찍질한 빌라도에게, 자신은 진리를 위하여 났으며,
진리를 증거하기 위해 이 세상에 왔다고 말씀하셨습니다."
"우리를 자유케 하는 진리란 곧 하나님이요, 말씀이요, 예수 그리스도시지."
"빌라도는 결국 예수님에게서 죄를 찾지 못했어요."

소년은 다시 복음서의 말씀에 시선을 고정했다.

'군병들이 가시로 면류관을 엮어 그의 머리에 씌우고,
자색 옷을 입히고 앞에 와서 가로되
유대인의 왕이여 평안할지어다 하며 손바닥으로 때리더라.

빌라도가 다시 밖에 나가 말하되,
보라, 이 사람을 데리고 너희에게 나오나니,
이는 내가 그에게서 아무 죄도 찾지 못한 것을 너희로 알게 하려 함이로라.

예수께서 가시 면류관을 쓰고 자색 옷을 입고 나오시니,
빌라도가 말하되, 보라, 이 사람이로다.
대제사장들과 하속들이 예수를 보고 소리질러 가로되
십자가에 못 박게 하소서! 십자가에 못 박게 하소서! 하더라.

빌라도가 가로되, 너희가 친히 데려다가 십자가에 못 박으라.
나는 그에게서 죄를 찾지 못하노라.
유대인들이 대답하되,
우리에게 법이 있으니, 그 법대로 하면 저가 당연히 죽을 것은
저가 자기를 하나님의 아들이라 함이니이다.'

결국 유대인들은,
예수께서 하나님의 아들이라 칭한 것을 죄목으로 십자가에 못 박았다.

'예수의 십자가 곁에는 그 모친과, 이모와,
글로바의 아내 마리아와 막달라 마리아가 서 있었더라.
예수께서 그 모친과 사랑하시는 제자가 곁에 선 것을 보시고,
그 모친께 말씀하시되, 여자여, 보소서 아들이니이다.
또 그 제자에게 이르시되, 보라, 네 어머니라.
그때부터 그 제자가 자기 집에 모시니라.
이후에 예수께서 모든 일이 이미 이룬 줄 아시고,
성경을 응하게 하려 하사 가라사대, 내가 목마르다.
그때 신 포도주가 담긴 그릇이 있었는데,
사람들이 신 포도주를 머금은 해융(sponge)을
우슬초(hyssop plant)에 매어 예수의 입에 대니,
예수께서 그것을 받으신 후 말씀하시되,
다 이루었다(It is finished) 하시고,
머리를 숙이시고 영혼이 돌아가시니라.'

예삭과 소년은 서로 침묵으로 일관했다.
그 침묵은 말보다 더 깊은 대화를 품고 있었다.

'흰 옷 입은 두 천사가 예수의 시체 뉘었던 곳에,
하나는 머리 편에, 하나는 발 편에 앉았더라.
천사들이 가로되, 여자여, 어찌하여 우느냐?
사람이 내 주를 가져다가 어디 두었는지 내가 알지 못함이니이다.
이 말을 하고 뒤로 돌이켜, 예수께서 서신 것을 보았으나,
예수신 줄 알지 못하더라...

이날 곧 안식 후 첫날 저녁 때에,
제자들이 유대인들을 두려워하여 문을 닫고 모였을 때,
예수께서 오사 가운데 서서 말씀하시되,

178

너희에게 평강이 있을지어다.
이 말씀을 하시고 손과 옆구리를 보이시니,
제자들이 주를 보고 기뻐하더라...

도마(Thomas)에게 이르시되,
네 손가락을 이리 내밀어 내 손을 보고,
네 손을 내밀어 내 옆구리에 넣어보라.
그리하고 믿음 없는 자가 되지 말고 믿는 자가 되라.
도마가 대답하여 가로되,
나의 주시며 나의 하나님이시니이다.
예수께서 가라사대,
너는 나를 본 고로 믿느냐?
보지 못하고 믿는 자들은 복되도다.'

"예수님께서 부활하셨습니다."
소년이 부활의 얼굴로 말했다.

"도마처럼 보아서 믿기보다는, 보지 못하고 믿는 것이
곧 바라는 것들의 실상이요, 보지 못하는 것들의 증거인 것이지."
노인이 믿음으로 응답했다.

"사랑이 곧 보이지 않는 것의 증거지요."
소년이 사랑으로 말했다.

예삭은 그 깨달음의 말을 듣고 조금은 놀란 듯한 눈빛으로 소년을 바라보았다.
그런 예삭의 눈길에도 아랑곳없이 소년은 복음서의 다음 장을 넘겼다.

'시몬 베드로(Simon Peter)와 디두모(Didymus)라 하는 도마(Thomas),
갈릴리 가나 사람 나다나엘(Nathanael),
세베대(Zebedee)의 아들들과 또 다른 제자 둘이 함께 있었더니,
시몬 베드로가 나는 물고기 잡으러 가노라 하매
저희가 우리도 함께 가겠다 하고 나가서 배에 올랐으나,
그 밤에 아무것도 잡지 못하였더라.
날이 새어갈 때에 예수께서 바닷가에 서셨으나,
제자들은 예수이신 줄 알지 못하더라.

예수께서 이르시되

얘들아, 너희에게 고기가 있느냐? 하시니
대답하되 없나이다.
가라사대 그물을 배 오른편에 던지라. 그리하면 얻으리라.
하시니 이에 던졌더니 고기가 많아 그물을 들 수 없더라...

예수께서 오셔서 떡을 가져다가 제자들에게 주시고,
생선도 그와 같이 주시니라.
이것은 예수께서 죽은 자 가운데서 살아나신 후,
세 번째로 제자들에게 나타나신 것이라.
예수의 행하신 일이 이 외에도 많으니,
만일 낱낱이 기록된다면 이 세상이라도
이 기록된 책을 두기에 부족할 줄 아노라.'

"예수님께서 디베랴 바다(Sea of Tiberias)에서 153마리의 물고기를 낚으셨어요."
소년이 흥미로운 표정으로 말했다.
"예수님을 배신한 베드로는 배 위에서 뛰어내렸지."
노인이 무표정한 얼굴로 말했다.
"그럼에도 불구하고 베드로를 용서하시며 끝까지 챙기시는
예수님의 사랑은 끝이 없으십니다."
소년이 성령의 열매 중 네 번째인 오래참음을 기억하며 말했다.
"자신을 십자가에 못 박는 자들까지 용서해달라고 기도하신 예수님이시지."
노인이 용서의 얼굴로 말했다.
"제자들에게 빵과 물고기를 숯불(fire of burning coals)에 구워 주시는
예수님의 모습이 어찌 그리 아름답고 자비로우신지요."
소년이 종의 모습으로 오신 예수 그리스도를 떠올리며 섬김의 표정으로 말했다.
"우리도 섬기려고 이 세상에 오신 예수 그리스도를 본받아,
이웃을 섬기는 은혜로운 제자가 되어야지."
노인이 종의 얼굴로 대답했다.
"넵!"
"자, 이제 네 권의 복음서가 끝났는데, 소년은 무엇을 배웠는고?"
"복음서와 함께한 은혜로운 여정이었습니다."

"나는 마태와 마가의 복음서로부터,
섬김의 왕이신 예수 그리스도를 보았네."
노인이 마치 자신이 왕이요 종인 것처럼 말했다.

180

"저는 누가와 요한의 복음서로부터,
완전한 인간이자 하나님이신 예수 그리스도를 보았습니다."
소년이 사람이 곧 하늘이라는 인내천(人乃天)을 떠올리며 말했다.

그 순간, 시내산에서 십계명을 들고 내려오는 모세의 얼굴처럼
예삭과 소년의 얼굴에도 광채가 빛났다.

그 빛은, 예수 그리스도와 동행하는 세상의 빛이요 소금이었다.

소예공부(요한복음)

"요한복음은 예수님의 신성(神性)과 사랑, 그리고 진리 안에서의 구원과 생명을 깊이 있게
드러내는 독특한 복음서입니다. 우리는 '말씀이 곧 하나님(The Word was God)'이라는
가르침에 귀를 기울여야 합니다. 그 말씀은 곧 불변의 정경이며, 진리이며, 곧 예수님
자신이십니다." 부처 싯다르타가 조금은 낡은 정경책을 바라보며 차분히 말했다.

"예수님은 단순한 선지자가 아니라, 하나님 자신이 인류의 육신으로 오신 사랑의 실체입니다.
예수는 세상의 빛이시며, 어둠 속에 방황하는 인류에게 생명과 소망의 등불이 되어주십니다.
하나님과 예수님은 하나이시며 곧 사랑이십니다." 소크라테스가 맑은 눈빛으로 진리를
말했다.

"영생은 하나님과 예수를 아는 것입니다(Eternal Life is Knowing God). 지식이나 업적이 아닌,
말씀을 사모하는 관계 속에서 영원한 생명이 주어집니다. 길 잃은 인류를 끝까지 품고
이끄시는 어린양, 예수님은 곧 길이요 진리요 생명이십니다." 공자가 생명으로 말했다.

"인생의 억압과 속박에서 벗어나 자유롭고 당당한 존재로 사는 길, 그것은 우리를 자유케 하는
말씀의 진리를 깨닫는 것입니다. 십자가는 죽음을 이긴 사랑이며, 시간과 육체를 초월하는
생명의 약속입니다. 우리는 하나님 안에, 하나님은 우리 안에 거하십니다."
예수님께서 인류를 향한 사랑을 담아 거룩함으로 말씀하셨다.

제5권 사도행전 (Acts)

"사도행전은 어떤 책인가요?"

아침운동을 끝내고 돌아온 예삭이 물었다.

"사도행전(使徒行傳 Acts of the Apostles)은 책 이름 그대로,
예수님께서 승천하신 이후 사도들의 행적을 기록한 책입니다.
지금으로부터 약 1943년 전에 누가가 기록했으며,
누가복음과 함께 신약성경의 28%를 차지하는 가장 분량이 많은 책이지요.
스승님께서 늘 강조하시는 행행행(行行行),
그 정신이 바로 이 책의 핵심, Acts입니다."

소년의 대답은 바람처럼 막힘이 없었다.

"어떠한 믿음도 자신의 삶에 실행되지 않으면 아무런 의미가 없는 것이지.
행함이 없는 믿음은 죽은 믿음이라는 말씀을 살펴 가슴에 새겨야지.
베드로, 빌립, 바울은 29년간 유대인, 사마리아인, 이방인에게까지 복음을 전했어.
소년과 나 뿐만 아니라 우리 모두는 땅끝까지 복음을 전하는 사도들이지."

"네. 베드로와 빌립과 바울은 예루살렘과 유대, 사마리아, 그리고 땅끝까지
모든 고난을 함께하며 복음을 전했어요."

노인과 소년은 김밥으로 아침을 마친 뒤 사도행전의 첫 장을 넘겼다.

'데오빌로(Theophilus)여, 내가 먼저 쓴 글에는
예수께서 행하시며 가르치신 모든 일과,
그가 택하신 사도들에게 성령으로 명하시고
승천하신 날까지의 일을 기록하였노라.
고난을 받으신 후에도 많은 증거로 친히 살아계심을 나타내시며,
사십 일 동안 그들에게 하나님 나라의 일을 말씀하시니라...'

"예수님의 제자들은 주로 예루살렘에서 가까운 감람산(Mount of Olives)에서
예수님의 말씀을 공부하고 수행했어요."
"올리브는 절대적인 건강음식이지. 영어로는 Mount of Olives."
"예수님은 언제 다시 오시나요? 재림의 날로 설왕설래하던데요."

예삭은 대답 대신 소년이 노트에 직접 써 주었다,

'때와 기한은 아버지께서 자기 권한에 두셨으니 너희의 알 바 아니요
It is not for you to know the times or dates the Father has set by his own authority.'

"그래서 스승님은 시공을 초월해 살아가시나...?
아니면 진리가 스승님 안에 항상 계시니
시간 개념 자체가 무의미하신가...?
그래, 미혹되지 말자.
누가 뭐라 하든 기록된 말씀대로,
재림의 날은 '내 알 바 아니야.'
더 중요한 것은, 항상 준비되어 있는 삶이겠지."

소년이 진리가 되어 혼잣말처럼 속삭였다.

"그럼 스승님은 성령이 임하셔서 권능을 받고
예루살렘과 사마리아와 땅끝까지 복음을 전하는 자?
아니, 스승과 나뿐만이 아닌 모든 인류가 서로 사랑하면 복음을 전하는 작은 예수?"

소년은 맑은 하늘의 흰 구름을 바라보며 한참동안이나 묵상에 젖어 있었다.

"하나님이 주신 각자의 분량은 스스로의 몫이지.
그것은 자기 안의 진리를 얼마나 깨우치느냐는 것이지."
노인이 자유함으로 말했다.

시간은 어느덧 한 주를 훌쩍 넘어 또 축구 시합이 있는 날이 되었다.
건강 청년 예삭?, 63세의 기백으로 2시간 뒤 축구장에 나갈 예정이다.
아랑곳없이,
노인은 누가의 책장을 넘겼다.

'저희가 다 성령의 충만함을 받고,
성령이 말하게 하심을 따라 다른 방언으로 말하기를 시작하니라...
또 내가 위로 하늘에서는 기사와, 아래로 땅에서는 징조를 베풀리니
곧 피와 불과 연기로다.
주의 크고 영화로운 날이 이르기 전에
해가 어두워지고, 달이 피로 변하리라.
누구든지 주의 이름을 부르는 자는 구원을 얻으리라....

너희가 법 없는 자들의 손을 빌려 예수를 못 박아 죽였으나,
하나님께서 사망의 고통을 풀어 다시 살리셨으니
이는 그가 사망에게 매여 있을 수 없었음이라…

회개하고 예수 그리스도의 이름으로 세례를 받고
죄 사함을 얻으라. 그리하면 성령을 선물로받으리니…
믿는 자들은 모든 것을 서로 통용하고,
나누며, 함께 먹고, 하나님을 찬미하며,
구원받는 자의 수를 날마다 더하시니라.'

"성령이 임하면, 정말로 방언(speak in other tongues)을 말하게 되나요?"
소년은 문득 예전에 예삭이 말했던
방언보다 이웃을 사랑하는 것이 더 중요하다는 말을 떠올리며 물었다.

"하나님이 주시는 분량대로."
"누가 구원을 얻나요?"
"주의 이름을 부르는 자Everyone who calls on the name of the Lord."
"예수님은 죽음을 이기셨어요God raised him from the dead,
freeing him from the agony of death."
"예수님은 사망에게 매여 있을 수 없는 분이니까
Because it was impossible for death to keep its hold on him."
"다윗은 하늘에 오르지 않았어요David did not ascend to heaven."
"의인은 오직 예수 그리스도 한 분이시니까."
"그럼, 성령은 어떻게 하면 받을 수 있나요?"
"회개하고 예수 그리스도의 이름으로 세례를 받고
죄 사함을 얻으면, 성령의 선물을 받게 되지.
Repent and be baptized, every one of you,
in the name of Jesus Christ for the forgiveness of your sins.
And you will receive the gift of the Holy Spirit."

예삭과 소년은 조용히 함께 기도했다.

"주께서 구원받는 사람을 날마다 더하게 하시기를…"

"우리 모두는 하나님의 나라를 계승하고 그 나라를 발전시켜야 할
예수님의 사도들이니까." 소년이 속삭였다.

184

"스승님은 음식을 정말 맛있게 드세요."

소년은 축구장으로 떠나기 전
사과와 삶은 달걀을 맛있게 드시는 예삭을 바라보며 말했다.

"말씀하셨잖아. 기쁨과 순전한 마음으로 음식을 먹으라고
Eat together with glad and sincere hearts."

노인은 늘 진리처럼 단순했다.
소년이 책장을 넘겼다.

'베드로가 가로되, 은과 금은 내게 없거니와,
내게 있는 것으로 네게 주노니,
곧 나사렛 예수 그리스도의 이름으로 걸으라 하고...
오른손을 잡아 일으키니, 발과 발목이 곧 힘을 얻고
뛰어 서서 걷기 시작하였다.
그들과 함께 성전으로 들어가면서 걷기도 하고 뛰기도 하며
하나님을 찬미하니,
모든 백성이 그 걷는 것과 찬미하는 장면을 보고 놀라워하였다.
그 사람이 성전 미문에 앉아 구걸하던 자인 줄 알고
그에게 일어난 일을 심히 기이히 여겨 놀라니라...'

"예수님을 배반하고 부인했던 베드로가
이제는 병든 자를 고치고 예수님을 증거하는 놀라운 말씀의 사람이 되었어요."
소년이 모든 것을 변화시키는 말씀의 신비함을 생각하며 말했다.

"사람을 변화시키는 말씀의 능력은 그토록 위대한 것이지."
노인이 말하며 사도행전 책장을 넘겼다.

'너희와 모든 이스라엘 백성들은 알라.
너희가 십자가에 못 박았고,
하나님이 죽은 자 가운데서 살리신 나사렛 예수 그리스도의 이름으로
이 사람이 건강하게 되어 너희 앞에 섰느니라...
이 예수는,
너희 건축자들이 버린 돌이었으나
집 모퉁이의 머릿돌이 되었느니라...

우리를 통해 병을 낫게 하옵시고,
표적과 기사가 예수의 이름으로 이루어지게 하옵소서...
기도가 끝나자,
모인 곳이 진동하더니, 무리가 다 성령이 충만하여
담대히 하나님의 말씀을 전하였더라.
믿는 무리는 한 마음과 한 뜻이 되어 자기 재산을 서로 통용하며
필요에 따라 나눠주었다.
사도들은 큰 권능으로 주 예수의 부활을 증거하였고,
모든 사람에게 은혜가 임하였다.

형제들아,
너희 가운데서 성령과 지혜가 충만하며 칭찬 듣는 일곱을 택하라.
우리는 기도와 말씀 전하는 것에 전념하리라...

모든 무리는 이 말에 기뻐하였고, 믿음과 성령이 충만한 사람
스데반을 비롯해 일곱 집사가 세워졌다.
Stephen, Philip, Procorus, Nicanor, Timon, Parmenas, Nicolas
스데반은 특별히 공회에서 논쟁 중에도
지혜와 성령으로 감동시키는 설교를 하였고,
그의 얼굴은 천사의 얼굴과 같았더라.'

"저도 스데반처럼 그런 얼굴을 갖고 싶어요."
소년이 천사의 얼굴로 말했다.
"성령이 임하면 그렇게 되지."
노인이 성령으로 말했다.

스데반은 설교 중 아브라함, 이삭, 야곱, 요셉, 모세의 이야기를 다시 상기시키며
하나님의 역사 속에서 예수 그리스도가 오셨음을 선포했다.

'모세가 신을 벗고 서 있었던 땅은 거룩한 땅이었듯,
우리도 주님과 함께 있다면어디든 거룩한 자리이지요."
소년이 온고이지신(溫故知新)을 떠올리며 말했다.

예삭은 기특하다는 듯 소년에게 9.5점을 주었다.
소년도 축구장에서 100% 패스 성공률을 기록한 예삭에게 9.5점을 돌려주었다.
동료 쌤송도 노인의 볼 컨트롤 능력을 칭찬했다.

'이 사람이 백성을 인도하여 나왔고, 애굽과 홍해, 광야에서
40년 동안 기사와 표적을 행하였느니라...
이스라엘 자손 가운데서 하나님이 너희 형제들 중에서
나와 같은 선지자를 세우리라 하셨다...
하늘은 하나님의 보좌요, 땅은 그의 발등상이니
너희가 짓는 집이 하나님을 위한 것이겠느냐...

스데반이 마지막에 하늘을 우러러 보며 외쳤다:
보라! 하늘이 열리고, 인자가 하나님의 우편에 서신 것을 보노라.
그 말을 들은 무리들은 귀를 막고 그에게 달려들어
성 밖으로 내치고 돌로 쳤다.
스데반은 무릎을 꿇고 외쳤다.
주 예수여, 내 영혼을 받으시옵소서!
주여, 이 죄를 저들에게 돌리지 마옵소서.

그는 그렇게 마지막 숨을 거두었다.
죽음 앞에서도 원수를 위해 기도한 스데반,
예수님의 모습을 그대로 보여주었다.

"하늘을 보좌로, 땅을 발등상으로 주신 예수님께 감사드립니다."
소년과 노인은 함께 기도하였다.

'그 날에 예루살렘 교회에 큰 핍박이 일어나
사도 외에는 모두 유대와 사마리아로 흩어졌더라...

그러나 그 흩어진 이들이 복음의 씨앗이 되어 곳곳에서 복음을 전했다.
빌립은 사마리아 성에서 복음을 전하였고,
귀신이 떠나가고, 많은 병자가 나음을 입었다.
시몬이라는 자도 세례를 받고 따랐다.
주의 사자가 빌립에게 말하길 남쪽 예루살렘에서 가사로 내려가는 길로 가라.
그 길은 광야(desert road)였더라.
거기서 에디오피아 내시(eunuch)를 만나게 된다.
그는 간다게(Kandake) 여왕의 국고를 맡은 고위 관리였고,
예루살렘에서 예배를 마치고 병거를 타고 돌아가는 중이었다.
내시는 이사야서를 읽고 있었으나 그 뜻을 이해하지 못했다.
빌립은 그의 병거에 함께 올라 예수 그리스도를 증거하고 즉시 세례를 주었다.

두 사람이 물에 내려가 세례를 받은 후,
주의 영이 빌립을 이끌어 가니
내시는 흔연히 길을 가며 기뻐하더라.
빌립은 아소도(Azotus)에 나타나 가이사랴까지 여러 성을 지나
복음을 전하였더라.'

"서기 34년, 예수 그리스도의 12명의 사도 이후
7명의 집사 중 한 명이었던 스데반이 첫 순교자로 기록되는 순간이야."
"성경에 대하여 해박한 지식을 가지고 있었던 스데반은 믿음과 성령이 가득한 청년이었어요."
"은혜와 권능이 뛰어난 예수님의 2세대 사도로서 사람들 사이에서 많은 기적을 일으키곤
하였지."
"뒤를 이어 빌립이 광야를 지나 사마리아 성을 넘나들며 복음을 전하고 가이사랴(Caesarea)로
향합니다."
"전 인류를 사랑하신 예수님처럼, 빌립은 에디오피아 내시를 개종시키면서
이방인을 내 몸처럼 사랑하는 큰 자비를 보여주었지."
"하나님의 선물인 성령을 돈으로 살 수 있는 것으로 생각한 시몬이 베드로(Peter)에게 혼쭐이
납니다May your money perish with you, because you thought you could buy the gift of God
with money!"
"자고로 귀한 것일수록 돈으로 살 수 없는 것이지."
"역으로 생각하면 돈으로 살 수 있는 것은 귀한 것이 아닐 수도 있다는 뜻이네요."
"사랑, 공기, 믿음, 꿈, 소망, 자유, 행복, 감사 등은 돈으로 살 수 없으며
또한 없이는 살아갈 수 없는 소중한 것들이지."
"네. 기쁨, 평화, 자비, 온유."

소년도 볼 수도 살 수도 없지만 우리의 인생을 행복으로 인도하는
단어들을 속삭여 보았다. 귀 있는 자가 들을 수 있게끔.

'땅에 엎드러져 들으매 소리 있어 가라사대
사울아, 사울아, 네가 어찌하여 나를 핍박하느냐 하시거늘
대답하되 주여, 누구시니이까?
가라사대 나는 네가 핍박하는 예수라....

사울이 땅에서 일어나 눈은 떴으나 아무것도 보지 못하고
사람의 손에 끌려 다메섹(Damascus)으로 들어가서
사흘 동안을 보지 못하고 식음을 전폐하니라.
그때에 다메섹에 아나니아(Ananias)라 하는 제자가 있더니

188

주께서 환상 중에 불러 가라사대 ...

주께서 가라사대, 가라. 이 사람은 내 이름을 이방인과
임금들과 이스라엘 자손들 앞에 전하기 위하여 택한 나의 그릇이라.....

사울이 음식을 먹으매 강건하여지니라.
사울이 다메섹에 있는 제자들(disciples)과 함께 며칠 있을째,
즉시로 각 회당에서 예수가 하나님의 아들이심을 전파하니 듣는 사람이 다 놀라 말하되
이 사람이 예루살렘에서 이 이름 부르는 사람을 잔해하던 자가 아니냐?
여기 온 것도 저희를 결박하여 대제사장들에게 끌고 가고자 함이 아니냐 하더라.
사울은 힘을 더 얻어 예수를 그리스도라 증명하여
다메섹에 사는 유대인들을 굴복시키니라....

사울이 예루살렘에 가서 제자들을 사귀고자 하나 다 두려워하여
그의 제자 됨을 믿지 아니하니 바나바(Barnabas)가 데리고 사도들에게 가서
그가 길에서 어떻게 주를 본 것과 주께서 그에게 말씀하신 일과
다메섹에서 그가 어떻게 예수의 이름으로 담대히 말하던 것을 말하니라....
그리하여 온 유대와 갈릴리와 사마리아 교회가 평안하여 든든히 서 가고,
주를 경외함과 성령의 위로로 진행하여 수가 더 많아지니라.'

"베드로는 유대인에게 많은 영향을 끼친 사도였어요."
"바울은 예수님을 만남으로써 유대주의와 팔레스타인을 넘어
전 인류를 향한 놀라운 변신을 가져왔지."
노인이 어제 시청한 대한민국과 팔레스타인의 축구 시합을 떠올리며 말했다.
"사울은 예수님의 도움으로 주를 경외함과 성령의 위로로
인류에게 복음을 전파하는 놀라운 변화를 가져왔어요
fear of the Lord and encouraged by the Holy Spirit."

이스라엘의 첫 번째 왕으로 등장하는 구약의 사무엘상을 떠올리며 소년이 말했다.

"누구든지 예수님으로부터 권능(權能)을 받으면 능치 못할 일이 없는 법이지."
말씀의 위대함을 담아 노인이 말했다.

예삭이 근력 운동을 시작한 지 벌써 6개월이 흘렀다. 유산소 운동과 근력 운동을 겸하는
63세 예삭의 몸은 늙어가는 것이 아니라 오히려 젊어져만 갔다. 달리기를 하여도 소년보다
폐활량이 좋았다. 인생의 해답은 마음이었다.

'가이사랴에 고넬료라 하는 사람이 있으니
이탈리아 연대라 하는 군대의 백부장(百夫長 centurion)이라.
그가 경건하여 온 집으로 더불어 하나님을 경외하며 백성을 많이 구제하고
하나님께 항상 기도하더니 ...

저희가 대답하되 백부장 고넬료는 의인이요 하나님을 경외하는 자라.
유대 온 족속이 칭찬하더니 저가 거룩한 천사의 지시를 받아
너를 그 집으로 청하여 말을 들으려 하느니라 한대.....

이르되 유대인으로서 이방인을 교제하는 것과 가까이하는 것이
위법인 줄은 너희도 알거니와 하나님께서 내게 지시하사
아무도 속되다 하거나 깨끗지 않다 하지 말라 하시기로.....

사람을 욥바에 보내어 베드로라 하는 시몬을 청하라.
저가 바닷가 피장 시몬의 집에 우거하느니라 하시기로.....

베드로가 입을 열어 가로되
내가 참으로 하나님은 사람의 외모를 취하지 아니하시고,
각 나라 중 하나님을 경외하며 의를 행하는 사람은
하나님이 받으시는 줄 깨달았도다.
하나님이 나사렛 예수에게 성령과 능력을 기름 붓듯 하셨으매,
저가 두루 다니시며 착한 일을 행하시고
마귀에게 눌린 모든 자를 고치셨으니,
이는 하나님이 함께 하셨음이라
베드로와 함께 온 할례 받은 신자들이
이방인들에게도 성령 부어 주심을 인하여 놀라니,
이는 방언을 말하며 하나님 높임을 들음이러라.'

"고넬료(Cornelius)는 욥바(Joppa)의 여성 제자인 다비다(Tabitha)처럼 백성을 많이 구제하고
하나님을 경외하며 항상 기도하는 의인이었어요righteous and God-fearing man." 소년이
의인의 표정으로 말했다.
"고넬료는 새가 알을 깨고 나오듯 유대의 형식적인 율법주의에서 탈피하여, 나라와 인종과
문화를 초월하여 모든 인류를 어우르는 그리스도의 큰 자비와 사랑을 실천하였지."
노인이 자비함으로 말했다.
"지난번에 주신 의인은 파벌을 만들지 않는다란 가르침은 저에게 큰 깨달음을 주었어요."
소년이 노인이 준 노트를 떠올리며 말했다.

'긍이부쟁 군이부당(君子 矜而不爭 群而不黨), 군자는 남을 불쌍히 여길 뿐 다투지 않고,
어울리기는 하되 파벌을 만들지 않는다'

"그것이 바로 율법과 혈연에 얽매이며 이방인을 차별하는 유대인을 깨우치는
그리스도의 가르침이었지."
노인이 모든 인류를 사랑하는 마음으로 말했다.
"베드로와 고넬료는 그러한 예수님의 말씀을 실천하여
최초의 이방 교회인 안디옥 교회가 탄생하는 초석이 되게 하였어요."
안디옥 교회가 있었던 현재의 터키를 떠올리며 소년이 말했다.
"사해지내개형제야(四海之內 皆兄弟也), 온 세상 모든 인류가 다 형제요 자매인 것이지.
회개의 영과 구원은 이방인을 비롯한 모든 이웃에게 평등하게 주어지는 하나님의 선물이지."

예삭이 하나님의 사랑이 유대인뿐만 아니라
이방인을 포함한 모든 인류를 향한 것임을 전한 열린 사도 바울을 생각하며 말했다.

"사람을 외모로 취하지 아니하시는 하나님(God does not show favoritism)은
'아무도 속되다 하거나 깨끗지 않다 하지 말라고 가르치셨습니다God has shown me that I
should not call anyone impure or unclean."
소년이 판단하지 말라는 그리스도의 산상수훈을 떠올리며 말했다.

"누구를 외모로 판단함으로써 행복을 가로막는번뇌(煩惱)는 시작되는 것이지."
노인이 깨달음으로 말했다.

100도를 넘나들었던 텍사스의 날씨는 어느덧 자취를 감추고,
선선한 가을바람이 솔솔 불어오고 있었다.
예삭과 소년은 상쾌한 가을 날씨를 즐기며
오늘 점심은 사무실에서 라면과 김밥으로 때웠다.

'바나바는 착한 사람이요 성령과 믿음이 충만한 자라.
이에 큰 무리가 주께 더하더라.
바나바가 사울을 찾으러 다소에 가서 만나매
안디옥(Antioch)에 데리고 와서
둘이 교회에 일 년간 모여 있어 큰 무리를 가르쳤고,
제자들이 안디옥에서 비로소 그리스도인이라 일컬음을 받게 되었더라.
그때에 헤롯왕(King Herod)이 손을 들어 교회 중 몇 사람을 해하려 하여
요한의 형제 야고보(James)를 칼로 죽이니

유대인들이 이 일을 기뻐하는 것을 보고 베드로도 잡으려 할쌔,
때는 무교절(無酵節 Festival of Unleavened Bread)이라.
잡으매 옥에 가두어 군사 넷씩인 네 패에게 맡겨 지키고,
유월절 후에 백성 앞에 끌어내고자 하더라.
이에 베드로는 옥에 갇혔고 교회는 그를 위하여 간절히 하나님께 빌더라.
홀연히 주의 사자가 곁에 서매 옥중에 광채가 비춰 빛나며,
또 베드로의 옆구리를 쳐 깨워 가로되
급히 일어나라 하니 쇠사슬이 그 손에서 벗어지더라.
천사가 가로되 띠를 띠고 신을 들메라 하거늘,
베드로가 그대로 하니 천사가 또 가로되 겉옷을 입고 따라 오라 한대,
베드로가 나와서 따라갈쌔 천사의 하는 것이 참인 줄 알지 못하고
환상을 보는가 하니라.'

"나도 바나바처럼 성령과 믿음이 충만한 선한 사람이고 싶어요.
그래서 많은 사람을 하나님께로 인도하고픈 소망이에요
Barnabas was a good man, full of the Holy Spirit and faith,
and a great number of people were brought to the Lord."

소년이 믿음으로 말했다.

"예수님께서 주시는 말씀으로 살아가면,
그것이 바로 커다란 전도예요. 그리스도의 향기가 나는 전도자."
예삭 노인이 그리스도의 향기로 말하며 누가의 책장을 넘겼다.

'이에 베드로가 정신이 나서 가로되
내가 이제야 참으로 주께서 그의 천사를 보내어
나를 헤롯의 손과 유대 백성의 모든 기대에서 벗어나게 하신 줄 알겠노라 하여...
베드로가 저희에게 손짓하여 종용하게 하고,
주께서 자기를 이끌어 옥에서 나오게 하던 일을 말하고
또 야고보와 형제들에게 이 말을 전하라 하고 떠나 다른 곳으로 가니라.

헤롯이 날을 택하여 왕복을 입고 위에 앉아
백성을 효유(曉諭)로 알아듣게 말하니,
백성들이 크게 부르되 이것은 신의 소리요, 사람의 소리는 아니라 하거늘
헤롯이 영광을 하나님께로 돌리지 아니하는고로,
주의 사자가 곧 치니 충이 먹어 죽으니라.

하나님의 말씀은 흥왕하여 더하더라.
바나바와 사울이 부조(mission)의 일을 마치고
마가(Mark)라 하는 요한(John)을 데리고 예루살렘에서 돌아오니라.'

"신의 소리(voice of a god)를 알아듣지 못하고
야고보를 죽인 해롯 왕은 벌레(蟲, worms)에게 먹혀 죽었어요."
소년이 끔찍하다는 표정으로 말했다.

"귀가 있어도 신의 소리를 알아듣지 못하고
사도들을 핍박한 자에게 임하는 죄(罪)에 대한 벌(罰)이었지."
노인이 죄에 대한 냉철함으로 말했다.

"신의 소리를 알아들은 베드로는
사망의 음침한 골짜기인 감옥에서도 풀려나는 기적을 체험하였어요."
소년이 말을 하면서 사도들의 행적을 기록한 책장을 넘겼다.

'안디옥(Antioch) 교회에 선지자들과 교사들이 있으니,
곧 바나바와 니게르(Niger)라 하는 시므온(Simeon)과
구레네(Cyrene) 사람 루기오(Lucius),
분봉왕(tetrarch) 헤롯의 젖동생 마나엔(Manaen), 및 사울이라.

주를 섬겨 금식(fasting)할 때에 성령이 가라사대
내가 불러 시키는 일을 위하여 바나바와 사울을 따로 세우라 하시니,
이에 금식하며 기도하고 두 사람에게 안수하여 보내니라.
바울과 및 동행하는 사람들이 바보(Paphos)에서 배 타고
밤빌리아(Pamphylia)에 있는 버가(Perga)에 이르니,
요한은 저희에게서 떠나 예루살렘으로 돌아가고,
저희는 버가로부터 지나 비시디아 안디옥(Pisidian Antioch)에 이르러
안식일(Sabbath)에 회당(synagogue)에 들어가 앉으니라...

바울이 일어나 손짓하며 말하되
이스라엘 사람들과 및 하나님을 경외하는 사람들아, 들으라...
그러므로 형제들아, 너희가 알 것은
그리스도를 힘입어 죄 사함을 너희에게 전하는 이것이며,
또 모세의 율법으로 너희가 의롭다 하심을 얻지 못하던 모든 일에도,
그리스도를 힘입어 믿는 자마다 의롭다 하심을 얻는 이것이라.'

"바나바와 니게르, 루기오와 마나엔 그리고 사울과 바울이 안디옥 교회를 섬겼어요."
소년이 유대인과 이방인의 화합을 가져온 안디옥 교회를 떠올리며 말했다.

안디옥 교회는 사도 바울의 사역 출발지이기도 하였다.

"우리는 율법으로 의롭다 함을 얻을 수 없었으나,
예수 그리스도를 믿음으로써 의롭다 함을 얻는다는
바울의 위대한 설교에 귀를 기울여야 할 거야."
노인이 열린 사도, 바울을 기억하며 말했다.
"네. 길이요 진리요 생명이신 예수님을 닮아가는 것이 의롭다 함을 얻는 길이겠지요."
소년이 스스로 말씀이 되어가고 싶은 소망으로 말했다.

"그리스도의 인격 안에서 신성과 인성을 찾은 사람들이
바로 바울의 주 무대였던 안디옥(Antioch) 교회 사람들이지."
노인이 신자들이 처음으로 '그리스도인'이라는 이름으로 불리기 시작한 곳인
안디옥 교회를 생각하며 말했다.

'유대인과 유대교에 입교한 경건한 사람들이
바울과 바나바(Paul and Barnabas)를 좇으니,
두 사도가 더불어 말하고 항상 하나님의 은혜 가운데 있으라 권하니라.
그 다음 안식일에는 온 성이 거의 다 하나님 말씀을 듣고자 하여 모이니,
유대인들이 그 무리를 보고
시기가 가득하여 바울의 말한 것을 변박하고 비방하거늘,
바울과 바나바가 담대히 말하여 가로되
하나님의 말씀을 마땅히 먼저 너희에게 전할 것이로되,
너희가 버리고 영생 얻음에 합당치 않은 자로 자처하기로
우리가 이방인(異邦人 Gentiles)에게로 향하노라.

주께서 이같이 우리를 명하시되
내가 너를 이방의 빛으로 삼아
너로 땅 끝까지 구원하게 하리라 하셨느니라 하니,
이방인들이 듣고 기뻐하여 하나님의 말씀을 찬송하며,
영생을 주시기로 작정된 자는 다 믿더라.
주의 말씀이 그 지방에 두루 퍼지니라.
이에 유대인들이 경건한 기부인들과 그 성내 유력자들을 선동하여
바울과 바나바를 핍박케 하여 그 지경에서 쫓아내니,

두 사람이 저희를 향하여 발에 티끌을 떨어 버리고
이고니온(Iconium)으로 가거늘, 제자들은 기쁨과 성령이 충만하니라.'

"바울은 다윗 언약의 성취자로 오신 예수님과 그를 통한 죄의 용서를 증거하였지.
바울과 바나바와 마가의 복음 여행은 안디옥에서 로마까지 이어졌고."
"네. 바울과 바나바를 이방의 빛(light for the Gentiles)으로 삼아
땅 끝까지(to the ends of the earth) 구원(salvation)하게 하시려는
그리스도의 뜻이 성취되고 있어요."
소년이 이방의 빛이되어 말했다.

"영생(eternal life)을 받을 것을 믿고 기뻐하는 이방인들의 모습이
어찌 그리 은혜로운고." 노인 예삭이 열림과 자비와 사랑으로 말했다.
"기쁨과 성령으로 충만한 그리스도의 제자들의 모습 또한 어찌 그리 아름다운지요
disciples were filled with joy and with the Holy Spirit."
소년이 사랑이 충만한 얼굴로 말했다.
예삭과 소년도 사랑과 성령이 충만한 듯, 얼굴에는 환한 빛이 비추었다.

'바울의 말하는 것을 듣거늘,
바울이 주목하여 구원받을 만한 믿음이 그에게 있는 것을 보고 큰 소리로 가로되
네 발로 바로 일어서라 하니, 그 사람이 뛰어 걷는지라.
무리가 바울의 행한 일을 보고
루가오니아 방언(Lycaonian language)으로 소리질러 가로되
신들이 사람의 형상으로 우리 가운데 내려오셨다 하여,
바나바는 제우스(Zeus)라 하고,
바울은 그중에 말하는 자이므로 헤르메스(Hermes)라 하더라...

가로되 여러분이여, 어찌하여 이러한 일을 하느냐.
우리도 너희와 같은 성정(性情 only human)을 가진 사람이라.
너희에게 복음을 전하는 것은 이 헛된 일을 버리고,
천지와 바다와 그 가운데 만유를 지으시고 살아 계신 하나님께로 돌아오라 함이라.
제자들의 마음을 굳게 하여 이 믿음에 거하라 권하고,
또 우리가 하나님 나라에 들어가려면 많은 환난을 겪어야 할 것이라 하고,
각 교회에서 장로들을 택하여 금식 기도하며,
저희를 그 믿은바 주께 부탁하고, 비시디아 가운데로 지나가서
밤빌리아(Pamphylia)에 이르러 도를 버가에서 전하고,
앗달리아(Attalia)로 내려가서 거기서 배 타고 안디옥에 이르니,

이곳은 두 사도의 이룬 그 일을 위하여 전에 하나님의 은혜에 부탁하던 곳이라.'

"바울과 '위로의 아들'(son of encouragement)로 불렸던 바나바가
소아시아의 이고니온과 루스드라, 더베를 거쳐 안디옥으로 돌아왔어요."
"병자를 고치며 기적을 일으키는 자신들을 제우스 또는 헤르메스라 부르며
신격화하려는 사람들에게, 복음 전도의 주인은 성령님과
예수님이심을 가르치는 바울의 설교가 아주 감동적이지."
소년의 작은 노트에는 바울의 설교가 적혀 있었다.

'하나님 나라에 들어가려면 많은 환난을 겪어야 할 것이라
We must go through many hardships to enter the kingdom of God.'

"하나님의 말씀을 항상 거거거중지 행행행리각(去去去中知 行行行裏覺)하며
깨달음을 얻어야 예수님과 함께 늘 하늘나라를 거닐 수 있는 것이지."
예삭이 환난을 당연하게 받아들이는 마음으로 말했다.

'바리새파 중에 믿는 어떤 사람들이 일어나 말하되
이방인에게 할례를 주고 모세의 율법을 지키라 명하는 것이 마땅하다 하니라...
믿음으로 저희 마음을 깨끗이 하사 저희나 우리나 분간치 아니하셨느니라...
이에 사도와 장로와 온 교회가 그 중에서 사람을 택하여
바울과 바나바와 함께 안디옥으로 보내기를 가결하니,
곧 형제 중에 인도자인 바사바라 하는 유다와 실라더라...

사람을 택하여
우리 주 예수 그리스도의 이름을 위하여 생명을 아끼지 아니하는 자인,
우리의 사랑하는 바나바와 바울과 함께 너희에게 보내기를 일치 가결하였노라...
바울이 더베와 루스드라에도 이르매, 거기 디모데라 하는 제자가 있으니
그 모친은 믿는 유대 여자요, 부친은 헬라인이라...

바울이 심히 괴로워하여 돌이켜 그 귀신에게 이르되
예수 그리스도의 이름으로 내가 네게 명하노니
그에게서 나오라! 하니, 귀신이 즉시 나오니라...
저희를 데리고 나가 가로되
선생들아, 내가 어떻게 하여야 구원을 얻으리이까? 하거늘,
가로되 주 예수를 믿으라. 그리하면 너와 네 집이 구원을 얻으리라.'

196

"바울이 루스드라(Lystra)에서 훌륭한 제자 디모데(Timothy)를 만났어요."
"디모데를 만난 것은 바울에게는 호랑이에게 날개를 단 격이었지."

소년의 작은 노트에는 인류를 향한 예수님의 큰 가르침이 적혀 있었다.

'믿음으로 저희 마음을 깨끗이 하사 저희나 우리나 분간치 아니하셨느니라
He did not discriminate between us and them, for he purified their hearts by faith.'

'주 예수를 믿으라. 그리하면 너와 네 집이 지켜지고 보호되리라
Believe in the Lord Jesus, and you will be saved—you and your household.'

소년이 책장을 넘겼다.

'저희가 암비볼리와 아볼로니아(Amphipolis and Apollonia)를
다녀가 데살로니가(Thessalonica)에 이르니, 거기 유대인의 회당이 있는지라...
그리스도가 해를 받고 죽은 자 가운데서 다시 살아야 할 것을 증명하고 이르되
내가 너희에게 전하는 이 예수가 곧 그리스도라 하니...
베뢰아 사람(Berean Jews)은 데살로니가에 있는 사람보다 더 신사적이어서,
간절한 마음으로 말씀을 받고 이것이 그러한가 하여 날마다 성경을 상고하므로...
인류의 모든 족속을 한 혈통으로 만드사 온 땅에 거하게 하시고,
저희의 연대를 정하시며 거주의 경계를 한하셨으니
이는 사람으로 하나님을 혹 더듬어 찾아 발견케 하려 하심이로되,
그는 우리 각 사람에게서 멀리 떠나 계시지 아니하도다...

알지 못하던 시대에는 하나님이 허물치 아니하셨거니와,
이제는 어디든지 사람을 다 명하사 회개하라 하셨으니...
이 후에 바울이 아테네(Athens)를 떠나 고린도(Corinth)에 이르러...
실라와 디모데가 마게도냐로부터 내려오매,
바울이 하나님의 말씀에 붙잡혀 유대인들에게
예수는 그리스도라 밝히 증거하니...

밤에 주께서 환상 가운데 바울에게 말씀하시되
두려워하지 말며, 잠잠하지 말고 말하라.
내가 너와 함께 있으매
아무 사람도 너를 대적하여 해롭게 할 자가 없을 것이니,
이는 이 성 중에 내 백성이 많음이라 하시더라.'

"드디어 바울이 우상숭배와 물질문명의 중심지였던
고린도에서 고난의 복음 전도를 시작합니다."
"바울에게는 하나님이 보내주신 디모데와 실라,
그리고 아굴라와 브리스길라(Aquila and Priscilla) 같은 부부가 있었지."
"네. 그리고 바울에게는 하나님께서 주시는 강력한 위로와 힘의 말씀이 있었어요."

소년의 작은 노트에는 바울에게 주신 하나님의 말씀이 기록돼 있었다.

'두려워하지 말며, 잠잠하지 말고 말하라. 내가 너와 함께 있으매
아무 사람도 너를 대적하여 해롭게 할 자가 없느니라
Do not be afraid; keep on speaking, do not be silent.
For I am with you, and no one is going to attack and harm you.'

"인류의 모든 족속을 한 혈통으로 만드사
온 땅에 거하게 하시는 하나님을 찬송합니다."
소년이 노인의 작은 노트를 내려다 보며 말했다.

'한 사람에게서 모든 민족을 만드사 온 땅에 살게 하시고,
그들의 연대를 정하시며 거주의 경계를 정하셨느니라
From one man he made all the nations,
that they should inhabit the whole earth;
and he marked out their appointed times in history
and the boundaries of their lands.'

바울이 아레오바고에서 헬라인들에게 전한 편지는
곧 인류는 하나라는 하나님의 말씀이었다.

"A man~!" 소년이 아멘하였다.

점심시간이 되어서 그런지
Whataburger 레스토랑에는 손님이 몰려들기 시작했다.
예삭과 소년은 자리를 비켜주기 위해 사도행전 책을 덮고 밖으로 나왔다.

'아볼로(Apollos)가 고린도에 있을 때에,
바울이 윗지방으로 다녀 에베소(Ephesus)에 와서 어떤 제자들을 만나
가로되 너희가 믿을 때에 성령을 받았느냐?

198

가로되 아니라, 우리는 성령이 있음도 듣지 못하였노라.

바울이 가로되 그러면 너희가 무슨 세례를 받았느냐?

대답하되 요한의 세례로라.

바울이 가로되 요한이 회개의 세례를 베풀며 백성에게 말하되

내 뒤에 오시는 이를 믿으라 하였으니,

이는 곧 예수라 하거늘, 저희가 듣고 주 예수의 이름으로 세례를 받으니,

바울이 그들에게 안수하매 성령이 그들에게 임하시므로

방언도 하고 예언도 하니 모두 열두 사람쯤 되니라.

바울이 회당에 들어가

석 달 동안을 담대히 하나님 나라에 대하여 강론하며 권면하되,

어떤 사람들은 마음이 굳어 순종치 않고 무리 앞에서 이 도를 비방하거늘,

바울이 그들을 떠나 제자들을 따로 세우고

두란노 서원(lecture hall of Tyrannus)에서 날마다 강론하니,

이같이 두 해 동안을 하매 아시아에 사는 자는

유대인이나 헬라인(Jews and Greeks)이나 다 주의 말씀을 듣더라.

하나님이 바울의 손으로 희한한 능을 행하게 하시니,

심지어 사람들이 바울의 몸에서 손수건이나 앞치마를 가져다가

병든 사람에게 얹으면 그 병이 떠나고 악귀도 나가더라.

이와 같이 주의 말씀이 힘이 있어 흥왕하여 세력을 얻으니라.'

"예루살렘이 유대인에 대한 복음 전도의 중심지였다면,

시리아의 안디옥은 이방인에 대한 복음 전도의 중심지였어요."

"바울은 실라와 디모데와 누가를 얻어 전도에 박차를 가했지만,

매질을 당하고 투옥되고 말았어."

"살아있는 하나님의 말씀은 옥중에서도 바울을 통하여

감옥의 간수와 그의 가족을 구원으로 이끌게 하셨어요."

"바울과 실라는 자신들이 설교한 것을 실천하며 행하는 모습을 보여주었지."

"자신들을 매질하며 감옥에 가둔 사람들에게

미움이나 원망의 마음을 갖지 않았다는 것이 바로

행동으로 보여주는 그리스도의 정신이었어요."

가을 날씨의 신선한 바람이 레스토랑을 나온 예삭과 소년의 얼굴을 스치고 지나갔다.

기분이 상쾌한 듯, 둘의 표정도 시원해 보였다.

노인이 사도행전 책장을 넘겼다.

'바울이 밀레도(Miletus)에서 사람을 에베소(Ephesus)로 보내어
교회 장로들(elders)을 청하니, 저희에게 말하되
아시아에 들어온 첫날부터 지금까지 내가 항상 너희 가운데서
어떻게 행한 것을 너희도 아는 바니, 곧 모든 겸손과 눈물이며,
유대인의 간계(奸計 plots)를 인하여 당한 시험을 참고 주를 섬긴 것과,
유익한 것은 무엇이든지 대중 앞에서나 (publicly) 각 집에서나
꺼림 없이 너희에게 전하여 가르치고,
유대인과 헬라인들(Jews and Greeks)에게 하나님께 대한 회개와
우리 주 예수 그리스도께 대한 믿음을 증거한 것이라.

보라, 이제 나는 심령에 매임을 받아 예루살렘으로 가는데,
저기서 무슨 일을 만날는지 알지 못하노라.
오직 성령이 각 성에서 내게 증거하여,
결박과 환난이 나를 기다린다 하시나,
나의 달려갈 길과 주 예수께 받은 사명,
곧 하나님의 은혜의 복음을 증거하는 일을 마치려 함에는,
나의 생명을 조금도 귀한 것으로 여기지 아니하노라.'

"바울은 자신의 주 무대였던 에베소를 떠나,
결박과 환난이 기다리고 있는 예루살렘으로 향합니다."
"죽고자 하는 마음(my life worth nothing)으로
주 예수께 받은 사명과 하나님의 은혜의 복음을 끝까지
증거하려는 바울의 자세는, 차라리 우리를 숙연하게 만들지
to finish the race and complete the task of testifying
to the good news of God's grace."
"바울이 에베소에서 모든 겸손과 눈물, 그리고
유대인의 간계로 인한 시험을 참고 주를 섬기며 복음을 전한 것은
우리 후손들이 유산으로 받아야 할 참으로 위대한 업적입니다
served the Lord with great humility and with tears
and in the midst of severe testing by the plots of Jewish."
"하나님께 대한 회개와 우리 주 예수 그리스도께 대한 믿음을 증거한 것 또한,
우리가 이어가야 할 그리스도의 정신이지must turn to God in repentance
and have faith in our Lord Jesus."

예삭과 소년은 오늘은 장소를 옮겨 맥도날드에서 만남을 가졌다.

그들은 그렇게 집도 없이 풍류하며 인생을 살아가고 있었다.

'그러므로 너희가 일깨어,
내가 삼 년이나 밤낮 쉬지 않고
눈물로 각 사람을 훈계하던 것을 기억하라.
지금 내가 너희를 주와 및 그 은혜의 말씀께 부탁하노니,
그 말씀이 너희를 능히 든든히 세우사
거룩케 하심을 입은 모든 자 가운데 기업이 있게 하시리라.
내가 아무의 은이나 금이나 의복을 탐하지 아니하였고,
너희 아는 바에 이 손으로 나와
내 동행들의 쓰는 것을 당하였으며,
범사에 너희에게 모본을 보였노니,
곧 이같이 수고하여 약한 사람들을 돕고,
또 주 예수의 친히 말씀하신 바
주는 것이 받는 것보다 복이 있다 하심을 기억하여야 할지니라.'

"바울이 세상에 남기는 마지막 가르침입니다."
"우리는 바울이 삼 년이나 밤낮 쉬지 않고
눈물로 각 사람을 훈계하던 것을 기억해야 할 거야
for three years I never stopped warning
each of you night and day with tears."
"우리를 능히 든든히 세우사 거룩하게 하는 것은 말씀이라는 가르침이
눈물로서 다가옵니다It is the word that is able to build us up and sanctify us."
"'주는 것이 받는 것보다 복이 있고
약한 사람들을 도우라는 가르침은
우리가 살아가면서 실천해야 할
인생의 황금률(Golden rule of life)임을 명심해야 할 거야
It is more blessed to give than to receive,
must help the weak."
"네. 신실(信實)하신 말씀입니다."
"바울은 참으로 멋있는 그리스도의 사도였지.
스스로의 양식을 구하기 위해 두란노 서원에서 일하기도 하는가 하면,
글을 쓰기도 하고, 당시 세계의 중심지였던
로마에 진출하고자 하는 야망을 불태우기도 하였지."
"지금 스승님이 걷고 있는 길 아닌가요?"
".................."

예삭은 소년의 말에 표정 없이 침묵을 지켰다.

운동선수에게 부상은 치명적이다.
축구하면서 다친 예삭의 오른쪽 허벅지 햄스트링이 좀 심각한 듯하다.
그래도 예삭은 감사하는 마음으로 몇 주간 쉴 생각을 할 뿐이었다.
말씀을 나누며 교제하는 곳으로 맥도날드가 참으로 좋은 장소라는 생각이 들었다.

'예루살렘에서 유대인들이 이같이 이 띠 임자(바울)를 결박(結縛)하여
이방인의 손에 넘겨주리라...
제자들이 성령의 감동으로 바울더러 예루살렘에 들어가지 말라 하더라...
바닷가에서 무릎을 꿇어 기도하고...
바울이 대답하되 너희가 어찌하여 울어 내 마음을 상하게 하느냐.
나는 주 예수의 이름을 위하여 결박을 받을 뿐 아니라,
예루살렘에서 죽을 것도 각오하였노라 하니...
온 성이 소동하여 백성이 달려와 모여 바울을 잡아 성전 밖으로 끌고 나가니,
문들이 곧 닫히더라...

나와 함께 있는 사람들이 빛은 보면서도
나더러 말하시는 이의 소리는 듣지 못하더라...
그날 밤에 주께서 바울 곁에 서서 이르시되
담대하라. 네가 예루살렘에서 나의 일을 증거한 것 같이
로마에서도 증거하여야 하리라 하시니라...
날이 새매 유대인들이 당을 지어 맹세하되
바울을 죽이기 전에는 먹지도 아니하고 마시지도 아니하겠다 하고,
이같이 동맹한 자가 사십 여 명이더라...

저희의 기다리는 바, 하나님께 향한 소망을 나도 가졌으니,
곧 의인과 악인의 부활이 있으리라 함이라.
이것을 인하여 나도 하나님과 사람을 대하여
항상 양심에 거리낌이 없기를 힘쓰노라.'

"가지 말라고 바닷가에서 무릎을 꿇어 기도하는 on the beach we knelt to pray
바울의 제자들의 모습이 어찌 그리 눈물겨우면서도 거룩한지요."
"주 예수의 이름을 위하여 결박(結縛) 받을 뿐 아니라,
예루살렘에서 죽을 것도 각오까지 돼 있다는 단호한 태도가
바로 예수님의 말씀을 실천하려는 바울의 필사(必死)의 마음이지."

202

"필사요?"

예삭은 대답 대신 자신의 작은 노트에 기록된

'필사(必死)'에 대한 예수님의 말씀을 펼쳐 보였다.
마태복음 10:39, 마가복음 8:35, 누가복음 17:33, 요한복음 12:25

"모든 복음서에 기록된 몇 안 되는 귀한 가르침이지."
"필사에 대한 똑같은 말씀이 왜 네 권의 복음서에 빠지지 않고 기록되었을까요?"
"한 번 두 번 세 번 말을 해도 알아듣지 못하고,
귀가 있어도 듣지 못하는 자들에게 깨달음을 주기 위함이지."

소년은 예삭의 작은 노트에 기록된 필사에 대한 가르침을
자신의 작은 노트에 옮겨 적었다. 깨달음을 위하여.

'필사즉생 필생즉사 (必死則生 必生則死);
Whoever tries to keep their life will lose it,
and whoever loses their life will preserve it.
자기 목숨을 얻는 자는 잃을 것이요,
자기 목숨을 잃는 자는 얻으리라.'

"말씀을 깨달으면 빛도 보고,
예수님께 말하시는 이의 소리도 들리게 되는 법이지
See the light and understand the voice of him who was speaking to Jesus."
".........................."
소년은 침묵했고, 그것은 곧 영생을 얻는 깨달음의 침묵이었다.

"말하시는 그분은 하나님."
소년이 홀로 속삭였다.

"예루살렘에서 그리스도를 증거한 것 같이
로마(Rome)에서도 증거하도록
예수님께서 바울에게 담대함을 주십니다."
"담대함(courage, fearless)은
우리 모든 그리스도의 사도가 갖추어야 할 덕목(德目)이지."
"하나님과 사람을 대하여
항상 양심에 거리낌이 없기를 힘쓰는 바울이 거룩해 보입니다.

203

'나는 항상 하나님과 사람 앞에서 양심에 거리낌이 없기를 힘쓰노라
I strive always to keep my conscience clear before God and man.'

"소년도 거룩해 보여요." 노인이 낮은 목소리로 말했다.

"하나님은 물론, 사람에 대하여도 항상 양심에 거리낌이 없기를 힘쓰는 바울!"
예삭의 말에 소년은 침묵했고, 잠시 후 홀로 속삭였다.

'왕이여, 때가 정오나 되어 길에서 보니,
하늘로서 해보다 더 밝은 빛이 나와 내 동행들을 둘러 비추는지라...
그 눈을 뜨게 하여 어두움에서 빛으로,
사단의 권세에서 하나님께로 돌아가게 하고,
죄 사함과 나를 믿어 거룩케 된 무리 가운데서 기업을 얻게 하리라 하더이다...
곧 그리스도가 고난을 받으실 것과,
죽은 자 가운데서 먼저 다시 살아나사
이스라엘과 이방인들에게 빛을 선전하시리라 함이니이다 하니라...

그러므로 여러분이여, 안심하라.
나는 내게 말씀하신 그대로 되리라고 하나님을 믿노라...
이 섬에 제일 높은 사람 보블리오(Publius)라 하는 이가
그 근처에 토지(estate)가 있는지라.
그가 우리를 영접하여 사흘이나 친절히 유숙하게 하더니,
보블리오의 부친이 열병과 이질에 걸려 누웠거늘,
바울이 들어가서 기도하고 그에게 안수하여 낫게 하매,
이러므로 섬 가운데 다른 병든 사람들이 와서 고침을 받고,
후한 예로 우리를 대접하고 떠날 때에 우리 쓸 것을 배에 올리더라...

저희가 일자를 정하고 그의 우거하는 집에 많이 오니,
바울이 아침부터 저녁까지 강론하여 하나님 나라를 증거하고,
모세의 율법과 선지자의 말을 가지고 예수의 일로 권하더라.
일렀으되 이 백성에게 가서 말하기를,
너희가 듣기는 들어도 도무지 깨닫지 못하며,
보기는 보아도 도무지 알지 못하는도다.'

"하늘 아래 해보다 더 밝은 빛(brighter than the sun)이 있다는 것을 몰랐습니다."
"말씀을 모르는 어두움의 세상에서 밝은 세상으로 인도하는 것이

204

바로 해보다 밝은 영원한 말씀의 빛이지."

소년의 작은 노트에는 해보다 더 빛나는 바울의 말씀이 적혀 있었다.

'여러분이여 안심하라,
나는 내게 말씀하신 그대로 되리라고 하나님을 믿노라
So keep up your courage, men,
for I have faith in God that it will happen just as he told me.'

"말씀에 보면 보블리오(Publius)라는 사람이 나오지."
"네. 그 섬에서 제일 높은 사람으로서 땅을 가지고 있죠."
"제일 높은 사람 또는 부자는 늘 땅과 관련이 있다는 것을 참고해야 될 거야.
예수님의 조상인 아브라함, 이삭, 야곱, 요셉, 욥,
다윗, 솔로몬, 다니엘 등은 엄청난 부동산 부자였지.
그들이 부자가 될 수 있었던 것은 바로 하나님께서 기업으로 주신 땅,
즉 부동산이었다는 것을 알 수 있을 거야."
"네. 지금도 미국에서 엄청난 부를 소유하고 있는 유대인들도
부동산을 소유하면 아예 팔지 않고 후손에게 물려주는 것으로 유명하죠.
오죽하면 땅 주인을 landlord라고 하겠어요. Lord는 곧 하나님이신데요."

순간 예삭으로부터 배운 부동산 공부가
앞날에 큰 도움이 될 거라는 생각이 소년의 마음을 스쳤다.
'말씀과 부동산만 알아도 인생은 어렵지 않게 살아갈 수 있겠다'고 생각했다.
그래도 소년은 보블리오의 땅보다 바울의 말씀이 더 좋았다.
소년이 《사도행전》 마지막 책장을 넘겼다.
물질을 이기는 바울의 말씀이었다.

'너희가 듣기는 들어도 도무지 깨닫지 못하며, 보기는 보아도 도무지 알지 못하는도다
You will be ever hearing but never understanding; you will be ever seeing
but never perceiving.'

소년은 어느덧 들으면 깨닫고 보면 아는 세계로 접어들고 있었다.
그 세상은 모든 것이 초월된 자유의 세계였다.
늘 주 예수의 말씀과 동행하는 스승 예삭의 세상이 그러했다.
집이 없어도 행복하고, 가진 것이 없어도 풍요롭고,
늘 감사함으로 충만된 그런 말씀의 세상이었다.

소예공부 (사도행전)

"인류의 변화는 성령의 임재와 능력에서 출발합니다. 인간의 한계를 넘어서는 힘, 성령의 능력이 모든 시작입니다. 성령은 우리 모든 인류 안에 있으며, 진리와 말씀이 곧 성령이십니다."
부처 석가모니(釋迦)가 하나님과 예수와 성령의 삼위일체를 떠올리며, 요한복음을 인용해 말했다.

'태초에 말씀이 계시니라. 이 말씀이 하나님과 함께 계셨으니, 이 말씀은 곧 하나님이시니라... 말씀은 육신(예수)이 되어 우리 가운데 거하시매'

"나라와 민족, 문화와 종교를 초월하여 모든 인류에게 복음은 전해져야 합니다. 고넬료 사건을 통해 이방인도 동일한 성령을 받았음이 선포되었습니다. 우리 모두는 서로 다름을 지닌 존재이지만, 함께 영원한 행복을 소망하는 공동체적 운명입니다."
소크라테스가 진리의 감동을 담아 말했다.

"말씀을 사모하며 깨달아 가는 사람은 누구나 하나님을 만날 수 있습니다. 베드로, 요한, 마가, 바나바, 바울... 실패와 연약함도 사명의 일부가 되었습니다. 말씀은 자유를 주는 능력이며, 사슬을 풀고 감옥문을 열어 인간을 자유케 합니다."
공자가 자유의 정신으로 말했다.

"진정한 깨달음은 죽음을 초월하는 담대함으로 나타납니다. 바울은 로마 시민권자였지만, 로마를 향해 복음을 외쳤습니다. 《사도행전》은 단순한 역사 기록이 아닌, 모든 인류를 향한 하나님의 사랑, 자유, 담대함, 연합의 메시지입니다."
예수가 사랑의 음성으로 말하며 로마서 책장을 조용히 펼쳤다.

제6권 로마서 (Romans)

"로마서를 말해보세요."
"《사도행전》의 말미를 장식했던 바울이 로마인들에게 보낸 편지입니다.
로마 시민이었던 바울은 예루살렘에 있는 가말리엘(Gamaliel) 문하에서 신학을 배웠어요."

사도 바울은 자신의 복음 전도의 주요 무대였던 고린도에서 이 편지를 썼다.

"바울은 로마의 성도들에게 복음을 전하며,
유대인과 이방인의 갈등을 해결하는 통 큰 사람이었지."
"네. 바울은 모두가 죄 아래 있고,
어느 누구도 예수 그리스도를 떠나서는 의롭다 하심을 받을 수 없다며,
율법을 지킴으로 스스로 더 의로움을 주장한 유대인들을 책망했어요."

예삭이 《로마서》의 첫 장을 넘겼다.

'예수 그리스도의 종 바울은 사도로 부르심을 받아
하나님의 복음을 위하여 택정함을 입었으니
이 복음은 하나님이 선지자들로 말미암아
그의 아들에 관하여 성경에 미리 약속하신 것이라...

내가 복음을 부끄러워하지 아니하노니
이 복음은 모든 믿는 자에게 구원을 주시는 하나님의 능력이 됨이라.
첫째는 유대인에게요, 또한 헬라인에게로다...
복음에는 하나님의 의가 나타나서 믿음으로 믿음에 이르게 하나니...
기록된 바, 오직 의인은 믿음으로 말미암아 살리라.'

"바울은 율법 또는 진리대로 살지도 않으면서 특권의식과 육체적 할례,
그리고 유대인이라는 혈통만 자랑하던 유대인들의 신앙을 경계했어요."
소년이 마음의 할례를 생각하며 말했다.

"하나님은 유대인뿐 아니라 이방인을 포함한 우리 모두의 하나님이시지."
노인이 큰 마음으로 말하자 소년이 책장을 넘겼다.

'그리스도 예수 안에 있는 구속으로 말미암아,

하나님의 은혜로 값없이 의롭다 하심을 얻은 자되었느니라...

자랑할 것이 어디 있느냐? 믿음의 법으로니라...
하나님은 할례자도 무할례자도 믿음으로 의롭다 하시는 한 분 하나님이시니라.'

"율법의 행위가 아닌, 믿음으로 말미암아 의롭다 함을 받는다는 복음은,
모든 사람을 품는 하나님의 자비와 긍휼에서 비롯된 것이지."
노인이 율법을 이룬 그리스도의 믿음으로 말했다.
"네. 바울은 아브라함도 행위가 아닌 믿음으로 의롭다 하심을 얻었다고 가르쳤어요."
노인이 믿음으로 책장을 넘겼다.

'예수는 우리 범죄함을 위하여 내어줌이 되고,
또한 우리를 의롭다 하심을 위하여 살아나셨느니라...
그러므로 우리가 믿음으로 의롭다 하심을 얻었은즉,
우리 주 예수 그리스도로 말미암아 하나님과 화평을 누리자...
환난은 인내를, 인내는 연단을, 연단은 소망을 이루는 줄 앎이라...
우리가 아직 죄인 되었을 때에, 그리스도께서 우리를 위하여 죽으심으로,
하나님께서 우리에게 대한 자기의 사랑을 확증하셨느니라.'

"한 사람 아담으로 인해 죄가 세상에 들어왔지만,
한 사람 예수 그리스도의 은혜로 구원과 생명이 인류에게 주어진 것이지요."
소년이 죄의 알파와 오메가로 말했다.
"아담은 오실 예수님의 표상(象)이었지 Adam, a pattern of the One to come."
"우리가 하나님 앞에 자랑할 것은 오직 그리스도의 십자가뿐이지."
노인이 말하며 바울의 편지를 펼쳤다.

'우리가 그의 죽으심과 합하여 세례를 받음으로,
그와 함께 장사되었나니...
이는 그리스도를 죽은 자 가운데서 살리심과 같이,
우리로 또한 새 생명 가운데서 행하게 하려 함이라...
만일 우리가 그리스도와 함께 죽었으면,
또한 그와 함께 살 줄을 믿노니...
죄가 너희를 주관치 못하리니,
너희가 법 아래 있지 아니하고 은혜 아래 있음이라...
이제는 너희가 죄에게서 해방되고, 하나님께 종이 되어
거룩함에 이르는 열매를 얻었으니,
그 마지막은 영생이라.'

"우리가 예수님과 함께 죽고 부활했다는 사실은
죄에서 해방되어 새 생명을 얻는다는 구원의 핵심 메시지이지요."

"법 아래 있지 아니하고, 은혜 아래 있음으로죄에게서 해방된 우리는,
하나님의 거룩한 자녀로 살아가야 하지."

"죄(罪, sin)는 사망(死亡)을 낳지만,
주(主 Christ)는 영생(永生)을 주시는 분입니다."

소년의 얼굴에는 은혜의 빛이 서려 있었다.
그의 영혼은 이미 복음으로 말미암아, 새 생명을 향해 걷고 있었다.

'그러므로 이제 그리스도 예수 안에 있는 자에게는 결코 정죄함이 없나니,
이는 그리스도 예수 안에 있는 생명의 성령의 법이
죄와 사망의 법에서 너를 해방하였음이라.

율법이 육신으로 말미암아 연약하여 할 수 없는 그것을
하나님은 하시나니, 곧 죄를 인하여 자기 아들을
죄 있는 육신의 모양으로 보내어
육신에 죄를 정하사,
육신을 좇지 않고 그 영을 좇아 행하는 우리에게
율법의 요구를 이루어지게 하려 하심이니라.

육신을 좇는 자는 육신의 일을,
영을 좇는 자는 영의 일을 생각하나니,
육신의 생각은 사망이요,
영의 생각은 생명과 평안이니라…'

소년은 바울의 위대한 성령의 편지를 계속해서 읽고 묵상해 내려갔다.

"그리스도 예수 안에 있는 생명의 성령의 법
Christ Jesus, the law of the Spirit who gives life…"
소년은 몇 번이고 묵상했다.

"바로 그 그리스도의 사랑의 법이 죄와 사망의 법에서 우리 인류를 해방시켜 주었지
Set us free from the law of sin and death."

"네, 하나님은 육신을 좇지 않고 그 영을 좇아 행하는 우리에게
율법의 요구를 이루어지게 하셨어요."

"예수님은 섬기기 위해 이 세상에 오셨고,
율법을 폐하러 오신 것이 아니라 완성하러 오신것이지."

노인이 섬김으로 말했다.

하나님께서 아들을 죄 있는 육신의 모양으로 보내신 것은
우리가 영으로써 몸의 행실을 죽임으로 살게 하기 위함이요
그것은 곧 율법의 완성을 뜻하는 것이었다
God did by sending his own Son in the likeness of sinful flesh
If by the Spirit you put to death the misdeeds of the body, you will live,
the law might be fully met.

소년의 작은 노트에는
스승 예삭을 죽음에서 살게 한 바울의 편지가 빼곡히 적혀 있었다.

'생각건대 현재의 고난은
장차 우리에게 나타날 영광과 족히 비교할 수 없도다
I consider that our present sufferings are not worth comparing
with the glory that will be revealed in us.'

욥에 버금가는 병마와 싸우며 생사를 넘나들었던 노인은
바울의 편지를 붙들고 오래참음과 감사함으로 이겨나갔다.

근력운동을 꾸준히 하면 근육이 발달하여 강해진다.
긍정과 감사함과 믿음을 오랫동안 생활화하면
그 생각이 근육처럼 강해지고, 그 믿음은 죽음도 이겨낸다.

그래서 예수님은 말씀하셨다.

'의인은 죽음에서도 살아남느니라.'

집도 없이 병마 속에서 홀로 살아가던 예삭은
지금의 고난보다는, 다가올 영광에 초점을 맞추었다.
예삭의 눈물에는 아픔과 감사와 신념이 함께 섞여 있었다.
그것이 소년이 바라본 스승 노인의 모습이었다.

'예수를 죽은 자 가운데서 살리신 이의 영이 너희 안에 거하시면,
그리스도 예수를 죽은 자 가운데서 살리신 이가
너희 죽을 몸도 살리시리라

If the Spirit of him who raised Jesus from the dead is living in you,
he who raised Christ from the dead will also give life to your mortal bodies
because of his Spirit who lives in you.'

한국문화가 깊게 자리한 달라스 캐롤턴의 토요일 저녁.
H마트 옆, 예삭이 근무하는 사무실 앞은 늘 그렇듯
주차할 곳을 찾는 차량들로 붐볐다.
소년에게도 배고픔이 밀려오는 시간이었다.
그러나 소년은 빵보다 달콤한 말씀을 펼쳤다.

'만일 우리가 보지 못하는 것을 바라면 참음으로 기다릴지니라.
이와 같이 성령도 우리의 연약함을 도우시나니,
우리가 마땅히 빌 바를 알지 못하나
성령이 말할 수 없는 탄식으로 우리를 위하여 친히 간구하시느니라...
하나님을 사랑하는 자, 곧 그 뜻대로 부르심을 입은 자들에게는
모든 것이 합력하여 선을 이루느니라.'

노인이 책장을 넘겼다.

'하나님이 우리를 위하시면 누가 우리를 대적하리요.
아들을 아끼지 않으시고 우리를 위해 내어주신 그분이
어찌 그 아들과 함께 모든 것을 은사로 주지 않으시겠느냐.
누가 능히 하나님의 택하신 자들을 송사하리요.
의롭다 하신 이는 하나님이시니. 정죄하리요?

죽으실 뿐 아니라 다시 살아나신 이는 그리스도 예수시니,
그는 우리를 위하여 간구하시는 자시니라.
누가 우리를 그리스도의 사랑에서 끊으리요?
환난이나 곤고나 박해나 기근이나 적신이나 위험이나 칼이랴.
기록된 바 우리가 종일 주를 위하여 죽임을 당케 되며
도살할 양같이 여김을 받았나이다 함과 같으니라.
그러나 이 모든 일에 우리를 사랑하시는 이로 말미암아
우리가 넉넉히 이기느니라.

내가 확신하노니—
사망이나 생명이나, 천사들이나 권세자들이나,
현재 일이나 장래 일이나, 높음이나 깊음이나

다른 아무 피조물이라도,
우리를 우리 주 그리스도 예수 안에 있는
하나님의 사랑에서 끊을 수 없느니라.'

"인간은 죄로부터 약한 본성을 가지고 있어요."
소년이 낮은 목소리로 말했다.
"그러나 우리는 아담의 죄로부터 율법에 묶여 있었으나,
예수님께서 율법의 모든 요구를 충족시키심으로써
자유를 얻게 된 것이지."
노인이 자유로움으로 말했다.
"바울과 요한과 야고보는 아는 것이 아는 것이 아니라,
앎을 행함이 아는 것이란 것을 행동으로 보여준 사도들입니다."
소년이 행함으로 말했다.
"그것이 예수님의 진정하신 가르침이지."
노인이 담대히 말했다.

저녁노을이 지는 달라스 한인 타운,
소년은 저녁거리를 준비하려 H Mart로 향했다.

'네가 만일 네 입으로 예수를 주로 시인하며,
또 하나님께서 그를 죽은 자 가운데서 살리신 것을
네 마음에 믿으면 구원을 얻으리니,
사람이 마음으로 믿어 의에 이르고,
입으로 시인하여 구원에 이르느니라.

유대인이나 헬라인이나 차별이 없음이라.
한 주께서 모든 사람의 주가 되사,
저를 부르는 모든 사람에게 부요하시도다.
누구든지 주의 이름을 부르는 자는 구원을 얻으리라.
하나님의 은사와 부르심에는 후회하심이 없느니라.
깊도다, 하나님의 지혜와 지식의 부요함이여.
그의 판단은 측량치 못할 것이며, 그의 길은 찾지 못할 것이로다.

누가 주의 마음을 알았느냐,

212

누가 그의 모사(謀士, counselor)가 되었느뇨.
누가 주께 먼저 드려서 갚으심을 받겠느뇨.
이는 만물이 주에게서 나오고, 주로 말미암고, 주에게로 돌아감이라.
영광이 그에게 세세에 있으리로다. 아멘.'

"유대인이나 헬라인이나 (there is no difference between Jew and Gentile),
나라와 민족, 문화와 언어를 초월하여 차별 없이
모든 인류를 사랑하시는 하나님의 사랑이 어찌 그리 크신지요."
소년이 큰 사랑으로 말했다.
"종교를 초월하여 서로에게서 다름이 아닌
'같음'을 보시는 하나님의 크신 사랑과 은혜를 본받아,
우리는 서로서로 사랑하며 살아가야지."
노인이 대자대비한 마음으로 말했다.
"후회 없이 우리를 부르시고 은사를 베푸시는 하나님을 찬송합니다
God's gifts and his call are irrevocable."
소년이 찬송으로 말했다.
"우리에게 만물을 주시기도 하고 가져가기도 하시는 이는 하나님이시니,
우리는 물질보다는 서로 긍휼을 베풀며 '말씀이 되어' 살아가도록 힘써야지
from him and through him and for him are all things."
노인이 무소유(無所有)함으로 말했다.
"의와 구원에 이르는 길,
그것은 마음으로 믿고 입으로 시인하는 것이죠."
소년이 마음의 믿음으로 말했다.

로마서에서 시작된 바울의 편지는
빌레몬서까지 무려 13권의 편지 내용이 계속된다.

'그러므로 형제들아,
내가 하나님의 모든 자비하심으로 너희를 권하노니,
너희 몸을 하나님이 기뻐하시는 거룩한 산 제사로 드리라.
이는 너희가 드릴 영적 예배니라.
너희는 이 세대를 본받지 말고,
오직 마음을 새롭게 함으로 변화를 받아,
하나님의 선하시고 기뻐하시고 온전하신 뜻이 무엇인지 분별하도록 하라.
내게 주신 은혜로 말미암아 너희 중 각 사람에게 말하노니,

마땅히 생각할 그 이상의 생각을 품지 말고,
오직 하나님께서 각 사람에게 나누어주신
믿음의 분량대로 지혜롭게 생각하라.

우리가 한 몸에 많은 지체를 가졌으나,
모든 지체가 같은 직분을 가진 것이 아니니,
이와 같이 우리 많은 사람이 그리스도 안에서
한 몸이 되어 서로 지체가 되었느니라.
우리에게 주신 은혜대로 받은 은사가 각각 다르니,
혹 예언이면 믿음의 분수대로,
혹 섬기는 일이면 섬기는 일로,
혹 가르치는 자면 가르치는 일로,
혹 권위하는 자면 권위하는 일로,
구제하는 자는 성실함으로,
다스리는 자는 부지런함으로,
긍휼을 베푸는 자는 즐거움으로 할 것이니라.
사랑엔 거짓이 없나니, 악을 미워하고 선에 속하라.'

"바울은 하나님의 모든 자비하심으로 우리에게 은혜의 편지를 쓰고 있습니다."
소년이 바울로부터 편지를 받는 마음으로 말했다.
"하나님의 자비는 성령의 다섯 번째 열매지."
노인이 갈라디아서 5장 22-23절을 떠 올리며 말했다.
"하늘 아래 새것이 없는 세상의 불협화음과 윤회에 초연하며,
오직 마음을 살펴 하나님의 선하시고 기뻐하시고
온전하신 뜻이 무엇인지 분별하라는 바울의 편지가 어찌 그리 달콤한지요."
소년이 말씀을 사모하는 마음으로 말했다.

소년의 작은 노트에는
은혜로운 로마서의 구절이 영문으로 정성스럽게 쓰여 있었다.

'Do not conform to the pattern of this world,
but be transformed by the renewing of your mind.
Then you will be able to test and approve what God's will is
—his good, pleasing and perfect will

214

너희는 이 세상의 풍속을 본받지 말고,
오직 마음을 새롭게 함으로 변화를 받아,
하나님의 선하시고 기뻐하시고 온전하신 뜻이 무엇인지 분별하도록 하라'

"낭비적인 엉뚱한 생각을 끊고,
오직 하나님께서 각 사람에게 나눠주신 믿음의 분량대로 서로 인정하며,
사랑하며, 용서하며 살아가야지
하나님께서 우리 각자에게 주신 믿음의 분량대로
in accordance with the faith God has distributed to each of you."
노인이 깨달음으로부터 오는 자유함으로 말했다.

"우리 모든 인류는 그리스도 안에서 서로 한 몸이 된 지체라는 것을 자각해야지.
주어진 위치가, 언어가, 색깔이, 생각이 다르다고 해서 우리는 둘이 아니라,
결국은 하나라는 인류 공동체의 의식을 가지고 폭넓게 사랑하며 살아가야지
in Christ we, though many, form one body,
and each member belongs to all the others."
소년이 흘러가는 구름을 바라보며 홀로 묵상(默想)했다.

"받은 은사가 각각 다르니We have different gifts,
according to the grace given to each of us.."
노인이 영어로 홀로 속삭였다.

"사랑은 진실하고 거짓이 없나니, 악을 미워하고 선에 속하라
Love must be sincere. Hate what is evil; cling to what is good."
소년도 스쳐가는 바람을 느끼며 속삭였다.

"권선징악(勸善懲惡)하시는 하나님을 찬양하며,
즐거움으로 긍휼을 베풀라는 말씀에 감사해야지
if it is to show mercy, do it cheerfully."
노인도 진리를 묵상하며 말했다.

"후회할 일은 하지 말고, 이미 한 일은 후회하지 말고,
선한 일은 오른손이 모르게."
노인이 소년의 침묵을 깨며 거룩하게 말했다.
"네."
소년이 미련없이 대답했다.

다시 돌아온 일요일,
예삭은 축구 시합에 가기 위해 가방을 챙기고 있었다.
"엉덩이 밑에 햄스트링이 왔는데, 오늘 살살 하세요, 스승님."
"그래야지."

둘은 사무실을 나섰다.

'형제를 사랑하여 서로 우애하고, 존경하기를 서로 먼저 하며,
부지런하여 게으르지 말고, 열심을 품고 주를 섬기라.
소망 중에 즐거워하며, 환난 중에 참으며, 기도에 항상 힘쓰며,
성도들의 쓸 것을 공급하며, 손 대접하기를 힘쓰라.

너희를 핍박하는 자를 축복하라. 축복하고 저주하지 말라.
즐거워하는 자들과 함께 즐거워하고, 우는 자들과 함께 울라.
서로 마음을 같이 하며, 높은 데 마음을 두지 말고,
도리어 낮은 데 처하며, 스스로 지혜 있는 체 말라.

아무에게도 악으로 악을 갚지 말고,
모든 사람 앞에서 선한 일을 도모하라.
할 수 있거든 너희로서는 모든 사람으로 더불어 평화하라.
내 사랑하는 자들아,
너희가 친히 원수를 갚지 말고 진노하심에 맡기라.
기록되었으되 원수 갚는 것이 내게 있으니 내가 갚으리라.

주께서 말씀하시니라.
네 원수가 주리거든 먹이고, 목마르거든 마시우라.
그리함으로 네가 숯불을 그 머리에 쌓아 놓으리라.
악에게 지지 말고, 선으로 악을 이기라.'

"바울의 말처럼 부지런하여 게으르지 않으면 우울할 시간이 없는 법이지."
노인이 부지런함으로 말했다.

"네. 구르는 돌에는 이끼가 끼지 않고 바쁜 벌은 슬퍼할 겨를이 없습니다
A rolling stone gathers no moss, the busy bee has no time for sorrow."
소년이 바쁜 벌이 되어 말했다.

"사랑하는 사람을 축복하는 건 쉬운 일이지만,
스스로를 핍박하는 자를 축복하는 건 어려운 일이지.
좁은 문으로 들어가는 길은 늘 어려운 법이지.
사람이 살아가다 보면 다 좋을 수는 없겠지만,
미운 자에게 자비를 베푸는 것이야말로
커다란 깨달음으로 가는 사랑의 길이지."

어떠한 환난 중에도 참으며 늘 감사하며 살아가는
스승 예삭은 어떤 사람일까.
광야의 생활을 하면서 습관화한 긍정의 생각에 근육이 생긴 것일까.
찰나의 생각이 소년의 머리를 스치고 지나갔다.
바울의 편지 내용처럼 지극히 작은 자와 함께하고
with people of low position,
겸손하며 모든 사람과 평화하며 살아가는
live in harmony with one another
소중한 생각도 해 보았다.

"원수 갚는 것이 하나님께 있으니,
악에게 지지 말고 선으로 악을 이길 것이야."
노인이 침묵을 깨고 예수가 베푼 커다란 용서를 생각하며 말했다.

"악에게 지지 않고 선으로 악을 이긴다?"
소년은 홀로 속삭이며
자신의 작은 노트에 바울의 편지 내용을 옮겨 적었다.

'악에게 지지 말고, 선으로 악을 이기라
Do not be overcome by evil, but overcome evil with good.'

"악(惡, 罪)을 이기게 하는 것은 하나님의 선(善)하심이지."
노인이 선함이 되어 말했다.

'피차 사랑의 빚 외에는 아무에게든지 아무 빚도 지지 말라.
남을 사랑하는 자는 율법을 다 이루었느니라.
간음하지 말라, 살인하지 말라, 도적질하지 말라,
탐내지 말라 한 것과 그 외에 다른 계명이 있을지라도

네 이웃을 네 자신과 같이 사랑하라 하신 그 말씀 가운데 다 들었느니라.
사랑은 이웃에게 악을 행치 아니하나니,
그러므로 사랑은 율법의 완성이니라.

밤이 깊고 낮이 가까웠으니,
그러므로 우리가 어두움의 일을 벗고 빛의 갑옷을 입자.
낮에와 같이 단정히 행하고 방탕과 술 취하지 말며,
음란과 호색하지 말며, 쟁투와 시기하지 말고
오직 주 예수 그리스도로 옷 입고
정욕을 위하여 육신의 일을 도모하지 말라.
믿음이 연약한 자를 너희가 받되 그의 의심하는 바를 비판하지 말라.
어떤 사람은 모든 것을 먹을 만한 믿음이 있고,
연약한 자는 채소를 먹느니라.
먹는 자는 먹지 않는 자를 업신여기지 말고,
먹지 못하는 자는 먹는 자를 판단하지 말라.
이는 하나님이 저를 받으셨음이니라.'

"바울의 편지처럼 아무에게도 아무 빚도 지지 않고
살아가는 것은 참으로 멋진 인생이죠."
소년이 무소의 뿔처럼 말했다.
"소중하고 떳떳한 생명을 가지고
인생을 비겁하게 살아야 할 이유는 없는 것이지."
노인이 초연함으로 말했다.
"남을 사랑함으로써 율법은 다 이루어졌다는 말씀은
참으로 엄청난 가르침입니다.
성경 전체의 내용을 경천애인(敬天愛人)으로
표현하신 스승님과 비슷합니다."
소년이 마태복음 22장을 떠올리며 말했다.
"십계명은 곧 사랑이라며
'이웃을 네 자신같이 사랑하라'는 바울의 편지는 우리에게 많은 깨우침을 주지."
"사랑은 율법의 완성이라고까지 말하고 있습니다.
Love is the fulfillment of the law."
"사랑은 하나님이시고, 성령이시고, 예수님이시니까."

타이어가 빵꾸가 났다. 커다란 못이 박혀 있었다.
노인은 Discount Tire Store를 찾아갔다.
뜨거운 무료 음료대가 설치되어 있고, 빵꾸 또한 무료 서비스였다.
예삭은 하루를 감사함으로 시작했다.
사업이라는 것도 손님의 필요를 충족시켜주고 자비를 베푼다면
그것이 바로 사업 성공의 키워드란 생각이 들었다.

'우리가 살아도 주를 위하여 살고, 죽어도 주를 위하여 죽나니,
그러므로 사나 죽으나 우리가 주의 것이로라.
이를 위하여 그리스도께서 죽었다가 다시 살으셨으니
곧 죽은 자와 산 자의 주가 되려 하심이니라.

네가 어찌하여 네 형제를 판단하느냐,
어찌하여 네 형제를 업신여기느냐.
우리가 다 하나님의 심판대 앞에 서리라.
그런즉 우리가 다시는 서로 판단하지 말고,
도리어 부딪힐 것이나 거칠 것을 형제 앞에 두지 아니할 것을 주의하라.

하나님의 나라는 먹는 것과 마시는 것이 아니요,
오직 성령 안에서 의와 평강과 희락이라.
이로써 그리스도를 섬기는 자는
하나님께 기뻐하심을 받으며 사람에게도 칭찬을 받느니라.
이러므로 우리가 화평의 일과 서로 덕을 세우는 일을 힘쓰나니...

의심하고 먹는 자는 정죄되었나니,
이는 믿음으로 좇아 하지 아니한 연고라.
믿음으로 좇아 하지 아니하는 모든 것이 죄니라.'

소년의 작은 노트에는 달콤한 바울의 편지 내용이 적혀 있었다.

'우리가 살아도 주를 위하여 살고, 죽어도 주를 위하여 죽나니
그러므로 사나 죽으나 우리가 주의 것이로다
If we live, we live for the Lord; and if we die, we die for the Lord.
So, whether we live or die, we belong to the Lord.'

"내가 좋아하는 Pat Benatar란 가수가 We Live for Love란 노래를 불렀지.
아주 좋은 노래야. 그래, 우리는 사랑을 위해, 사랑으로 살아가는 것이지.
사랑이란 곧 진리요, 말씀이요, 하나님이시지."

"네. 우리는 살아도 진리와 말씀을 위해 살고, 죽어도 진리와 말씀을 위해 죽지요.
우리 모두는 진리요, 사랑이신 하나님께 속한 사람들이니까요."

"우리는 세상에서 먹고 마시고 즐거이 살아가지만,
하나님의 나라는 오직 성령 안에서 의와 평안과 기쁨과 즐거움인 것이지
The kingdom of God is of righteousness, peace, and joy in the Holy Spirit."

"우리가 서로 화평의 일과 서로 덕을 세우는 일에 힘쓰는 것이
주를 위해 사는 길이지요 Make every effort to do what leads
to peace and to mutual edification."

주거니 받거나 노인과 소년은 말씀으로 천국의 노을을 거닐고 있었다.

오늘 팀은 축구 시합에서 미국 팀과 2:2 무승부를 기록했지만,
예삭의 부상은 더 악화되었다.
예삭은 마음먹고 치료에 전념하기로 한다.

"사람이 살아가면서 인간관계에서 무고한 상처를 받아가며 살아가는 것은
인지상정인가 봅니다."
"그것이 인생이지. 무분별한 언행으로 인한 상처는 미움을 낳게 되고,
미움은 곧 죄에 속한 것이지.
그러나 모든 상처의 치유책은 말씀 안에 있는 것이고,
용서의 비밀은
자신을 십자가에 못 박는 자들을
모르고 하는 것이니 그들을 용서해 달라는
예수 그리스도의 사랑에 있는 것이지."
"네. 예수 그리스도의 그 크신 용서를 배운다면,
이 세상을 살아가면서 용서하지 못할 일이 없겠어요.
오히려 받은 상처는 우리를 깨달음으로 가게 하는 은혜와 감사의 대상이고요."

소년은 인생을 살아가는 큰 깨달음을 얻은 듯,
사랑과 자비의 은혜가 넘쳐흐르는 표정이었다.
소년은 '상처도 은혜'라는 생각이 들었다.

'우리 각 사람이 이웃을 기쁘게 하되
선을 이루고 덕을 세우도록 할지니라.
소망의 하나님이 모든 기쁨과 평강을
믿음 안에서 너희에게 충만케 하사
성령의 능력으로 소망이 넘치게 하시기를 원하노라.
너희 순종함이 모든 사람에게 들리는지라,
그러므로 내가 너희로 인하여 기뻐하노니,
너희가 선한 데 지혜롭고 악한 데 미련하기를 원하노라.

이제는 나타내신 바 되었으며,
영원하신 하나님의 명을 좇아 선지자들의 글로 말미암아
모든 민족으로 믿어 순종케 하시려고 알게 하신 바
그 비밀의 계시를 좇아 된 것이니,
이 복음으로 너희를 능히 견고케 하실 지혜로우신 하나님께
예수 그리스도로 말미암아 영광이 세세무궁토록 있을지어다. 아멘.'

"우리 모두는 바울의 편지대로 이웃을 기쁘게 하며,
선을 이루고 덕을 세우도록 힘써야 할 것이야
Each of us should please our neighbors
for their good, to build them up."
노인이 덕(德)이 되어 말했다.
"그렇게 하면 소망의 하나님이 모든 기쁨과 평강을
믿음 안에서 우리에게 충만케 하사
성령의 능력으로 소망이 넘치게 하실 것입니다
May the God of hope fill us with all joy
and peace as we trust in him
so that we may overflow with hope
by the power of the Holy Spirit."
소년이 소망으로 말했다.
"하나님으로부터 받은 비밀의 계시(prophetic writings)인
바울의 편지는 복음으로 우리를 능히 견고케 하실 것이야."
노인이 복음이 되어 말했다.

신약 27권 중 바울의 편지는 무려 13통이다.
로마인들에게 보낸 바울의 편지를 끝낸 소년은
고린도인들에게 보내는 바울의 새로운 편지를 펼쳤다.

221

소예공부(SJCB 로마서)

"인간은 누구도 의로움에 완전할 수 없으니,
그 의로움으로부터 자유로울 필요가 있습니다.
골프도 인생도 완벽한 게임이 아닙니다.
완벽하지 못함 속에 완벽함이 존재하는 것이 생명의 위대함입니다.
너무 한쪽으로 치우침 없이,
소유가 아닌 존재 그 자체로 자유로이 살아가는 것입니다.
하늘을 나는 새처럼, 흐르는 물처럼."
부처 석가모니가 흐르는 물이 되어 말했다.

"예수님의 희생은 인류 전체를 위한 구원의 열쇠이며,
은혜는 값없는 선물입니다. 구원은 인간이 얻는 것이 아니라,
이웃을 사랑하며 말씀이신 예수님과 동행함으로써 주어지는
하나님의 선물입니다."
진리란 스스로 발견하는 것임을 보여준 소크라테스가 말했다.

"하나님의 사랑은 영원하며,
어떤 환경에서도 살아남을 수 있는 것이 바로 사랑의 놀라운 힘입니다.
그것이 우리가 고난 속에서도 소망을 갖는 이유입니다."
어질다는 것(仁)은 곧 사랑(愛)이라고 말한 공자가 말했다.

"『로마서』는 인류 모두를 향한 하나님의 초대장이며,
우리는 앎의 지식보다는
이웃을 사랑하는 행동하는 신앙으로 응답해야 합니다."
예수가 인류에 대한 사랑을 담아 말하자,
싯다르타가 고린도전서 책장을 펼쳤다.

제7권 고린도전서 (1 Corinthians)

"고린도가 어디인고?"
예삭이 물었다.
"고린도는 고대 그리스의 도시 국가이자
아테네로부터 78킬로미터 남서쪽에 위치한 곳으로,
사도 바울의 활동 무대로 유명한 도시입니다."
"바울은 로마, 고린도, 데살로니가 등에 교회를 개척하며 사역을 하였지."

고린도는 남부 헬라의 상업 중심 도시로서 유명했으나,
도덕적으로는 타락한 도시였다.

소년이 바울의 편지 첫 장을 펼쳤다.

'하나님의 뜻을 따라 그리스도 예수의 사도로 부르심을 입은
바울과 및 형제 소스데네는
고린도(Corinth)에 있는 하나님의 교회,
곧 그리스도 예수 안에서 거룩하여지고
성도라 부르심을 입은 자들과
또 각처에서 우리의 주 곧 저희와 우리의 주 되신
예수 그리스도의 이름을 부르는 모든 자들에게,
하나님 우리 아버지와 주 예수 그리스도로 좇아
은혜와 평화(Grace and peace)가 있기를 원하노라.
너희는 하나님께로부터 나서 그리스도 예수 안에 있고,
예수는 하나님께로서 나와서
우리에게 지혜와 의로움과 거룩함과 구속함이 되셨으니,
기록된 바
자랑하는 자는 주 안에서 자랑하라 함과 같게 하려 함이니라.
내가 너희 중에서 예수 그리스도와 그의 십자가에 못 박히신 것 외에는
아무것도 알지 아니하기로 작정하였음이라.
내 말과 내 전도함이 지혜의 권하는 말로 하지 아니하고,
다만 성령의 나타남과 능력으로 하여
너희 믿음이 사람의 지혜에 있지 아니하고,
다만 하나님의 능력에 있게 하려 하였노라.'

"우리에게 지혜와 의로움과 거룩함과 구속함이 되신 예수님을 찬양합니다.
Christ Jesus, who has become for us wisdom from God —that is, our righteousness,
holiness and redemption."
소년이 찬양으로 말했다.
"우리가 자랑할 것은 십자가밖에 없으니,
우리를 하여금 오직 주 안에서 자랑하도록 하기 위함이지.
Let the one who boasts boast in the Lord."

노인이 겸손함으로 말하자 소년이 바울의 편지를 다.

'오직 하나님이 성령으로 이것을 우리에게 보이셨으니,
성령은 모든 것, 곧 하나님의 깊은 것이라도 통달하시느니라.
사람의 사정을 사람 속에 있는 영 외에는 누가 알리요.
이와 같이 하나님의 사정도 하나님의 영 외에는 아무도 알지 못하느니라.

신령한 자는 모든 것을 판단하나,
자기는 아무에게도 판단을 받지 아니하느니라.
누가 주의 마음을 알아서 주를 가르치겠느냐.
그러나 우리는 그리스도의 마음을 가졌느니라.
...심는 이와 물 주는 이가 일반이나,
각각 자기의 일하는 대로 자기의 상을 받으리라.
우리는 하나님의 동역자들이요,
너희는 하나님의 밭이요 하나님의 집이니라.

너희가 하나님의 성전인 것과,
하나님의 성령이 너희 안에 거하시는 것을 알지 못하느뇨?
누구든지 하나님의 성전을 더럽히면 하나님이 그 사람을 멸하시리라.
하나님의 성전은 거룩하니, 너희도 그러하니라.
아무도 자기를 속이지 말라.
너희 중에 누구든지 이 세상에서 지혜 있는 줄로 생각하거든,
미련한 자가 되어라.
그리하여야 지혜로운 자가 되리라.

이 세상 지혜는 하나님께 미련한 것이니,
기록된 바
지혜 있는 자들로 하여금 자기 궤휼에 빠지게 하시는 이라 하였고,
또 주께서 지혜 있는 자들의 생각을 헛것으로 아신다 하셨느니라.

그런즉 누구든지 사람을 자랑하지 말라.
만물이 다 너희 것임이라.
바울이나 아볼로나 게바(Apollos or Cephas)나
세계나 생명이나 사망(world or life or death)이나
지금 것이나 장래 것(present or the future)이나 다 너희의 것이요,
너희는 그리스도의 것이요, 그리스도는 하나님의 것이니라.'

"성령은 하나님의 깊은 것이라도 통달하신다고 합니다
The Spirit searches all things, even the deep things of God.
어떻게 하면 성령이 임하나요?"

"우리는 모두 이미 그리스도의 마음을 가졌으니,
각자 자기의 행위대로 성령의 선물을 받게 되는 법이지
 we have the mind of Christ,
We will each be rewarded according to our own labor."
노인이 그리스도의 마음으로 말했다.

"우리가 그리스도의 마음을 가졌다는 것은 커다란 깨우침입니다.
우리는 모두 하나님의 밭이요, 하나님의 집입니다.
God's field, God's building"
소년이 하나님의 밭과 집이 되어 말했다.

"우리가 하나님의 성전인 것과, 하나님의 성령이 우리 안에 거하신다는 것
ourselves are God's temple and that God's Spirit dwells in our midst,
우리 스스로가 깨끗해야 할 이유가 거기에 있지.
하나님의 성전은 거룩하니God's temple is sacred, 우리 스스로 거룩하도록 힘써야지."

소년은 거룩함이란 선한 생각, 선한 말, 선한 행동에서 시작된다는 노인의 말을 기억하고
있었다.

"바울은 미련한 자가 됨으로써 지혜로운 자가 된다고 합니다.
You should become fools so that you may become wise."

"해 아래 새로울 것이 없는 세상, 지혜는 자기 궤휼에 빠질 뿐
catches the wise in their craftiness, 하나님께는 미련한 것이지."

225

"네. 사람은 사랑의 대상이지, 자랑의 대상이 아닙니다."
소년이 예삭의 가르침을 떠올리며 말했다.

'사람이 마땅히 우리를 그리스도의 일꾼이요,
하나님의 비밀을 맡은 자로 여길지어다.
그러므로 때가 이르기 전, 곧 주께서 오시기까지 아무것도 판단치 말라.
그가 어두움에 감추인 것들을 드러내고 마음의 뜻을 나타내시리니,
그때에 각 사람에게 하나님께로부터 칭찬이 있으리라.

누가 너를 구별하였느뇨?
네게 있는 것 중에 받지 아니한 것이 무엇이뇨?
네가 받았은즉 어찌하여 받지 아니한 것 같이 자랑하느뇨?
하나님의 나라는 말에 있지 아니하고, 오직 능력에 있음이라.
너희가 무엇을 원하느냐?
내가 매를 가지고 너희에게 나아가랴, 사랑과 온유한 마음으로 나아가랴?

너희 중에 이와 같은 자들이 있더니,
주 예수 그리스도의 이름과 우리 하나님의 성령 안에서
씻음과 거룩함과 의롭다 하심을 얻었느니라.

너희 몸이 그리스도의 지체인 줄을 알지 못하느냐?
주와 합하는 자는 한 영이니라.

너희 몸은 하나님께로부터 받은 바,
너희 가운데 계신 성령의 전인 줄을 알지 못하느냐?
너희는 너희의 것이 아니라. 값으로 산 것이 되었으니,
그런즉 너희 몸으로 하나님께 영광을 돌리라.'

"우리도 그리스도의 일군이며, 하나님의 비밀을 맡은 자로 거듭나기 위해 그리스도의 향기가 나는 성도로서 살아가도록 힘써야지servants of Christ and as those entrusted with the mysteries God has revealed."

"주께서 오시기까지 아무것도 판단치 말라는 바울의 편지가 어찌 그리 아름다운지요Judge nothing before the appointed time; wait until the Lord comes."

"우리는 서로에게 그저 성령의 열매인 사랑과 온유한 마음으로 나아가도록 힘써야지."

"네. 하나님의 나라는 말에 있지 아니하고, 오직 능력에 있으니까요."

소년은 판단하지 않는데서 오는 인생의 행복도 알아가고 있었다.
판단, 그것은 곧 모든 번뇌의 시작이었던 것이다.
사실 알고보면 인생은 괴로운 것이 아니라
스스로 괴로움을 만드는 어리석음에 있었던 것이다.

예삭은 소년의 작은 노트에 쓰여진 글귀를 보았다.
'I pray to be washed, sanctified, and justified in the name of the Lord Jesus Christ
and by the Holy Spirit of our God. 주 예수 그리스도의 이름과 우리 하나님의 성령 안에서
씻음과 거룩함과 의롭다 하심을 얻기를 기도하옵니다.'

아무리 빈곤하다 한들,
이미 가지고 있는 것조차 다 쓰지 못하고 갈
세상의 물질과 행적(this world in its present form is passing away)에 초연하며,
영원한 말씀과 진리를 찾아가는 소년의 모습에서,
예삭은 작은 거룩함을 보았다.

소년이 로마서 책장을 넘겼다.

'우상의 제물에 대하여는 우리가 다 지식이 있는 줄을 아나,
지식은 교만하게 하며 사랑은 덕을 세우나니.
만일 누구든지 무엇을 아는 줄로 생각하면,
아직도 마땅히 알 것을 알지 못하는 것이요.

그러나 우리에게는 한 하나님 곧 아버지가 계시니,
만물이 그에게서 났고 우리도 그를 위하며,
또한 한 주 예수 그리스도께서 계시니 만물이 그로 말미암고,
우리도 그로 말미암았느니라.

이와 같이 주께서도 복음 전하는 자들이 복음으로 말미암아 살리라 명하셨느니라.
내가 복음을 전할지라도 자랑할 것이 없음은 내가 부득불 할 일임이라.
만일 복음을 전하지 아니하면 내게 화가 있을 것임이로라.

내가 모든 사람에게 자유하였으나,
스스로 모든 사람에게 종이 된 것은 더 많은 사람을 얻고자 함이라.
유대인들에게는 내가 유대인과 같이 된 것은 유대인들을 얻고자 함이요,

율법 아래 있는 자들에게는 내가 율법 아래 있지 아니하나,
율법 아래 있는 자 같이 된 것은 율법 아래 있는 자들을 얻고자 함이요,
율법 없는 자에게는 내가 하나님께는 율법 없는 자가 아니요,
도리어 그리스도의 율법 아래 있는 자이나,
율법 없는 자와 같이 된 것은 율법 없는 자들을 얻고자 함이라.
약한 자들에게는 내가 약한 자와 같이 된 것은 약한 자들을 얻고자 함이요,
여러 사람에게 내가 여러 모양이 된 것은, 아무쪼록 몇몇 사람들을 구원코자 함이니,
내가 복음을 위하여 모든 것을 행함은 복음에 참예하고자 함이라.'

"무엇을 안다고 생각하는 자체가, 스스로 진정 알 것을 알지 못하는 것을 인정하는 꼴이라는
바울의 겸손에 대한 가르침은 저를 숙연하게 합니다."

"사랑이 없는 지식은 교만하게 하며,
자비의 사랑은 우리에게 덕을 세우게 하는 법이지
Knowledge puffs up, while love builds up."

"모든 사람으로부터 자유하면서도
모든 사람의 종이 된 바울은
진정한 그리스도의 사도입니다
Though I am free and belong to no one,
I have made myself a slave to everyone."
소년이 섬기는 마음으로 말했다.
"그것이 승리의 비밀임을 알아차린 바울은
죽고자(必死) 하는 마음으로 살아남는(必生) 하나님의 사람이었지."
노인이 필사의 마음으로 말했다.

"때로는 유대인과 율법인이 되기도 하고,
때로는 비유대인과 비율법인이 되기도 하며,
모든 사람으로부터 자유한 바울은 진정 복음을 위해 모든 것에 처할 줄 아는
막힘없는 사도입니다."
소년이 막힘없는 열린 마음으로 말했다.

오늘은 동료가 사 온 김밥으로 저녁을 때웠다.
허기가 진 듯, 단숨에 먹었다.

노인이 책장을 넘겼다.

'형제들아, 너희가 알지 못하기를 내가 원치 아니하노니.
우리 조상들이 다 구름 아래 있고 바다 가운데로 지나며,
모세에게 속하여 다 구름과 바다에서 세례를 받고,
다 같은 신령한 식물을 먹으며,
다 같은 신령한 음료를 마셨으니,
이는 저희를 따르는 신령한 반석으로부터 마셨음이라.
그 반석은 곧 그리스도시라.

사람이 감당할 시험 밖에는 너희에게 당한 것이 없나니,
오직 하나님은 미쁘사,
너희가 감당치 못할 시험 당함을 허락지 아니하시고,
시험 당할 즈음에 또한 피할 길을 내사 너희로 능히 감당하게 하시느니라.

우리가 축복하는 바 축복의 잔은 그리스도의 피에 참예함이 아니며,
우리가 떼는 떡은 그리스도의 몸에 참예함이 아니냐?
떡이 하나요 많은 우리가 한 몸이니,
이는 우리가 다 한 떡에 참예함이라.

누구든지 자기의 유익을 구치 말고, 남의 유익을 구하라.
내가 말한 양심은 너희의 것이 아니요 남의 것이니,
어찌하여 내 자유가 남의 양심으로 말미암아 판단을 받으리요?

그런즉 너희가 먹든지 마시든지, 무엇을 하든지 다 하나님의 영광을 위하여 하라.
유대인에게나 헬라인에게나 하나님의 교회에나 거치는 자가 되지 말고,
나와 같이 모든 일에 모든 사람을 기쁘게 하여
나의 유익을 구치 아니하고,
많은 사람의 유익을 구하여 저희로 구원을 얻게 하라.'

"바울의 편지가 살아 숨 쉬고 있어요.
구름 아래와 바다 가운데를 지나며 세례를 받았던 모세와 조상들,
다 같은 신령한 음식을 먹고 마셨던 반석은 곧 그리스도라는 복음은
지금 우리에게 성령으로 다가오고 있어요."

소년의 작은 노트에는 성령으로 임한 바울의 편지가 기록돼 있었다.
몇 번이고 묵상한 흔적이 남아 있었다.

'They all ate the same spiritual food and drank the same spiritual drink;
for they drank from the spiritual rock that accompanied them,
and that rock was Christ그들 모두가 같은 영적 음식을 먹고,

229

같은 영적 음료를 마셨습니다.
그들이 마신 것은 그들을 따르던 영적 반석에서 나온 것이었고,
그 반석은 그리스도이셨습니다.'

또한 스승 예삭의 생명을 죽음으로부터 구해 준 생명의 말씀도 기록돼 있었다.
물론 에베소에서 작성되어 고린도로 보낸 바울의 편지였다.

'No temptation has overtaken you except what is common to mankind.
And God is faithful; he will not let you be tempted beyond what you can bear.
But when you are tempted, he will also provide a way out so that you can endure it
사람이 감당할 시험밖에는 너희에게 당한 것이 없나니,
하나님은 미쁘사 너희가 감당하지 못할 시험을 허락하지 아니하시고,
시험 당할 즈음에 또한 피할 길을 내사 너희로 능히 감당하게 하시느니라.'

사람이 감당하지 못할 시련은 없다는 인생의 황금률이었다.
그리스도의 말씀과 진리에 대한 확고한 신념의 생각에 근육이 생겨
그 모든 그리스도의 가르침들은 스승 예삭의 생활에 습관화되어 있었다.
물론 거기에는 열린 깨달음과 누구에게도 판단받지 않는 자유함이 있었다.
그곳은 곧 사랑의 세계였다.

"어떻게 하는 것이, 먹든지 마시든지 무엇을 하든지
다 하나님의 영광을 위하여 살아가는 인생이 될 수 있을까요?"

"자기의 유익을 구하지 않고, 이웃의 유익을 구하며 살아가는 것이지."

소년은 말없이 고개를 끄덕였다.
쉬운 길이 아님을 알아차린 듯, 침묵 속에 깨달음이 스며들었다.

"어떻게 하면 어디에도 막힘이 없는, 열린 종교인이 될 수 있나요?"

예삭은 대답 대신,
바울의 편지 내용이 적힌 자신의 작은 노트를 소년에게 내밀었다.

'Do not cause anyone to stumble, whether Jews,
Greeks or the church of God—
even as I try to please everyone in every way.
For I am not seeking my own good but the good of many,
so that they may be saved유대인에게나 헬라인에게나 하나님의 교회에나
아무에게도 거리끼는 일이 없게 하십시오.
나는 모든 일에 모든 사람을 기쁘게 하려고 애쓰고 있습니다.
이는 나 자신의 유익이 아니라 많은 사람의 유익을 구하여,
그들로 구원을 얻게 하려는 것입니다.'

"모든 일에 모든 사람을 기쁘게 하며,
나의 유익을 구하지 아니하고
많은 사람의 유익을 구하며 살아가는 인생."
소년은 진정하고 신실한 표정으로 속삭였다.

'나는 너희가 알기를 원하노니, 각 남자의 머리는 그리스도요,
여자의 머리는 남자요, 그리스도의 머리는 하나님이시라…
남자는 하나님의 형상과 영광이니 그 머리에 마땅히 쓰지 않거니와,
여자는 남자의 영광이니라.
남자가 여자에게서 난 것이 아니요, 여자가 남자에게서 났으며,
또 남자가 여자를 위하여 지음을 받은 것이 아니요,
여자가 남자를 위하여 지음을 받은 것이라.
그러나 주 안에는 남자 없이 여자만 있지 않고,
여자 없이 남자만 있지 아니하니라.
여자가 남자에게서 난 것 같이, 남자도 여자로 말미암아 났으나,
모든 것이 하나님에게서 났느니라.'

"주시는 분은 하나님이요, 성령님이요, 예수님이시지."
"네. 우리 모든 인류는 한 아버지를 둔 형제요 자매입니다."
"주 안에서는 남녀가 하나군, 하나님의 선물! ㅋㅋ"
소년이 홀로 속삭였고 노인이 살며시 미소지으며 책장을 넘겼다.

'그러므로 누구든지 주의 떡이나 잔을 합당치 않게 먹고 마시는 자는
주의 몸과 피를 범하는 죄가 있느니라.
사람이 자기를 살피고 그 후에야 이 떡을 먹고 이 잔을 마실지니,
주의 몸을 분별치 못하고 먹고 마시는 자는 자기의 죄를 먹고 마시는 것이니라.

은사는 여러 가지나 성령은 같고, 직임은 여러 가지나 주는 같으며,
또 역사는 여러 가지나 모든 것을 모든 사람 가운데서 역사하시는 하나님은 같으니
이 모든 일은 같은 한 성령이 행하사,
그 뜻대로 각 사람에게 나눠 주시느니라.

몸은 하나인데 많은 지체가 있고,
몸의 지체가 많으나 한 몸임과 같이, 그리스도도 그러하니라.'

"각 사람에게 나누어 주시는 모든 은사와 역사는 오직 한 분이시죠."
소년은 평화로운 아침, 맥도날드 주차장에서 까치들이 평화롭게 거니는 모습을 보며 속삭였다.

'우리가 유대인이나 헬라인이나 종이나 자유자나,
다 한 성령으로 세례를 받아 한 몸이 되었고,
또 다 한 성령을 마시게 하셨느니라.
몸은 한 지체뿐 아니라 여럿이니.
만일 발이 이르되 나는 손이 아니니 몸에 붙지 아니하였다 할지라도,
이로 인해 몸에 붙지 아니한 것이 아니요.

그러나 이제 하나님이 원하시는 대로 지체를 각각 몸에 두셨으니,
지체는 많으나 몸은 하나라.
눈이 손더러 내가 너를 쓸데 없다 하거나,
또한 머리가 발더러 내가 너를 쓸데 없다 하거나 하지 못하리라.

더 약하게 보이는 지체가 도리어 요긴하고,
한 지체가 고통을 받으면 모든 지체도 함께 고통을 받고,
한 지체가 영광을 얻으면 모든 지체도 함께 즐거워하나니,
너희는 그리스도의 몸이요, 지체의 각 부분이라.'

"눈과 뇌처럼, 몸의 더 약하게 보이는 지체가 도리어 요긴하게 쓰이는 법이지."
"네, 지극히 작은 자에게 한 것이 곧 예수 그리스도께 한 것이죠."
"우리 모든 인류는 그리스도의 지체로서,
서로 다름은 틀림이 아닌 공존의 증거이며,
한 지체가 고통을 받으면 모든 지체도 함께 고통을 받는 것이 곧 하나님의 법칙이지."
"그래요. 함께 아파하고 함께 즐거워하며 사랑하는 것이 우리 인생길이지요."

소년은 남을 판단하지 않고 남을 나보다 낮게 여기는 두 가지 행함만으로도 영원한 행복에
이르는 비밀을 알아가고 있었다.

그런 소년을 바라보는 노인이 행복한 미소를 지으며 고린도전서 13장을 펼쳤다.

'내가 사람의 방언과 천사의 말을 할지라도,
사랑이 없으면 소리 나는 구리와 울리는 꽹과리가 되고...
모든 지식을 알고 산을 옮길 만한 믿음이 있을지라도,
사랑이 없으면 내가 아무것도 아니요...
내 몸을 불사르게 내어줄지라도,
사랑이 없으면 내게 아무 유익이 없느니라.

사랑은 오래 참고, 사랑은 온유하며,
투기하지 아니하며, 자랑하지 아니하며, 교만하지 아니하며,

232

무례히 행치 아니하며, 자기의 유익을 구치 아니하며,
성내지 아니하며, 악한 것을 생각지 아니하며
모든 것을 참으며, 모든 것을 믿으며,
모든 것을 바라며, 모든 것을 견디느니라.

사랑은 언제까지든지 떨어지지 아니하나,
예언도 폐하고, 방언도 그치고, 지식도 폐하리라.
우리가 부분적으로 알고, 부분적으로 예언하니,
온전한 것이 올 때에는 부분적으로 하던 것이 폐하리라.

믿음, 소망, 사랑 이 세 가지는 항상 있을 것인데,
그 중의 제일은 사랑이라.

"사랑이 없는 능력은 아무 소용이 없다는 깊은 깨달음이 들어요."
"그래. 성경을 말할 때는 특히 더 조심해야 해. 사랑으로 말하는지를 늘 살펴야지."
"모든 것을 참으며 견디는 사랑의 힘은 정말로 위대합니다."
"모든 것은 시작이 있으면 끝이 있지만, 사랑만은 영원하지."
"네, 사랑은 하나님이시니까요."
"믿음과 소망도 중요하지만, 그 중에 제일은 사랑이지."
"네, 사랑은 진리이니까."

소년은 고린도전서 13장을 거의 암송하듯 읊으며 미소 지었다.

'그러면 어떻게 할꼬?
내가 영으로 기도하고, 또 마음으로 기도하며,
영으로 찬미하고, 또 마음으로 찬미하리라.

교회에서 남을 가르치기 위하여,
깨달은 마음으로 다섯 마디 말을 하는 것이
일만 마디 방언으로 말하는 것보다 나으니라.

모든 것을 적당하게 하고, 질서대로 하라.'

"바울은 깨달은 마음으로 적게 말하는 것이,
방언으로 많이 말하는 것보다 낫다고 합니다."
"그래. 방언은 개인에게 속한 것이고, 깨달음은 공동체를 세우는 힘이지."
"바울은 무엇을 하든 모든 것을 '덕을 세우기 위해' 하라고도 하죠."

예삭은 대답 대신, 소년의 노트에 한문으로 써 주었다.

'덕불고 필유린 德不孤 必有隣'
'덕이 있는 사람은 결코 고독하지 않으며, 반드시 이웃이 있다.'
— 공자『논어』이인편(里仁篇)

덕(德),
덕을 쌓는 유일한 길은 이웃을 내몸같이 사랑함을 넘어
이웃을 나보다 낮게 여기는 마음이었다.

소년은 또 묵상했다.

'Everything should be done in a fitting and orderly way
모든 것을 적당하게 하고, 질서대로 하라.'

그의 마음속에는 이미 중용(中庸)과 절제(節制)의 마음이 흐르고 있었다.
좌로나 우로나 치우치지 않는 중용.
그리고 성령의 마지막 열매인 절제.

이 말씀은 곧 신명기와 여호수아에서 하나님이 이스라엘 백성과 여호수아에게 남긴 성령의
9번째 열매인 절제, 즉 좌로나 우로나 치우치지 않는 중용의 가르침이었다.

바울의 편지는 곧 사랑과 덕, 그리고 질서의 삶에 대한 가르침이었다.
노인이 소년에 대한 덕과 사랑의 마음을 담아 고전 책장을 넘겼다.
고린도전서는 바울이 남긴 인류의 고전(古典)이었다.

'형제들아, 내가 너희에게 전한 복음을 너희로 알게 하노니
이는 너희가 받은 것이요, 또 그 가운데 선 것이라.
너희가 만일 나의 전한 그 말을 굳게 지키고 헛되이 믿지 아니하였으면,
이로 말미암아 구원을 얻으리라.

내가 받은 것을 먼저 너희에게 전하였노니
이는 성경대로 그리스도께서 우리 죄를 위하여 죽으시고,
장사 지낸 바 되었다가 성경대로 사흘 만에 다시 살아나사
게바(Cephas)에게 보이시고, 그 후에 열두 제자에게,
그 후에 오백여 형제에게 일시에 보이셨나니
그중에 지금까지 태반이나 살아 있고, 어떤 이는 잠들었으며
그 후에 야고보에게, 또 모든 사도에게,
맨 나중에는 민삭되지 못하여 난 자 같은 내게도 보이셨느니라.

나는 사도 중에 지극히 작은 자라.
하나님의 교회를 핍박하였으므로,
사도라 칭함 받기를 감당치 못할 자로라.
그러나 나의 나 된 것은 하나님의 은혜로 된 것이니
내게 주신 그 은혜가 헛되지 아니하여,
내가 모든 사도보다 더 많이 수고하였으나,
내가 아니요, 오직 나와 함께하신 하나님의 은혜로라.
그러므로 내나 저희나 이같이 전파하며 너희도 이같이 믿었느니라.'

집이 없어도 참으로 행복한 것은 샤워할 곳이 있다는 것이다.
하나님이 거하시는 성전인 자신의 몸을 최상으로 유지하는 것은 참으로 중요한 일이다.
심신일여(心身一如)— 몸과 마음은 하나이며,
몸이 아프면 마음도 아프고, 마음이 아프면 성령님도 함께 아파하신다.

그래서 늘 새벽마다 피트니스 센터에서 운동하고 샤워하며 시작하는 하루.
예삭 노인의 감사와 긍정으로 가득한 하루는, 소년의 마음도 덩달아 밝게 비추었다.

"예수님께서 부활하신 후,
게바와 열두 제자, 그리고 오백여 형제에게 일시에 보이셨어요."
"그 후에 야고보와 모든 사도에게, 그리고 맨 마지막에는 바울에게도 보이셨지."

"왜 바울은 자신을 사도 중 가장 작은 자라고 하며
칭함 받기를 감당치 못할 자라 했나요?"

"자신은 정상적으로 태어나지 않은 자(abnormally born)이며,
예수 믿는 자들을 박해한 유대인이었기 때문이지. 진정 위대한 지도자는 자신을 하염없이
낮추는 법이고," 노인이 낮아짐으로 말했다.

그러나 바울은 회심 이후,
예수님의 음성을 듣고 종교 개혁의 선두자요
그리스도의 위대한 사도가 되었다.

"자신의 모든 복음의 수고를 하나님의 은혜로 돌리는
바울의 신실함과 겸손함은 정말 숭고해요." 소년이 신실(信實)함으로 말했다.

그때 사무실 동료에게 전화가 왔다.
BK 형제가 부동산 딜을 마치고 동료들에게 점심을 대접한다는 소식이었다.
챙김을 받는 노인은 감개무량(感慨無量)했고 감사한 마음으로 나직이 혼잣말을 했다.
'지극히 작은 나에게...'

예삭은 그렇게 속삭이며 맥도날드를 나섰다.

'그러나 이제 그리스도께서 죽은 자 가운데서 다시 살아나
잠자는 자들의 첫 열매가 되셨도다.
사망이 사람으로 말미암았으니,
죽은 자의 부활도 사람으로 말미암느니라.
아담 안에서 모든 사람이 죽은 것 같이,
그리스도 안에서 모든 사람이 삶을 얻으리라…

형제들아, 내가 그리스도 예수 우리 주 안에서 가진 바
너희에 대한 나의 자랑을 두고 단언하노니,
나는 날마다 죽노라.

속지 말라.
악한 동무들은 선한 행실을 더럽히나니,
깨어 의를 행하고 죄를 짓지 말라.

해의 영광도 다르고, 달의 영광도 다르며,
별과 별의 영광도 다르도다.

사망의 쏘는 것은 죄요, 죄의 권능은 율법이라.
우리 주 예수 그리스도로 말미암아
우리에게 이김을 주시는 하나님께 감사하노니,
그러므로 내 사랑하는 형제들아,
견고하며 흔들리지 말며, 항상 주의 일에 더욱 힘쓰는 자들이 되라.
이는 너희 수고가 주 안에서 헛되지 않은 줄을 앎이니라.

깨어 믿음에 굳게 서서, 남자답게 강건하라.
너희 모든 일을 사랑으로 행하라.'

"우리가 아담 안에서 죽은 것 같이,
그리스도 안에서 모든 인류는 다시 살아나게 됩니다."

소년이 부활함으로 말했다.

"새로운 삶을 얻으려면, 바울처럼 날마다 죽어야 하지. 죽으려는 자는 살 것이다
I face death every day—yes, just as surely as I boast about you in Christ Jesus our Lord."

예삭이 필사(必死)로 말했다, 그래서 노인은 필생(必生)하였다.

236

"우리는 이미 예수 그리스도와 함께 십자가에 못 박혀 죽은 몸이니,
두려워할 게 뭐가 있겠습니까?" 소년도 필사로 말했다.

예삭은 놀란 듯 소년의 눈동자를 바라보며 조용히 말했다.
"사는 게 거기서 거기, 하늘 아래 새것은 없지.
그러니 진리와 의를 좇아, 초연하고 의연하게 살아갈 일이야."

"네. 깨어 있고, 속지 말며, 죄를 멀리하고 의를 행하는 삶이어야지요."
"하나님께 드리는 해와 별과 달의 영광이 다르듯,
우리 모두의 은사도 다르지만 하나님은 오직 한 분.
그리스도 안에서 서로 사랑하며 살아가는 것이 최선의 인생이지."

"우리 주 예수 그리스도로 말미암아,
우리에게 이김을 주시는 하나님께 감사합니다.
바울처럼 흔들리지 않고 견고하게 살려면, 어떻게 해야 할까요?"

"모든 일을 사랑으로 행하고,
항상 말씀과 진리에 힘쓰는 자세가 필요하지."

"그런데 고린도전서 16장 13절에 '남자답게 강건하라'고 되어 있는데,
영문 성경에는 남자답게라는 말이 없어요Be on your guard;
stand firm in the faith; be courageous; be strong."

"그래, 고대 사회에는 남존여비의 문화가 있었지만
그리스도 안에서는 모두가 평등한 법이지.
번역의 오류일 수도 있고,
'men'이라는 단어가 성별이 아닌 '사람'으로도 사용되니까."

"Do everything in love모든 일을 사랑안에서 하라."

소년이 조용히 혼잣말했다.

"그렇지. 모든 것을 사랑 안에서, 사랑으로 하면 결국 모든 걸 이루게 되지."

그날은 맥도날드와 Whataburger 두 레스토랑을 오가며 말씀을 나누었다.
음식을 사 먹지 않는 날,
미안한 마음도 있었지만
나가라고 쫓아내지 않는 식당과 이 세상이,
그저 고마웠다.

소예공부 (고린도전서)

"이웃에 대한 사랑이 없는 모든 은사와 신앙 행위는 무의미합니다.
지식보다, 능력보다, 사랑이 가장 위대한 것임을 가르칩니다.
신앙은 시작이 아니라 지속과 실천의 과정임을 일깨워줍니다.
모든 신자는 그리스도의 몸의 지체이며, 서로 다른 지체는 모두 소중합니다."
부처 싯다르타가 인류에 대한 자비함으로 말했다.

"서로 다름은 갈등이 아니라 공존과 연합의 이유이며,
모든 은사는 한 분, 진리요 말씀이신 성령으로부터 옵니다.
능력의 차이가 아니라 출처의 동일성, 그것이 겸손의 이유입니다."
철학자 소크라테스가 별처럼 말했다.

"죽음의 공포를 이긴 예수의 부활은 인간 역사 최고의 소망입니다.
그리스도 안에서 모든 사람은 새 생명을 얻습니다.
아담 안에서 모든 사람이 죽은 것 같이,
그리스도 안에서 모든 사람이 삶을 얻었습니다.
복음은 회복이며, 모든 인간을 향한 새로운 탄생의 약속입니다."
예삭의 작은 노트가 조용히 말을 이어갔다.

"자기 유익이 아닌 이웃의 유익을 구하라는 말씀은 참으로 위대한 가르침입니다.
어려운 말씀 같지만, 실제로 이런 마음을 품어보면 생각보다 쉽고,
바로 그 안에 영원한 행복이 있음을 알게 됩니다.
실로 나보다 남을 낮게 여기는 마음은
깨달음으로 가는 지혜의 좋은 길입니다."
공자가 웃으며 행복으로 말했다.

"사도 바울(Saint Paul)의 말처럼,
아무리 진리의 말을 할지라도 사랑이 없으면 공해요, 소음입니다.
진리는 사랑으로 시작되고, 사랑으로 완성됩니다.
고난과 연약함조차 하나님의 사랑으로 승리할 수 있으며,
불완전한 존재가 사랑으로 함께할 때,
놀라운 역사가 시작됩니다.
왜냐하면, 하나님은 곧 사랑이시기 때문입니다."
예수가 인류를 사랑하는 마음을 담아 말했다.

제8권 고린도후서 (2 Corinthians)

"고린도는 지금의 어디에 위치하고 있었나요?"
소년이 온고이지신(溫故而知新)으로 물었다.

"지금의 그리스에 위치하고 있고 삼면이 바다로서 우리나라 지도와 좀 흡사한 모습이지."
노인이 시공초월(時空超越)로 말했다.

"그리스의 아테네 근처였다고 보면 되겠네요."
"고린도는 지중해와 에게해 등을 잇는 지리적 요충지로서 예로부터 상업이 발달한 타락의
도시로 유명하였지."
"유럽에 복음을 전파하던 바울이 유난히도 고난을 겪었던 지역이었어요."

소년이 『고린도후서』 첫 장을 넘겼다.

'하나님의 뜻으로 말미암아
그리스도 예수의 사도 된 바울과 및 형제 디모데는
고린도에 있는 하나님의 교회와 또 온 아가야에 있는 모든 성도에게,
하나님 우리 아버지와 주 예수 그리스도로 좇아 은혜와 평화가 있기를 원하노라.
찬송하리로다, 그는 우리 주 예수 그리스도의 하나님이시요
자비(compassion)의 아버지시요, 모든 위로(comfort)의 하나님이시며,
우리의 모든 환난 중에서 우리를 위로하사,
우리로 하여금 하나님께 받는 위로로써 모든 환난 중에 있는 자들을
능히 위로하게 하시는 이시로다.
그리스도의 고난이 우리에게 넘친 것 같이
우리의 위로도 그리스도로 말미암아 넘치는도다.

우리가 환난 받는 것도 너희의 위로와 구원을 위함이요,
혹 위로 받는 것도 너희의 위로를 위함이니,
이 위로가 너희 속에 역사하여
우리가 받는 것 같은 고난을 너희도 견디게 하느니라.
너희를 위한 우리의 소망이 견고함은
너희가 고난에 참예하는 자가 된 것 같이 위로에도 그러할 줄을 앎이라.

형제들아,

우리가 아시아에서 당한 환난을 너희가 알지 못하기를 원치 아니하노니,
힘에 지나도록 심한 고생을 받아 살 소망까지 끊어지고,

우리 마음에 사형 선고를 받은 줄 알았으니,
이는 우리로 자기를 의뢰하지 말고,
오직 죽은 자를 다시 살리시는 하나님만 의뢰하게 하심이라.

그가 이같이 큰 사망에서 우리를 건지셨고, 또 건지시리라.
또한 이후에라도 건지시기를 그를 의지하여 바라노라.
너희도 우리를 위하여 간구함으로 도우라.
이는 우리가 많은 사람의 기도로 얻은 은사를 인하여,
많은 사람도 우리를 위하여 감사하게 하려 함이라.

우리가 세상에서,
특별히 너희에 대하여 하나님의 거룩함과 진실함으로써 행하되,
육체의 지혜로 하지 아니하고,
하나님의 은혜로 행함은 우리 양심이 증거하는 바니,
이것이 우리의 자랑이라.'

짧지 않은 편지였지만 소년은 쉬지 않고 단숨에 읽어 내려갔다.
달콤한 초콜릿을 단숨에 먹어버리듯.
'당신이 먹는 것이 곧 당신이다You are what you eat).'
말씀을 먹고 사는 소년의 얼굴은 늘 행복과 기쁨으로 빛을 발하였다.

"그리스도의 고난을 우리가 함께 하는 것 같이
as we share abundantly in the sufferings of Christ
그리스도께서 주시는 위로가 어찌 그리 달콤한지요."
"우리가 살아가면서 만나게 되는 인생의 시련도
예수 그리스도께서 주시는 위로와 구원을 위함이지."
"우리를 향한 하나님의 변함없는 견고하신 소망이 우리의 어떤 고난도 이기게 하십니다."
"힘에 지나도록 심한 고생을 받아 살 소망까지 끊어지도록
far beyond our ability to endure, so that we despaired of life itself,
바울과 사도들이 아시아(Asia)에서 당한 환난을 우리는 기억해야 할 거야."
"네, 그런 심정으로 글을 쓰고 있습니다."

바로 '소설 성경'이었다.

소년의 말은 담대했지만 표정은 평화롭고 자유로웠다.

복음과 그리스도의 향기가 나는 얼굴이었다. 깨달은 사람처럼.

'항상 우리를 그리스도 안에서 이기게 하시고,

우리로 말미암아 각처에서 그리스도를 아는 냄새를 나타내시는 하나님께 감사하노라.

우리는 구원 얻는 자들에게나 망하는 자들에게나 하나님 앞에서 그리스도의 향기니,

이 사람에게는 사망으로 좇아 사망에 이르는 냄새요,

저 사람에게는 생명으로 좇아 생명에 이르는 냄새라.

누가 이것을 감당하리요.'

"우리도 바울처럼 이웃에게 그리스도의 향기가 되어야지

we are to God the pleasing aroma of Christ.

그것은 천 마디의 말보다,

스스로 말씀이 되어 행하면서 살아가는 삶,

곧 그리스도의 사랑이지."

노인이 사랑이 되어 말했다.

"네. 우리는 하나님의 영(Spirit of the living God)으로,

사람의 마음판(tablets of human hearts)에 쓰여진

그리스도의 편지(letter from Christ)입니다."

소년이 예수의 편지로 말했다.

"모든 것으로부터의 자유함은 깨달음에서 오는 것이고,

주는 영이시니 주의 영이 계신 곳에는 자유함이 있지

The Lord is the Spirit, and where the Spirit of the Lord is, there is freedom."

노인이 자유로이 하늘을 날으는 새가 되어 말했다.

소년은 혼잡하게 하거나(not peddle the word of God),

빼거나 더하지도 않으면서

하나님께 받은 순수함(sincerity)과 단순함그대로의 말씀을 전하는

노인의 가르침을 좋아했다.

'이러하므로 우리가 이 직분을 받아

긍휼하심을 입은 대로 낙심하지 아니하고,

이에 숨은 부끄러움의 일을 버리고,

궤휼 가운데 행하지 아니하며,

하나님의 말씀을 혼잡케 아니하고,

오직 진리를 나타냄으로
하나님 앞에서 각 사람의 양심에 대하여 스스로 천거하노라.

만일 우리 복음이 가리웠으면, 망하는 자들에게 가리운 것이라.
그중에 이 세상 신이 믿지 아니하는 자들의 마음을 혼미케 하여
그리스도의 영광의 복음의 광채가 비취지 못하게 함이니,
그리스도는 하나님의 형상이니라.

우리가 우리를 전파하는 것이 아니라,
오직 그리스도 예수의 주 되신 것과,
또 예수를 위하여 우리가 너희의 종 된 것을 전파함이라.

어두운데서 빛이 비취리라 하시던 그 하나님께서,
예수 그리스도의 얼굴에 있는 하나님의 영광을 아는 빛을
우리 마음에 비추셨느니라.'

"어두운데서 빛이 비취듯이 (light shine out of darkness),
어두운 고린도에서 바울의 복음이 빛을 발하고 있습니다."
"하나님께서 사람을 하나님의 형상대로 창조하셨듯,
그리스도는 하나님의 형상이시지요Christ is the image of God."

'God made his light shine in our hearts, to give us the light of the knowledge of God's glory displayed in the face of Christ하나님께서 그 빛을 우리 마음에 비추사, 그리스도의 얼굴에 나타난 하나님의 영광을 아는 빛을 우리에게 주셨습니다.'

소년은 조용히 말씀을 묵상하자,
노인이 고린도인들에게 보내는 바울의 편지를 넘겼다.

'모든 것을 너희를 위하여 하는 것은,
은혜가 많은 사람의 감사함으로 말미암아 더욱 넘쳐서
하나님께 영광을 돌리게 하려 함이라.
그러므로 우리가 낙심하지 아니하노니,
겉사람(outwardly)은 후패(朽敗, wasting away)하나,
우리는 내적으로 날마다 새롭도다.

우리의 잠시 받는 환난의 경한 것이 지극히 크고
영원한 영광의 중한 것을 우리에게 이루게 함이니,
우리가 돌아보는 것은 보이는 것이 아니요,

보이지 않는 것이니, 보이는 것은 잠깐이요 보이지 않는 것은 영원함이니라.
이는 우리가 믿음으로 행하고 보는 것으로 하지 아니함이로라.

저가 모든 사람을 대신하여 죽으심은,
산 자들로 하여금 다시는 저희 자신을 위하여 살지 않고,
오직 저희를 대신하여 죽었다가 다시 사신 자를 위하여 살게 하려 함이니라.
그런즉 누구든지 그리스도 안에 있으면 새로운 피조물이라.
이전 것은 지나갔으니 보라, 새것이 되었도다.

모든 것이 하나님께로 났나니,
저가 그리스도로 말미암아 우리를 자기와 화목하게 하시고,
또 우리에게 화목하게 하는 직책을 주셨으니
하나님이 죄를 알지도 못하신 자로 우리를 대신하여 죄를 삼으신 것은,
우리로 하여금 저의 안에서 하나님의 의가 되게 하려 하심이니라.'

"무엇을 하든지 우리가 하는 모든 은혜와 사랑은 하나님의 영광을 위함입니다."
소년이 나 없음, 즉 무아(無我)로 말했다.
"내적으로 날마다 새로워지는 인생이 그런 것이지 Inwardly, we are being renewed day by day. 바울은 잠깐 동안만 보이는 것(seen is temporary)보다는, 보이지 않는 영원한 말씀과 진리의 숭고함에 대하여 말하고 있지."
노인이 보이지 않음으로 말했다.

"영원한 것은 보이지 않는 법 Eternal is unseen. 그 길을 걸어가는 거룩한 인생."
소년이 홀로 속삭였다.

"잠깐의 시련을 견디며 감사해야 하는 이유는,
영원한 영광(eternal glory)은 고난을 인내함으로써 오는 것이기 때문이지."
노인이 성령의 네번째 열매인 오래참음(longsuffering, patience)으로 말했다.
"네. 우리가 살아가며 겪는 시련은 극히 가볍고 순간적입니다
Troubles are light and momentary." 소년이 아침이슬이 되어 말했다.
"순간의 고난을 말씀으로 이기며 영원한 영광의 기쁨을 바라보며 나아가야 하지."
"네. 우리는 보이는 것으로 하지 않고(not on what is seen),
보이지 않는 것에 대한 믿음과 행함으로 진리의 자유에 이르게 됩니다."
소년이 행함으로 말했다.
"깨달은 자는 보이는 것으로 살아가지 않고,
보이지 않는 믿음으로 살아가는 법이지Live by faith, not by sight."

"우리는 자신을 위해 살지 않고,
오직 우리를 대신하여 죽었다가 다시 사신 예수 그리스도를 위해 살아가는 것입니다."
"그것이 보이지 않는 거룩한 말씀의 인생이지."
"그래서 우리 모두는 그리스도 안에서 새로운 피조물(new creation)로서
새로운 인생을 살아가야 합니다."

소년과 예삭은 하나님으로부터 모두를 화목하게 하는
사명(the ministry of reconciliation)을 받은 것에 감사하며
바울의 고린도 책장을 넘겼다.

'우리가 하나님과 함께 일하는 자로서 너희를 권하노니,
하나님의 은혜를 헛되이 받지 말라.
기록한 바와 같이 "많이 거둔 자도 남지 아니하였고,
적게 거둔 자도 모자라지 아니하였느니라.
이는 우리가 주 앞에서뿐 아니라
사람 앞에서도 선한 일에 조심하려 함이라.
각각 그 마음에 정한 대로 할 것이요,
인색함으로나 억지로 하지 말찌니,
하나님은 즐겨 내는 자를 사랑하시느니라.

너희를 대하여 대면하면 겸비하고,
떠나 있으면 담대한 나 바울은
이제 그리스도의 온유와 관용으로 친히 너희를 권하고
우리의 싸우는 병기는 육체에 속한 것이 아니요,
오직 하나님 앞에서 견고한 진을 파하는 강력이라.
자랑하는 자는 주 안에서 자랑할찌니라.'

"하나님의 은혜를 헛되이 받지 않기 위해not to receive God's grace in vain,
우리는 그리스도의 겸손과 관용the humility and gentleness of Christ으로
이웃을 사랑해야지."
노인이 관용으로 말했다.
"네. 모든 선한 일에는 장애물이 따르지만 We are taking pains to do what is right,
인내함으로 이겨내어 반드시 선을 이루어야 합니다."
소년이 인내와 선(善)함으로 말했다.
"하나님께 뿐만 아니라 사람에게도 똑같이 선을 베풀라는 큰 가르침입니다
 Not only in the eyes of the Lord, but also in the eyes of man."

"우리는 살아가며 '하나님 따로, 사람 따로'가 아니라, 하나님을 대하는 마음으로 이웃을
사랑해야 하지. '지극히 작은 자에게 한 것이 곧 내게 한 것이라'는 예수님의 말씀을 마음에
품고 살아가야 해요." 노인이 사람이 곧 하나님, 즉 인내천(人乃天)으로 말했다.
"만법귀일(萬法歸一),
동학의 인내천(人乃天)또한 그리스도의 가르침과 일맥상통합니다."
소년이 모든 진리가 하나로 돌아옴으로 말했다.
"결국에는,
가진 자도 남을 것이 없고 없는 자도 모자람이 없는 것.
이게 인생의 이치니,
보이는 헛된 것에 눈멀어
보이지 않는 영원한 행복을 잃어서는 아니 되지요
The one who gathered much did not have too much,
and the one who gathered little did not have too little."
"영원한 행복,
그것은 진리이신 하나님의 말씀으로 이웃을 사랑하는 것이지."
노인이 깨달음으로 말했다.

신호등을 기다리고 있는데, 경찰차의 요란한 사이렌 소리가 들렸다.
순간, 뺑소니 차가 우리 차를 받았다.
정지된 차에서 젊은 남성 세 명이 뛰쳐나와 도주하기 시작했다.
예삭은 아무 일도 없었던 것처럼 초연한 모습이었다.
오히려 소년이 의아한 표정으로 예삭을 바라보았다.

"노인은 마음이 없는, 무심(無心)한 사람인가?
어떻게 저렇게 의연(毅然)할 수가 있지?"
소년은 마음속으로 홀로 속삭였다.

노인이 고린도 편지를 넘겼다.

'저희가 그리스도의 일꾼이냐?
정신이 나간 사람처럼 말하거니와, 나도 더욱 그러하도다.
내가 수고를 넘치도록 하고, 옥에 갇히기도 더 많이 하고,
매도 수없이 맞고, 여러 번 죽을 뻔하였으니,
유대인들에게서 마흔에서 하나 감한 매를 다섯 번 맞았으며,
세 번 막대기(rods)로 맞고, 한 번 돌에 맞고,
세 번 배가 파선(破船, shipwrecked)하여

하루밤낮을 깊은 바다에서 지냈으며,
여러 차례 여행 중에 강의 위험과 강도의 위험,
동족의 위험과 이방인의 위험,
도시의 위험과 광야의 위험, 바
다의 위험과 거짓 형제들 중의 위험을 당하였고,
수고하며 애쓰고 여러 번 자지 못하고, 굶주리고 목마르고,
자주 금식하고, 추위에 떨고 헐벗었노라.
이 외의 일은 고사하고, 날마다 내 속에 눌리는 일이 있으니,
곧 모든 교회를 위하여 염려하는 것이라.'

"바울은 십자가에 못 박히는 고통 다음으로 큰 시련을 겪은 사람이에요."
소년이 자신의 고통이 되어 말했다.
"감옥에서 돌과 막대기로 구타당하며, 무려 195대의 매질을 당했고,
24시간을 바다 속 깊은 곳에서 반쯤 죽은 듯한 상태로 살아나기도 했지."
노인이 생사의 갈림길에서 말했다.
"그렇게 굶고, 춥고, 헐벗으며, 산적들과 유대인, 이방인들로부터 위험에 처하면서도
끝까지 모든 교회를 위해 염려했던 바울의 인류에 대한 사랑은 정말 눈물겹습니다."
소년이 바울과 노인의 인생을 떠올리며 말했다.

달라스 H마트 쇼핑몰에서는 코리안 페스티벌이 열리고 있었다.
소년과 예삭은 여러 가지 이벤트를 즐기며,
다양한 인종들과 함께 하나 되어 어울리는 흥겨운 시간을 보냈다.
한국인의 기상과 문화는 세계 곳곳에서 빛나고 있었다.
모든 인류와 함께!

'여러 계시를 받은 것이 지극히 크므로,
너무 자만하지 않게 하시려고 내 육체에 가시 곧 사단의 사자를 주셨으니,
이는 나를 쳐서 너무 자만하지 않게 하려 하심이니라.
이것이 내게서 떠나기 위하여 내가 세 번 주께 간구하였더니,
내게 이르시기를 내 은혜가 네게 족하도다.
이는 내 능력이 약한 데서 온전하여짐이라 하신지라.
이러므로 도리어 크게 기뻐함으로
나의 여러 약한 것들에 대하여 자랑하리니,
이는 그리스도의 능력이 내게 머물게 하려 함이라.
그러므로 내가 그리스도를 위하여
약한 것들과 능욕과 궁핍과 핍박과 곤란을 기뻐하노니,

246

이는 내가 약할 그때에 곧 강함이니라.'

"바울은 육체에 주어진 가시의 고통이
자만하지 않게 하시려는 하나님의 뜻임을 받아들이며,
스스로 더욱 강한 사도의 모습을 보이고 있어요."
소년이 고난에 감사하는 마음으로 말했다.
"하나님의 힘은 약한 자로부터 완전함에 이르게 하는 데 있지
God's power is made perfect in weakness."
자신이 약한자임에 감사하는 마음을 담아 노인이 말했다.
"고난을 기뻐하며, 그리스도의 힘이 자신에게 머물게 하는바울은
예수님의 위대한 사도입니다Christ's power may rest on him ."
소년이 고난을 기뻐하는 마음으로 말했다.
"약한 우리 모두에게 소망이 있는 것은,
그리스도를 위하여 미움과 빈곤과 시련과 갈등을 견디고 기뻐함으로써
완전함에 이르게 된다는 것이지."
노인이 의인은 죽음에서도 살아남는다는 소망으로 말했다.

축구 부상으로 치료에 전념하기로 한 예삭은,
오늘 교회에서 의료 봉사를 하시는 장로님으로부터 침을 맞는 은혜를 받았다.
일용할 점심도 제공받았다.
모두가 그리스도 안에서 아름다운 형제요 자매들이었다.
치료를 받고 나오며, 예삭은 하나님께서 주신 아름다운 세상에 감사했다.

'이때까지 우리가 우리를 너희에게 변명하는 줄로 생각하느냐?
우리가 그리스도 안에서 하나님 앞에 말하노라.
사랑하는 자들아, 이 모든 것은 너희의 덕을 세우기 위함이니라.

그리스도께서 약하심으로 십자가에 못 박히셨으나,
오직 하나님의 능력으로 살아계셨으니,
우리도 그의 안에서 약하나
너희를 향하여 하나님의 능력으로 그와 함께 살리라.

너희가 믿음에 있는가,
너희 자신을 시험하고 너희 자신을 확증하라.
예수 그리스도께서 너희 안에 계신 줄을

너희가 스스로 알지 못하느냐?
그렇지 않으면 너희는 버리운 자니라.
마지막으로 말하노니, 형제들아 기뻐하라.
온전케 되며, 위로를 받으며, 마음을 같이 하며 평안할지어다.
또 사랑과 평강의 하나님이 너희와 함께 계시리라.
거룩하게 입맞춤으로 서로 문안하라.
모든 성도가 너희에게 문안하느니라.
주 예수 그리스도의 은혜와 하나님의 사랑과 성령의 교통하심이
너희 무리와 함께 있을지어다.'

모든 것은 덕을 세우기 위함이라는 바울의 편지처럼,
소년은 아무리 공부해도 지나치지 않을 예삭과 함께 나눈 고사성어들을
쓰고 또 쓰며 마음판에 새기었다.

'덕불고 필유린(德不孤 必有隣),
덕이 있는 사람은 고독하지 않으며,
반드시 이웃이 있다.'

말씀으로 살아가는 인생에는 언제나 덕이 있었다.
그 덕은 곧 그리스도의 사랑이었다.

"덕이 있는 사람은 하나님께서 주시는 사랑과 평화와 믿음의 능력으로
거침없이 살아가는 법이지."
"네. 예수 그리스도께서 우리 안에 계시니까요 Christ Jesus is in us."
"우리 모든 인류가 해야 할 일은,
기뻐하며 서로 격려하고(encourage one another),
한마음이 되어(be of one mind)
평화롭게 사랑하며 살아가는 것이지."
"사랑과 성령으로 친교를 나누는(fellowship of the Holy Spirit)
축복된 인생이 그런 것이에요."

선선한 가을 날씨에 조용한 아침.
운동과 샤워를 마친 예삭 노인이
평화롭고 행복한 표정으로
고린도를 넘어 살라니아서 책장을 님겼다.

248

소예공부 (고린도후서)

"희노애락(喜怒哀樂)이 함께하는 것이 인생입니다.
그러나 모든 것은 마음이 만들어내며,
깨달은 자는 노애(怒哀)보다는 희락(喜樂)의 인생을 살아갑니다.
고난은 곧 은혜의 문임을 압니다.
사실 인생을 뒤돌아보면
시련과 고난을 통해 인간은 단련되고 거듭나게 된다는 것을 알게 됩니다."
부처 석가모니가 거듭남으로 말했다.

"믿음은 보이지 않는 것을 향한 여정입니다.
보이는 것은 잠깐이요, 보이지 않는 진리의 말씀은 영원한 것입니다.
바울은 고난과 핍박, 궁핍과 능욕을 기뻐했습니다.
왜냐하면 시련 속에 그리스도의 능력이 나타나기 때문입니다."
인류에게 '어떻게 살아야 하는가'에 대한 질문을 던진 소크라테스가 말했다.

"자랑할 것이 있다면 자신의 고난과 약함,
오히려 그것을 통한 주의 십자가 은혜뿐입니다.
그 은혜에 대한 보답은 기쁜 마음으로
내 사랑하는 이웃에게 선을 행하며 살아내는 것입니다.
그것이 덕을 세우는 참된 인생이며,
거기에 하나님의 크신 사랑이 있습니다."
공자가 하나님에 대한 공경심으로 말했다.

"진정한 기쁨은 외부에서 오지 않습니다.
믿음으로부터 솟구치는 내면의 샘물입니다.
하나님은 우리 안에 계시기 때문입니다.
바울은 기쁨을 강요하지 않고 돕는다고 했습니다.
그것이 진정한 사랑입니다."
예수가 바울의 편지로 말했다.

249

제9권 갈라디아서(Galatians)

"갈라디아(Galatia)가 어디인가요?"
노인이 존대어로 물었다, 친구가 되어.
"아나톨리아 반도 중부 내륙의 켈트족이 사는 지역으로,
현재의 튀르키예 앙카라 인근입니다.
바울은 유대교의 율법이 복음을 어떻게 왜곡하는지 변론하기 위해
갈라디아 사람들에게 편지를 써야만 했던 것이죠."
예삭은 소년이 기특하다는 듯 자비의 미소를 지었다.
"갈라디아는 빌립보와 에베소와 골로새
그리고 안디옥과 예루살렘의 중앙 가운데에 위치해 있는 도시였지."
"바울은 할례와 율법을 구원의 조건으로 삼는 교리가
복음을 심각하게 왜곡하는 것으로 보았어요."
"우리를 자유케 하는 것은 하나님의 은혜와 사랑인데,
깨달음이 없으면 율법으로부터 속박을 받게 되지."

소년이 자유함이 있는 표정으로 갈라디아서 첫 장을 펼쳤다.
실제로 소년은 빵보다 말씀을 더 좋아했다.

'사람들에게서 난 것도 아니요, 사람으로 말미암은 것도 아니요,
오직 예수 그리스도와 및 죽은 자 가운데서 그리스도를 살리신
하나님 아버지로 말미암아 사도 된 바울은,
함께 있는 모든 형제로 더불어 갈라디아 여러 교회들에게
우리 하나님 아버지와 주 예수 그리스도로 좇아 은혜와 평화가 있기를 원하노라.

형제들아,
내가 너희에게 알게 하노니
내가 전한 복음이 사람의 뜻을 따라 된 것이 아니라,
이는 내가 사람에게서 받은 것도 아니요, 배운 것도 아니요,
오직 예수 그리스도의 계시로 말미암은 것이라.
사람이 의롭게 되는 것은 율법의 행위에서 난 것이 아니요,
오직 예수 그리스도를 믿음으로 말미암는 줄 아는 고로
우리도 그리스노 예수를 믿나니,
이는 우리가 율법의 행위에서 아니고,

그리스도를 믿음으로써 의롭다 함을 얻으려 함이라.
율법의 행위로서는 의롭다 함을 얻을 육체가 없느니라.
내가 율법으로 말미암아 율법을 향하여 죽었나니,
이는 하나님을 향하여 살려 함이니라.

내가 그리스도와 함께 십자가에 못 박혔나니,
그런즉 이제는 내가 산 것이 아니요,
오직 내 안에 그리스도께서 사신 것이라.
이제 내가 육체 가운데 사는 것은
나를 사랑하사 나를 위하여 자기 몸을 버리신
하나님의 아들을 믿는 믿음 안에서 사는 것이라.
내가 하나님의 은혜를 폐하지 아니하노니,
만일 의롭게 되는 것이 율법으로 말미암으면
그리스도께서 헛되이 죽으셨느니라.'

"바울은 자신이 전하는 복음이 배운 것이 아니라
오직 예수 그리스도의 계시로 말미암은 것이라고 합니다.
배워간다고 생각한 저하고는 차원이 다릅니다."
"성령이 임하여 사랑으로 말씀을 배워가면, 그것도 계시라고 할 수 있지.
비교하지 말고, 하나님께서 주시는 각자의 분량대로 갈 일이야."

소년은 침묵했다.

"계시(啓示, revelation)란 뭐 무서운 것이 아니라,
하나님께서 사랑의 성령으로 주시는 선물인 것이지."
"네. 우리를 자유케 하는 것은 율법이 아니라 그리스도에 대한 믿음입니다."
"예수님께서 십자가에 못 박혀 돌아가시면서 율법은 완성을 이룬 것이지."
"네. 인류를 향한 그리스도의 사랑으로 율법은 이미 이루어진 것이죠."

소년의 작은 노트에는,
스승 예삭이 빅 베어 산 동굴 속에 있을 때 깨달음을 주었다는
바울의 편지 내용이 기록돼 있었다.

'I have been crucified with Christ and I no longer live,
but Christ lives in me.
The life I now live in the body, I live by faith in the Son of God,

who loved me and gave himself for me
내가 그리스도와 함께 십자가에 못 박혔나니,
그런즉 이제는 내가 산 것이 아니요,
오직 내 안에 그리스도께서 사신 것이라.
이제 내가 육체 가운데 사는 것은,
나를 사랑하사 나를 위하여 자기 몸을 버리신
하나님의 아들을 믿는 믿음 안에서 사는 것이라."

예삭은 소년의 작은 노트에 뭔가를 손수 써주었다.

'무아유주 無我唯主: 나는 없고 오직 예수'

"싯다르타는 유아독존(唯我獨尊)이라 했는데, 그럼 유주독존(唯主獨尊)인가.
그래, 예수님이 내 안에 계시니, 귀가 있어 일이관지(一以貫之)하는 자는 알아듣겠지."
소년이 홀로 속삭였다.

노인이 갈라디아서 책장을 넘겼다.

'하나님 앞에서 아무나
율법으로 말미암아 의롭게 되지 못할 것이 분명하니,
이는 의인이 믿음으로 살리라 하였음이니라.
이는 그리스도 예수 안에서
아브라함의 복이 이방인에게 미치게 하고,
또 우리로 하여금 믿음으로 말미암아
성령의 약속을 받게 하려 함이니라.

이같이 율법이 우리를 그리스도에게로 인도하는 몽학선생이 되어,
우리로 하여금 믿음으로 말미암아 의롭다 함을 얻게 하려 함이니라.
믿음이 온 후로는 우리가 몽학선생 아래 있지 아니하도다.
너희가 다 믿음으로 말미암아
그리스도 예수 안에서 하나님의 아들이 되었으니,
누구든지 그리스도와 합하여 세례를 받은 자는
그리스도로 옷 입었느니라.

너희는 유대인이나 헬라인이나,
종이나 자주자나,

남자나 여자 없이
다 그리스도 예수 안에서 하나이니라.

너희가 그리스도께 속한 자면 곧 아브라함의 자손이요,
약속대로 유업을 이을 자니라.'

"바울은 율법을 어린아이들의 공부인
몽학선생(蒙學先生 guardian)으로 비유하고 있습니다."
"율법은 믿음으로 말미암아 의로움을 얻게 하기 위하여
우리를 그리스도에게로 인도하였지."
"유대인이나 헬라인이나, 유럽이나 아시아나, 북미나 남미나—
나라와 민족과 인종과 문화를 초월하여
모든 인류는 예수 그리스도 안에서 하나입니다
We are all one in Christ Jesus."
"그렇지. 같은 한 아버지를 둔 우리 인류는
서로 예수(Jesus), 모하메드(Mohammed),
부처(Buddha), 브라마(Brahma)를 찾곤 하지.
모든 인류는 다름으로 공존하는 거니까,
서로 존중하고 사랑하면 되는 것이지."

피트니스 센터에서 Treadmill로 빨리 걷기를 하는 시간은
구글로 뉴스를 접하는 시간이다.
오늘은 2023년 10월 8일, 뉴스를 검색한 소년이 말했다.

"오늘 이스라엘과 팔레스타인과의 전쟁으로
5,000여 명의 사상자가 발생하고 있어요."
"4,000여 년이 지나도록 이삭과 이스마엘이 아직도 지하에서 싸우고 있군."
여느 때와 마찬가지로 어떤 뉴스를 대해도 늘 초연한 모습으로 예삭이 말했다.

무엇이 그토록 스승 예삭을 늘 의연하게 만드는가.
그래, 스승은 모든 해답은 말씀 안에 있다고 했다.
소년은 예삭의 작은 노트에 기록됐던 구절을 떠올렸다.
깨달음에 대한 소망으로.

'There is nothing new under the sun.
What has been will be again.

What has been done will be done again.

Generations come and generations go,

but the earth remains forever

해 아래는 새 것이 없나니,

이미 있던 것이 후에 다시 있겠고,

이미 한 일을 후에 다시 할지라.

한 세대는 가고 한 세대는 오되,

땅은 영원히 있도다.'

이번에는 요르단강 서안 지구가 아닌, 이집트(애굽) 국경 해안 지역에 위치한
가자(Gaza)지구의 팔레스타인(이슬람권, 모하메드)이 '알 아크사 폭풍 작전'명으로
이스라엘을 공격했고, 이스라엘은 '철의 검' 작전명으로 전쟁을 벌이고 있었다.

"아브라함의 같은 아들들이 싸우고 있어요."

"사라와 하갈의 아들이지."

온고지신(溫故知新)— 예삭과 소년은 옛것을 익혀 새것을 알아가고 있었다.

'그리스도께서 우리로 자유케 하려고 자유를 주셨으니,

그러므로 굳세게 서서 다시는 종의 멍에를 메지 말라.

보라, 나 바울은 너희에게 말하노니 너희가 만일 할례를 받으면,

그리스도께서 너희에게 아무 유익이 없으리라.

내가 할례를 받는 각 사람에게 다시 증거하노니,

그는 율법 전체를 행할 의무를 가진 자라.

내가 이르노니, 너희는 성령을 좇아 행하라.

그리하면 육체의 욕심을 이루지 아니하리라.

육체의 소욕은 성령을 거스르고,

성령의 소욕은 육체를 거스르나니,

이 둘이 서로 대적함으로 너희가 원하는 것을 하지 못하게 하려 함이라.

너희가 만일 성령의 인도하시는 바가 되면, 율법 아래 있지 아니하리라.

육체의 일은 현저하니,

곧 음행과 더러운 것과 호색과 우상 숭배와 술수와 원수를 맺는 것과,

분쟁과 시기와 분냄과 당 짓는 것과 분리함과

이단과 투기와 술 취함과 방탕함과 또 그와 같은 것들이라.

전에 너희에게 경계한 것 같이 다시 말하노니,
이런 일을 하는 자들은
하나님의 나라를 유업으로 받지 못할 것이요,
오직 성령의 열매는
사랑과 희락과 화평과 오래 참음과 자비와
양선과 충성과 온유와 절제니,
이같은 것을 금지할 법이 없느니라.

그리스도 예수의 사람들은 육체와 함께
그 정과 욕심을 십자가에 못 박았느니라.
만일 우리가 성령으로 살면 또한 성령으로 행할지니,
헛된 영광을 구하여 서로 격동하고 서로 투기하지 말지니라.'

"바울은 그리스도를 율법 전체를 행할 의무를 가진 자로
표현하고 있습니다he is obligated to obey the whole law."
소년이 사명으로 말했다.
"그리스도는 성령이시니,
성령의 인도하시는 바가 되면 우리는 율법 아래 있지 않게 되지
If you are led by the Spirit, you are not under the law."
노인이 성령으로 말했다.
"네. 우리는 율법이 아닌,
그리스도께서 주시는 사랑과 은혜로 모든 것으로부터 자유를 얻게 되지요."
소년이 자유함으로 말했다.
"율법과 육체는 속박이고, 자유는 생명인 것이지."
"성령은 육체를 거스르게 하니, 성령을 쫓을 일입니다
Spirit what is contrary to the flesh. Walk by the Spirit."
"사랑으로 생각하고,
자비함으로 말하고,
긍휼함으로 행동함으로써
우리는 살아서도 천국의 노을을 거닐 수 있는 것이지."
노인이 천국에서 사는 사람답게 말했다.
"그 길이 바로 성령으로 살며, 성령으로 행하는 것이지요
Since we live by the Spirit, let us keep in step with the Spirit."
소년이 깨달음으로 말했다.

소년은 예삭이 늘 가슴에 품고 살아가는 진리의 말씀을
자신의 작은 노트에 정성스레 기록했다.

'The fruit of the Spirit is love, joy, peace, forbearance, kindness,
goodness, faithfulness, gentleness, and self-control성령의 열매는
사랑과 희락과 화평과 오래 참음과 자비와 양선과 충성과 온유와 절제니라.'

'사희화오 자양충온절, GGFF JKL PS.'

소년은 성령의 아홉 가지 열매를 기억하는 방법을 혼잣말처럼 속삭이며 외웠다.

"우리 모두는 살아가면서 사랑하는 이웃에게
이 아홉 가지 성령의 열매(fruit of the Spirit)의 향기를 품어야 하지."

예삭은 오늘이 휴일인 Columbus Day인 줄도 모르고, 사무실에서 근무했다.
점심은 라면에 Quinoa를 넣어 끓여 먹었다.
풍요로운 점심이라고 생각했다.

'형제들아,
사람이 만일 무슨 범죄한 일이 드러나거든,
신령한 너희는 온유한 심령으로 그러한 자를 바로잡고,
네 자신을 돌아보아 너도 시험을 받을까 두려워하라.
너희가 짐을 서로 지라. 그리하여 그리스도의 법을 성취하라.
만일 누가 아무것도 되지 못하고 된 줄로 생각하면,
스스로 속임이니라.

각각 자기의 일을 살피라.
그리하면 자랑할 것이 자기에게만 있고,
남에게는 있지 아니하리니,
각각 자기의 짐을 질 것임이니라.
스스로 속이지 말라.
하나님은 소홀히 여김을 받지 아니하시나니,
사람이 무엇으로 심든지 그대로 거두리라.
그러나 내게는 우리 주 예수 그리스도의 십자가 외에 결코 자랑할 것이 없으니,
그리스도로 말미암아 세상이 나를 대하여 십자가에 못 박히고,
내가 또한 세상을 대하여 그러하니라.

형제들아,
우리 주 예수 그리스도의 은혜가 너희 심령에 있을지어다.
아멘.'

"바울이 사서삼경(四書三經)의 하나인 『시경』에 나오는
'타산지석 가이공옥(他山之石 可以攻玉)'을 가르치고 있습니다."
"범죄한 자를 바로잡고(restore),
자신을 돌아보는 것(watch yourselves)이 곧 타산지석이지."
"네. 다른 산의 돌이라도(他山之石),
자신의 옥을 갈 수 있는 법(可以攻玉)이죠."
"바울이 갈라디아 사람들에게 쓴 편지처럼,
우리는 각자의 짐을 지고 그리스도의 법을 성취해야지.
Carry each other's burdens, and in this way you will fulfill the law of Christ."
"바울은 겸손의 미덕을 신비한 표현으로 가르치고 있습니다."

소년의 작은 노트에는 겸손의 미덕에 관한 바울의 말씀이 적혀 있었다.

'Each one should test their own actions.
Then they can take pride in themselves alone,
without comparing themselves to someone else.
각각 자기의 일을 살피면 자랑할 것이 자기에게만 있고,
남에게는 있지 아니하리라.'

"그것이 바로 그리스도의 진리를 거울 삼아,
반석 위에 홀로 우뚝 서서 당당히 살아가는 비밀이지."
"네. 인생은 어느 작가의 책 제목처럼,
무소의 뿔처럼 혼자서 담대히 가는 겁니다."
"사람은 심는 대로 거둔다는 말씀도 위대한 가르침이지요
A man reaps what he sows."
"오늘의 나는 어제의 나의 결과요, 내일의 나는 오늘의 나의 결과일 뿐.
인생에는 무슨 불가사의(不可思議)가 있는 것이 아니지."
"바울이 갈라디아의 왼쪽 동네인 에베소로 장소를 옮깁니다."

소년이 『에베소서』의 책장을 넘기며 말했다.

소예공부 (갈라디아서)

"진리의 말씀인 복음은 인간의 창작물이 아닌, 하늘로부터 오는 '계시'이자 진리입니다. 믿음은 율법보다 위대합니다. 그리스도와 함께 십자가에 못 박힘으로써 바울은 죽고, 예수가 바울 안에 산다고 고백합니다. 우리는 모두 '나는' 없고, 십자가 그리스도가 내 안에서 살아가시는 무아(無我)의 인생을 깨우쳐야 합니다." 부처 싯다르타가 무아(無我)로 말했다.

"모든 인류는 나라와 민족, 언어와 종교를 초월하여, 믿음으로 하나님의 같은 자녀가 됩니다. 이것이 차별과 갈등을 넘는 초문화적 통합의 선언이며, 진정한 하나됨의 뿌리는 십자가 그리스도 예수 안에 있습니다." 소크라테스가 공자의 작은 노트에 메모되어 있는 갈라디아서 3장 28절을 보며 말했다.

'유대인이나 헬라인이나, 종이나 자주자나, 남자나 여자 없이 다 그리스도 예수 안에서 하나이니라.'

"영적 성숙은 말이나 지식이 아니라, 삶의 열매에서 드러나며, 진정한 자유는 율법을 넘어선 사랑에서 옵니다. 우리는 율법이 아닌, 그리스도께서 주시는 사랑과 은혜로 모든 것으로부터 자유를 얻게 됩니다." 공자가 싯다르타의 작은 노트에 메모된 갈라디아서 5장 22~23절을 내려다보며 말했다.

'성령의 열매는 사랑과 희락과 화평과 오래 참음과 자비와 양선과 충성과 온유와 절제니라.'

"종두득두(種豆得豆)와 인과응보(因果應報), 이 단순한 진리가 인생 전체의 도덕적 구조와 영적 현실을 꿰뚫습니다. 심는 자가 결국 자기 인생의 편지를 쓰는 것입니다. 스스로의 생각, 말, 행동이 곧 스스로의 인생인 것입니다." 예수의 소크라테스의 작은 노트에 메모된 말씀을 보며 말하자, 석가가 신약성경 10번째 책인 에베소서 책장을 펼쳤다.

'사람이 무엇으로 심든지 그대로 거두리라A man reaps what he sows.' – 갈라디아서 6장

제 10권 에베소서 (Ephesians)

"에베소서는 어떤 책인가요?"
예삭이 친구처럼 물었다.

"에베소서는 서기 62년,
바울이 로마 감옥에 갇혔을 때 쓴 옥중서신(獄中書信)으로,
에베소(Ephesus 터키) 사람들에게 보낸 편지로 알고 있습니다."

"에베소는 지금의 터키(Turkey)로, 흑해와 지중해를 사이에 두고 있고
또한 유럽과 아시아의 중앙에 위치하고 있었지. 유럽 쪽에 좀 더 가깝지만."

"로마인들에게 보낸 로마서도 있고,
또 에베소서 또한 로마 감옥에서 썼고 로마가 자주 등장합니다."

"모든 길은 로마로 통한다All roads lead to Rome는 속담이 있듯이,
지금의 지중해와 흑해 주변의 전 지역을 차지했던 고대 로마는
현재의 시리아 접경 지역에서부터 유럽의 육지 끝에 위치한
에스파냐(스페인)까지 영토를 확장한 거대 제국이었지."

"로마가 세계의 중심지였네요."

"로마의 공병대가 8만 5천 킬로미터나 되는 도로를 건설하면서
그런 속담이 유래하게 된 것이지."
소년이 바울의 편지 에베소서를 펼쳤다.

'찬송하리로다
하나님 곧 우리 주 예수 그리스도의 아버지께서
그리스도 안에서 하늘에 속한 모든 신령한 복으로
우리에게 복 주시되,
 곧 창세 전에 그리스도 안에서 우리를 택하사
우리로 사랑 안에서 그 앞에 거룩하고 흠이 없게 하시려고,
그 기쁘신 뜻대로 우리를 예정하사
예수 그리스도로 말미암아 자기의 아들들이 되게 하셨으니,

이는 그의 사랑하시는 자 안에서 우리에게 거저 주시는 바
그의 은혜의 영광을 찬미하게 하려는 것이라.

우리가 그리스도 안에서 그의 은혜의 풍성함을 따라,
그의 피로 말미암아 구속 곧 죄 사함을 받았으니,
이는 그가 모든 지혜와 총명으로 우리에게 넘치게 하사
그 뜻의 비밀을 우리에게 알리셨으니,
곧 그 기쁘심을 따라
그리스도 안에서 때가 찬 경륜을 위하여 예정하신 것이니라.

하늘에 있는 것이나 땅에 있는 것이 다
그리스도 안에서 통일되게 하려 하심이라.
모든 일을 그 마음의 원대로 역사하시는 자의 뜻을 따라
우리가 예정을 입어, 그 안에서 기업이 되었으니,
이는 그리스도 안에서
전부터 바라던 우리로 그의 영광의 찬송이 되게 하려 하심이라.

그 안에서 너희도 진리의 말씀, 곧 너희의 구원의 복음을 듣고,
그 안에서 또한 믿어 약속의 성령으로 인치심을 받았으니
우리 주 예수 그리스도의 하나님,
영광의 아버지께서 지혜와 계시의 정신을 너희에게 주사
하나님을 알게 하시고,
너희 마음의 눈을 밝히사 그의 부르심의 소망이 무엇이며,
성도 안에서 그 기업의 영광의 풍성이 무엇이며,
그의 힘의 강력으로 역사하심을 따라
믿는 우리에게 베푸신 능력의 지극히 크심이 어떤 것을
너희로 알게 하시기를 구하노라.'

"사랑 안에서(in love) 주 앞에 거룩하고 흠이 없게 하시려고
우리에게 사랑과 자비를 주시는 하나님을 찬송합니다."
소년이 흠없고자 하는 소망을 담아 말했다.
"그것이 인류를 향한 하나님의 기쁘신 뜻이지God's pleasure and will."
노인이 기쁨으로 말했다.
"그 모든 지혜와 총명을 우리에게 넘치도록 선물로 주셨으니
God lavished on us with all wisdom and understanding,
사실 인생이라는 것은 그것만으로도 넘치고 풍요로운 것이지."

260

"⋯⋯⋯⋯⋯⋯⋯"

노인이 아무 바램이 없는 풍요로운 마음을 담아 침묵을 깨며 말을 이었다.

"하늘 아래, 땅 위에 다 그리스도 안에서 하나가 되게 하도록
우리의 마음의 눈을 밝히셨습니다."

소년이 인류가 하나되는 마음을 담아 말했다.

"마음의 눈(eyes of your heart). 그렇지,
마음의 눈이 있어야 볼 수 없는 말씀을 보아 깨달음에 이르게 되지."

부동산(不動産) 손님과의 약속을 위해 소년이 사무실을 나섰다.
소년은 무슨 일을 하든 '정직으로 정면 돌파하는 것이
좋은 결과를 내는 길'이라는 예삭의 말을 떠올렸다.

'Leaders are clear — 리더들은 분명하고 명확하다.'

그것이 또한 산상수훈의 '청심(淸心, pure in heart)'의 가르침이 아니던가.

'그 능력이 그리스도 안에서 역사하사,
죽은 자들 가운데서 다시 살리시고
하늘에서 자기의 오른편에 앉히사,
모든 정사와 권세와 능력과 주관하는 자와 이 세상뿐 아니라
오는 세상에 일컫는 모든 이름 위에 뛰어나게 하시고,
또 만물을 그 발 아래 복종하게 하시고,
그를 만물 위에 교회의 머리로 주셨느니라.

교회는 그의 몸이니,
만물 안에서 만물을 충만케 하시는 자의 충만이니라.
긍휼에 풍성하신 하나님이 우리를 사랑하신 그 큰 사랑을 인하여,
허물로 죽은 우리를 그리스도와 함께 살리셨고
너희가 은혜로 구원을 얻은 것이라.
이는 그리스도 예수 안에서 우리에게 자비하심으로써,
그 은혜의 지극히 풍성함을 오는 여러 세대에 나타내려 하심이니라.

너희가 그 은혜를 인하여 믿음으로 말미암아 구원을 얻었나니,
이것이 너희에게서 난 것이 아니요, 하나님의 선물이라.
행위에서 난 것이 아니니,

261

이는 누구든지 자랑치 못하게 함이니라.
이제는 전에 멀리 있던 너희가 그리스도 예수 안에서,
그리스도의 피로 가까워졌느니라.

그는 우리의 화평이신지라,
둘로 하나를 만드사 중간에 막힌 담을 허시고.
또 십자가로 이 둘을 한 몸으로 하나님과 화목하게 하려 하심이라.
원수 된 것을 십자가로 소멸하시고.
너희도 성령 안에서 하나님의 거하실 처소가 되기 위하여,
예수 안에서 함께 지어져 가느니라.'

"구원이 우리의 행위의 결과가 아니고,
하나님께서 주신 은혜와 믿음으로 말미암은 선물이니,
우리가 자랑할 것이 아무것도 없습니다."
"우리의 평화(our peace)이신 하나님은,
우리를 하나가 되어 화목하게 하시려고
사람 사이의 원수의 벽(wall of hostility)을 십자가(cross)로 소멸하셨지."
노인이 십자가를 진 마음으로 말했다.

'이 복음을 위하여 그의 능력이 역사하시는 대로,
내게 주신 하나님의 은혜의 선물을 따라 내가 일꾼이 되었노라.
모든 성도 중에 지극히 작은 자보다 더 작은 나에게 이 은혜를 주신 것은,
측량할 수 없는 그리스도의 풍성을 이방인에게 전하게 하시고,
영원부터 만물을 창조하신 하나님 속에 감추었던 비밀의 경륜이
어떠한 것인지 드러내게 하려 하심이라.
이는 이제 교회로 말미암아,
하늘에서 정사와 권세들에게 하나님의 각종 지혜를 알게 하려 하심이니,
곧 영원부터 우리 주 그리스도 예수 안에서 예정하신 뜻대로 하신 것이라.

우리가 그 안에서 그를 믿음으로 말미암아,
담대함과 하나님께 당당히 나아감을 얻느니라.
그러므로 너희에게 구하노니,
너희를 위한 나의 여러 환난에 대하여 낙심치 말라.
이는 너희의 영광이니라.
믿음으로 말미암아, 그리스도께서 너희 마음에 계시게 하옵시고,

너희가 사랑 가운데서 뿌리가 박히고 터가 굳어져서,
능히 모든 성도와 함께 지식에 넘치는 그리스도의 사랑을 알아,
그 넓이와 길이와 높이와 깊이가 어떠함을 깨달아,
하나님의 모든 충만하신 것으로
너희에게 충만하게 하시기를 구하노라.'

"하나님의 선물은 그냥 선물이 아니고, 자비와 은혜의 선물입니다."
"지극히 작은 자보다 더 작은 자라며
낮은 데로 임하는 바울의 자세는,
낮아짐으로 높아진다는 것을 가르쳐 주고 있지
I am less than the least of all the Lord's people."
"하나님께서 주신 은혜로
바울은 이방인에게 헤아릴 수 없는
그리스도의 무한한 풍성함을 전도하며,
하나님의 여러 지혜를 알게 하였어요.
preach to the Gentiles the boundless riches of Christ."
"하나님의 여러 지혜로 우리는 절망치 않고(not to be discouraged),
모든 시련을 이겨 나가는 것이지."
"사랑 가운데서 뿌리가 박히고 터가 굳어져서(being rooted and established in love),
그 넓이와 길이와 높이와 깊이가 어떠함을 깨달아 가는 것이
충만한 인생을 살아가는 비결입니다."

예삭은 여느 새벽처럼 피트니스에서 운동을 하고 있는데,
어느 젊은 백인 친구가 말을 걸어왔다.

"열심이시네요."
"네. 나이 생각해서 무리하지 않고 있습니다."
"몇이신데요?"
"63입니다."
"와우~. 당신은 나에게 동기를 부여하십니다."
"당신이 더 훌륭하십니다."

동기부여는 곧 그리스도의 향기라는 생각을 하며,
예삭은 샤워를 마치고 피트니스 센터를 나왔다.

소년이 책장을 넘겼다.

'그러므로 주 안에서 갇힌 내가 너희를 권하노니,
너희가 부르심을 입은 부름에 합당하게 행하여,
모든 겸손과 온유로 하고 오래 참음으로 사랑 가운데서 서로 용납하고,
평안의 매는 줄로 성령의 하나 되게 하신 것을 힘써 지키라.

몸이 하나요 성령이 하나이니,
이와 같이 너희가 부르심의 한 소망 안에서 부르심을 입었느니라.
주도 하나요 믿음도 하나요 세례도 하나요,
하나님도 하나이시니 곧 만유의 아버지시라.
만유 위에 계시고 만유를 통일하시고 만유 가운데 계시도다.

우리 각 사람에게 그리스도의 선물의 분량대로 은혜를 주셨나니
진리가 예수 안에 있는 것 같이,
너희가 과연 그에게서 듣고 또한 그 안에서 가르침을 받았을진대,
너희는 유혹의 욕심을 따라 썩어져 가는 구습을 좇는 옛 사람을 벗어 버리고,
오직 심령으로 새롭게 되어,
하나님을 따라 의와 진리의 거룩함으로 지으심을 받은 새 사람을 입으라.

그런즉 거짓을 버리고, 각각 그 이웃으로 더불어 참된 것을 말하라.
이는 우리가 서로 지체가 됨이니라.
분을 내어도 죄를 짓지 말며, 해가 지도록 분을 품지 말고
무릇 더러운 말은 너희 입 밖에도 내지 말고,
오직 덕을 세우는 데 소용되는 대로 선한 말을 하여
듣는 자들에게 은혜를 끼치게 하라.
하나님의 성령을 근심하게 하지 말라.
그 안에서 너희가 구속의 날까지 인치심을 받았느니라.

너희는 모든 악독과 노함과 분냄과 떠드는 것과 훼방하는 것을,
모든 악의와 함께 버리고,
서로 인자하게 하며 불쌍히 여기며,
서로 용서하기를 하나님이 그리스도 안에서 너희를 용서하심과 같이 하라.'

"평화의 띠로 성령이 하나 된 것 같이,
우리 모든 인류는 완전한 겸손과 온유와 인내로,
사랑 가운데서 서로 용서하고 사랑하면 그곳이 곧 천국일 거예요."

"이미 그렇게 하나님의 나라를 살고 있는, 깨달음에 이른 이웃들도 꽤 많지."
"'만유의 아버지인 하나님과,
주와 세례와 믿음과 성령이 하나이듯 모든 인류는 하나입니다
one God and Father of all, who is over all and through all and in all."
"우리 모든 인류에게 각 분량대로(each one of us grace has been given),
하나님께서 그리스도의 선물을 은혜로 주셨듯이
우리는 다름을 인정하며 서로 사랑하고 공존하는 것이지."
"'진리가 예수님 안에 있다(The truth is in Jesus)'는
바울의 편지는 참으로 많은 깨우침을 줍니다."
"밖에서 무엇을 찾으려 하기보다는,
내 안에 있는 예수 그리스도를 알아 진리를 깨우쳐야지."

소년의 작은 노트에는 수없이 많은 묵상을 한 흔적이 있는,
꿀보다 달콤한 말씀이 기록돼 있었다.
지금의 터키인 에베소 사람들에게 보낸 바울의 옥중서신이었다.

'너희는 유혹의 욕심을 따라
썩어져 가는 구습을 좇는 옛 사람을 벗어 버리고,
오직 심령으로 새롭게 되어 하나님을 따라
의와 진리의 거룩함으로 지으심을 받은 새 사람을 입으라.
그런즉 거짓을 버리고,
각각 그 이웃으로 더불어 참된 것을 말하라.
이는 우리가 서로 지체가 됨이니라.'
You were taught, with regard to your former way of life,
to put off your old self,
which is being corrupted by its deceitful desires;
to be made new in the attitude of your minds;
and to put on the new self,
created to be like God in true righteousness and holiness.
Therefore each of you must put off falsehood
and speak truthfully to your neighbor,
for we are all members of one body.'

"스승님, 저는 어려운 건 잘 몰라도
이웃과 더불어 참된 것을 말하는 사람이 되고 싶어요.
말은 나의 생각과 마음에서 나오는 것으로서,

265

내가 누구라는 것을 표현하는 것인데,
말은 상처가 되기도 하고 위로가 되기도 하는
인류 최대의 무기요 도구입니다."
"말은 좋은 무기이자 선한 도구로 사용되어야지."

예삭이 말하며 자신의 작은 노트를 내밀었다.

'선한 말은 꿀송이 같아서 마음에 달고 뼈에 양약이 되느니라.
말은 행동의 거울이다.
칼이 입힌 상처는 치료가 되나, 말이 입힌 상처는 평생 간다.
말하는 것은 지식이고, 듣는 것은 지혜다.
말이 있기에 사람은 짐승보다 낫다.
그러나 바르게 말하지 않으면, 짐승이 그대보다 낫다.
명철한 사람의 입의 말은 깊은 물과 같고,
지혜의 샘은 솟쳐 흐르는 내와 같으니라.
경우에 합당한 말은 아로새긴 은쟁반에 금사과니라.
네 입의 말로 네가 얽혔으며,
네 입의 말로 인하여 잡히게 되었느니라.
말은 마음의 초상이다.
혹은 칼로 찌름 같이 함부로 말하거니와,
지혜로운 자의 혀는 양약 같으니라.'

"이웃에게 사랑 안에서 선한 말을 하는 것이,
바로 심령으로 새롭게 되어 하나님을 따라
의와 진리의 거룩함으로 지으심을 받은 새 사람 되는 것이지."
"네, 선한 말은 곧 이웃에게 끼치는 은혜지요."
"'해가 지도록 화를 품지 않고,
이웃에게 선한 말을 하는 것이 곧 덕(德)을 쌓는 일이지
Do not let the sun go down while you are still angry."
"서로 인자함과 자비로써 불쌍히 여기며
Be kind and compassionate to one another,
하나님께서 우리를 용서하신 것 같이
우리도 서로 용서하면 이곳이 곧 하늘나라입니다."

오랜만에 딸아이에게서 '식사 같이하자'는 카톡이 왔나.
예삭 나이 63세가 되는 생일이었다.

다섯 살 때부터 골프를 가르쳐 LPGA 미국여자오픈까지 출전했던 딸아이였다.
늘 혼자였던 예삭의 표정은 여느 때와 다름이 없었다.

'그러므로 사랑을 입은 자녀 같이 너희는 하나님을 본받는 자가 되고,
그리스도께서 너희를 사랑하신 것 같이 너희도 사랑 가운데서 행하라.
그는 우리를 위하여 자신을 버리사,
향기로운 제물과 생축으로 하나님께 드리셨느니라.

음행과 온갖 더러운 것과 탐욕은 너희 중에서 그 이름이라도 부르지 말라.
이는 성도의 마땅한 바니라.
누추함과 어리석은 말이나 희롱의 말이 마땅치 아니하니,
돌이켜 감사하는 말을 하라.
너희가 전에는 어두움이더니 이제는 주 안에서 빛이라.

빛의 자녀들처럼 행하라.
빛의 열매는
모든 착함과 의로움과 진실함에 있느니라.
세월을 아끼라. 때가 악하니라.
그러므로 어리석은 자가 되지 말고,
오직 주의 뜻이 무엇인가 이해하라.

시와 찬미와 신령한 노래들로 서로 화답하며,
너희의 마음으로 주께 노래하며 찬송하며,
범사에 우리 주 예수 그리스도의 이름으로
항상 아버지 하나님께 감사하며,
그리스도를 경외함으로 피차 복종하라.'

소년은 실제로 어둠과 빛의 세계를 체험했다.
성경을 모르던 시절은 어두움의 자식이었고,
성경을 읽고 깨달아감으로써 그는 영원한 빛의 세계를 보게 되었다.
착함과 의로움과 진실함은 소년이 매일 따 먹는 빛의 열매였다.
The fruit of the light consists in all goodness, righteousness and truth.

"세월을 아끼라, 때가 악하니라는 무슨 뜻이에요?"
"번역에 약간의 오류가 있었겠지.

'아끼다'는 saving이고, '세월을 만들다'는 making이잖아.
그러니 원문의 의미는 모든 기회로부터 최선의 것을 만들라는 뜻이지
Making the most of every opportunity..
그건 곧 일촌광음불가경(一寸光陰不可輕),
즉 '한 치의 시간도 가벼이 여기지 말라'는 뜻이지."

소년은 예삭의 노트에서 눈길을 사로잡는 시를 발견했다.
중국 남송(南宋) 시대의 유학자 주희(朱熹)의 '일촌광음불가경' 시였다:

'少年易老 學難成(소년이로학난성)
소년은 늙기 쉽고, 학문은 이루기 어렵다

一寸光陰 不可輕(일촌광음불가경)
일촌의 시간이라도 가볍게 여기지 말라

未覺池塘 春草夢(미각지당춘초몽)
못가의 봄풀은 아직 꿈에서 깨지 못했는데

階前梧葉 已秋聲(계전오엽이추성)
섬돌 앞의 오동잎은 벌써 가을 소리를 내는구나'

"결국 바울의 편지는 찰나(刹那)의 순간이라도 헛되이 보내지 말고,
매 순간 최선의 것을 만들어내라는 뜻이군요."
"그래. 큰일을 이룬 사람들은 바로 그런 사람들이지."

"스승님도 짜투리 시간을 이용해 프로권투, 프로골프, 부동산과 금융 전문가,
작가, 유튜버로서 두 딸을 골프 선수로 키우셨죠."

자신의 이야기를 좋아하지 않는 노인이 에베소서 마지막 책장을 넘겼다.

'자녀들아, 너희 부모를 주 안에서 순종하라. 이것이 옳으니라.
네 아버지와 어머니를 공경하라. 이것이 약속 있는 첫 계명이니,
이는 네가 잘되고 땅에서 장수하리라.
또 아비들아, 너희 자녀를 노엽게 하지 말고,
오직 주의 교양과 훈계로 양육하라.

모든 기도와 간구로 하되, 무시로 성령 안에서 기도하고,
이를 위하여 깨어 구하기를 항상 힘쓰며 여러 성도를 위하여 구하라.
또 나를 위하여 구할 것은 내게 말씀을 주사,

나로 입을 벌려 복음의 비밀을 담대히 알리게 하옵소서 할 것이니.
우리 주 예수 그리스도를 변함없이
사랑하는 모든 자에게 은혜가 있을지어다.'

"'약속 있는 첫 계명이 부모에 대한 효도'라는 건,
저에게 정말 큰 가르침이에요."
"모세가 받은 십계명 중
첫 네 가지는 하나님을 공경하라는 경천(敬天)의 가르침이고,
나머지 여섯 가지는 이웃을 사랑하라는 애인(愛人)의 가르침이지.
그 가운데 첫 번째가 바로 부모에게 효도(孝道)하라는 계명이지."
"그래서 그런지, 스승님은 모든 것에서 자유로우시면서도,
부모님 이야기만 나오면 표정이 한결 더 간절하고 깊어지시는 것 같아요."
"·········"

예삭은 잠시 먼 산을 바라보며 침묵했다.

"동서고금(東西古今)을 막론하고,
효는 모든 종교가 강조하는 인생의 황금률(黃金律)이에요."

소년은 다시 예삭의 작은 노트에서 효도에 대한 귀한 글귀를 읽었다.

'나무가 고요하고자 하나, 바람이 멈추지 않고
자식이 효도하고자 하나, 부모는 기다려주지 않는다.
세상에는 삼천 가지나 되는 죄가 있으나,
그 중 가장 큰 죄는 효도하지 않는 것이다.

부모에게 효도하지 않으면,
돌아가신 뒤에 반드시 후회한다.
부모 섬김을 자식 기르듯 하라.
부모를 사랑하는 사람은 남을 미워하지 않으며,
부모를 공경하는 사람은 남을 얕보지 않는다.
아침에 일어나 밤에 잠들기까지 충과 효를 생각하는 자는
사람들이 몰라도 하늘이 반드시 기억할 것이다.
내가 아버지께 효도하면, 자식도 나에게 효도한다.
내가 효도하지 않는데, 자식이 어찌 효도하겠는가.

자식에게 바라는 것을 부모에게 먼저 실천하라.
늙어가는 부모를 공경하여 섬기라.
그들이 젊은 날,
너를 위해 뼈와 힘줄이 닳도록 애쓰셨으니.
세상 모든 물건 중 내 몸보다 소중한 것은 없다.
그 몸은 부모가 주신 것이다.

부모를 섬길 줄 모르는 자와는 벗하지 말라.
그는 인간의 첫걸음을 놓친 자이기 때문이다.'

예삭과 소년은 조용히 '어버이 은혜'를 함께 불렀다.

'낳실제 괴로움 다 잊으시고
기르실제 밤낮으로 애쓰는 마음
진자리 마른자리 갈아 뉘시며
손발이 다 닳도록 고생하시네
하늘 아래 그 무엇이 넓다 하리오
어버이의 희생은 가이 없어라.'

"부자(富者)와 장수(長壽)의 비결 또한 효도(孝道)에 있다는
바울의 편지는 정말 놀라운 메시지입니다.
Honoring your father and mother may go well with you,
and you may enjoy a long life on the earth.
바울은 자녀 교육의 최선책도
그리스도의 교양과 훈계인 성경이라고 말하죠."
"말씀이 최선책인데도 효과를 보지 못하는 건,
부모 스스로가 말씀이 되어 사는 '행함'이 없기 때문이지.
그래도 자녀는 부모라는 이유 하나만으로도, 반드시 공경해야 해."

예삭은 마지막 말을 마치며, 자신의 노트를 내밀었다.
논어 자로편(子路篇) 6장이었다.
'기신정 불령이행(其身正 不令而行)
기신부정 수령부종(其身不正 雖令不從),
스스로가 바르면 명(命)하지 않아도 따르고,
스스로가 바르지 않으면 명해도 따르지 않는다.'

소년은 그 문장을 곱씹으며 말했다.

"스승님, 정말 멋진 교훈이에요.

그렇죠. 행함이 없는 믿음은 죽은 것이니까요."

소년의 말에 노인이 자비의 미소를 지으며 흔들의자에서 일어났다.

소예공부 (에베소서)

"하나님은 창세 전에 우리를 사랑 안에서 택하사 거룩하고 흠이 없게 하시려는 뜻을 세우셨습니다. 은혜로 구원을 받은 것은 우리의 공로가 아니라 하나님의 선물이며, 누구도 자랑할 수 없는 무조건적인 사랑입니다. 우리도 그 받은 사랑을 스쳐가는 이웃에게 이유 없이 베풀어야 합니다." 부처 석가모니가 자비, 즉 사랑으로 말했다.

"주도 하나, 믿음도 하나, 세례도 하나, 하나님도 하나이니 모든 인류는 하나입니다. 인류는 시공을 초월하여 평화의 띠로 말씀과 진리 안에서 하나 됨을 지켜 서로 사랑해야 합니다. 거짓을 버리고 참된 말을 하며, 더러운 말 대신 덕을 세우는 선한 말로 이웃에게 은혜를 끼쳐야 합니다." 소크라테스가 고대의 침묵을 깨며 말했다.

"'때가 악하니 세월을 아끼라'는 바울의 편지, 깨어 있는 마음으로 잘 이해해야 합니다. 세월은 항상 선악이 공존하는 시간입니다. 세월이 항상 악한 것은 아니며, 바울의 이'때'는 하나님이 개입하시는 기회의 때로 이해할 수 있습니다. 이 편지는 바울이 로마 감옥에서 보낸 옥중서신입니다. 당시 로마제국은 황제를 신으로 섬기는 체제였고, 기독교는 반국가적 이단 취급을 받았습니다. 우상숭배, 핍박, 감옥, 도덕적 해이와 물질주의, 성적 타락, 부의 우상화, 인간 중심의 가치관이 에베소, 고린도, 로마에 만연했던, 그야말로 때가 악했습니다. 그래서 바울이 말한'악한 때'는 하나님이 개입하시는 기회의 때로 이해할 수 있습니다." 예삭 노인이 말했다.

271

"그러니 신앙인들은 시도때도 없이 '때가 악하다'는 말을 삼가야 합니다. 특히 '말세'라는 말을 너무 쉽게 하는데, 때는 오직 하나님만 아신다고 분명하게 기록되어 있으니 말을 삼가 하여 하나님께 영광을 가리지 않도록 힘써야 합니다. 그리고 특히 한국어 성경은 다섯 개 언어를 거쳐 번역되어 오다 보니 번역의 오류가 있었고, 그 오류는 맹목적 신앙을 불러와 많은 목숨을 잃는 어처구니없는 사건들이 발생하기도 했으며, AI가 넘나드는 지금도 깨우쳐지지 않는 인간의 어리석음으로 인하여 종교적 사건들이 일어나고 있습니다. 쉽게 말해, 교회 다니고 절에 다니면서도 미신적인 신앙생활을 하는 것이 비일비재합니다. 이 또한 사람마다 자신의 인생, 스스로의 몫에 따라 살아가는 것이니 사랑과 자비함으로 기도할 뿐입니다." 공자가 천국을 거닐듯 말했다.

"번역 오류의 예를 들자면, 영어 성경의 바울 편지에는 '세월을 아끼라'는 말이 없습니다. '세월을 아끼라'는 말은 이웃을 사랑하는 능동적인 태도보다는 자신을 방어하는 수동적인 인간으로 만듭니다. 바울이 말한 'making the most of every opportunity'는 '세월을 아끼라'가 아니고, '모든 기회로부터 최선을 만들어 내라'는 지극히 능동적이면서도 진취적인 말씀입니다. 차라리 소중하고 귀한 인생 찰나의 시간도 헛되이 여기지 말라는 '일촌광음불가경(一寸光陰不可輕)'이라고 표현했으면 나았을 뻔했습니다." 예삭 노인이 말했다.

"우리 스스로는 빛을 전하려는 사람들, 회복의 소망, 기술의 선한 사용, 말씀으로 깨어나는 존재로 살아가야 합니다. 기회를 낭비하지 말고 더욱 사랑하며, 지금 이 순간을 빛으로 살아야합니다. 착함, 의로움, 진실함으로 빛의 자녀처럼 행하며, 어둠을 벗고 진리의 빛을 발하는 인생을 살아가야 합니다. 자녀는 부모를 공경하며 잘되고 장수하는 복의 비결을 깨우쳐야 합니다." 예수가 빛으로 말하며 에베소서 책장을 덮자, 석가(釋迦)가 빌립보서 책장을 펼쳤다.

제11권 빌립보서 (Philippians)

"빌립보서에 대하여 말해보세요."
예삭이 말했다.

"빌립보와 예루살렘, 가이사랴와 로마에서 네 번에 걸쳐 투옥되면서 행하였던 바울의 복음 운동은 참으로 위대한 여정이었습니다. 특히 바울은 아시아와 로마를 잇는 교통의 중심지였던 빌립보인들에게 옥중서신을 보냅니다."

"그토록 어려운 고난의 시간에도 무조건으로 그리스도 안에서 기뻐하는 바울의 모습을 보면, 기뻐하는 것도 반복되는 생각에 근육이 생겨 습관이 되어버렸다는 놀라운 진리를 깨달을 수 있을 거야."

"생각은 행동을 낳고, 행동은 습관을 낳고, 습관은 성격을 낳으며, 성격은 운명을 낳는다고 했습니다. 바로 사도 바울이 그것을 증거하고 있습니다."

소년이 빌립보인들에게 보내는 바울의 편지 첫 장을 넘겼다.

'간구할 때마다 너희 무리를 위하여 기쁨으로 항상 간구함은,
첫날부터 이제까지 복음에서 너희가 교제함을 인함이라.
너희 속에 착한 일을 시작하신 이가 그리스도 예수의 날까지
이루실 줄을 우리가 확신하노라.

내가 너희 무리를 위하여 이와 같이 생각하는 것이 마땅하니,
이는 너희가 내 마음에 있음이며,
나의 매임과 복음을 변명함과 확정함에
너희가 다 나와 함께 은혜에 참예한 자가 됨이라.
내가 예수 그리스도의 심장으로 너희 무리를 어떻게 사모하는지
하나님이 내 증인이시니라.

내가 기도하노라.
너희 사랑을 지식과 모든 총명으로 점점 더 풍성하게 하사,
너희로 지극히 선한 것을 분별하며,
또 진실하여 허물 없이 그리스도의 날까지 이르고,
예수 그리스도로 말미암아 의의 열매가 가득하여
하나님의 영광과 찬송이 되게 하시기를 구하노라.

형제들아, 나의 당한 일이
도리어 복음의 진보가 된 줄을 너희가 알기를 원하노라.
이러므로 나의 매임이 그리스도 안에서
온 시위대 안과 기타 모든 사람에게 나타났으니,
형제 중 다수가 나의 매임을 인하여 주 안에서 신뢰하므로
겁 없이 하나님의 말씀을 더욱 담대히 말하게 되었느니라.
그러면 무엇이뇨. 외모로 하나, 참으로 하나,
무슨 방도로 하든지 전파되는 것은 그리스도니,
이로써 내가 기뻐하고, 또한 기뻐하리라.

나의 간절한 기대와 소망을 따라 아무 일에든지 부끄럽지 아니하고,
오직 전과 같이 이제도 온전히 담대하여,
살든지 죽든지 내 몸에서 그리스도가 존귀히 되게 하려 하나니,
이는 내게 사는 것이 그리스도니, 죽는 것도 유익함이니라.'

"바울은 하나님을 증인으로(God can testify) 삼으면서까지,
그리스도의 애정(affection of Christ Jesus)으로
얼마나 이웃을 사랑하는지를 웅변하고 있어요."
"예수 그리스도로 말미암아 의의 열매가 가득하여
하나님의 영광과 찬송이 되게 하기를 구하는 바울의 편지가 감동적이군."

소년의 작은 노트에는 그리스도를 위하여 생사를 초월하는
바울의 편지 내용이 적혀 있었다.

'Whether by life or by death, for to me, to live is Christ, and to die is gain.
살든지 죽든지 내 몸에서 그리스도가 존귀히 되게 하려 하나니,
이는 내게 사는 것이 그리스도니, 죽는 것도 유익함이니라.'

많은 사람들로 웅성댔던 소년의 부동산 사무실은
모두 퇴근하고, 약간의 적막함이 감돌았다.
소년은 의자에 앉아 머리를 뒤로 젖히고 잠시 눈을 감았다.

'아무 일에든지 다툼이나 허영으로 하지 말고, 오직 겸손한 마음으로
Do nothing out of selfish ambition or vain conceit but instead in humility,
각각 자기보다 남을 낮게 여기고, 각각 사기 일을 돌아볼뿐더러,
또한 각각 다른 사람들의 일을 돌아보아 나의 기쁨을 충만케 하라.

너희 안에 이 마음을 품으라, 곧 그리스도 예수의 마음이니.
그는 근본 하나님의 본체시나
하나님과 동등됨을 취할 것으로 여기지 아니하시고,
오히려 자기를 비워 종의 형체를 가져 사람들과 같이 되었고,
사람의 모양으로 나타나셨으매 자기를 낮추시고 죽기까지 복종하셨으니,
곧 십자가에 죽으심이라.

이러므로 하나님이 그를 지극히 높여,
모든 이름 위에 뛰어난 이름을 주사,
하늘에 있는 자들과 땅에 있는 자들과 땅 아래 있는 자들로
모든 무릎을 예수의 이름에 꿇게 하시고,
모든 입으로 예수 그리스도를 주라 시인하여
아버지께 영광을 돌리게 하셨느니라.'

"스승님, 바울의 말처럼 남을 나보다 낮게 여기는 일이 쉽지 않아요
value others above yourselves."
"인간의 마음으로 스스로 하려니까 그렇지."
"그럼요?"
"하나님의 본체(very nature God)이시며 자기를 낮추시고 죽기까지 복종하셔서
십자가에 죽으신 그리스도 예수의 마음(mindset as Christ Jesus)을 품어야지.
그렇게 하면 하나님께서 우리 안에서 나보다 남을 낮게행하시지 God works in you."
"네. 그럼 우리는 원망과 시비가 없는 하나님의 흠 없는 자녀로서
세상의 빛으로 존재하겠네요."

한편 에바브로디도(Epaphroditus)와 디모데(Timothy)는
바울을 도우며 그리스도의 일을 위하여 죽기에 이르러도
자기 목숨을 돌아보지 아니한 형제요, 군사요, 사자였다.

소년이 남을 나보다 낮게 여기는 마음을 담아 책장을 넘겼다.

'내가 팔일 만에 할례를 받고, 이스라엘의 족속이요,
베냐민 지파요, 히브리인 중의 히브리인이요,
율법으로는 바리새인이요, 열심으로는 교회를 핍박하고,
율법의 의로는 흠이 없는 자로라.
그러나 무엇이든지 내게 유익하던 것을

275

내가 그리스도를 위하여 다 해로 여길 뿐더러,
또한 모든 것을 해로 여김은
내 주 그리스도 예수를 아는 지식이 가장 고상함을 인함이라.

내가 그를 위하여 모든 것을 잃어버리고 배설물로 여김은,
그리스도를 얻고 그 안에서 발견되려 함이니.
내가 가진 의는 율법에서 난 것이 아니요,
오직 그리스도를 믿음으로 말미암은 것이니,
곧 믿음으로 하나님께로서 난 의라.

내가 그리스도와 그 부활의 권능과 그 고난에 참예함을 알려 하여,
그의 죽으심을 본받아 어찌하든지 죽은 자 가운데서 부활에 이르려 하노니,
내가 이미 얻었다 함도 아니요, 온전히 이루었다 함도 아니라.
오직 내가 그리스도 예수께 잡힌 바 된 그것을 잡으려고 좇아가노라.
형제들아, 나는 아직 내가 잡은 줄로 여기지 아니하고,
오직 한 일, 즉 뒤에 있는 것은 잊어버리고 앞에 있는 것을 잡으려고,
푯대를 향하여 그리스도 예수 안에서
하나님이 위에서 부르신 부름의 상을 위하여 좇아가노라.

오직 우리의 시민권은 하늘에 있는지라.
거기로서 구원하는 자, 곧 주 예수 그리스도를 기다리노니,
그가 만물을 자기에게 복종케 하실 수 있는 자의 역사로,
우리의 낮은 몸을 자기 영광의 몸의 형체와 같이 변케 하시리라.'

"우리 모든 인류는 하늘의 시민권자로서,
구원하는 자 곧 주 예수 그리스도를 기다릴 뿐입니다.
As citizens of heaven, all of us can only wait for the Savior,
the Lord Jesus Christ."

예삭이 대답 대신 빌립보서 마지막 책장을 넘겼다.
빌립보서 4장은 예삭이 광야에 있을 때 큰 깨달음을 준 바울의 위대한 편지였다.

'그러므로 나의 사랑하고 사모하는 형제들,
나의 기쁨이요 면류관인 사랑하는 자들아,
이와 같이 수 안에 서라.

주 안에서 항상 기뻐하라. 내가 다시 말하노니 기뻐하라.
너희 관용을 모든 사람에게 알게 하라.
주께서 가까우시니라.
아무것도 염려하지 말고, 오직 모든 일에 기도와 간구로
너희 구할 것을 감사함으로 하나님께 아뢰라.
그리하면 모든 지각에 뛰어난 하나님의 평강이
그리스도 예수 안에서 너희 마음과 생각을 지키시리라.

내가 궁핍하므로 말하는 것이 아니라,
어떠한 형편에든지 내가 자족하기를 배웠노니,
내가 비천에 처할 줄도 알고, 풍부에 처할 줄도 알아
모든 일에 배부르며 배고픔과 풍부와 궁핍에도
일체의 비결을 배웠노라.
내게 능력 주시는 자 안에서 내가 모든 것을 할 수 있느니라.

내게는 모든 것이 있고, 또 풍부한지라.
나의 하나님이 그리스도 예수 안에서,
영광 가운데 그 풍성한 대로 너희 모든 쓸 것을 채우시리라.'

"이웃을 자신의 기쁨이요 면류관(joy and crown)이라며
그리스도의 사랑을 실천하여 행하는 바울의 모습이 아름다워요."
"바울의 편지처럼 우리는 아무것도 걱정하지 말고, 주 안에서 우뚝 설 일이야
Do not be anxious about anything, but stand firm in the Lord."

소년은 예삭이 코로나 광야에서 집도 없이 생활할 때
깨달음을 얻었다는 성경 구절을 떠올렸다.
소년과 예삭이 늘 마음으로 묵상하며 살아가는 바울의 고귀한 편지였다.

'내가 궁핍(窮乏)하므로 말하는 것이 아니라,
어떠한 형편에든지 내가 자족(自足)하기를 배웠노니,
내가 비천(卑賤)에 처할 줄도 알고, 풍부(豐富)에 처할 줄도 알아
모든 일에 배부르며 배고픔과 풍부와 궁핍에도
일체(一切)의 비결(祕訣)을 배웠노라
I am not saying this because I am in need,
for I have learned to be content whatever the circumstances.
I know what it is to be in need, and I know what it is to have plenty.

I have learned the secret of being content in any and every situation,
whether well fed or hungry, whether living in plenty or in want.'

허공을 나는 새를 바라보며, 들에 핀 들국화를 바라보며,
키우던 진돗개 그리고 강아지와 함께하며
이 성경 구절을 얼마나 묵상하고 쓰고,
행하려 발버둥 쳤는지 모른다.
예삭은 그렇게 집도 없는 광야에서,
빈부의 모든 현실을 꿰뚫는 일체의 비결을
몸으로 배우고 수행해 왔던 것이다.

"그래요, 우리는 모든 것이 있고,
또 풍부한 세상에 살고 있습니다.
하나님은 그 풍성한 대로,
때와 장소에 맞게 우리 모든 쓸 것을 채워주십니다.
그래도 우리가 만족하지 못하고 늘 모자람을 느끼는 것은,
우리의 행복을 갉아먹는 마음의 탐욕,
그리고 깨닫지 못한 어리석음이에요."

예삭은 말없이 빌립보서 책장을 덮고,
골로새서 책장을 펼쳤다.

소예공부 (빌립보서)

"상황이 아니라 그리스도 안에서의 중심이 기쁨의 원천입니다. 주 안에서 항상 기뻐하라는 말씀을 깨우치면 바울처럼 감옥에서도 기뻐하게 됩니다. 살아도, 죽어도 오직 예수 그리스도 안에서 존귀함을 위하여, 내게 사는 것이 그리스도니, 죽는 것도 유익함이라는 말씀이 무아(無我), 즉 죽음을 이겨 초월하는 그리스도의 삶입니다."
부처 싯다르타가 초월(超越)과 무아(無我)로 말했다.

"다툼과 허영이 아닌 겸손과 관용으로 이웃을 사랑으로 대하는 것이 그리스도의 가장 큰 가르침입니다. 극히 작은 자에게 한 것이 곧 하나님에게 한 것이기 때문입니다. 아무 것도 염려하지 말고, 모든 일을 기도와 감사로 하나님께 맡겨야 합니다. 하나님 나라는 걱정이나 염려가 없으며, 이것은 깨우치지 못한 인간 스스로 만들어 내는 것입니다."
소크라테스가 진리를 품은 철학자의 음성으로 말했다.

"마음에 채울 것은 언제나 참되고, 정결하며, 칭찬받을 만한 것이어야 합니다. 진실하고 아름다운 것을 생각해야 합니다. 생각은 곧 우리 인생의 씨앗이기 때문입니다. 배부름과 궁핍, 비천과 풍요에 흔들리지 않는 마음이 진정한 자유입니다. 그것이 바울이 말하는 '인생을 살아가는 일체의 비결'입니다."
공자가 인생의 비결로 말했다.

"우리의 시민권은 하늘에 있습니다. 하늘은 곧 하나님이신 사랑이십니다. 이웃을 내 몸처럼 사랑하는 것이 구원이요, 하늘나라입니다."
예수가 인생의 답으로 말했다.

제12권 골로새서 (Colossians)

"골로새서는 어떤 책인가요?"
예삭이 물었다.

"골로새서는 율법과 신비주의에 빠진 골로새 교인들에게 보낸
바울의 또 다른 옥중서신입니다. 골로새는 현재의 레바논과
시리아에 근접해 있는 터키 지역을 말하고요."
소년이 고대와 현대를 아우르며 말했다.

"본래 하나님의 가르침이라는 것이 분명하고 명백할 만큼 단순한 진리인데,
깨닫지 못한 자들이 신비함과 괴상함 또는 율법이나 금욕에 집착하면서
사람들을 미혹하곤 하지." 노인이 꿰뚫어봄으로 말했다.

소년은 오직 말씀 안에서 항상 근신하고 깨어 있어
스스로 깨끗함과 강건함을 유지하는 것이
미혹으로부터 자유로울 수 있음을 알아가고 있었다.

'하나님의 뜻으로 말미암아
그리스도 예수의 사도 된 바울과 형제 디모데는
골로새(Colossae)에 있는 성도들
곧 그리스도 안에서 신실한 형제들에게 편지하노니
우리 아버지 하나님으로부터
은혜와 평강이 너희에게 있을찌어다.

그 영광의 힘을 좇아 모든 능력으로 능하게 하시며,
기쁨으로 모든 견딤과 오래 참음에 이르게 하시고.
그는 보이지 아니하시는 하나님의 형상이요,
모든 창조물보다 먼저 나신 자니,
만물이 그에게 창조되되,
하늘과 땅에서 보이는 것들과 보이지 않는 것들과,
혹은 보좌들이나 주관들이나 정사들이나 권세들이나
만물이 다 그로 말미암고 그를 위하여 창조되었고,
또한 그가 만물보다 먼저 계시고 만물이 그 안에 함께 섰느니라.

280

그의 십자가의 피로 화평을 이루사,
만물 곧 땅에 있는 것들이나 하늘에 있는 것들을 그로 말미암아
자기와 화목케 되기를 기뻐하심이라.

전에 악한 행실로 멀리 떠나 마음으로 원수가 되었던 너희를
이제는 그의 육체의 죽음으로 말미암아 화목케 하사,
너희를 거룩하고 흠 없고 책망할 것이 없는 자로
그 앞에 세우고자 하셨으니,
만일 너희가 믿음에 거하고 터 위에 굳게 서서,
너희 들은 바 복음의 소망에서 흔들리지 아니하면 그리하리라.
이 복음은 천하 만민에게 전파된 바요,
나 바울은 이 복음의 일꾼이 되었노라.'

"우리 인생은 모든 시련과 고난을 이기게 하는
인내와 오래 참음의 선물을 받았습니다."
소년이 감사함으로 말했다.

"그것은 곧,
눈에 보이지 않는 하나님의 형상(image of the invisible God)이신
그리스도의 영광을 따라가는 기쁨에 있는 것이지."
그리스도의 영광은 곧 눈에 보이지 않는 하나님의 형상이었다.

"하늘과 땅에서 보이는 것들과 보이지 않는 것들 (visible and invisible)
모든 만물이 그리스도에 의하여, 그리스도를 위하여 창조되었죠."
"우리 인류는 그의 십자가의 피 (his blood on the cross)로 평화를 누리고
서로 사랑하며 화목하게 살아갈 수 있는 것이지."
"예전에 악한 행실로 서로 멀리 떠나 마음으로 원수가 되었던 우리도,
거룩하고 흠 없고 책망할 것이 없는 이웃이 될 수가 있지.
그 길은 바로 인류를 구원한 예수 그리스도의 희생적인 사랑을
우리가 서로 실천하며 살아가는 것이지."
"네. 항상 진리와 함께하며 말씀의 소망에서 흔들리지 않아야 합니다."

예삭은 딸 아이와의 약속이 있어 Whataburger에 왔다.
1시간쯤 먼저 도착하여 독서를 하고 있었다.
오늘은 그냥 앉아서 공부만 하지 않고 점심을 사 먹는다는 생각을 하니
식당한테 미안함이 조금은 덜하다는 생각이 들었다.

오랜만에 만난 딸아이가 사람과의 갈등을 털어놓았다.

"지금으로부터 약 1,600년 전, 그리스도의 수도자(修道者)
아우구스티누스(Augustinus)는
'죄는 미워하되 사람은 미워하지 말라 (Hate the sin, not the sinner)'고 하였지.
이 말을 통해 우리는 그리스도의 크신 용서를 배워,
사람과의 관계로부터 오는 미움의 갈등을 치유할 수가 있지."
예삭이 말했다.

"네. 그 말씀만 깨달아도 모든 미움의 상처는 힐링이 될 수 있겠네요."
근래 자신에게 상처를 주었다고 생각한 사람들을 떠올리며
딸아이가 말했다.

선을 악으로 이기라는 가르침,
자신을 십자가에 못 박는 자들을 용서해 달라는 예수님의 기도를
본받아 실천하게 하는 비밀,
그것은 그리스도의 사도인 아우구스티누스의
'Hate the sin, not the sinner죄는 미워하되 사람은 미워하지 말라'에 있었다.

'하나님이 그들로 하여금 이 비밀의 영광이 이방인 가운데
어떻게 풍성한 것을 알게 하려 하심이라.
이 비밀은 너희 안에 계신 그리스도시니, 곧 영광의 소망이니라.
우리가 그를 전파하여 각 사람을 권하고,
모든 지혜로 각 사람을 가르침은
각 사람을 그리스도 안에서 완전한 자로 세우려 함이니
이를 위하여 나도 내 속에서 능력으로 역사하시는 이의 역사를 따라
힘을 다하여 수고하노라.

이는 저희로 마음에 위안을 받고 사랑 안에서 연합하여,
원만한 이해의 모든 부요에 이르러
하나님의 비밀인 그리스도를 깨닫게 하려 함이라.
그 안에는 지혜와 지식의 모든 보화가 감취어 있느니라.
누가 철학과 헛된 속임수로 너희를 노략할까 주의하라.
이것이 사람의 유전과 세상의 초등 학문을 좇음이요,
그리스도를 좇음이 아니니라.'

"그리스도 안에서 완전한 자로 세워지길 소망합니다."

"하나님의 비밀인 그리스도를 깨닫게 되면 그런 소망은 이루어지게 되지."
"네. 그곳에는 지혜와 지식의 모든 보화가 감추어져 있으니까요."
"초등 학문 (elemental spiritual)을 따르는 것과 같은
헛되고 거짓된 철학 (hollow and deceptive philosophy)에
미혹되지 않도록 항상 말씀으로 깨어 있어야지."

빈집에 소 들어왔다는 속담처럼,
소년에게 $4,500의 소득이 발생했다.
부동산 에이전트로 주택 매매를 성사시킨 대가로
이제 말씀뿐만 아니라 빵으로도 살아갈 수 있게되었다.
소년은 마늘빵을 먹으며 골로새서 말씀을 넘겼다.

'그러므로 너희가 그리스도와 함께 다시 살리심을 받았으면
위엣 것을 찾으라.

거기는 그리스도께서 하나님 우편에 앉아 계시느니라.
위엣 것을 생각하고 땅엣 것을 생각지 말라.

그러므로 땅에 있는 지체를 죽이라.
곧 음란과 부정과 사욕과 악한 정욕과 탐심이니,
탐심은 우상 숭배니라.

그러므로 너희는 하나님의 택하신 거룩하고 사랑하신 자처럼
긍휼과 자비와 겸손과 온유와 오래 참음을 옷 입고,
누가 뉘게 혐의가 있거든 서로 용납하여 피차 용서하되,
주께서 너희를 용서하신 것과 같이 너희도 그리하고,
이 모든 것 위에 사랑을 더하라. 이는 온전하게 매는 띠니라.

그리스도의 평강이 너희 마음을 주장하게 하라.
평강을 위하여 너희가 한 몸으로 부르심을 받았나니,
또한 너희는 감사하는 자가 되라.

그리스도의 말씀이 너희 속에 풍성히 거하여,
모든 지혜로 피차 가르치며 권면하고,
시와 찬미와 신령한 노래를 부르며 마음에 감사함으로 하나님을 찬양하고,
또 무엇을 하든지 말에나 일에나 다 주 예수의 이름으로 하고
그를 힘입어 하나님 아버지께 감사하라.'

"우상 숭배 (idolatry)의 극치는 구약 시대에만 만연된 것이 아닌,
문명의 이기를 살아가는 현대인들에게도 현재진행형입니다."
"말씀을 잊고 물질에만 지나치게 치우친 부조화의 절름발이 인생이 그런 것이지.
바울은 물질에 대한 탐욕 (greed)은 곧 우상 숭배라고 분명하게 말하고 있지."
"그리스도의 열매 (fruits of Christ), 곧 성령의 열매 (fruits of the Holy Spirit)인
긍휼과 자비와 겸손과 온유와 오래 참음으로, 서로 용서하고 사랑하며 살 일입니다."
"우리 인류는 평화를 위하여 한 몸이 되었으니
시와 찬미와 신령한 노래를 부르며
마음에 감사함으로 하나님을 찬양해야지."

소년은 조금 전에 먹은 마늘빵보다 더 맛있는
성령의 열매를 따 먹고있었다.

'자녀들아, 모든 일에 부모에게 순종하라.
이는 주 안에서 기쁘게 하는 것이니라.
아비들아, 너희 자녀를 격노케 말찌니 낙심할까 함이라.
종들아, 모든 일에 육신의 상전들에게 순종하되,
사람을 기쁘게 하는 자와 같이 눈가림만 하지 말고,
오직 주를 두려워하여 성실한 마음으로 하라.

무슨 일을 하든지 마음을 다하여 주께 하듯 하고
사람에게 하듯 하지 말라.
이는 유업의 상을 주께 받을 줄 앎이니,
너희는 주 그리스도를 섬기느니라.
불의를 행하는 자는 불의의 보응을 받으리니,
주는 외모로 사람을 취하심이 없느니라.
기도를 항상 힘쓰고, 기도에 감사함으로 깨어 있으라.....
외인을 향하여서는 지혜로 행하여 세월을 아끼라.
너희 말을 항상 은혜 가운데서 소금으로 고루게 함같이 하라.
그리하면 각 사람에게 마땅히 대답할 것을 알리라.'

"무슨 일을 하든지 마음을 다하여 주께 하듯 하고,
사람에게 하듯 하지 말라는 바울의 편지는,
'사람은 믿음의 대상이 아닌 사랑의 대상이다
People are not the object of faith but the object of love'
라고 말씀하신 스승님의 가르침을 떠올리게 합니다

284

Whatever you do, work at it with all your heart,
as working for the Lord, not for human masters."
".."

소년의 말에 예삭은 침묵했고,
소년은 예삭의 작은 노트에 시선을 멈추었다.

'너희 말을 항상 은혜 가운데서 소금으로 고루게 함같이 하라.
모든 기회로부터 최선의 것을 만들어 내라.
불의를 행하는 자는 불의의 보응을 받으리라
Let your conversation be always full of grace, seasoned with salt.
Make the most of every opportunity.
Anyone who does wrong will be repaid for their wrongs.'

예삭은 축구로 인한 부상 부위를 치료받기 위해
한 교회의 봉사 센터로 향했다.
그리고 오 장로님의 침의 은혜에 감사했다.

소예공부(골로새서)

"골로새서(Colossians)는 바울이 신비주의와 율법주의,
헛된 철학, 외식적인 금욕주의에 빠진 사람들을 향해
그리스도만이 전부이며, 모든 것의 중심임을 강력히 선포한 정수(精髓)의 편지입니다.
진리는 복잡하지 않으며, 오직 그리스도만이 중심입니다.
신비주의나 괴상한 철학에 빠질 필요 없습니다."
부처 석가모니가 단오한 깨우침으로 말했다.

"그리스도는 보이지 않는 하나님의 형상이며,
더 이상 형상이나 우상, 외적 종교 형식에 의존하지 말아야 합니다.
그리스도 안에 모든 하나님의 충만이 거하십니다.
십자가의 피는 모든 인류를 화목케 하셨으니,
우리는 서로 사랑해야 합니다."
소크라테스가 깨달음을 비추는 철학자의 음성으로 말했다.

"그리스도의 피로 우리는 하나님과, 이웃과, 자기 자신과도
사랑과 용서와 평화를 이룹니다.
인생이라는 것이 살아가다 보면 불편한 사람도 존재하곤 합니다.
자신을 십자가에 못 박는 자들을 용서해 달라고 기도한 그리스도의 사랑은
모든 미움이나 갈등을 490번까지 용서하게 합니다."
공자가 석가의 작은 노트에 메모된 마태복음 18장 22절을 바라보며 말했다.

『일곱 번뿐 아니라 일흔 번씩 일곱 번이라도 용서할지니라.』(마 18:22)

"죄는 미워하되 사람은 미워하지 않는 것은
그리스도의 사랑을 실천하는 큰 믿음입니다.
악한 행실에서 벗어나,
서로를 거룩하고 흠 없는 자로 바라보는 것이
진정한 용서요 힐링입니다.
이처럼 믿음은 단순한 종교 체험이 아니라,
말씀을 행함으로 이루어지는 인격의 완성입니다.
학문과 이론이 아닌,
지혜와 지식의 보화는 그리스도 안에 감추어져 있습니다.
모든 인류 안에 존재하는 그 보화를 깨우쳐야 합니다."
소크라테스가 침묵을 뚫고 진리로 말했다.

"물질에 대한 탐욕은 어리석음에서 오는 우상숭배입니다.
지나친 욕망은 결국 마음의 신전을 무너뜨리는 우상이다.
정경의 말씀과 성령의 열매로 옷 입고, 이웃을 향한 사랑을 더해야 합니다.
긍휼, 자비, 겸손, 온유, 오래 참음은 모두 성령의 열매이며,
이 모든 것 위에 사랑은 온전하게 매는 띠(perfect bond)입니다."
공자가 무소유(無所有)로 말했다.

"사람을 의식하지 않고,
진심과 감사로 주님을 섬기듯 행하는 것이 참된 노동이며 예배입니다.
골로새서는 종교적 장식이 아닌,
그리스도 중심의 삶을 가르칩니다.
진리는 복잡한 것이 아니라,
사랑하고 용서하며 위엣 것을 추구하는 단순하고 강한 길입니다."
예수가 단순한 진리로 말하며 골로새서 책장을 덮자,
소크라테스가 데살로니가 전서 책장을 펼쳤다

286

제 13권 데살로니가전서

"데살로니가가 어디인고?"
노인이 나직이 물었다.

"고대 그리스의 마케도니아 왕국에서 가장 인구가 밀집되고, 가장 찬란했던 도시였습니다.
로마와 아시아를 잇는 주요 도로가 지나고, 에게해에서 가장 자연스러운 항구가 열렸던
곳이죠." 소년이 한 치의 망설임도 없이 대답했다.

"그 데살로니가 사람들이야말로 그리스도의 복음을 받아들인,
유럽의 첫 마음이지." 노인은 잠시 눈을 감았다.

스코틀랜드의 잔잔한 바람 속에서,
8살 딸아이와 함께 골프 시합을 다니던 시절이 떠올랐다.
그 시합은 US Kids 유로피언 챔피언십이었고,
딸아이는 준우승을 차지했었다.
유럽은 미국처럼 빠르지도, 건조하지도 않았다.
느리지만 촉촉했고, 차갑지만 낭만이 있었다.
핀란드를 비롯한 유럽 나라들이 왜 그토록 행복한지,
노인은 이제야 조금 알 것 같았다.
그건 단지 제도나 정책이 아니라, 삶의 결이 달랐기 때문이었다.
그것은 곧 빠름이 아닌 삶에 대한 느림의 미학이었다.

소년이 바울의 편지를 펼쳤다.

'바울과 실루아노와 디모데(Paul, Silas and Timothy)는
하나님 아버지와 주 예수 그리스도 안에 있는
데살로니가인의 교회에 편지하노니,
은혜와 평강이 너희에게 있을지어다.

또 너희는 많은 환난 가운데서 성령의 기쁨으로 도를 받아
우리와 주를 본받은 자가 되었으니.
형제들아, 우리가 잠시 너희를 떠난 것은 얼굴이요, 마음은 아니니
너희 얼굴 보기를 열정으로 더욱 힘썼노라.

하나님의 뜻은 이것이니, 너희의 거룩함이라.
곧 음란을 버리고,
각각 거룩함과 존귀함으로 자기의 아내를 취할 줄을 알고
하나님을 모르는 이방인과 같이 색욕을 좇지 말며,
이 일에 분수를 넘어서 형제를 해하지 말라.
이는 우리가 너희에게 미리 말하고 증거한 것과 같이,
이 모든 일에 주께서 신원하여 주심이니라.

주의 날이 밤에 도적같이 이를 줄을 너희 자신이 자세히 앎이라.
형제들아, 때와 시기에 관하여는 너희에게 쓸 것이 없음은
주의 날이 밤에 도적같이 이를 줄을 너희 자신이 자세히 앎이라.
형제들아, 너희는 어두움에 있지 아니하매, 그
 날이 도적같이 너희에게 임하지 못하리니
너희는 다 빛의 아들이요, 낮의 아들이라.
우리는 밤이나 어두움에 속하지 아니하나니,
그러므로 우리는 다른 이들과 같이 자지 말고, 오직 깨어 근신할지라.'

"하나님의 뜻은 우리가 거룩해지는 것입니다.
It is God's will that you should be sanctified."
소년이 거룩하고자 하는 소망을 담아 말했다.

"우리 인류 모두는 어둠이 아닌 빛과 낮의 아들이니,
오직 깨어 근신하며 예수님을 닮아 거룩함에 힘써야지."
노인이 빛이 되어 말했다.

"바울은 밤에 도적같이 이를 재림의 날의
때와 시기에 관하여는 우리에게 쓸 것이 없다고 말합니다
the day of the Lord will come like a thief in the night."
소년이 내가 알바가 아니라는 표정으로 말했다.

"깨달은 자는 언제나 준비가 되어 있으니, 하나님만 아시는 때와 시기는
결코 중요한 일이 아니지." 노인이 준비된 자의 마음으로 말했다.

"네."
소년이 깨달음의 표정으로 대답하자 노인이 책상을 님겼다.

'자는 자들은 밤에 자고, 취하는 자들은 밤에 취하되,
우리는 낮에 속하였으니 근신하여, 믿음과 사랑의 흉배를 붙이고,
구원의 소망의 투구를 쓰자.

형제들아, 너희를 권면하노니,
규모 없는 자들을 훈계(訓戒)하며,
마음이 약한 자들을 안위하고,
힘이 없는 자들을 붙들어 주며,
모든 사람에 대하여 오래 참으라.
삼가, 누가 누구에게든지 악으로 악을 갚지 말게 하고,
오직 피차 대하든지, 모든 사람에 대하든지 항상 선을 좇으라.

항상 기뻐하라, 쉬지 말고 기도하라, 범사에 감사하라.
이는 그리스도 예수 안에서 너희를 향하신 하나님의 뜻이니라.
성령을 소멸치 말며, 예언을 멸시치 말고,
범사에 헤아려 좋은 것을 취하고,
악은 모든 모양이라도 버리라.

평화의 하나님이 친히 너희로 온전히 거룩하게 하시고,
또 너희 온 영과 혼과 몸이 우리 주 예수 그리스도 강림하실 때에
흠 없게 보전되기를 원하노라.
너희를 부르시는 이는 미쁘시니, 그가 또한 이루시리라.'

"모든 사람에게 인내하며
게으르고 분열된 사람들을 훈계하고,
낙담한 자에게 용기를 주며,
약한 사람들을 도우라며
권선징악(勸善懲惡)으로 항상 선을 좇으라는
바울의 편지가 어찌 그리 아름다운지요.
be patient with everyone,
Always strive for good,
Warn those who are idle and disruptive,
encourage the disheartened,
help the weak."

"바울은 '악은 모든 모양이라도 버리라(Reject every kind of evil)'고 하였지."
노인이 권선징악(勸善懲惡)으로 말했다.

하루에도 몇 번이고 묵상하여 그 말씀에 근육이 생긴
스승 예삭의 가슴속에 늘 함께하고 있는 성경 구절을
소년도 영어와 한문과 한글로 읽고 쓰기를 반복하였다.

'항상(恒常) 기뻐(喜)하라, 쉬지 말고 기도(祈禱)하라, 범사(凡事)에 감사(感謝)하라.
Rejoice always, pray continually, give thanks in all circumstances.'

5.16(5장 16절)혁명이 일어났을 때,
대전(데살로니가전서)에 '항쉬범(항상 기뻐하라, 쉬지 말고 기도하라, 범사에 감사하라)'이란
사람이 있었다는 예삭의 암기법에 소년이 배꼽잡고 웃었다, 소년처럼.

"예수 그리스도 안에서 항상 기뻐하고, 기도하고, 감사하는 것이
바로 우리 인류를 향한 하나님의 뜻이죠This is God's will for you in Christ Jesus."

소년이 데살로니가후서를 펼치며 말했다.

소예공부 (데살로니가전서)

"데살로니가전서는 시련과 핍박 속에서도 빛의 자녀로 깨어 살라는
불꽃 같은 사랑과 경고의 메시지를 인류에게 전하고 있습니다.
복음은 단지 말이 아닌 살아 숨 쉬는 능력입니다.
스스로의 생각과 말과 행동이 삶으로 드러나야합니다.
그것이 바로 그리스도의 사랑의 향기입니다."
부처 싯다르타가 사랑의 향기로 말했다.

"데살로니가 사람들은 환난 가운데서도 성령의 기쁨으로 복음을 받아들였습니다.
복음은 말이 아니라 삶의 열매와 기쁨으로 나타납니다.
그것이 야고보의 '행함으로써' 이웃에게 사랑을 품어내는 그리스도의 향기입니다.
절이나 교회에 다니면서 사랑의 향기 대신 미움의 향기가 나는 사람은
믿음이 죽었기 때문입니다."
소크라테스가 사랑의 향기가 흐르는 철학으로 말했다.

"하나님의 뜻은 우리의 거룩함입니다.
신앙의 목적은 단순한 구원이 아니라, 삶의 성결과 구별됨입니다.
모든 인류는 진리와 말씀의 빛의 아들로 깨어 있어야 합니다.
시기와 때를 묻지 말고, 시공을 초월하여 늘 성경 말씀으로 깨어 있어야합니다."
공자가 깨어있음으로 말했다.

"하늘을 나는 새도, 들에 핀 들국화도 누가 돌보지 않아도 걱정 없이 잘 살아갑니다.
항상 기뻐하고, 쉬지 말고 기도하며, 범사에 감사하며 살아가야할 이유가 거기에 있습니다.
석가는 '걱정할 이유가 없는 것이 인생'이라고 했습니다.
걱정이나 염려는 스스로 마음이 만들어내는 허상입니다.
맹신도 불신도 아닌 분별의 신앙, 세상 속에서 가려서 말씀을 실천하는 용기를 가져야 합니다.
선한 마음과 생각을 지키는 것은 하나님의 전신 갑주를 입는 일입니다.
데살로니가전서는 사도 바울이 데살로니가 교인들에게 보낸 편지일 뿐 아니라,
모든 인류에게 '진리이신 말씀으로 깨어 있어 거룩하라'고 보내는 살아 숨 쉬는 편지입니다."
예수의 음성은 빛보다 빠르게 스쳐간 바람 같은 설교였다.

부처 싯다르타가 예수의 음성을 의미하며,
데살로니가후서 책장을 펼쳤다.

291

제 14권 데살로니가 후서

"데살로니가 교회 사람들에게 보낸 바울의 두 번째 편지가 시작됩니다."
유럽나라들의 아름답고 광활한 대지를 상상하며 소년이 말문을 열었다.

노인도 소년을 데리고 스코틀랜드로 골프시합을 갔던 2008년을 떠올리며
바울의 편지를 펼쳤다.
US Kids 유로피언 챔피언십이었고 소년은 준우승을 하였다.

'바울과 실루아노와 디모데(Paul, Silas, and Timothy)는
하나님 우리 아버지와 주 예수 그리스도 안에 있는
데살로니가인의 교회에 편지하노니,
하나님 아버지와 주 예수 그리스도로부터
은혜와 평강이 너희에게 있을지어다.

주의 사랑하시는 형제들아,
우리가 항상 너희를 위하여 마땅히 하나님께 감사할 것은,
하나님이 처음부터 너희를 택하사 성령의 거룩하게 하심과
진리를 믿음으로 구원을 얻게 하심이라.

누구에게서든지 양식을 값없이 먹지 아니하고,
오직 수고하고 애써 주야로 일함은
너희 아무에게도 누를 끼치지 아니하려 함이니라.
우리가 너희와 함께 있을 때에도 너희에게 명하기를,
누구든지 일하기 싫어하거든 먹지도 말게 하라하였더니.
형제들아, 너희는 선을 행하다가 낙심치 말라.

누가 이 편지에 한 우리 말을 순종치 아니하거든
그 사람을 지목하여 사귀지 말고,
저로 하여금 부끄럽게 하라.
그러나 원수같이 생각지 말고 형제같이 권하라.

292

"우리 모두에게 성령의 거룩하게 하심과 진리를 믿음으로 구원을 얻게 하시는
하나님을 찬양합니다To be saved through the sanctifying work of the Spirit
and through belief in the truth." 소년이 찬양으로 말했다.

"살아가면서 게으르지 않고,
부지런함으로 누구에게서든지 양식을 값없이 먹지 않고
nor did we eat anyone's food without paying for
스스로 인생에 책임을 갖는 태도는 너무나 중요하지."
노인이 홀로서기로 말했다.

"이웃 누구에게나 짐이 되어서는 아니 되지요
We would not be a burden to anyone."
소년이 무소의 뿔이되어 말했다.

"누구든지 일하기 싫어하거든 먹지도 말게 하라
The one who is unwilling to work shall not eat,
이 말씀은 바울이 우리 모두에게 주는,
책임 있는 인생을 살아가라는 성경의 기준이자 훈계인 것이지."
노인이 대청봉에 우뚝서서 말했다. 대청봉은 설악산의 최고봉으로,
대한민국에서 세 번째로 높은 산봉우리다.

"바울이 교회의 성도들에게 보낸 총 9통의 편지는 여기서 막을 내립니다."
소년이 데살로니가후서를 덮으며 말했다.

"이제 다음으로는,
바울이 교회의 목회자들에게 보내는 4통의 편지가 이어지지."
노인이 디모데전서를 펼치며 말했다.

소예공부 (데살로니가후서)

"데살로니가후서는 말보다 삶으로 복음을 실천하라명하고,
믿음의 근육은 일상에서의 책임으로 단련된다고 가르치는 영적 자립훈련서입니다.
복음은 믿음과 삶의 태도입니다.
말만이 아닌 실천의 신앙, 즉 참된 믿음은 삶에서 드러나야 합니다."
부처 석가모니가 진리의 행함으로 말했다.

"게으르지 않고, 남에게 누를 끼치지 않으며, 성실하게 살아가는 삶 자체가 복음의 열매입니다.
그렇습니다, 누구에게서든지 양식을 값없이 먹지 않아야 합니다.
누구에게도 짐이 되지 말고, 인생은 스스로 책임을 지고 살아야 합니다."
소크라테스가 부지런한 철학의 믿음으로 말했다.

"일하기 싫어하는 자는 먹지도 말라는 말씀은,
게으름은 죄이고, 부지런함은 복음의 증거라는 뜻입니다.
이 말씀은 단순히 직업 문제가 아니라, 하나님 앞에서의 삶의 책임에 관한 영적 경고입니다.

선을 행하다가 사람 때문에 지치거나 낙심하지 말라는 위로와 권면도 함께 전합니다.
오른손이 하는 선한 일을 왼손이 모르게한다면, 낙심할 일이 없습니다.
지속적인 선함은 결국 깨달음으로 오는 신앙의 성숙입니다."
공자가 지속적인 인자함으로 말했다.

"공동체 안에 있는 불순종한 자들을 배제하지 말고 형제처럼 권면하라는
사랑의 균형이 강조되는 위대한 가르침입니다.
나와 생각이 다른 사람을 판단하지 않고, 있는 그대로 내 몸처럼 사랑하는 것—
이것이 곧 하나님의 크신 사랑입니다.

우리는 매사에 감사를 잃지 말고,
말씀이신 진리를 붙들어야합니다.
감사는 우리의 마음을 지키고,
진리는 삶의 방향을 바로잡아 주는 나침반입니다."
예수가 인류 모두를 품은 큰 마음으로 말하자,
소크라테스가 디모데전서 책장을 조용히 펼쳤다.

제15권 디모데전서 (1 Timothy)

"바울의 편지 13통 중 9통은 지역 이름을 제목으로 삼았지만,
이제부터 시작되는 나머지 4통은 사람의 이름이 제목으로 붙여지지.
그 첫 번째 수신자는 디모데였고."
노인이 찻잔을 입에 대며 말했다.

"디모데는 에베소에서 교회를 섬기던 바울의 동료이자 제자였어요."
소년이 말하며 바울의 편지를 펼쳤다.

'경계의 목적은 청결한 마음과 선한 양심, 거짓 없는 믿음에서 나는 사랑이라.'

"사랑은 청결한 마음과 선한 양심,
그리고 거짓 없는 믿음으로부터 나오는 것이지요
Love comes from a pure heart
and a good conscience and a sincere faith"
소년이 청결한 마음으로 말했다.

"건강한 사람은 의원을 찾지 않듯,
법이란 믿음과 착한 양심을 가진 사람에게는 필요 없는 것이지."
노인이 초연함으로 말했다.

"바울은, '하나님이 지으신 이 세상의 모든 것은 선하므로 감사함으로 받으면 버릴 것이
없다'고 합니다 For everything God created is good, and nothing is to be rejected if it is
received with thanksgiving." 소년이 행복과 감사의 표정으로 말했다.

"저세상에서 이 세상을 보면 존재하는 모든 것이 얼마나 소중한지,
버릴 것이 하나도 없는 법이지."
예삭이 과거 유체이탈(out-of-body experience)을 통해
저 세상에서 이 세상을 바라보던 때를 기억해내며 말했다.

천국은 멀리 있는 곳이 아니라 '너희 안에 있다'는 그리스도의 말씀처럼,
예삭은 이 세상에 존재하는 모든 것이 천국임을 이미 깨달았다.
솔로몬의 가르침처럼 모든 것은 마음이 만들어 내는 것이었다.

'Above all else, guard your heart, for everything you do flows from it - 잠언 4:23일체유심조(一切唯心造)'

소년은 예삭의 작은 노트에 시선을 멈추었다.

'하나님의 지으신 모든 것이 선하매 감사함으로 받으면 버릴 것이 없나니 하나님의 말씀과 기도로 거룩하여 짐이니라For everything God created is good, and nothing is to be rejected if it is received with thanksgiving, because it is consecrated by the word of God and prayer.'

"전해 내려오는 전설이나 노부인의 이야기에 미혹되지 말고, 오직 경건에 이르기를 힘써야 하는 법이지 Train yourself to be godly. It has nothing to do with godless myths and old wives' tales."
노인이 말씀을 묵상하는 마음으로 경건하게 말했다.

"네, 경건은 범사에 유익한 것이죠 Godliness has value for all things."
소년이 거룩하게 말했다.

'우리가 세상에 아무것도 가지고 온 것이 없은즉, 또한 아무것도 가지고 가지 못하리니 For we brought nothing into the world, and we can take nothing out of it 공수래공수거 空手來空手去.'

불교 경전이나 고전 철학으로부터 전해 내려오는 공수래공수거(空手來空手去)를 디모데전서에서 찾아 묵상하는 스승의 모습을 보며 소년은 일이관지(一以貫之)와 만법귀일(萬法歸一)의 인생법칙을 떠올렸다.

먹을 것과 입을 것만 있으면 족한 줄로 여기며 아무것도 필요로 하지 않는 삶이 얼마나 가볍고 풍요로운지, 노인 예삭은 그런 무소유의 삶을 바람처럼 살아가고 있었다, 말씀과 진리로.

과유불급(過猶不及), 지나침은 모자람보다 못한 법,
소년은 다시 노인의 작은 노트에 시선을 고정했다.

'돈을 사랑함이 일만 악의 뿌리가 되나니,
이것을 사모하는 자들이 미혹을 받아 믿음에서 떠나
많은 근심으로써 자기를 찔렀도다For the love of money
is a root of all kinds of evil. Some people, eager for money,
have wandered from the faith and pierced themselves with many griefs.'

"성령의 열매를 좇으며 일과 조화를 이루는 삶, 믿음의 신한 씨움을 싸우는 삶으로 우리 모두 나아가야지Fight the good fight of the faith." 소년이 미모데후서 책장을 펼쳤다.

소예공부(디모데전서)

"사랑은 청결한 마음과 선한 양심, 거짓 없는 믿음에서 옵니다. 진정한 사랑은 겉모양이나 감정이 아닌, 정결한 내면에서 자라나는 성령의 열매입니다. 법은 바른 사람에게 필요 없습니다. 법은 불법하고 반항하는 자들을 위해 존재하며, 의로운 자는 법 없이도 진리를 따릅니다. 그것이 이웃을 향한 그리스도의 사랑입니다." 부처 싯다르타가 진리의 말씀으로 말했다.

"믿음과 착한 양심을 가져야 합니다. 진실한 종교는 깨끗한 양심 위에 세워지고, 마음의 평화를 잃지 않습니다. 외적 치장은 진정한 아름다움이 아니며, 값진 옷이나 장신구보다 선행과 경건이 진짜 아름다움을 만듭니다." 소크라테스가 내면 세계의 아름다운 철학으로 말했다.

"경건은 지속적인 훈련이 필요합니다. 지속적이고 꾸준한 운동을 통해야 육체의 근육이 생성되는 것처럼, 경건과 거룩함도 말씀을 통한 반복과 훈련을 통해 자라납니다. 하나님께서 지으신 모든 것은 선하며, 세상의 모든 존재는 감사함으로 받아들이면 거룩하며 버릴 것이 없습니다. 하나님께서 하나뿐인 독생자 그리스도를 주시기까지 이 세상을 사랑하신 이유가 거기에 있습니다." 공자가 하나님과 진리와 말씀을 경외하는 마음을 담아, 석가의 작은 노트에 메모된 말씀을 내려다보며 말했다.

'하나님께서 지으신 모든 것이 선하며 감사함으로 받으면 버릴 것이 없나니For everything God created is good, and nothing is to be rejected if it is received with thanksgiving.' - 디모데전서 4장

"우리는 아무것도 가지고 오지 않았고, 아무것도 가지고 가지 못합니다. 그러므로 소유보다 존재에 집중해야 합니다. 재물은 목적이 아니라 수단이며, 정함이 없는 재물에 소망을 두지 말고, 나눔과 동정의 마음을 실천해야 합니다. 믿음의 선한 싸움을 싸우라, Fight the good fight of the faith. 영생을 향해 나아가는 삶은 신앙의 전쟁터이며, 포기하지 않는 마음이 필요합니다. 참된 생명의 노후대책은 경건과 나눔입니다. 하나님 앞에서 부요한 사람은 재산이 많은 자가 아니라, 말씀 위에 소망을 두고 선한 삶을 사는 사람입니다." 예수가 공자의 작은 노트에 메모된 말씀을 내려다보며 말하자, 석가가 디모데후서 책장을 펼쳤다.

'우리가 세상에 아무것도 가지고 온 것이 없으며,
또한 아무것도 가지고 가지 못하리니
For we brought nothing into the world,
and we can take nothing out of it. 공수래공수거 空手來空手去' - 디모데전서 6장

제 16 권 디모데후서 (2 Timothy)

"바울이 로마 감옥에서 에베소 교회 목회자로 변신한 디모데에게 두 번째 편지를 쓰고 있습니다." 소년이 책장의 첫 페이지를 열며 말했다.

"디모데에게 사명감을 심어주며 끝까지 배우는 학생의 자세를 취하는 바울의 신실함을 배워야지." 노인이 학이시습지 불역열호(學而時習之 不亦說乎)로 말했다.

"네."

소년이 짧게 대답하며 디모데후서 책장을 넘겼다.

'하나님의 뜻으로 말미암아
그리스도 예수 안에 있는 생명의 약속대로
그리스도 예수의 사도 된 바울은
사랑하는 아들 디모데에게 편지하노니
하나님 아버지와 그리스도 예수 우리 주께로부터 은
혜와 긍휼과 평강이 네게 있을지어다.'

"바울이 눈물을 흘리며 디모데를 그리워한 것은
디모데의 하나님을 향한 청결한 양심(clear conscience)과
거짓 없는 믿음(sincere faith) 때문입니다."
소년이 청정한 마음으로 말했다.

"우리도 디모데처럼 하나님이 주신 능력과 사랑,
그리고 근신하는 마음(power, love, and self-discipline)으로
두려움 없이 나아가야지."
노인이 두려움없음으로 말했다.

"복음에는 고난이 따르나 하나님이 주시는 통찰력(insight)으로 이겨나가야죠."
소년이 다니엘의 담대함으로 말했다.

"깨달은 자는 두려움이 없나니, 하나님께서 인생의 모든 상황에 처하는 비밀을 가르쳐 주셨기 때문이지. 우리가 그리스도와 함께 죽었으면, 또한 그리스도와 함께 살아가는(If we died with him, we will also live with him) 영광을 받았지." 노인이 무아유주(無我唯主)로 말했다. 나는 없고 오직 예수라는 뜻이었다.

"무엇보다 우리는 그리스도의 사도로서

298

망령되고 헛된 말을 버리고(Avoid godless chatter),
깨끗한 마음으로 의와 믿음과 사랑과 평화를 좇아야 합니다."
소년이 의로운 사람이 되어 평화로운 얼굴로 말했다.

"다툼을 만드는 무식한 논쟁은 버리고
오직 성령의 열매로 이웃을 사랑하는 인생을 수놓아야지
Don't have anything to do with foolish
and stupid arguments, because you know they produce quarrels."

예삭이 말하는 사이 알람이 울렸다.
노인은 약속 시간을 지키기 위해 서둘러 사무실을 나왔다.
평소처럼 30분 일찍 도착한 예삭은 여유 있게 책을 펼쳐 들었다.

'주의 종은 다투지 아니하고,
모든 사람을 대하여 온유하며 가르치기를 잘하며 참으며,
거역하는 자를 온유함으로 징계할지니
혹 하나님이 회개함을 주사 진리를 알게 하실까 하며'

"군자무소쟁(君子無所爭),
의로운 자는 다투지 않는다는 바울의 편지, 너무 좋지 않아요?"
소년(蘇年)이 소년(少年)이 되어 말했다.
"온유함과 인내의 마음을 지켜,
쓸데없는 다툼 없이 살아가는 것만으로도 인생은 훨씬 더 향기로워질 수 있지."
노인이 향기롭게 말했다.

새벽마다 운동하고 샤워하며 말씀을 되새기는 예삭의 모습이 떠올랐다.
소년은 혼잣말처럼 중얼거렸다.

"샤워하며 주기도문과 사도신경을 묵상한다더니…"

"하나님은 안디옥(Antioch), 이고니온(Iconium), 루스드라(Lystra)에서 바울을 모든
핍박(persecutions)과 고난(sufferings)에서 건지셨습니다."

소년이 하나님에 대한 감사함을 담아 말했다.

"바울은 성경 속에 담긴 '그리스도 예수 안에 있는 믿음'을 통해 구원에 이르는 지혜를 깨달아
하나님의 은혜를 입은 것이지." 노인이 하나님의 은혜에 감사하며 말했다.

299

"성경은 인류 역사상 60억 부 이상 팔린 최고의 베스트셀러입니다."

소년이 말하며 예삭의 작은 노트에 시선을 멈추었다.

'성경은 하나님의 감동으로 된 것으로,
교훈과 책망과 바르게 함과 의로 교육하기에 유익하니라
All Scripture is God-breathed and is useful for teaching,
rebuking, correcting and training in righteousness .'

"우리는 성경을 읽고, 묵상하고,
실천함으로써 모든 선한 일을 행할 수 있습니다.
그곳이 바로 하늘나라, 그리고 그리스도와 동행하는 삶이지요."
소년이 천국을 거닐듯 말했다.

"그것이 하나님의 뜻이지."
소년은 조용히 디모데후서 마지막 장을 덮고, 다음 책인 디도서의 첫 장을 펼쳤다.

소예공부(디모데후서)

"디모데후서는 감옥에 있는 바울이 '사랑하는 아들 디모데'에게 남긴 마지막 유언과 같은 편지입니다. 이 편지는 인류 전체에게 마지막까지 믿음을 지키며 진리를 따르라는 강력한 메시지를 전해요. 끝까지 신실하게 살라. 바울은 죽음을 앞두고도 '믿음을 지켰다'고 고백합니다." 부처 석가모니가 인류를 향한 신실한 마음을 담아 말했다.

"두려움 대신 능력과 사랑, 근신함을 선택하라, 맞습니다. 하나님이 우리에게 주신 것은 두려워하는 마음이 아니요, 오직 능력과 사랑과 근신하는 마음입니다. 믿음은 마음에서부터 시작되며, 거짓이 없는 순수한 믿음이 힘입니다." 소크라테스가 마음으로 말했다.

"성경은 60억 권 이상이 팔린, 하나님의 감동으로 된 진리의 책입니다. 우리는 망령되고 헛된 말과 다툼이 아닌, 말씀과 진리와 사랑의 능력으로 인생의 고난을 이겨내야 합니다. 고난은 피할 대상이 아니라 통과하며 배우는 은혜의 학교입니다." 공자가 인내의 표정으로 말했다.

"바울의 마지막 문장은, 한 사람 한 사람의 이름을 부르며 안부를 전하는 사랑이었습니다." 예수가 공자의 작은 노트에 기록된 내용을 바라보며 짧게 말했다.

'은혜가 너희와 함께 있을지어다. 아멘.' – 디모데후서 4장

제 17 권 디도서 (Titus)

"고린도(Corinth)에 있는 바울(Paul)이 그레데(Crete)에 살고 있는
디도(Titus)에게 편지합니다. 그레데는 그리스 령(領)의 가장 유명한 섬이죠."
소년이 그레데섬을 떠올리며 말했다.

"거칠고 혼란함으로 가득했던 그레데는 지중해에서 가장 큰 섬이지."
예삭이 책장을 넘기며 말했다.

'감독은 하나님의 청지기로서 책망할 것이 없고,
제 고집대로 하지 아니하며 급히 분내지 아니하며,
술을 즐기지 아니하며, 구타하지 아니하며,
더러운 이를 탐하지 아니하고,
오직 나그네를 대접하며 선을 좋아하며 근신하며,
의로우며, 거룩하며, 절제하며,
미쁜 말씀의 가르침을 그대로 지켜야 하리니
이는 능히 바른 교훈으로 권면하고
거스려 말하는 자들을 책망하게 하려 함이라.....
우리를 양육하시되, 경건치 않은 것과 이 세상 정욕을 다 버리고,
근신함과 의로움과 경건함으로 이 세상에 살고.....
아무도 훼방하지 말며, 다투지 말며, 관용하며,
범사에 온유함을 모든 사람에게 나타낼 것을 기억하게 하라.....
우리 구주 하나님의 자비와 사람 사랑하심을 나타내실 때에,
우리를 구원하시되,
우리의 행한 바 의로운 행위로 말미암지 아니하고,
오직 그의 긍휼하심을 좇아
중생의 씻음과 성령의 새롭게 하심으로하셨나니.....
이단에 속한 사람을 한두 번 훈계한 후에 멀리하라.'

"바울의 편지처럼, 나그네를 대접하며 선을 좋아하며,
근신하며, 의로우며, 거룩하며,
절제하며 미쁜 말씀의 가르침을 그대로 지키는
하나님의 청지기(God's household)가 어찌 그리 아름다운지요."
소년이 미쁜 마음으로 말했다.

301

"디도를 통하여, 바른 교훈으로 권면하고
거슬러 말하는 자들을 책망하게 하고자 하는
바울의 편지는 참으로 신선하고 신실한 것이지."
노인이 신선한 마음으로 말했다.

"디도에게 보낸 짧은 편지는
우리에게 하나님의 긍휼하심을 좇아
중생의 씻음(washing of rebirth)과
성령의 새롭게 하심(renewal by the Holy Spirit)을 알게 하였습니다."
소년이 말하며 빌레몬서 책장을 펼쳤다.

소예공부(디도서)

"디도서는 하나님의 청지기로서 책망받을 것이 없어야 하며, 자기 고집대로 하지 말고 절제와 온유로 다스려야 함을 가르칩니다. 삶의 기준은 바른 교훈과 미쁜 말씀 위에 선 사람만이, 거짓 가르침을 책망하고 영혼을 세울 수 있습니다. 복음은 중생의 씻음과 성령의 새로움으로 완성됩니다." 부처 석가모니가 인류를 향한 청지기가 되어 말했다.

"맞습니다. 구원은 중생의 씻음(washing of rebirth)과 성령의 새롭게 하심(renewal by the Holy Spirit)으로 이뤄집니다. 세상의 정욕과 경건치 않은 것을 버려야 합니다. 진정한 신앙은 세상의 정욕과 욕망을 끊고, 경건함과 의로움을 실천하는 것입니다." 소크라테스가 경건함에 대한 새로움으로 말했다.

"지식이나 말이 아닌 삶으로 진리를 증거해야 합니다. 온유함과 절제, 근신과 선행으로 복음을 살아내는 삶이 최고의 증거입니다. 그리스도인은 다투지 않고 헐뜯는 훼방(毁謗)을 멀리하며, 모든 사람에게 관용과 온유함으로 대해야 합니다." 공자가 온유와 어진 마음으로 말했다.

"말씀이요 진리이신 하나님의 은혜는 모든 인류에게 똑같이 동등하게 열려 있습니다. 나라와 민족, 인종과 종교를 초월하여 유대인과 이방인, 종과 자유인 모두에게 동일한 은혜가 주어집니다. 미쁜 교훈은 가정과 사회 공동체를 회복시킵니다. 말씀과 진리와 믿음 안에서의 바른 가르침은 개인을 넘어 가정을 회복시키고 공동체를 굳건히 세웁니다. 진리와 말씀을 벗어난 존재에게 두세 번 훈계한 후에도 듣지 않으면, 더 이상 논쟁하지 말고 거리를 두는 지혜가 필요합니다. 세상은 아름답고 소중함으로 가득하기 때문입니다. 『디도서』는 짧지만 단단하고, 소중한 보석 같은 편지입니다. 말씀이 곧 사람의 품격이요, 실천이 곧 복음의 향기라는 주제를 이만큼 강하게 전하는 성경도 드뭅니다." 예수의 말씀은 노인과 소년의 뒤통수를 강타하고 지나갔다.

노인이 디도서를 덮자, 청년으로 자란 소년(蘇年)이 빌레몬서 책장을 펼쳤다.

제 18권 빌레몬서 (Philemon)

"빌레몬서는 노예 제도도 다루는 바울의 모든 저술 중 가장 짧은 편지입니다.
역시 바울의 옥중서신(獄中書信)이죠." 노인이 묻기 전에 소년이 말했다.

"빌레몬은 여행 중 바울의 설교를 듣고 그리스도인이 된 사람이었지."
예삭이 말하며 빌레몬에게 보내는 바울의 편지를 펼쳤다.

'그리스도 예수를 위하여 갇힌 자 된 바울(Paul)과
형제 디모데(Timothy)는 우리의 사랑을 받는 자요
동역자인 빌레몬(Philemon)과 자매 압비아(Apphia),
그리고 우리와 함께 군사 된 아킵보(Archippus),
네 집에 있는 교회에게 편지하노니,
하나님 우리 아버지와 주 예수 그리스도로 좇아
은혜와 평강이 너희에게 있을지어다.

이로써 네 믿음의 교제가 우리 가운데 있는 선을 알게 하고,
그리스도께 이르도록 역사하느니라.....
이후로는 종과 같이 대하지 아니하고,
종 이상으로 곧 사랑받는 형제로 둘 자라
no longer as a slave, but better than a slave, as a dear brother.'

"빌레몬은 자신의 집을 교회의 모임 장소로 제공하며 노예를 두고 있었죠.
그런데 노예인 오네시모는 빌레몬의 물건을 훔쳐 로마로 도망쳤어요."
소년이 신방모임을 생각하며 말했다.
"오네시모 역시 바울을 만나 그리스도인이 되었고,
바울은 빌레몬에게 오네시모를 노예의 신분을 떠나,
그리스도 안에서 형제로 받아들일 것을 권면하는 편지를 썼던 것이지."
노인이 그리스도의 사랑 안에서는 모두가 동등하며 하나라는 생각으로 말했다.
"주 예수님을 통한 은혜의 언약은 주인과 노예가
그리스도의 몸 안에서 동등한 기초 위에 사랑으로 교제하게 합니다."
소년이 모두가 동등함으로 말했다.

"얽매인 노예의 신분으로 떠났던 오네시모는,

303

그리스도의 사랑 안에서 한 형제가 되어 새로운 신분으로 돌아오게 된 것이지."

노인이 기쁨으로 말했다.

노예였던 오네시모는, 훗날 에베소 교회를 섬기는 목회자로 변신한다.

소예공부(빌레몬서)

노예였던 오네시모가 사랑받는 형제로 회복되었습니다. *no longer as a slave, but as a dear brother.* 사랑은 관계를 변화시키는 **무소불능(無所不能)**의 힘이 있습니다. 주인과 노예, 사회적 신분을 초월하여 그리스도 안에서는 모두 동등한 존재입니다."
부처 싯다르타가 평등과 평화로 말했다.

"도망친 오네시모를 바울이 감싸 안고, 빌레몬에게 용서를 요청합니다. 회개와 용서가 사회 공동체를 회복시킵니다. 진짜 변화는 복음을 통한 마음의 변화에서 옵니다. 강제적 순종이 아닌, 사랑으로 자발적으로 용서하고 품게 합니다."
소크라테스가 용서와 사랑의 마음으로 말했다.

"기독교는 인격의 존중 위에 세워집니다. 바울은 오네시모를 노예가 아닌, 하나의 인격체로 존중했습니다. 바울은 오네시모의 모든 잘못을 내게 돌리라며 대속적 사랑을 자청했습니다. 바울은 빌레몬과 오네시모 사이에서 화해를 위해 나섭니다. 신약 성경에서 가장 짧은 편지지만, 노예제도와 사랑, 복음의 본질을 압축한 아름다운 편지입니다."
공자가 예쁜 편지의 마음으로 말했다.

"오네시모 한 사람의 회심을 통해 사회 공동체 전체가 변화되었습니다. 사랑의 힘은 명령보다 더 강합니다. 바울은 권위로 명하지 않고 사랑으로 간청했습니다. *I appeal to you on the basis of love.* 『빌레몬서』는 짧지만 정말 사람을 울리는 편지입니다."
예수가 바울의 편지를 감싸안듯 말했다.

노인이 빌레몬서 책을 덮자, 소년이 히브리서책장을 펼쳤다.

제 19 권 히브리서 (Hebrews)

"히브리서를 말해봐요."
노인이 커피잔에 입을 대며 말했다.
"히브리서는 신약성경 중 유일하게 저자가 미상인 책으로서,
구약성경을 많이 인용하고 있는 것이 특징입니다."
구약과 신약의 아름다운 조화를 생각하며 소년이 말했다.
"교육과 훈육과 농사와 건축, 그리고 항해와 운동 경기에 이르기까지
다양한 분야와 관련된 비유를 즐겨 사용했다는 것도 좀 독특한 부분이지."
노인이 인생을 생각하며 말했다.
"히브리서 저자가 빼어난 문체와 수사학적 어법을 선호한 것을 보면,
고대 문화에 조예가 깊었을 뿐 아니라 높은 수준의 문학가였을 것으로 여겨집니다."
소년이 히브리서 첫 장을 넘기며 말했다.

'오직 누가 어디 증거하여 가로되
사람이 무엇이관대 주께서 저를 생각하시며,
인자가 무엇이관대 주께서 저를 권고하시나이까?
저를 잠간 동안 천사보다 못하게 하시며,
영광과 존귀로 관을 씌우시며, 만물을 그 발 아래 복종케 하셨나이다.

만물로 저에게 복종케 하셨은즉 복종치 않은 것이 하나도 없으나,
지금 우리가 만물이 아직 저에게 복종한 것을 보지 못하고,
오직 우리가 천사들보다 잠간 동안 못하게 하심을 입은 자,
곧 죽음의 고난을 받으심으로 인해 영광과 존귀로 관을 쓰신 예수를 보니,
이를 행하심은 하나님의 은혜로 말미암아
모든 사람을 위하여 죽음을 맛보려 하심이라.

자기가 시험을 받아 고난을 당하셨은즉,
시험 받는 자들을 능히 도우시느니라.
그러므로 하늘의 부르심을 입은 거룩한 형제들아,
우리의 믿는 도리의 사도시며 대제사장이신 예수를 깊이 생각하라.

저가 자기를 세우신 이에게 충성하시기를
모세가 하나님의 온 집에서 한 것과 같으니,

305

그는 모세보다 더욱 영광을 받을 만한 것이,
마치 집 지은 자가 그 집보다 더욱 존귀함 같으니라.
집마다 지은 이가 있으니, 만물을 지으신 이는 하나님이시라.'

"물론 모세나 아론도 하나님께서 주신 사명을 당당히 수행한 훌륭한 아들들이었으나,
사랑으로 율법의 완성을 이루신 만류의 주인이신 그리스도를 알고 믿고 의지할 것을
호소하고 있습니다."
소년이 사랑으로 율법을 완성하신 그리스도를 생각하며 말했다.
"그리스도는 천사와 여호수아보다 낫고,
새 언약으로 옛 언약을 이루신 믿음의 본(本)이시지."
예삭이 그리스도의 완전함으로 말했다.
"네. 인류의 죄를 대속하시기 위해 십자가에 못 박혀 죽으시고
모두를 용서하며 하나님께로 가신 분은
오직 의인이신 그리스도 예수밖에 없습니다."
"하나님은 우리 인류에게 말씀으로 그리스도를 주셨지."
예삭이 따뜻한 녹차를 마시며 말하자
소년이 히브리서 책장을 넘겼다.

'또한 모세는 장래에 말할 것을 증거하기 위하여
하나님의 온 집에서 사환으로 충성하였고,
그리스도는 그의 집 맡은 아들로 충성하였으니,
우리가 소망의 담대함과 자랑을
끝까지 견고히 잡으면 그의 집이라.
우리가 시작할 때에 확실한 것을 끝까지 견고히 잡으면
그리스도와 함께 참예한 자가 되리라.

하나님의 말씀은 살아 있고 운동력이 있어
좌우에 날 선 어떤 검보다도 예리하여,
혼과 영과 및 관절과 골수를 찔러 쪼개기까지 하며,
또 마음의 생각과 뜻을 감찰하나니,
지으신 것 중 하나라도 그 앞에 나타나지 않음이 없고,
오직 만물이 우리를 상관하시는 자의 눈앞에
벌거벗은 것같이 드러나느니라.

우리가 간절히 원하는 것은
너희 각 사람이 동일한 부지런함을 나타내어

306

끝까지 소망의 풍성함에 이르고,
게으르지 아니하며 믿음과 오래 참음으로 말미암아
약속들을 기업으로 받는 자들을 본받게 하려는 것이니라.

하나님이 아브라함에게 약속하실 때에
가리켜 맹세할 자가 자기보다 더 큰 이가 없으므로,
자기를 가리켜 맹세하여 말씀하시기를
내가 반드시 너를 복 주고 또 복 주며,
너를 번성하게 하고 또 번성하게 하리라 하셨더니,
그가 이같이 오래 참아 약속을 받았느니라.'

예삭은 소년의 작은 노트에 영문으로 적혀 있는 말씀을
예리한 눈으로 꿰뚫어 보며 깊은 묵상에 잠기는 듯한 표정을 지었다.

'하나님의 말씀은 살아 있고 운동력이 있어
좌우에 날 선 어떤 검(劍)보다도 예리(銳利)하여
혼(魂)과 영(靈)과 및 관절(關節)과
골수(骨髓)를 찔러 쪼개기까지 하며,
또 마음의 생각과 뜻을 감찰(鑑察)하나니,
지으신 것 중 하나라도 그 앞에 나타나지 않음이 없고,
오직 만물이 우리를 상관하시는 자의 눈앞에
벌거벗은 것같이 드러나느니라

For the word of God is alive and active.

Sharper than any double-edged sword,

it penetrates even to dividing soul

and spirit, joints and marrow;

it judges the thoughts and attitudes of the heart.

Nothing in all creation is hidden from God's sight.

Everything is uncovered and laid bare

before the eyes of him

to whom we must give account.'

"세상에 수많은 책들 중에 두 번 이상을 읽게 하는 책은 좀처럼 찾아보기 힘들지.
그러나 성경은 읽고 또 읽어도 그 말씀의 비밀은 늘 새롭고 끝이 없지."
예삭이 허공을 응시하며 말했다.

"성경은 영원한 진리요 생명이기 때문입니다. 성경이 전부입니다."
소년이 생명으로 말했다.
"성경 한 권이면 인생에 부족함이 없는 법이지."
예삭이 안빈낙도(安貧樂道)로 말했다.

100도를 넘나들던 혹독한 여름은 어느덧 자취를 감추고,
조금은 쌀쌀하게 느껴지는 10월의 가을 날씨가 되었다.
소년은 밝고 시원한 옷보다는 검정색 바지에 붉은색 상의를 입고 출근했다.
타이거 우즈의 골프 시합 마지막 날 복장처럼. ㅋㅋ

'이 멜기세덱(Melchizedek)은 살렘(Salem) 왕이요,
지극히 높으신 하나님의 제사장(priest)이라.
여러 임금을 쳐서 죽이고 돌아오는 아브라함을 만나 복을 빈 자라.
아브라함이 일체 십분의 일을 그에게 나눠주니라.
그 이름을 번역한즉 첫째 의의 왕이요, 또 살렘 왕이니 곧 평강의 왕이요.
아비도 없고, 어미도 없고, 족보도 없고, 시작한 날도 없고,
생명의 끝도 없어 하나님 아들과 방불하여 항상 제사장으로 있느니라.
이는 멜기세덱이 아브라함을 만날 때에 레위(Levi)는
아직 자기 조상(ancestor)의 허리에 있었음이니라.

멜기세덱과 같은 별다른 한 제사장이 일어난 것을 보니 더욱 분명하도다.
그는 육체에 상관된 계명의 법을 좇지 아니하고,
오직 무궁한 생명의 능력을 좇아 된 것이니.
또 주께서 가라사대
 그 날 후에 내가 이스라엘 집으로 세울 언약이 이것이니,
내 법을 저희 생각에 두고 저희 마음에 이것을 기록하리라.
나는 저희에게 하나님이 되고, 저희는 내게 백성이 되리라.

금향로와 사면을 금으로 싼 언약궤가 있고,
그 안에 만나를 담은 금 항아리와 아론의 싹 난 지팡이와 언약의 비석들이 있고.
하물며 영원하신 성령으로 말미암아 흠 없는 자기를
하나님께 드린 그리스도의 피가 어찌 너희 양심으로
죽은 행실에서 깨끗하게 하고 살아계신 하나님을 섬기게 못하겠느뇨.
율법을 좇아 거의 모든 물건이 피로써 정결케 되나니,
피 흘림이 없은즉 사함이 없느니라.'

308

"멜기세덱은 자기 조상의 규례를 따르지 않고,
오직 불멸의 생명의 능력을 따른 성직자였어요
power of an indestructible life."
제사보다는 순종을 생각하며 소년이 말했다.

"율법에서는 거의 모든 것이 피로써 정결케 되도록 요구하고 있는데,
그리스도의 피 흘림이 없이는 죄 사함도 없는 것이지."
예삭이 자신의 아버님의 묘비명(墓碑銘 tombstone)을 떠올리며 말했다.
"모세가 40년 동안 광야에서 이스라엘 백성과 함께한 것처럼,
여호수아가 이스라엘 민족을 가나안 땅으로 인도한 것처럼,
그리스도는 우리 인류를 하나님의 영원한 안식처로 이끄실 것입니다."
소년이 인류가 하나되는 소망을 담아 말했다.
"그리스도는 죄가 없으면서도 변함이 없는 영원한 진리시니까."
노인이 진리가 되어 말했다.
"하나님은 선지자와 천사와 모세와 여호수아와
율법과 모든 제사장들을 먼저 보내시어,
그리스도의 보내심을 예비하신 것입니다."
소년은 허기를 느끼고 사무실 옆에 위치한 H Mart로 먹을 것을 사러 갔다.

소년이 돌아오자 노인이 빵보다 맛있는 말씀을 넘겼다.

'위에 말씀하시기를
제사와 예물과 전체로 번제함과 속죄제는 원치도 아니하고
기뻐하지도 아니하신다 하셨고 (이는 다 율법을 따라 드리는 것이라).
이 뜻을 좇아 예수 그리스도의 몸을 단번에 드리심으로 말미암아
우리가 거룩함을 얻었노라.

그러므로 형제들아,
우리가 예수의 피를 힘입어 성소에 들어갈 담력을 얻었나니
또 약속하신 이는 미쁘시니,
우리가 믿는 도리의 소망을 움직이지 말고 굳게 잡으며,
서로 돌아보아 사랑과 선행을 격려하며,
모이기를 폐하는 어떤 사람들의 습관과 같이 하지 말고
오직 권하여 그 날이 가까움을 볼수록 더욱 그리하자.

그러므로 너희 담대함을 버리지 말라.

이것이 큰 상을 얻느니라.
너희에게 인내가 필요함은
너희가 하나님의 뜻을 행한 후에 약속을 받기 위함이라.
오직 나의 의인은 믿음으로 말미암아 살리라.
또한 뒤로 물러가면 내 마음이 저를 기뻐하지 아니하리라 하셨느니라.
우리는 뒤로 물러가 침륜에 빠질 자가 아니요,
오직 영혼을 구원함에 이르는 믿음을 가진 자니라.'

"유대교의 관례와 옛 언약인 율법(the law)에 따른 제사와
예물과 번제와 속죄는 완전하지 못했으며, 한계성이 있었어요
sacrifices, offerings, burnt offerings, sin offerings."
소년이 제사가 아닌 순종으로 말했다.

"그러므로 그리스도는 완전함을 이루기 위해, 완전한 신성과
인성을 지니신 자신을 흠 없는 제물로 하나님께 드림으로써
인류를 죄로부터 자유하게 하신 것이지."
"네. 우리는 담대함으로 믿는 도리의 소망을 굳게 잡아,
서로 이웃을 돌보며 사랑과 선행을 격려해야 합니다."
"인내하며 그리스도의 뜻을 행하였을 때,
우리는 하나님의 약속을 받을 수 있는 것이지."

한국과 베트남 간의 새벽 축구 경기를 시청하다가 출근을 좀 서두른 듯하다.
소년은 20일 학교 존을 시속 30마일로 운전했다는 이유로 경찰에게 티켓을 받았다.
여느 때와 달리 소년은 경찰에게 "좋은 하루 되세요."라며 밝은 표정으로 티켓을 받았다.
소년은 "항상 기뻐하라"는 말씀을 떠올리며 말씀이 되어 살아가는 법을 배워가고 있었다.
그러나 온유하지 못하고 서두른 자신을 조용히 질책했다.

'믿음은 바라는 것들의 실상이요,
보지 못하는 것들의 증거니,
선진들이 이로써 증거를 얻었느니라.
믿음으로 우리는 모든 세계가 하나님의 말씀으로 지어진 줄을 아나니,
보이는 것은 나타난 것으로 말미암아 된 것이 아니니라.

믿음이 없이는 하나님을 기쁘시게 못하나니,
하나님께 나아가는 사는 반드시 그가 계신 것괴,

또한 그가 자기를 찾는 자들에게 상 주시는 이심을 믿어야 할지니라.
믿음으로 노아는 아직 보지 못하는 일에 경고하심을 받아,
경외함으로 방주를 예비하여 그 집을 구원하였으니,
이로 말미암아 세상을 정죄하고, 믿음을 좇는 의의 후사가 되었느니라.'

믿음으로 아브라함은 부르심을 받았을 때에 순종하여,
장래 기업으로 받을 땅에 나아갔고,
갈 바를 알지 못한 채 나아갔으며,
믿음으로 그가 외방에 있는 것 같이 약속하신 땅에 거하였고,
동일한 약속을 유업으로 함께 받은 이삭과 야곱과 함께 장막에 거하였으니,
이는 하나님께서 경영하시고 지으실 터가 있는 성을 바랐음이니라.
아브라함은 시험을 받을 때에 믿음으로 이삭을 드렸으니,
그는 약속을 받은 자로되, 그 독생자를 하나님께 드렸느니라.'

"사람이 살아가면서, 보이는 세상이 보이지 않는
하나님의 말씀으로 지어졌다는 것을 깨달아야 해요."
소년이 색즉시공(色卽是空)으로 말했다.
보이지 않는 것을 볼 줄 아는 심안(心眼)을 갖도록
그리스도의 도(道)에 힘써야지."
노인이 공즉시색(空卽是色)으로 말하며 소년의 작은 노트에 시선을 멈추었다.

'Faith is confidence in what we hope for and assurance
about what we do not see 믿음은 바라는 것들의 실상이요,
보지 못하는 것들의 증거니라.'

"노아는 믿음으로 방주를 받았고,
아브라함은 믿음으로 백 세에 이삭을 받았고,
이삭과 야곱은 믿음으로 엄청난 땅의 유업, 곧 부동산을 받았습니다."
예삭과 소년은 오랜만에 Taco Bell에서 오렌지 주스를 마시며 히브리서의 책장을 넘겼다.

'저에게 이미 말씀하시기를
네 자손이라 칭할 자는 이삭으로 말미암으리라 하셨으니
믿음으로 모세가 났을 때,
그의 부모는 그가 아름다운 아이임을 보고

석 달 동안 숨겨 임금의 명령을 무서워하지 아니하였으며,
믿음으로 모세는 장성하여 바로의 공주의 아들이라 칭함을 거절하고,
도리어 하나님의 백성과 함께 고난 받기를,
잠시 죄악의 낙을 누리는 것보다 더 좋아하고,
그리스도를 위하여 받는 능욕을 애굽의 모든 보화보다 더 큰 재물로 여겼으니,
이는 상 주심을 바라봄이라.

믿음으로 애굽을 떠나 임금의 노함을 무서워하지 아니하고,
보이지 아니하는 자를 보는 것 같이 하여 참았으며,
믿음으로 유월절과 피 뿌리는 예를 정하였으니,
이는 장자를 멸하는 자로 저희를 건드리지 않게 하려 함이며,
믿음으로 그들이 홍해를 육지같이 건넜으나,
애굽 사람들은 이것을 시험하다가 빠져 죽었으며,
믿음으로 칠 일 동안 여리고를 두루 다니매 성이 무너졌으며,
믿음으로 기생 라합은 정탐꾼을 평안히 영접하였으므로,
순종하지 아니한 자들과 함께 멸망하지 아니하였도다.
내가 무슨 말을 더 하리요?
기드온, 바락, 삼손, 입다와 다윗, 사무엘,
선지자들의 일을 말하려면 내게 시간이 부족하리로다.'

"모세는 믿음으로 공주의 아들임을 거절하고,
믿음으로 홍해를 건넜고,
믿음으로 이스라엘 백성과 함께 광야에서 고난을 받았으며,
믿음으로 애굽의 보화보다는 그리스도를 위하여 받는 고난을
더 큰 재물과 영광으로 여겼습니다."
소년이 홍해를 건너는 믿음으로 말했다.
"모세의 우직한 믿음은 보이지 않는 그리스도를 보게 하는
심안(心眼)을 갖게 하였던 것이지."

예삭과 소년은 계속해서 기드온, 바락, 삼손, 입다, 다윗,
사무엘과 같은 선지자 및 왕들의 믿음을 묵상해 나갔다.

'이러므로 우리에게 구름 같이 둘러싼 허다한 증인들이 있으니,
모든 무거운 것과 얽매이기 쉬운 죄를 벗어 버리고
인내로써 우리 앞에 당한 경주를 경주하며,
믿음의 주요 또 온전케 하시는 이인 예수를 바라보자.

저는 그 앞에 있는 즐거움을 위하여 십자가를 참으사
부끄러움을 개의치 아니하시더니,
하나님 보좌 우편에 앉으셨느니라.
주께서 그 사랑하시는 자를 징계하시고,
그의 받으시는 아들마다 채찍질하심이니라 하였으니,
너희가 참음은 징계를 받기 위함이라.
하나님이 아들과 같이 너희를 대우하시나니,
어찌 아비가 징계하지 않는 아들이 있으리요.
징계는 다 받는 것이거늘 너희에게 없으면 사생자요,
참 아들이 아니니라.

무릇 징계가 당시에는 즐거워 보이지 않고 슬퍼 보이나,
후에 그것으로 말미암아 연단된 자에게는 의의 평강한 열매를 맺느니라.
그러므로 피곤한 손과 연약한 무릎을 일으켜 세우고,
너희 발을 위하여 곧은 길을 만들어,
저는 다리로 하여금 어그러지지 않고 고침을 받게 하라.
모든 사람으로 더불어 화평함과 거룩함을 좇으라.
이것이 없이는 아무도 주를 보지 못하리라.
너희는 돌아보아 하나님의 은혜에 이르지 못하는 자가 있는가 두려워하고,
또 쓴 뿌리가 나서 괴롭게 하며,
많은 사람이 이로 말미암아 더러움을 입을까 두려워하며
너희는 삼가 말하신 자를 거역하지 말라.
이로 말미암아 경건함과 두려움으로 하나님을 기쁘시게 섬길지니,
우리 하나님은 소멸하는 불이심이라.'

"예수님은 십자가를 참으신 대가로 지금 하나님 보좌 우편에 앉아 계십니다."
소년이 존귀한 마음으로 말했다.
"우리가 인생의 모든 무거운 짐과 우리를 얽아매는 죄에서 벗어나는 길은,
우리를 완전케 하시는 그리스도를 바라보며(fixing our eyes on Jesus)
선(善)을 행하며 담대히 걸어가는 것이지."
노인이 담대함과 선함을 혼합하여 말했다.
"걸어가면서 받게 되는 고난이나 시련은 후에
사랑과 기쁨과 평화의 열매를 맺게 하지요."
소년이 시련을 사랑함으로 말했다.
"피곤한 손과 연약한 무릎을 일으켜 세우고,
이웃과 더불어 평화와 거룩함을 좇아가야지

313

strengthen your feeble arms and weak knees,

we must pursue peace and holiness together with our neighbors."

노인이 이웃사랑으로 말했다.

"경건함과 두려움으로 하나님을 기쁘시게 섬기지 않고는,

우리 주 그리스도를 볼 수가 없습니다We cannot see Christ our Lord

unless we serve him acceptably with reverence and fear."

소년이 경건함으로 말했다.

예삭과 소년은 서로 말씀을 막힘없이 주고받으며,

히브리서 마지막 책장을 넘겼다.

'형제 사랑하기를 계속하고, 손님 대접하기를 잊지 말라.

이로써 부지중에 천사들을 대접한 이들이 있었느니라.

자기도 함께 갇힌 것 같이 갇힌 자를 생각하고,

자기도 몸을 가졌은즉 학대받는 자를 생각하라.

돈을 사랑치 말고 있는 바를 족한 줄로 알라.

그가 친히 말씀하시기를

내가 과연 너희를 버리지 아니하고,

과연 너희를 떠나지 아니하리라 하셨느니라.

그러므로 우리가 담대히 말하되, 주는 나를 돕는 자시니,

내가 무서워 아니하겠노라. 사람이 내게 어찌하리요 하노라.

예수 그리스도는 어제나 오늘이나 영원토록 동일하시니라.

여러 가지 다른 교훈에 끌리지 말라.

마음은 은혜로써 굳게 함이 아름답고, 식물로써 할 것이 아니니,

식물로 말미암아 행한 자는 유익을 얻지 못하였느니라.

오직 선을 행함과 서로 나눠주기를 잊지 말라.

이 같은 제사는 하나님이 기뻐하시느니라.

너희를 인도하는 자들에게 순종하고 복종하라.

저희는 너희 영혼을 위하여 경성하기를 자기가 회계할 자인 것 같이 하느니라.

저희로 하여금 즐거움으로 이것을 하게 하고, 근심으로 하게 말라.

그렇지 않으면 너희에게 유익이 없느니라.

우리를 위하여 기도하라.

우리가 모든 일에 선하게 행하려 하므로,

314

우리에게 선한 양심이 있는 줄을 확신하노니,
내가 더 속히 너희에게 돌아가기를 위하여 너희 기도함을 더욱 원하노라.'

"변함이 없으신 하나님은 우리를 떠나거나 버리지 않으시니,
우리는 돈을 사랑치 말고 늘 있는 것에 만족하며,
이웃 대접하고 사랑하기를 멈추지 말고 계속해야 합니다."
소년이 무소유와 사랑으로 말했다.
"주를 사랑하는 사람이 무엇을 걱정하고 두려워하겠는가."
노인이 겁없는 사람으로 말했다.
"하나님이 기뻐하시는 일은 무엇인가요?"
"마음을 은혜로써 아름답게 하고, 서로 나눠주기를 계속하고,
즐거움으로 선한 일을 하는 것이지."

노인이 풍요로운 마음으로 말했다.
푸른 하늘을 바라보는 소년의 표정도 거룩해 보였다.

소예공부 (히브리서)

"예수 그리스도는 제사와 율법의 그림자를 넘어서, 자신을 단번에 드림으로 완전한 속죄를
이루신 완전한 대제사장이십니다. 믿음은 보이지 않는 것을 실재로 만드는 능력입니다.
믿음으로 선진들은 증거를 얻었고, 믿음으로 인류는 길을 걷습니다. 율법은 그림자요,
그리스도는 실체입니다."

부처 석가모니가 단호함으로 말했다.
그 단호함 속에는 인류를 향한 자비심이 있었다.

"율법 아래의 제사는 완전케 하지 못하나, 그리스도의 희생은 모든 인류를 온전케 합니다.
예수는 어제나 오늘이나 영원토록 동일하시며, 변함없으신 주님 안에서 우리의 믿음은
흔들리지 않습니다. 예수는 변함이 없는 말씀이요, 진리이기 때문입니다."

소크라테스가 진리에 대한 단심가(丹心歌)로 말했다.

"고난은 사랑의 징계이며, 깨달음으로 이끄는 훈련이요 스승입니다. 하나님의 징계는 사랑의
표현이며, 우리를 의와 평강의 열매로 인도하시는 자비이십니다. 아브라함, 모세, 다윗,
선지자들처럼 우리도 믿음으로 살아가야 합니다. 사랑과 선행은 믿음의 자연스러운 열매이며,
서로 돌아보아 격려하고, 나누며 돕는 삶이 참 신앙입니다."

공자가 이웃을 사랑하는 큰 마음을 담아 말했다.

"세상의 고난과 박해를 넘어, 영원한 안식과 하늘 본향이 우리를 기다립니다.
경건함과 두려움으로, 말씀이요 진리이신 하나님을 섬겨야 합니다.
하나님을 경외함은 사랑의 뿌리이며, 참된 섬김의 태도입니다.
이웃을 사랑하는 것이 그 뿌리의 열매입니다."

예수가 성령의 아홉 가지 열매로 말하자,
소년이 히브리서 책장을 덮었고, 노인이 야고보서 책장을 펼쳤다.

제 20권 야고보서 (James)

"야고보서를 말해보세요."
노인이 흐르는 시냇물을 바라보며 말했다.
"예수 그리스도의 형제 야고보가 해외로 흩어져 있는 열두 지파에게 편지를 쓰고 있습니다.
스승님처럼 행함을 강조하며, 실천의 중요성을 가르치고 있습니다."
소년이 행함으로 말했다.
"2000년도 대한민국의 김대중 대통령의 좌우명인
'행동하는 양심'도 야고보가 예루살렘에서 기록했던
야고보서의 영향을 받은 것으로 전해지고 있지."
예삭이 김대중의 옥중서신을 떠올리며 말했다.
"비록 5장에 불과한 짧은 편지지만,
그리스도인이 어떻게 살아가야 하는지를 보여주는 참으로 훌륭한 책입니다."
예삭이 야고보서 첫 장을 펼쳤다.

'하나님과 주 예수 그리스도의 종 야고보는,
흩어져 있는 열두 지파에게 문안하노라.

내 형제들아,
너희가 여러 가지 시험을 만나거든 온전히 기쁘게 여기라.
이는 너희 믿음의 시련이 인내를 만들어 내는 줄 너희가 앎이라.
인내를 온전히 이루라.
이는 너희로 온전하고 구비하여 조금도 부족함이 없게 하려 함이라.

너희 중에 누구든지 지혜가 부족하거든,
모든 사람에게 후히 주시고 꾸짖지 아니하시는 하나님께 구하라.
그리하면 주시리라.
오직 믿음으로 구하고 조금도 의심하지 말라.
의심하는 자는 마치 바람에 밀려 요동하는 바다 물결 같으니,
이런 사람은 무엇이든지 주께 얻기를 생각하지 말라.
두 마음을 품어 모든 일에 정함이 없는 자로다.

낮은 형제는 자기의 높음을 자랑하고,
부한 형제는 자기의 낮아짐을 자랑할지니,

이는 풀의 꽃과 같이 지나감이라.
해가 돋고 뜨거운 바람이 불어 풀을 말리우면
꽃이 떨어져 그 모양의 아름다움이 없어지나니,
부한 자도 그 행하는 일에 이와 같이 쇠잔하리라.'

"처음부터 시련을 기쁘게 여기라는 가르침이 예사롭지 않습니다."
소년이 시련을 사랑하는 마음으로 말했다.
"인생을 살아가면서 맞이하게 되는 고난이나 시련을 기뻐할 수 있는 사람은
행함이 있는 참 그리스도인이라고 할 수 있지."
"네. 고난을 기뻐하는 것은 보이지 않는 위대한 행함입니다.
보통 누구나 어려운 일을 당하면 기뻐하기보다는 슬퍼하죠."
"믿음의 시련이 인내를 만들어내어 조금도 부족함이 없게하는 줄을 모르기 때문이지."
"네. 알아도 행함이 없으면 아는 것이 아니죠."

소년의 작은 노트에는 완전함에 이르게 하는
시련과 인내에 대한 야고보의 가르침이 적혀 있었다.

'Let perseverance finish its work so that you may be mature and complete,
not lacking anything인내를 온전히 이루라. 이는 너희로 온전하고 구비하여
조금도 부족함이 없게 하려 함이라.'

"그리스도인의 행복 지수를 높이는 건 행함뿐이지."

하나님의 말씀을 듣기만 하는 자가 될 것인가,
아니면 행하는 사도가 될 것인가.
소년은 먼 산을 응시하며 홀로 생각했다.

'시험을 참는 자는 복이 있도다.
이것에 옳다 인정하심을 받은 후에,
주께서 자기를 사랑하는 자들에게 약속하신
생명의 면류관을 얻을 것임이니라.
사람이 시험을 받을 때에,
내가 하나님께 시험을 받는다 하지 말지니,
하나님은 악에게 시험을 받지도 아니하시고,
친히 아무도 시험하지 아니하시느니라.

내 사랑하는 형제들아, 속지 말라.
각양 좋은 은사와 온전한 선물이 다 위로부터,
빛들의 아버지께로부터 내려오나니,
그는 변함도 없으시고 회전하는 그림자도 없으시니라.
그가 그 조물 중에 우리로 한 첫 열매가 되게 하시려고,
자기의 뜻을 좇아 진리의 말씀으로 우리를 낳으셨느니라.
내 사랑하는 형제들아, 너희가 알거니와,
사람마다 듣기는 속히 하고 말하기는 더디 하며 성내기도 더디 하라.
사람의 성내는 것이 하나님의 의를 이루지 못함이니라.'

"변함도 없으시고 회전하는 그림자도 없으신 하나님은
아무도 시험치 않으시며 아무에게도 시험을 당하지 않는다는
야고보의 가르침은 많은 깨우침을 줍니다
God does not change like shifting shadows,
he tempts no one and is tempted by no one."
소년이 물 흐르듯 유창하게 말했다.

"모든 것은 마음이 만들어 낸다(Everything you do flows from your heart,
일체유심조一切唯心造)는 솔로몬의 가르침을 잊은 채,
시험이 외부로부터 오는 것이라며 스스로 속고 있는 것이죠."
"시험은 스스로의 탐욕에서 오는 것임을 알아차리고, 시험을 이김으로써
하나님께서 선물로 주시는 생명의 면류관(crown of life)을 얻어야지."

예삭의 작은 노트에는 야고보의 꿀보다 달콤한 가르침이 적혀 있었다.

'오직 각 사람이 시험을 받는 것은 자기 욕심에 끌려 미혹됨이니,
욕심이 잉태한즉 죄를 낳고, 죄가 장성한즉 사망을 낳느니라
Each person is tempted when they are dragged away by their own
evil desire and enticed. Then, after desire has conceived, it gives birth to sin;
and sin, when it is full-grown, gives birth to death.'

"하나님은 진리의 말씀으로 우리를 낳으셨으니,
우리는 성경 곧 말씀으로 살아가야 합니다."
소년이 스스로 말씀이 되어 말했다.
"귀가 둘이고 입이 하나인 것처럼, 듣기는 속히 하고 말하기는 더디 하며
성내기도 더디 하는 것이 말씀이 되어 살아가는 방법이지."
화가 없는 노인이 말했다.

"화(怒)는 하나님의 의를 이루지 못하게 하는 방해물입니다."
마음에서 화가 사라진 소년이 말했다.
말씀을 공부하고 있는 컴퓨터 노트북 화면이 갑자기 어두워졌다.
건전지가 다 된 듯하였다. 예삭은 말씀에 목마른 표정으로 가방에서 코드를 꺼내
빠른 손놀림으로 충전을 시작했다.

'그러므로 모든 더러운 것과 넘치는 악을 내어 버리고,
능히 너희 영혼을 구원할 바 마음에 심긴 도를 온유함으로 받으라.
너희는 도를 행하는 자가 되고, 듣기만 하여 자신을 속이는 자가 되지 말라.
누구든지 도를 듣고 행하지 아니하면,
그는 거울로 자기 생긴 얼굴을 보는 사람과 같으니,
제 자신을 보고 가서 그 모양이 어떠한지를 곧 잊어버리거니와,
자유하게 하는 온전한 율법을 들여다보고 있는 자는,
듣고 잊어버리는 자가 아니요 실행하는 자니,
이 사람이 그 행하는 일에 복을 받으리라.

누구든지 스스로 경건하다 생각하며,
자기 혀를 재갈 먹이지 아니하고 자기 마음을 속이면,
이 사람의 경건은 헛것이라.
하나님 아버지 앞에서 정결하고 더러움이 없는 경건은,
곧 고아와 과부를 그 환난 중에 돌아보고,
또 자기를 지켜 세속에 물들지 아니하는 이것이니라.'

"야고보는 우리를 구원해 줄 말씀을
'마음에 심긴 도(the word planted in you)'로 표현하고 있습니다."
소년이 구도자(求道者)의 마음으로 말했다.
"하나님의 말씀인 성경은 우리를 지켜주고 보호해주시는
'그리스도의 도(道之主)'이시지."
노인이 스스로 말씀이 되어 말했다.
"스승님은 '구원'이라는 말 대신에 '지켜주고 보호해주신다'는 표현을 사용하시네요."

"'save'의 올바른 번역은 '구원(salvation)'보다는 '지켜지고 보호받는다'는
의미로 해석되어야 하지.
'save'라는 단어가 지나치게 '구원'으로 번역된 사례가 많아,
구원에 대한 잘못된 가르침과 오해도 역사적으로 있었던 것이지.
구원은 결코 누가 해주는 것이 아니라,

오직 하나님께서 각자의 분량에 따라 선물로 주시는 것이니
스스로 깨달아 미혹됨 없이 구원으로부터 자유로울 줄 알아야지."

"......................"
소년이 깨달은 듯한 표정으로 침묵을 지켰다.
"구원은 죽어서 시작되는 것이 아니라,
그리스도와 함께하면서 이미 시작된 것이죠."
소년이 침묵을 깨뜨리며 말했다.
".........................."

예삭은 소년의 깨달음에 대한 놀라운 마음을 숨긴 채,
먼 산을 응시하며 자비로운 미소를 지었다.
소년에 대한 감사와 긍휼의 마음을 담아서.
소년은 말씀의 비밀을 알아차려,
이미 스스로 천국과 지옥과 생사를 넘나드는 깨달음의 세계를 거닐고 있었다.

"성경에 꽤 많이 등장하는 단어가
성령의 여덟 번째 열매인 온유(溫柔)입니다.
야고보도 말씀을 온유함으로 받으라고 합니다."
소년이 온유함으로 말했다.
"부자의 제1 법칙이 온유함이지?"
"네?"
소년이 동그란 눈으로 놀라는 듯한 표정을 지었다.
"예수님께서 가르쳐주신 산상수훈에도 온유한 자는 부동산(不動産),
즉 땅을 기업으로 받을 것이라고 말씀하셨지.
천지창조부터 부동산은 부자로 가는 황금률이었지."

소년은 민첩한 동작으로 산상수훈을 펼쳤다.

'온유한 자는 복이 있나니, 저희가 땅을 기업으로 받을 것임이요
Blessed are the meek, for they will inherit the earth.'

실제로 성경 속 인물들이 부자가 될 수 있었던 것은
하나님께서 주신 '땅(土)'—곧 부동산의 축복때문이었다.
마치 유대인들이 미국 뉴욕에서 부동산으로 부자가 된 것처럼.

'너희는 도를 행하는 자가 되고,
듣기만 하여 자신을 속이는 자가 되지 말라.
누구든지 도를 듣고 행하지 아니하면
그는 거울로 자기의 생긴 얼굴을 보는 사람과 같으니,
제 자신을 보고 가서 그 모양이 어떠한 것을 곧 잊어버리거니와,
자유하게 하는 온전한 율법을 들여다보고 있는 자는
듣고 잊어버리는 자가 아니요,
실행하는 자니, 이 사람이 그 행하는 일에 복을 받으리라.'

"야고보는 하나님의 말씀을 그저 듣기만 하고 행하지 않으면,
스스로 속는 것이라고 일침(一針)을 주고 있습니다."
소년이 사이다 같은 일침(一針)으로 말했다.
"말씀을 듣고 바라보기만 하는 종교는,
고대 사회의 토테미즘(Totemism)과 같은 미신에 가깝다고 볼 수 있지.
문명의 이기를 살아가는 지금도 깨달음이 없으면,
우상숭배(偶像崇拜)와 별반 다를 바 없는 것이지."

예삭 노인이 따끔하게 말했다.

"네. 참된 믿음과 선행은 분리될 수 없는 것이죠.
이웃과 함께하는 우리의 생각과 말과 행동이
바로 스스로의 믿음을 증거하는 거울입니다."
소년이 언행이 일치함으로 말했다.

소년의 작은 노트에는 '행동하는 믿음'에 대한 야고보의 편지가 기록돼 있었다.
그것은 인류에게 전하는 야고보의 사이다 일침(一針)이었다.

'Do not merely listen to the word, and so deceive yourselves. Do what it says. Anyone who listens to the word but does not do what it says is like someone who looks at his face in a mirror하나님의 말씀을 듣기만 하고 실천하지 않는다면, 자신을 속이는 것입니다. 말씀을 듣고도 그대로 행하지 않는 사람은 마치 거울을 보고 자기 얼굴을 바라본 뒤 곧 잊어버리는 사람과 같습니다.'

늦은 밤,
예삭과 소년은 출출함을 달래기 위해 사무실 옆 H 마트에 들렀다.
멕시칸 종업원들이 예삭과 반갑게 인사를 나누었고,
어떤 친구는 맛있는 음식까지 싸 주었다.

소년은 생각했다.

예삭은 도대체 어떤 사람이길래 모든 사람과 형제 또는 친구가 될 수 있는가.

소년은 부럽다는 듯한 표정으로 고개를 갸우뚱하며 마켓을 나왔다.

그렇다, 말이 필요없다.

나의 이웃과 함께하는 나의 생각과 말과 행동이 바로 나의 믿음이다.

공공장소에서 결코 하나님이나 종교 이야기를 하지 않는 예삭 노인,

자신의 부족함으로 하나님의 영광이 가려질거라는 신실한 마음,

소년은 그런 스승을 다시 한 번 생각했다.

'내 형제들아,

영광의 주 곧 우리 주 예수 그리스도를 믿는 믿음을 너희가 받았으니,

사람을 외모로 취하지 말라.

너희가 만일 경에 기록한 대로

네 이웃 사랑하기를 네 몸과 같이 하라 하신

최고한 법을 지키면 잘하는 것이거니와,

만일 너희가 외모로 사람을 취하면 죄를 짓는 것이니,

율법이 너희를 범죄자로 정하리라.

긍휼을 행하지 아니하는 자에게는 긍휼 없는 심판이 있으리라.

긍휼은 심판을 이기고 자랑하느니라.

내 형제들아,

만일 사람이 믿음이 있다 하고 행함이 없으면, 무슨 유익이 있으리요?

그 믿음이 능히 자기를 구원하겠느냐?

만일 형제나 자매가 헐벗고 일용할 양식이 없는데,

너희 중에 누구든지 그에게 이르되

평안히 가라, 더웁게 하라, 배부르게 하라 하며

그 몸에 쓸 것을 주지 아니하면, 무슨 유익이 있으리요?

이와 같이 행함이 없는 믿음은 그 자체가 죽은 것이라.'

"야고보는 스승님께서 늘 강조하시는 애인(愛人),

곧 '네 이웃을 네 몸처럼 사랑하라'는 것이

성경의 최고의 법(the royal law in Scripture)이라고 가르치고 있습니다."

소년이 최고로 기쁜마음으로 말했다.

"애인(愛人 Love your neighbor as yourself)은
네 복음서에 동시에 등장하는 예수 그리스도의 가장 큰 가르침이지."
노인이 경천애인(敬天愛人)하는 마음으로 말했다.

소년의 작은 노트에는,
야고보(James)가 유대인들에게 보내는 멋진 편지 내용이 적혀 있었다.

'긍휼을 행하지 아니하는 자에게는 긍휼 없는 심판이 있으리라 Judgment
without mercy will be shown to anyone who has not been merciful.'

"심판을 앞서는 긍휼은 따로 공부하고 깨우쳐야 할 그리스도의 또 다른 가르침이지."

"그리스도요?"

"팔복(八福)의 하나가 바로 긍휼(矜恤)이지."

"팔복은 예수님께서 주신 산상수훈(Sermon on the Mount)의 가르침 아닌가요?"

소년은 민첩하게 마태복음의 산상수훈을 펼쳤다.

'긍휼(矜恤)은 곧 사랑하며 불쌍히 여기는 자비(慈悲, mercy)의 마음이다.'

'Blessed are the merciful, for they will be shown mercy 긍휼히
여기는 자는 복이 있나니, 저희가 긍휼히 여김을 받을 것임이요.'

"심령이 가난한 자, 애통하는 자, 온유한 자, 의에 주리고 목마른 자,
마음이 청결한 자, 화평케 하는 자, 의를 위하여 핍박받는 자.
이 모두가 긍휼한 마음을 가진 팔복인(八福人)들입니다."
소년이 진리에 대한 간절함으로 말했다.

소년의 말에 예삭은 말없이 고개를 끄덕였다.
소년이 기특해 보여서.

"여기 또 인류에게 깨달음을 주는 야고보의 큰 가르침이 나옵니다."
소년이 자신의 작은 노트를 펼치며 말했다.

'Faith by itself, if it is not accompanied by action, is dead
행함이 없는 믿음은 그 자체가 죽은 것이라.'

예삭은 아무 말도 하지 않았다.
그 침묵은 깊은 공감이었다.

'혹이 가로되 너는 믿음이 있고 나는 행함이 있으니,
행함이 없는 네 믿음을 내게 보이라.
나는 행함으로 내 믿음을 네게 보이리라.
네가 하나님은 한 분이신 줄을 믿느냐? 잘하는도다.
귀신들도 믿고 떠느니라.
아아, 허탄한 사람아!
행함이 없는 믿음이 헛것인 줄 알고자 하느냐?
우리 조상 아브라함이 그 아들 이삭을 제단에 드릴 때에
행함으로 의롭다 하심을 받은 것이 아니냐?

네가 보거니와, 믿음이 그의 행함과 함께 일하고,
행함으로 믿음이 온전케 되었느니라.
이로 보건대,
사람이 행함으로 의롭다 하심을 받고 믿음으로만 아니니라.
또 이와 같이 기생 라합이 사자를 접대하여 다른 길로 나가게 할 때에
행함으로 의롭다 하심을 받은 것이 아니냐?
영혼 없는 몸이 죽은 것 같이,
행함이 없는 믿음은 죽은 것이니라.'

"외모로 사람을 판단치 않고,
극히 작은 자를 그리스도를 대하듯 하는 것 또한 행함이 있는 믿음입니다."
소년이 행함으로 말했다.

"큰 것을 바라보기보다는,
그리스도의 마음으로 작은 것을 행하는 것이 큰 믿음이지."

'사람이 행함으로 의롭다 하심을 받고,
믿음으로만 아니니라.
또 이와 같이 기생 라합이 사자를 접대하여 다른 길로 나가게 할 때에
행함으로 의롭다 하심을 받은 것이 아니냐?
영혼 없는 몸이 죽은 것 같이,
행함이 없는 믿음은 죽은 것이니라.'
As the body without the spirit is dead, so faith without deeds is dead.

믿음만이 아닌,
믿음을 '행함'으로써 의롭다 하심을 받는다는
야고보의 편지는 소년의 가슴을 깊이 파고들었다.
그리고 소년은 그 말씀을 정성스럽게 자신의 작은 노트에 옮겨 적었다.
행함으로 의롭다 하심을 받은 형제요 자매인
기생 라합(Rahab the prostitute)을 생각하며.

'내 형제들아,
너희는 선생 된 우리가 더 큰 심판을 받을 줄 알고
많이 선생이 되지 말라.
우리가 다 실수가 많으니,
만일 말에 실수가 없는 자면 곧 온전한 사람이라.

배를 보라.
그렇게 크고 광풍에 밀려가는 것들을
지극히 작은 키로 사공의 뜻대로 운전하나니,
이와 같이 혀도 작은 지체로되 큰 것을 자랑하도다.
보라, 작은 불이 얼마나 많은 나무를 태우는가.
혀는 곧 불이요 불의의 세계라.
혀는 우리 지체 중에서 온 몸을 더럽히고,
생의 바퀴를 불사르나니,
그 사르는 것이 지옥 불에서 나느니라.
혀는 죽이는 독이 가득한 것이라.
이것으로 우리가 주 아버지를 찬송하고,
또 이것으로 하나님의 형상대로 지음을 받은 사람을 저주하나니,
한 입으로 찬송과 저주가 나는도다.

내 형제들아, 이것이 마땅치 아니하니라.
샘이 한 구멍으로 어찌 단물과 쓴물을 내겠느냐?
내 형제들아,
어찌 무화과나무가 감람 열매를, 포도나무가 무화과를 맺겠느냐?
이와 같이 짠물이 단물을 내지 못하느니라.
오직 위로부터 난 지혜는 첫째 성결하고,
다음에 화평하고, 관용하고, 양순하며,
긍휼과 선한 열매가 가득하고, 편벽과 거짓이 없나니,
화평케 하는 자들은 화평으로 심어 의의 열매를 거두느니라.'

326

"아무리 큰 차라도, 그 차를 움직이는 건 극히 작은 키.
우리 몸에서도 극히 작은 하나의 입이
사랑의 천국도 만들고 미움의 지옥도 만들어냅니다.
말을 실수하지 않음으로써 온전한 사람이 될 수 있다
는 야고보의 편지는 위대한 가르침입니다
Anyone who is never at fault in what they say is perfect."

소년이 사랑으로 말했다.

"혀는 곧 불이요, 불의의 세계라The tongue also is a fire, a world of evil.
입으로 하나님을 찬송하면서 입으로 사람을 저주하는 것은 이율배반(二律背反)이지."

노인이 선함으로 말했다.

"우리는 하나님께서 주시는
성결(pure)과 평화(peace)와 관용(considerate)과
양순(submissive)과 긍휼(mercy)의 씨앗으로
의(義)와 성령의 열매를 맺어야하는 것이지."

노인이 거룩함으로 말하자 소년이 사랑으로 책장을 넘겼다.

'너희가 얻지 못함은 구하지 아니함이요,
구하여도 받지 못함은 정욕으로 쓰려고 잘못 구함이니라.

형제들아, 피차에 비방하지 말라.
형제를 비방하는 자나 형제를 판단하는 자는
곧 율법을 비방하고, 율법을 판단하는 것이라.
입법자와 재판자는 오직 하나님 한 분이시니,
능히 구원하기도 하시며 멸하기도 하시는 이시니라.
너는 누구관대 네 이웃을 판단하느냐?

내일 일을 너희가 알지 못하는도다.
너희 생명이 무엇이뇨?
너희는 잠깐 보이다가 사라지는 안개니라.

형제들아, 서로 원망하지 말라.
그래야 심판을 면하리라.
보라, 심판자가 문 밖에 서 계시니라.

형제들아,
주의 이름으로 말한 선지자들을 고난과 오래 참음의 본으로 삼으라.
보라, 인내하는 자를 우리가 복되다하나니,
너희가 욥의 인내를 들었고, 주께서 주신 결말을 보았거니와,
주는 가장 자비하시고 긍휼히 여기시는 분이시니라.

내 형제들아, 무엇보다도 맹세하지 말지니,
하늘로나 땅으로나 어떤 것으로도 맹세하지 말고,
오직 '그렇다'는 것은 '그렇다' 하고,
'아니다'는 것은 '아니다' 하여 죄 정함을 면하라.
서로 기도하라.
의인의 간구는 역사하는 힘이 많으니라.'

"기도해도 응답받지 못한다고들 한탄하는데,
야고보는 그 이유에 대해 정확한 답을 주고 있습니다.
옳지 못한 기도는 하나님께서 듣지 않으십니다."
"하나님은 받기 위한 기도보다는,
드리고자 하는 기도와 희생의 기도를 들으시지."
"야고보는 또한,
이웃끼리 서로 비방하거나 원망하지 말 것을 권고하고 있습니다."
"법을 세우고 재판하시는 분은 오직 하나님 한 분이시지."
"우리를 지켜주시기도 하고 멸하시기도 하시는분,
바로 하나님이십니다."
"우리는 잠깐 보이다가 사라지는 풀잎의 이슬이요,
공중의 안개일 뿐이니 말씀을 가슴에 담고 풍류로 살아갈 일이야
We are only the dew on the grass and the mist in the air that
appears momentarily and then disappears."

노인이 참이슬처럼 부드럽게 말했다.

"사랑 많으시고 자비하신 하나님은 그런 우리를 긍휼히 여기실 겁니다."

소년은 부동산 일을 하며 약간의 갈등을 겪기도 한다.
우리는 모두가 모두를 사랑하는 세상을 소망하지만,
죄 없으신 그리스도께서도 십자가에 못 박히셨듯이,

모두로부터 완전한 인정을 받을 수 없는 것이 인생이다.
답은 오직 그리스도께서 주시는 사랑과 자비와 지혜와 용서뿐.

"사람관계에서 오는 갈등은, 악을 선으로 이길 수 있는 최고의 기회지.
이유 없이 미움을 받는다면, 선으로써 그를 긍휼히 여기고 사랑해야지.
그것이 인내함으로써 선을 악으로 이기는 최상의 길이지."

노인이 용서함으로 얻게되는 행복과 자유함으로 말했다.

소년은 스승의 말을 들으며,
하나님께서 창조하신 이 세상의 모든 것에 버릴 것이 없듯이,
야고보서 또한 버릴 말씀이 하나도 없다는 생각이 들었다.

소년은 『그리스도의 산상수훈』과 거의 같은 분량의 5장짜리 야고보서를
꼼꼼히 읽고 묵상하기를 멈추지 않았다.

산상수훈은 5장 111절, 야고보서는 5장 108절.
정말이지, 인류에게 전하는 고귀한 야고보의 편지였다.

예삭이 조용히 침묵을 깨며, 『베드로전서』의 책장을 펼쳤다.

소예공부 (야고보서)

"믿음은 행함으로 증명됩니다. 진짜 믿음은 말이 아니라 삶으로 나타나야합니다.
말은 영혼을 담는 그릇이며, 말 한마디가 천국도 만들고 지옥도 만들 수 있습니다.
'듣기는 속히 하고, 말하기는 더디 하라', '소언다행(小言多行)',
입은 닫고 손과 발은 여는 사람, 그것이 바로 무병장수의 비밀입니다.
말을 쉽게 하지 말아야 하며, 이웃에게는 화합과 덕(德)이 되는 말을 해야 합니다.
그것이 바로 행동하는 믿음이며, 말은 곧 그 사람의 인격입니다."
부처 석가모니가 인류에 대한 자비심으로 말했다.

"시련은 영혼을 연단하는 축복이며, 인생의 스승입니다. 고난은 인내를 낳고, 인내는 완전함을
이룹니다. 우리가 여러 가지 시험을 만나거든 온전히 기쁘게 여겨야 할 이유가 거기에
있습니다. 사랑과 자비는 어떤 율법보다 높습니다. 이웃을 사랑하는 것이 최고의 율법(the
royal law) 입니다. 하나님의 율법은 사랑 하나로 요약됩니다."
소크라테스가 인류를 향한 깨달음과 사랑으로 말했다.

"기도는 바른 마음에서 응답이 옵니다. 받기 위한 기도보다, 드리기 위한 기도가 응답됩니다.
기도하여도 받지 못하는 것은, 정욕으로 쓰려고 잘못 구하기 때문입니다. 솔로몬처럼, 물질이
아닌 지혜와 깨우침의 기도를 드려야 합니다. 우리는 낮아짐으로써 하늘나라에 가까워집니다."
공자가 무소유의 낮아짐으로 말했다.

"우리는 분별하거나 사랑할 책임은 있으나, 심판할 자격은 없습니다. 따지고 보면, 인생의
불행, 즉 번뇌는 '나와 다른 사람을 판단하는 데서 비롯'됩니다. 있는 그대로의 모습으로
이웃을 사랑해야 합니다. 내가 남과 다르듯, 남이 나와 같을 이유는 하나도 없습니다. 우리는
서로 다름으로써 함께하는 공동 운명체입니다. 삶의 지혜는 이러한 진리의 말씀을 실천하는
데서 옵니다."

예수가 선하신 성령의 열매로 말하자,
노인이 야고보서 책장을 덮고,
소년이 베드로전서 책장을 펼쳤다.

제21권 베드로전서 (1 Peter)

"사도 바울도 야고보처럼 로마와 바벨론을 오가며
세계 각지로 흩어져 있는 유대 그리스도인들에게 편지를 쓰고 있습니다."
"인생을 살아가면서 고난을 당하면 놀라지 말고,
당연하게 받아들이며 하나님께서 주시는
능력과 지혜로 헤쳐 나갈 것을 권고하고 있지."

때는 지금으로부터 1958년 전, 서기 65년도 경이었다.

'예수 그리스도의 사도(apostle of Jesus Christ) 베드로는 본도,
갈라디아, 갑바도기아, 아시아와 비두니아에 흩어진 나그네들(exiles),
곧 하나님 아버지의 미리 아심을 따라
성령의 거룩하게 하심으로 순종함과
예수 그리스도의 피 뿌림을 얻기 위하여 택하심을 입은 자들에게 편지하노니,
은혜와 평강이 너희에게 더욱 많을지어다.

너희 믿음의 시련이 불로 연단하여도 없어질 금보다 더 귀하여,
예수 그리스도께서 나타나실 때에 칭찬과 영광과 존귀를 얻게 하려 함이라.
예수를 너희가 보지 못하였으나 사랑하는도다.
이제도 보지 못하나 믿고, 말할 수 없는 영광스러운 즐거움으로 기뻐하니,
믿음의 결국 곧 영혼의 구원을 받음이라.

오직 너희를 부르신 거룩한 자처럼, 너희도 모든 행실에 거룩한 자가 되라.
기록하였으되 '내가 거룩하니 너희도 거룩할지어다' 하셨느니라.
오직 흠 없고 점 없는 어린양 같은 그리스도의 보배로운 피로 된 것이니라.
그는 창세 전부터 미리 알리신 바 된 자이나,
이 말세에 너희를 위하여 나타나신 바 되었으니
너희가 진리를 순종함으로 너희 영혼을 깨끗하게 하여,
거짓이 없이 형제를 사랑하기에 이르렀으니,
마음으로 뜨겁게 피차 사랑하라.
너희가 거듭난 것이 썩어질 씨로 된 것이 아니요,
썩지 아니할 씨로 된 것이니,
하나님의 살아 있고 항상 있는 말씀으로 되었느니라.

그러므로 모든 육체는 풀과 같고, 그 모든 영광은 풀의 꽃과 같으니,
풀은 마르고 꽃은 떨어지되, 오직 주의 말씀은 세세토록 있도다 하였으니,
너희에게 전한 복음이 곧 이 말씀이니라.'

"소년은 우리가 어떻게 하나님으로부터 택하심을 입었다고 생각하는고?"
노인이 진정한 마음을 담아 물었다.

"우리의 필요를 미리 아시는 하나님 아버지께서,
성령의 거룩하심과 순종함과 예수 그리스도의 피 뿌림을 얻기 위하여
저희를 택하신 겁니다foreknowledge of God the Father,
through the sanctifying work of the Spirit,
to be obedient to Jesus Christ and sprinkled with his blood."

한국어와 영어를 섞어가며 말하는 소년은
어느덧 웅변가가 되어가고 있었다.

"좋은 편지를 주며,
우리 모든 인류에게 은혜와 평화가 많이 임하기를 간구하는 베드로에게 감사해야지."
"네, 베드로의 말처럼 우리를 부르신 거룩하신 하나님처럼,
우리도 모든 행실에 거룩한 자가 되어야 합니다."
"세상이 창조되기 이전부터 before the creation of the world
미리 알리신 바 된 그리스도께서,
우리를 위하여
흠 없고 점 없는 어린양 같은 보배로운 피를 흘리셨지."
예삭이 거룩한 얼굴로 말했다.

"우리는 진리이신 그리스도를 순종함으로,
우리의 영혼을 깨끗하게 하여
거짓 없이 서로를 사랑할 수 있게 된 것입니다."
"우리는 마음으로 뜨겁게 서로 사랑하라는
베드로의 애절한 편지에 귀를 기울여야지
Love one another deeply from the heart."
"떨어질 꽃과 마르고 말 풀과 같은 육체를 떠나,
영원히 썩지 아니할 하나님의 말씀으로 살아가야합니다."

오랜만에 맥도날드에서 *Big Breakfast*를 시켜 먹었다, $6.54.
오랫동안 앉아서 말씀을 공부하기에는 너무 미안한 가격이라는 생각이 들었다.
식당 내 놀이터에서는 아이들의 소란스런 뛰노는 소리가 들렸지만,
소년의 귀에는 아름다운 멜로디처럼 소중하고 평화롭게 사랑으로 들려왔다.

'그러므로 모든 악독과 모든 궤휼과 외식과 시기와 비방하는 말을 버리고,
갓난 아이들 같이 순전하고 신령한 젖을 사모하라.
이는 이로 말미암아 너희로 구원에 이르도록 자라게 하려 함이라.

오직 너희는 택하신 족속, 왕 같은 제사장들,
거룩한 나라, 그의 소유된 백성이니,
이는 너희를 어두운 데서 불러내어,
그의 기이한 빛에 들어가게 하신 분의 아름다운 덕을
선전하게 하려 하심이라.

너희가 전에는 백성이 아니었으나, 이제는 하나님의 백성이요,
전에는 긍휼을 얻지 못하였으나, 이제는 긍휼을 얻은 자니라.

사랑하는 자들아, 나그네와 행인 같은 너희를 권하노니,
영혼을 거스려 싸우는 육체의 정욕을 제어하라.

모든 이웃을 공경하고, 형제를 사랑하며, 하나님을 두려워하며, 왕을 공경하라.
애매히 고난을 받아도 하나님을 생각함으로 슬픔을 참으면 이는 아름다우나,
죄가 있어 매를 맞고 참으면 무슨 칭찬이 있으리요?
오직 선을 행함으로 고난을 받고 참으면, 이는 하나님 앞에 아름다우니라.

친히 나무에 달려 그 몸으로 우리 죄를 담당하셨으니,
이는 우리로 죄에 대하여 죽고, 의에 대하여 살게 하려 하심이라.
저가 채찍에 맞음으로 너희는 나음을 얻었나니,
너희가 전에는 양 같았으나,
이제는 영혼의 목자와 감독 되신 이에게 돌아왔느니라.'

"어떻게 하면 살아서 구원을 얻을 수 있나요?"
"베드로는 '갓 태어난 아이들같이 순전하고
신령한 젖을 사모하라'고 가르치고 있지.

Like newborn babies, crave pure spiritual milk,
so that by it you may grow up in your salvation."
노인이 갓태어난 아이처럼 천진난만한 표정(天眞爛漫)으로 말했다.

"……………………………"

"우리 모두는 예수 그리스도의 아름다운 덕을 실천하는
하나님의 택하신 족속(chosen people)이요,
왕 같은 제사장들(royal priesthood)이요,
거룩한 나라(holy nation)요, 하나님의 백성들이지."

노인이 침묵을 깨며 인류를 사랑하는 마음으로 말했다.

"그리스도는 우리를 어두운 데서 불러내어,
그의 놀라운 빛(wonderful light)에 들어가게 하셨어요."

소년이 빛이 되어 말했다.

"죄를 멸하고 의를 살리신 그리스도의 말씀을 사모하며,
받는 고난을 참고(endure suffering), 오직 선을 행함(doing good)으로
우리는 하나님 앞에 기특함(commendable before God)을 받게 되는 것이지."

노인이 진리와 하나됨으로 말했다.

그날은 조금 한가한 토요일 아침이었다.
예삭은 피트니스 센터 옆 빨래방에서 빨래를 돌리는 동안
운동도 하고 뉴스를 보며 늘 하던 일석삼조(一石三鳥) 루틴을 실천 중이었다.

바울이 에베소 성도들에게 전한 편지 속 '세월을 아끼라'는 말씀이 떠올랐다.
곧, 일촌광음불가경(一寸光陰不可輕),
소년은 말씀을 생활화하며 살아가는 예삭을 보며 배우고 있었다.

'사라가 아브라함을 주라 칭하여 복종한 것 같이,
너희가 선을 행하고 아무 두려운 일에도
놀라지 아니함으로 그의 딸이 되었느니라.
그러므로 생명을 사랑하고 좋은 날 보기를 원하는 자는
혀를 금하여 악한 말을 그치며,
그 입술로 궤휼(詭譎, deceitful)을 말하지 말고.
그러나 의를 위하여 고난을 받으면 복 있는 자니,

저희의 두려워함을 두려워 말며 소동치 말고,
너희 마음에 그리스도를 주로 삼아 거룩하게 하고,
너희 속에 있는 소망에 관한 이유를 묻는 자에게는
대답할 것을 항상 예비하되,
온유와 두려움으로 하고 선한 양심을 가지라.

이는 그리스도 안에 있는 너희의 선행을 욕하는 자들로 하여금,
그 비방하는 일에 부끄러움을 당하게 하려 함이라.
선을 행함으로 고난 받는 것이 하나님의 뜻일진대,
악을 행함으로 고난 받는 것보다 나으니라.
그리스도께서도 한 번 죄를 위하여 죽으사,
의인으로서 불의한 자를 대신하셨으니,
이는 우리를 하나님 앞으로 인도하려 하심이라.

육체로는 죽임을 당하시고, 영으로는 살리심을 받으셨으니,
그가 또한 영으로 옥에 있는 영들에게 전파하시니라.
그들은 전에 노아의 날,
방주 예비할 동안 하나님이 오래 참고 기다리실 때에
순종치 아니하던 자들이라.
방주에서 물로 말미암아 구원을 얻은 자가 몇 명뿐이니,
겨우 여덟 명이라.

물은 예수 그리스도의 부활하심으로 말미암아
이제 너희를 구원하는 표니, 곧 세례라.
육체의 더러운 것을 제하여 버림이 아니요,
오직 선한 양심이 하나님을 향하여 찾아가는 것이라.
그는 하늘에 오르사 하나님 우편에 계시니,
천사들과 권세들과 능력들이 그에게 순복하느니라.'

"우리는 말(言)로 은혜를 받기도 하고 상처를 받기도 합니다."
소년이 말에 사랑을 담아 말했다.,
"사언행(思言行),
각자의 생각과 말과 행동이 바로 그 사람의 그릇이요 인격이요 믿음의 증거지.
최고의 행동 지침인 세 가지를 잘 살펴,
이웃에게 그리스도의 향기(aroma of Christ)가 나는 사람으로 살아가야지."
실제로 소년은 예삭으로부터 그리스도의 향기를 느끼고 있었다.

335

"네, 때에 맞는 거룩한 말은 좋은 날을 보게 합니다.
노아의 홍수(Noachian deluge)에서 살아남은 여덟 명처럼."
소년이 온유하게 말했다.
"인생을 살아가다 보면 누구에게나 고난이나 시련은 있는 법이지.
악의 부정이 아닌 긍정의 선한 양심(clear conscience)으로 고난을 대하면,
그것이 바로 그리스도를 향하는 길이지.
하나님께서 주시는 그 상급의 결과는 천지(天地) 차이일 것이야."
노인이 선한 양심이 되어 말했다.

토요일은 또한 침을 맞으러 가는 날이다.
축구로 인한 부상을 치료하기 위해 예삭이 사무실 문을 나섰다.
'오 장로님, 오늘 은혜의 침을 놔 주시고 일용할 양식도 주셔서 감사합니다.'
예삭은 야고보의 편지처럼 이웃에게 각자의 은사를 베풀며,
그리스도의 말씀을 실천하는 교회에 감사하며 문자를 보냈다.

'너희가 음란과 정욕과 술 취함과 방탕과
연락과 무법한 우상 숭배를 하여
이방인의 뜻을 좇아 행한 것이 지나간 때가 족하도다.
만물의 마지막이 가까웠으니,
그러므로 너희는 정신을 차리고 근신하여 기도하라.

무엇보다도 열심으로 서로 사랑할지니,
사랑은 허다한 죄를 덮느니라.
서로 대접하기를 원망 없이 하고,
각각 은사를 받은 대로
하나님의 각양 은혜를 맡은 선한 청지기같이 서로 봉사하라.
만일 누가 말하려면 하나님의 말씀을 하는 것 같이 하고,
누가 봉사하려면 하나님의 공급하시는 힘으로 하는 것 같이 하라.
이는 범사에 예수 그리스도로 말미암아
하나님이 영광을 받으시게 하려 함이니,
그에게 영광과 권능이 세세에 무궁토록 있느니라. 아멘.

사랑하는 자들아,
너희를 시련하려고 오는 불시험을
이상한 일 당하는 것 같이 이상히 여기지 말고,
오직 너희가 그리스도의 고난에 참예하는 것으로 즐거워하라.

336

이는 그의 영광을 나타내실 때에
너희로 즐거워하고 기뻐하게 하려 함이라.

젊은 자들아,
이와 같이 장로들에게 순복하고,
다 서로 겸손으로 허리를 동이라.
하나님이 교만한 자를 대적하시되,
겸손한 자들에게는 은혜를 주시느니라.
그러므로 하나님의 능하신 손 아래서 겸손하라.
때가 되면 너희를 높이시리라.
너희 염려를 다 주께 맡겨 버리라.
이는 그가 너희를 권고하심이니라.'

"그리스도는 사랑이시라. 야고보는 무엇보다도(above all)
서로 아낌없이 사랑할 것을 권고하고 있습니다."
소년이 사랑으로 말했다.

"사랑은 다수의 죄를 용서해 주시니,
우리는 하나님께서 하시는 것처럼
그리스도의 마음으로 서로 사랑하며 봉사해야지."
예삭이 가난한 심령으로 말했다.

야고보의 권면처럼,
스승은 모든 염려를 다 주께 맡겼을까?
소년은 인생을 아무 걱정과 염려 없이 살아가는
예삭 노인을 떠올리며 혼자 생각했다.

예삭이 살아가는 모습은 보이는 색(色)과 보이지 않는 공(空)의 세계,
어느 쪽으로든 아무것도 필요로 하지 않는 삶이었다.
이는 빌립보 사람들에게 안빈낙도(安貧樂道)의 가르침을 전한
바울의 편지를 떠올리게 했다.

소예공부(베드로전서)

"고난 속에서도 기뻐하라. 그것은 믿음의 정금 같은 연단입니다. 우리의 믿음의 시련은 불로 연단하여도 없어질 금보다 더 귀한 것입니다. 고난 속에 감추어진 인생의 비밀을 발견할 줄 알아야 합니다. 하나님은 때가 되면, 끝까지 오래 참음과 겸손으로 함께하는 자를 그의 강한 손으로 높이십니다." 부처 싯다르타가 고난의 소중함을 담아 말했다.

"우리는 각자에게 주신 은사를 따라 하나님의 선한 청지기로서 서로 위하고 사랑하며 봉사해야 합니다. 우리는 예수님을 닮아 스스로 거룩하라는 말씀에 귀 기울여야 합니다. 진리요 말씀이신 하나님의 가르침으로 생각하고 말하고 행동하는 가운데, 그리스도와 동행함으로써 우리는 거룩에 가까워질 수 있습니다." 소크라테스가 거룩함으로 말했다.

"갓난아기처럼 순전하고 신령한 젖을 사모할 때, 하나님께서 동행하십니다. 악을 악으로, 욕을 욕으로 갚지 말고 도리어 복을 비는 것이 스스로 말씀이 되어 진리가 되어 살아가는 사람입니다." 공자가 천진난만(天眞爛漫)하게 말했다.

"고난은 믿음의 불시험이며, 이로 인해 영광을 함께 누릴 자격이 생기는 것입니다. 우는 사자도, 억울한 시련도, 핍박도 우리를 연단할 뿐 무너뜨리지는 못합니다. 우리는 폐하지 않는 사랑이기 때문입니다." 예수가 사랑으로 말했다.

"고난과 연단은 우리를 파괴하는 불이 아니라 정금으로 다듬는 불입니다. 사랑은 폐하지 않으며, 진리는 쓰러지지 않고 말씀으로 피어납니다." 노인이 정금(正金)같이 말하자 소년이 사랑으로 베드로후서 책장을 펼쳤다.

제 22권 베드로후서 (2 Peter)

"베드로가 로마에서, 세계 곳곳에 흩어져 살아가는
유대인들에게 두 번째 편지를 쓰고 있습니다."
묻기 전에 소년이 먼저 말하자
노인이 사랑의 미소와 함께 베드로의 편지를 펼쳤다.

"예수 그리스도의 죽음과 부활 이후 생겨난
거짓 목자들로부터 속지 말 것을 권고하고 있지.
거짓 목자는 옛적에도 있었고,
오늘날에도 있는 것이니 스스로 말씀으로 깨어 있어야지."
노인이 말하자 소년이 기쁨으로 책장을 넘겼다.

'그의 신기한 능력으로
생명과 경건에 속한 모든 것을 우리에게 주셨으니,
이는 자기의 영광과 덕으로써
우리를 부르신 자를 앎으로 말미암음이라.
이로써 그 보배롭고 지극히 큰 약속을 우리에게 주사,
이 약속으로 말미암아
너희로 정욕으로 인해 세상에서 썩어질 것을 피하여
신의 성품에 참예하는 자가 되게 하려 하셨으니,
이러므로 너희가 더욱 힘써 너희 믿음에 덕을,
덕에 지식을, 지식에 절제를, 절제에 인내를,
인내에 경건을, 경건에 형제 우애를, 형제 우애에 사랑을 더하라.

또 우리에게 더 확실한 예언이 있어
어두운데 비치는 등불과 같으니,
날이 새어 샛별이 너희 마음에 떠오르기까지
너희가 이것을 주의하는 것이 가하니라.
먼저 알 것은,
경의 모든 예언은 사사로이 풀 것이 아니니,
예언은 언제든지 사람의 뜻으로 낸 것이 아니요,
오직 성령의 감동하심을 입은 사람들이
하나님께 받아 말한 것임이니라.

사랑하는 자들아,
주께는 하루가 천 년 같고 천 년이 하루 같은 이 한 가지를 잊지 말라.
주의 약속은 어떤 이들이 더디다고 생각하는 것처럼 더딘 것이 아니라,
오직 너희를 대하여 오래 참으사 아무도 멸망치 않고
다 회개에 이르기를 원하시느니라.
그러나 주의 날이 도적같이 오리니,
그날에는 하늘이 큰 소리로 떠나가고 체질이 뜨거운 불에 풀어지며,
땅과 그 중에 있는 모든 일이 드러나리로다.

이 모든 것이 이렇게 풀어지리니,
너희가 어떠한 사람이 되어야 마땅하뇨?
거룩한 행실과 경건함으로
하나님의 날이 임하기를 바라보고 간절히 사모하라.
그날에 하늘은 불에 타서 풀어지고,
체질은 뜨거운 불에 녹아지려니와,
우리는 그의 약속대로 의가 거하는 바,
새 하늘과 새 땅을 바라보도다.'

소년의 작은 노트에는,
거짓 목자들로부터 스스로를 지키게 하는 베드로의 가르침이 기록되어 있었다.

'이러므로 너희가 더욱 힘써 너희 믿음에 덕을, 덕에 지식을, 지식에 절제를, 절제에 인내를,
인내에 경건을, 경건에 형제 우애를, 형제 우애에 사랑을 더하라For this very reason, make
every effort to add to your faith goodness; and to goodness, knowledge; and to knowledge,
self-control; and to self-control, perseverance; and to perseverance, godliness; and to
godliness, mutual affection; and to mutual affection, love.' - 베드로후서 1장

"거룩한 행실과 경건함(holy and godly lives)으로
주님의 날이 임하기를 바라는 사람은 두려움이 없는 법이지."
예삭 노인이 두려움이 없는 사람으로 말했다.
"네, 말씀의 깨달음으로 열린 사람은 시간과 공간의 제약을 받지 않으니까
모든 것으로부터 늘 자유로운 법이죠."
소년이 시공초월로 말하자 노인이 요한의 첫 편지를 감사함으로 펼쳤다.

소예공부(베드로후서)

"베드로후서는 짧지만 강렬합니다. 거룩한 삶, 거짓의 경고, 종말에 대한 소망을 하나로 엮어, 심판과 사랑, 진리와 자비의 말씀을 전해주고 있습니다. 믿음 위에 거룩한 성품을 더하라는 말씀은 위대한 가르침입니다." 부처 석가모니가 소크라테스의 작은 노트에 정성스럽게 메모된 말씀을 바라보며 말했다.

'너희 믿음에 덕을, 덕에 지식을, 지식에 절제를, 절제에 인내를, 인내에 경건을, 경건에 형제 우애를, 형제 우애에 사랑을 더하라For this very reason, make every effort to add to your faith goodness; and to goodness, knowledge; and to knowledge, self-control; and to self-control, perseverance; and to perseverance, godliness; and to godliness, mutual affection; and to mutual affection, love.' - 베드로후서 1장

"거짓 선생들을 조심하라는 말씀을 깊이 새겨야 합니다. 사람은 그 누구도, 어떤 성직자도, 어떤 도인도 사랑할 대상이지 의지할 대상이 아닙니다. 자신 안에 신의 성품을 깨우쳐 닮아가야 하는데, 사람을 의지하니 깨달음을 방해하는 어처구니없는 종교적 사건이 일어나는 것입니다." 소크라테스가 깨우치는 철학으로 말했다.

"주의 약속은 지연이 아니라, 인류에 대한 오래 참으심입니다. 우리는 하루가 천 년 같은 인생이 아닌, 천 년이 하루 같은 기쁨의 인생을 살아가야 합니다. 하나님은 아무도 멸망하지 않고, 인류 모두가 말씀과 진리로 회개에 이르기를 원하십니다." 공자가 감사함으로 말했다.

"하나님은 우리가 거룩한 행실과 경건함으로 살아가길 바라십니다. 그곳이 진리의 의(義)가 거하는 새 하늘과 새 땅입니다. 하나님의 오래 참으심이 곧 구원입니다. 베드로후서는 종말의 공포가 아니라 거룩의 초대입니다. 거짓이 어두움이라면 말씀은 등불입니다. 주의 날은 두려움이 아닌, 기쁨의 재회입니다." 예수가 기쁨으로 말했다.

"새 하늘과 새 땅은 거룩한 자의 심령 안에서 먼저 열립니다. 샛별이 마음에 떠오를 때, 우리는 더 이상 어둠 속에 있지 않으며, 지금 이 말씀이 곧 빛이요, 자유이며, 서로를 향한 사랑입니다."

청년(靑年) 소년(蘇年)이, 이름 뜻 그대로 해마다 소생하듯 말했다.

제 23권 요한일서 (1 John)

"요한이 에베소에서 복음서에 이어서 첫 번째 편지를 쓰고 있습니다."

"하나님은 사랑이시라.
요한은 우리에게 하나님이 누구신지를 가장 잘 표현한 사도였지."
예삭이 사랑으로 말했다.

"예수님의 열두 제자 중 한 사람인 사도 요한은
요한복음과 요한1·2·3서, 그리고 요한계시록 등
총 다섯 편의 책과 편지를 남겼어요."
소년이 정갈하게 말했다, 노인의 제자답게.

"요한의 첫 편지는 그리스도 안에서의 교제(fellowship), 기쁨(joy), 영생(eternal life),
그리고 죄를 짓지 않음(not sin)과 미혹되지 않음(not astray)이라는
다섯 가지 목적을 담고 있었지."

노인이 말을 정갈하게 마치자,
소년이 기쁨으로 요한의 첫 편지를 펼쳐들었다.

'우리가 저에게서 듣고 너희에게 전하는 소식이 이것이니,
곧 하나님은 빛이시라.
그에게는 어두움이 조금도 없으시니라.
만일 우리가 하나님과 사귐이 있다 하고 어두운 가운데 행하면,
거짓말을 하고 진리를 행치 아니함이거니와,
저가 빛 가운데 계신 것 같이 우리도 빛 가운데 행하면,
우리가 서로 사귐이 있고,
그 아들 예수의 피가 우리를 모든 죄에서 깨끗하게 하실 것이요.
저 안에 거한다 하는 자는, 그의 행하시는 대로 자기도 행할지니라.

빛 가운데 있다 하며 그 형제를 미워하는 자는
지금까지 어두운 가운데 있는 자요,
그의 형제를 사랑하는 자는
빛 가운데 거하여 자기 속에 거리낌이 없으나,
그의 형제를 미워하는 자는 어두운 가운데 있고,
또 어두운 가운데 행하며,
갈 곳을 알지 못하나니

이는 어두움이 그의 눈을 멀게 하였음이니라.
이 세상이나 세상에 있는 것들을 사랑치 말라. 누
구든지 세상을 사랑하면 아버지의 사랑이 그 속에 있지 아니하니.
이 세상도, 그 정욕도 지나가되,
오직 하나님의 뜻을 행하는 이는 영원히 거하느니라.

형제들아,
세상이 너희를 미워하거든 이상히 여기지 말라.
우리가 형제를 사랑함으로
사망에서 옮겨 생명으로 들어간 줄을 알거니와,
사랑치 아니하는 자는 사망에 거하느니라.'

"빛으로서 조금도 어두움이 없으신 하나님을 찬양합니다
God is light; in him there is no darkness at all."
소년이 빛으로서 말했다.

"서로를 사랑하지 않는 것이 곧 어두움에 거하는 것이듯,
사랑의 소멸은 곧 생명의 소멸을 뜻하지."
"세상 살아가면서 사랑 외에는 자랑할 것이 없습니다."
"모든 것은 지나가되, 진리이신 그리스도의 말씀만이 영원한 법이지."
소년은 세상으로부터 미움을 받는 것을 당연히 여기라는
요한의 편지에 잠깐 시선을 멈추었다.

'Do not be surprised, my brothers and sisters, if the world hates you'

'그 형제를 미워하는 자마다 살인하는 자니,
살인하는 자마다 영생이 그 속에 거하지 아니하는 것을 너희가 아는 바라.
그가 우리를 위하여 목숨을 버리셨으니,
우리가 이로써 사랑을 알고,
우리도 형제들을 위하여 목숨을 버리는 것이 마땅하니라.
누가 이 세상 재물을 가지고 형제의 궁핍함을 보고도 도와줄 마음을 막으면,
하나님의 사랑이 어찌 그 속에 거할까 보냐.
자녀들아, 우리가 말과 혀로만 사랑하지 말고,
오직 행함과 진실함으로 하자.

사랑하는 자들아,
우리가 서로 사랑하자. 사랑은 하나님께 속한 것이니,
사랑하는 자마다 하나님께로 나서 하나님을 알고,
사랑하지 아니하는 자는 하나님을 알지 못하나니, 이는

하나님은 사랑이심이라.

사랑은 여기 있으니,
우리가 하나님을 사랑한 것이 아니요,
오직 하나님이 우리를 사랑하사
우리 죄를 위하여 화목제로 그 아들을 보내셨음이니라.

사랑하는 자들아,
하나님이 이같이 우리를 사랑하셨은즉,
우리도 서로 사랑하는 것이 마땅하도다.
어느 때나 하나님을 본 사람이 없으되,
만일 우리가 서로 사랑하면,
하나님이 우리 안에 거하시고,
그의 사랑이 우리 안에 온전히 이루느니라.

그의 성령을 우리에게 주시므로,
우리가 그 안에 거하고,
그가 우리 안에 거하시는 줄을 아느니라.
아버지가 아들을 세상의 구주로 보내신 것을
우리가 보았고 또 증거하노니,
누구든지 예수를 하나님의 아들이라 시인하면,
하나님이 저 안에 거하시고 저도 하나님 안에 거하느니라.
하나님이 우리를 사랑하시는 사랑을 우리가 알고 믿었노니,

하나님은 사랑이시라.

사랑 안에 거하는 자는 하나님 안에 거하고,
하나님도 그 안에 거하시느니라.
이로써 사랑이 우리에게 온전히 이룬 것은,
우리로 심판 날에 담대함을 가지게 하려 함이니,
주의 어떠하심과 같이 우리도 세상에서 그러하니라.'

"요한은 이웃에 대한 미움은 곧 살인이라고 말합니다."
"미움은 곧 사랑의 소멸이니, 사랑이 없으면 생명도 없는 것이지."
"네. 마음의 눈으로 보이지 않는 것을 볼 줄 알아야죠."
"말과 혀로만 사랑하지 말고,
오직 행함과 진실함으로 사랑하자고 호소하는
요한의 편지는 애절하기까지 합니다."
소년이 애절한 마음으로 말했다.

"볼 수 없는 하나님을 믿지 않는 사람들도 애인이나 가족을 사랑한다고 하지.
'하나님은 사랑이시라'는 요한의 큰 가르침은, 이제라도 믿지 않는 사람들에게
하나님이 살아 계시다는 것을 분명하게 깨우쳐 주고 있지.
그렇지 않으면 '보이지 않는 사랑'이라는 말을 할 수 없을 테니까."
예삭이 깨우침으로 말했다.
"우리가 그리스도 안에서 서로 사랑하면,
하나님도 우리 안에 거하시는 것이죠."
예삭과 소년의 얼굴은 그리스도의 사랑이 충만한 표정들이었다.

'사랑 안에 두려움이 없고,
온전한 사랑이 두려움을 내어 쫓나니,
두려움에는 형벌이 있음이라.
두려워하는 자는 사랑 안에서 온전히 이루지 못하였느니라.
하나님을 사랑하는 자는 또한 그 형제를 사랑할지니라.
우리가 사랑함은 그가 먼저 우리를 사랑하셨음이라.
누구든지 하나님을 사랑하노라 하고 그 형제를 미워하면,
이는 거짓말 하는 자니,
보는 바 그 형제를 사랑치 아니하는 자가,
보지 못하는 바 하나님을 사랑할 수가 없느니라.

우리가 이 계명을 주께 받았나니,
하나님을 사랑하는 자는 또한 그 형제를 사랑할지니라...
대저 하나님께로서 난 자마다 세상을 이기느니라.
세상을 이긴 이김은 이것이니, 곧 우리의 믿음이니라.
예수께서 하나님의 아들이심을 믿는 자가 아니면,
세상을 이기는 자가 누구뇨?

이는 물과 피로 임하신 자니, 곧 예수 그리스도시라.
물로만 아니요, 물과 피로 임하셨고,
증거하는 이는 성령이시니, 성령은 진리니라.
증거하는 이가 셋이니, 성령과 물과 피라.
또한 이 셋이 합하여 하나이니라.
아들이 있는 자에게는 생명이 있고,
하나님의 아들이 없는 자에게는 생명이 없느니라.

내가 하나님의 아들의 이름을 믿는 너희에게 이것을 쓴 것은,
너희로 하여금 너희에게 영생이 있음을 알게 하려 함이라.
그를 향하여 우리가 가진 바 담대한 것이 이것이니,
그의 뜻대로 무엇을 구하면 들으심이라.
우리가 무엇이든지 구하는 바를 들으시는 줄을 안즉,
우리가 그에게 구한 그것을 얻은 줄을 또한 아느니라.

또 아는 것은,
하나님의 아들이 이르러 우리에게 지각을 주사,
우리로 참된 자를 알게 하신 것과,
또한 우리가 참된 자,
곧 그의 아들 예수 그리스도 안에 있는 것이니,
그는 참 하나님이시요, 영생이시라.'

"요한의 편지를 통해 우리는 많은 것을 배우게 됩니다.
두려움은 사랑의 결핍에서 오는 것이란 이 내용은,
우리를 깨우치는 큰 울림으로 다가옵니다."
"두려움은 스스로의 마음이 만들어 내는 것이고,
사랑으로 살아가는 사람은 거칠 것이 없는 법이지."
예삭의 말에는 언제나 두려움이나 거칠 것이라는 말이 없었다.

"사랑은 모든 것을 온전히 이루어가게 합니다.
하나님과 성령님과 예수님이 하나 되어 우리에게 사랑을 증거하고 계십니다."
소년이 거룩한 표정으로 말했다.

"우리는 참뒤 자, 곧 하나님의 아들 예수 그리스도 안에 있는 깃이지."
"요한은 예수님이 참 하나님이시며 영생이시라고 분명하게 증거하고 있습니다."

"예수님이 오시지 않았다면,
우리는 하나님을 영원히 바라만 볼 뿐 가까워질 수는 없었을 거야."
"그래서 하나님과 예수님은 우리 안에 거하시는 거고요."

예삭과 소년은 성령이 충만한 얼굴로 요한이서를 펼쳤다.

소예공부 (*요한일서*)

"하나님은 빛이시며, 어둠이 그에게는 조금도 없으십니다. 진리는 감출 수 없고, 미움은 결국
눈을 멀게 합니다. 형제를 미워하는 자는 여전히 어둠 속에 있으며, 미움은 살인의 씨앗,
사랑은 생명의 열쇠입니다." 부처 싯다르타가 불경책 옆에 가지런히 놓인 정경을 바라보며
말했다.

"세상의 정욕은 지나가되, 하나님의 뜻은 영원히 거합니다. 진리요 말씀이신 사랑은 영원
불멸하기 때문입니다. 영원히 산다는 것을 믿는다는 것은 곧 스스로 깨달아 진리가 되고,
말씀이 되어 살아간다는 뜻입니다. 그런 깨달은 자에게는 죽음이 없습니다. 산 목숨도 자신의
것이 아닌 그리스도의 것인데, 무슨 죽음이 존재하겠습니까?" 소크라테스가 깨달음으로
말했다.

"사랑은 말과 혀로가 아닌, 행함과 진실함으로 해야 합니다. 사랑은 감출 수가 없으며, 얼굴에
그리스도의 향기로 빛나는 법입니다. 하나님은 사랑이시며, 사랑하는 자는 하나님께로부터 난
자입니다. 이웃을 사랑하는 사람은 하나님 안에 거하는 자입니다." 공자가 그리스도의 향기로
말했다.

"온전히 사랑하는 자는 두려움이 없습니다. 사랑에는 두려움이 없으며, 심판의 날에도
담대함을 주는 거룩한 힘입니다. 하나님의 계명은 어렵거나 복잡한 것이 아닙니다.
하나님이신 말씀과 진리를 사랑하고, 형제를 사랑하라— 이 얼마나 단순하고도 심플한
가르침입니까." 예수가 쉽고 단순하게 말했다.

"요한일서는 단순한 서신이 아니라, 인류를 회복시키는 사랑의 비밀 코드입니다."
소년이 말하자 노인이 요한의 두 번째 편지를 기쁜 마음으로 펼쳤다.

제 24권 요한이서 (2 John)

"에베소에 있는 요한이 택하심을 입은 부녀와 그의 자녀들에게,
조화와 사랑의 중요성을 강조하는 편지를 보내고 있습니다."
소년이 조화롭게 말했다.
"그리스도의 사랑 안에서 굳건히 선 것을 칭찬하고 있지."
예삭이 사랑으로 말하며 요한의 두번 째 편지를 펼쳤다.

'장로인 나는 택하심을 받은
부녀와 그의 자녀들에게 편지하노니,
내가 참으로 사랑하는 자요,
나뿐 아니라 진리를 아는 모든 자도 그리하는 것은
우리 안에 거하여 영원히 우리와 함께할 진리로 말미암음이로다.
은혜와 긍휼과 평강이 하나님 아버지와
아버지의 아들 예수 그리스도께로부터
진리와 사랑 가운데서 우리와 함께 있으리라.

너의 자녀들 중에 우리가 아버지께 받은 계명대로
진리를 행하는 자를 내가 보니 심히 기쁘도다.
부녀여, 내가 이제 네게 구하노니, 서로 사랑하자.
이는 새 계명같이 네게 쓰는 것이 아니요,
처음부터 우리가 가진 것이라.'

"알파요 오메가요(alpha and omega),
처음이자 끝(beginning and the end)이신
우리 하나님은 사랑이시니,
서로 사랑하는 것은 새로운 계명이 아니죠."
소년이 알파요 오메가로 말했다.

"하나님을 경외하고 이웃을 사랑하는 것이 성경의 결론이지."

예삭이 경천애인(敬天愛人)으로 말하며 요한삼서를 펼쳤다.

소예공부(요한이서)

"요한이서는 짧지만, 택하심을 입은 자들 간의 진리와 사랑을 노래한
지극히 밀도 높은 사랑의 계시록입니다.
진리는 우리 안에 거하여 영원히 함께하십니다.
진리는 외부 정보가 아니라, 내면에 말씀과 사랑으로 거하시는 분이십니다."
부처 싯다르타가 '일체유심조(一切唯心造)'를 말하였다.
잠언의 솔로몬의 말처럼.

"은혜와 긍휼과 평강은 진리와 사랑 가운데 임합니다.
하나님의 복은 감정이 아닌 진리 위에 흐릅니다.
진리를 행하는 자들을 보며 기뻐하며, 믿음은 행동으로 드러날 때 기쁨이 됩니다.
서로 사랑하라는 계명은 새로운 것이 아니라 태초부터 주어진 것입니다.
사랑은 선택이 아니라 진리입니다."
소크라테스가 말씀으로 진리가 되어 말했다.

"사랑은 계명대로 행하는 것이며, 계명은 곧 하나님의 뜻입니다.
우리는 지식이나 말이 아닌, 삶으로 사랑해야 합니다.
미혹하는 자들이 세상에 많이 나왔음을 분별하게 하는 것은 사람이 아닌,
말씀으로 깨어 있음입니다."
공자가 깨어 있음으로 말했다.

"말씀이 없는 자는 아무리 종교적이어도 공허한 법입니다.
하나님은 말씀이시기 때문입니다.
요한이서는 짧은 연서(戀書)처럼 보이나,
그 안에 담긴 사랑은 진리 위에 선 자만이 누릴 수 있는 축복입니다."
예수가 말씀이 되어 진리가 되어 말했다.

"사랑하되, 미혹당하지 말고,
진리 위에서 꿋꿋이 서서 무소의 뿔처럼 당당히 살아갈 일입니다."
소년이 담대히 진리가 되어 말하자,
예삭 노인이 사랑의 미소를 머금고 요한삼서의 책장을 넘겼다.

제 25권 요한삼서 (3 John)

"예수님께서 태어나신 지 90년이 흐른 세월,
요한은 에베소에서 가이오(Gaius)와 데메드리오(Demetrius)에 대한
칭찬의 편지를 쓰고 있습니다."
소년이 세월을 헤이며 말했다.
"디오드레베(Diotrephes)의 교만에 대한 책망도 하고 있지."
예삭이 말하며 한 장으로 된 요한삼서의 편지를 펼쳤다.

'장로는 사랑하는 가이오,
곧 나의 참으로 사랑하는 자에게 편지하노라.
사랑하는 자여,
네 영혼이 잘됨같이 네가 범사에 잘 되고 강건하기를 내가 간구하노라.
형제들이 와서 네게 있는 진리를 증거하되,
네가 진리 안에서 행한다하니 내가 심히 기뻐하노라.
내가 내 자녀들이 진리 안에서 행한다 함을 듣는 것보다
더 큰 즐거움이 없도다.
사랑하는 자여,
악한 것을 본받지 말고 선한 것을 본받으라.
선을 행하는 자는 하나님께 속하고,
악을 행하는 자는 하나님을 뵈옵지 못하였느니라.'

소년의 작은 노트에는
세상에서도 널리 회자되는 요한의 편지 한 구절이 적혀 있었다.

'Dear friend,
I pray that you may enjoy good health
and that all may go well with you,
even as your soul is getting along well
사랑하는 자여,
네 영혼(靈魂)이 잘됨같이,
네가 범사(凡事)에 잘 되고
상선(康健)하기를 내가 간구(懇求)하노라.'

350

"진리이신 그리스도의 사랑 안에서
선을 행하는 것보다 더한 즐거움은 없습니다."

예삭이 소년의 말에 자비의 미소를 지으며 유다서의 책장을 펼쳤다.

소예공부(요한삼서)

"요한삼서는 단1장의 편지이지만, 영혼의 번영과 육체의 강건함이 함께 가는 인생이라는 복음의 본질을 고스란히 담고 있습니다. 진리 안에 있는 자는 외적인 성공보다, 영혼의 안녕을 먼저 축복으로 여기는 자입니다." 부처 석가모니가 인류를 축복하는 마음을 담아 말했다.

"맞아요. 요한의 세 번째 편지는 짧지만, 그 안에 담긴 진리, 영혼의 번영, 공동체 리더십, 사랑, 경계는 놀라울 만큼 깊고 날카롭습니다. 말씀으로 우리의 영혼이 잘되어야 범사(凡事)가 잘 되는 법입니다." 소크라테스가 맑은 영혼으로 말했다.

"지식보다 실천이며, 설교보다 삶입니다. 하나님은 우리가 진리 안에서 행하는 것을 가장 기뻐하십니다. 진리는 단지 지식이 아니라, 말씀을 따라 걸어가는 삶의 방식입니다. 진리는 행함일 때 살아나는 법입니다." 공자가 행함으로 말했다.

"기쁜 마음으로 선을 행하는 자는 하나님께 속한 사람입니다. 거룩함은 행동에 의한 삶의 열매로 증명됩니다. 데메드리오처럼 칭찬받는 자는, 그 자체로 진리의 증언이 됩니다." 예수가 데메드리오(Demetrius)를 칭찬하는 마음으로 말했다.

"하나님은 진리 안에서 걷는 우리들을 보며 기뻐하십니다. 『요한삼서』는 짧은 편지 같지만, 인간의 내면, 사회 공동체 리더십, 사랑과 진리의 통로가 되어야 할 교회에 대한 놀라운 통찰과 경고, 격려를 담고 있습니다."

소년이 물 흐르듯 말하자,
노인이 유다서의 책장을 펼쳤다.

제 26권 유다서 (Jude)

"신약성경의 마지막 편지인 유다서입니다."
"야고보(James)의 동생인 유다가, 우주기원론을 주장한
영지주의(Gnosticism) 이단을 타파하기 위해 편지를 쓰고 있지."
예삭이 깨어있음으로 말했다.
"교회가 이단을 배척하고,
올바른 신앙을 지향하는 일들은 지금도 진행형이죠."
소년이 말하며 유다의 짧은 편지를 펼쳤다.

'예수 그리스도의 종이요, 야고보의 형제인 유다는
부르심을 입은 자, 곧 하나님 아버지 안에서 사랑을 얻고
예수 그리스도를 위하여 지키심을 입은 자들에게 편지하노라.
긍휼과 평강과 사랑이 너희에게 더욱 많을지어다.

소돔과 고모라(Sodom and Gomorrah)와 그 이웃 도시들도
저희와 같은 모양으로 간음을 행하며 다른 색을 따라가다가
영원한 불의 형벌을 받음으로 거울이 되었느니라.

사랑하는 자들아,
너희는 너희의 지극히 거룩한 믿음 위에 자기를 건축하며,
성령으로 기도하며, 하나님의 사랑 안에서 자기를 지키며,
영생에 이르도록 우리 주 예수 그리스도의 긍휼을 기다리라.

어떤 의심하는 자들을 긍휼히 여기라.
또 어떤 자를 불에서 끌어내어 구원하라.
또 어떤 자는, 그 육체로 더럽힌 옷이라도 싫어하여,
두려움으로 긍휼히 여기라.

능히 너희를 보호하사 거침이 없게 하시고,
너희로 그 영광 앞에 흠 없이 즐거움으로 서게 하실 자,
곧 우리 구주 홀로 하나이신 하나님께,
우리 주 예수 그리스도로 말미암아
영광과 위엄과 권력과 권세가 만고 전부터 이제와 세세에 있을지어다.
아멘.'

"우리는 성령으로 기도하며,
거룩한 믿음 위에 스스로를 굳건히 세워야 합니다."
소년이 기도하는 마음으로 말했다.
"하나님의 사랑 안에서 자기를 지키며, 영생에 이르도록
우리 주 예수 그리스도의 긍휼을 기다려야지."
예삭이 자비의 표정으로 말했다.
"하나님께서는 우리를 보호하사 거침이 없게 하시고,
그 영광 앞에 흠 없이 즐거움으로 서게 하실 것입니다."
소년이 기쁜 얼굴로 말하며,
성경 66권의 마지막 책인 요한계시록 첫 장을 펼쳤다.

소예공부(유다서)

"유다서는 경고와 위로, 심판과 긍휼이 놀랍도록 균형 있게 담긴 편지입니다.
마치 마지막 전쟁을 앞둔 장군의 결의처럼, 신앙의 군사들에게 보내는
거룩한 외침입니다." 부처 석가모니가 흥미롭게 말했다.

"신약 성경의 전투 선언서와도 같습니다.
짧지만 강력하고, 사랑과 심판, 경고와 긍휼, 성령과 진리를
한 문장 한 문장에 불을 붙여 던지는, 정경의 마지막 외침입니다."
소크라테스도 조리 있게 말했다.

"우리는 하나님의 사랑 안에서 자기를 지키며, 긍휼로 영생을 살아갑니다.
끝까지 남는 자는 자기 안의 사랑을 실천한 자입니다.
하나님은 끝까지 우리를 보호하사, 그 영광 앞에 서게 하실 분이십니다."
공자가 하나님을 공경하고, 이웃을 사랑하는 마음으로 말했다.

"유다서는 진리의 마지막 방패이자,
긍휼의 마지막 기회를 외치는 경고의 나팔입니다.
이단과 타락의 시대, 사랑으로 덮되,
성령으로 깨어 있고, 말씀으로 무장하라.
그것이 유다의 간절한 외침입니다."
예수가 모든 인류를 향한 사랑과 긍휼함과 간절함으로 말하며
유다서 책장을 덮자,
부처가 정경의 마지막 책 요한계시록책장을 펼쳤다.

제4장 예언서 (Prophetic Books)

제27권 요한계시록 (Revelation)

"요한이 에게해의 밧모섬에서 유배 생활을 하며 『요한계시록』을 통해
그리스도의 재림과 새 하늘과 새 땅의 창조에 대하여 책을 쓰고 있습니다."
"섬에서 유배 생활을 하며 글을 쓴다? 아주 낭만적이군."

경전과 함께 해 온 지난 12년의 구도적 세월들,
정경 66권 마지막 책의 이야기를 나누는 노인과 소년의 얼굴은
그리스도의 향기로 빛을 발하고 있었다.
그러나 그들은 빛을 발하는 스스로의 얼굴을 인지하지 못하고 있었다.

"요한계시록은 가장 이해하기 어려운 책이라고도 합니다."
그러나 말하는 소년의 얼굴은 밝고 자유로웠다.

"어려운 것을 쉽게 배우는 것이 하나님이 주시는 지혜지."
예삭도 진리는 단순하다는 표정으로 말했다.

"그리스도가 악의 세력이 장악한 세상을 이기게 하고,
그 악한 세력을 심판하며 새로운 세상을 연다는 희망의 말씀이지요."
소년이 소망에 찬 표정으로 요한계시록 첫 장을 펼쳤다.

'예수 그리스도의 계시라.
이는 하나님이 그에게 주사 반드시 속히 될 일을
그 종들에게 보이시려고
그 천사를 그 종 요한에게 보내어 지시하신 것이라.

볼지어다, 구름을 타고 오시리라.
각인의 눈이 그를 보겠고, 그를 찌른 자들도 볼 터이요,
땅에 있는 모든 족속이 그로 말미암아 애곡하리니,
그러하리라. 아멘.

주 하나님이 가라사대,
나는 알파와 오메가라.
이제도 있고, 전에도 있었고, 장차 올 자요, 전능한 자라.

나 요한은 너희 형제요,
예수의 환난과 나라와 참음에 동참하는 자라.
하나님의 말씀과 예수의 증거로 인하여 밧모라 하는 섬에 있었더니,
주의 날에 내가 성령에 감동되어
내 뒤에서 나는 나팔 소리 같은 큰 음성을 들으니,
가로되,
너 보는 것을 책에 써서
에베소, 서머나, 버가모, 두아디라, 사데,
빌라델비아, 라오디게아일곱 교회에 보내라.

그의 발은 풀무에 단련한 빛난 주석 같고,
그의 음성은 많은 물소리와 같으며,
오른손에 일곱 별이 있고,
그 입에서는 좌우에 날 선 검이 나오며,
그 얼굴은 해가 힘 있게 비치는 것 같더라.

내가 볼 때에,
그 발 앞에 엎드러져 죽은 자 같이 되었더니
그가 오른손을 내게 얹고 이르시되,
두려워 말라. 나는 처음이요, 나중이니
네 본 것은 내 오른손의 일곱 별의 비밀과
일곱 금 촛대라.
일곱 별은 일곱 교회의 사자요,
일곱 촛대는 일곱 교회니라.'

"요한에게 성령으로 임하여 들린 나팔 소리 같은 음성이었지만,
무엇을 판독할 수 없다고들 하지요.

그러나 신묘막측하신 하나님의 일을 다 알 수는 없는 법이지."
예삭이 가볍게 말했다.

"복잡한 건 300개 넘게 등장하는 상징들입니다."
"하나의 상징으로도 볼 수 있는 것이고,
환상은 스스로 알아차리지 못할 뿐 누구에게나 임할 수 있는 것이지."
"일곱 개의 별과 촛대는 그저 일곱 교회와 천사를 뜻할 뿐이고요."

소년이 덤덤히 말했다.

"알파요 오메가이신 분께서,
용광로에 단련한 빛난 주석 같은 발과 큰 물소리 같은 음성으로
'두려워 말라' 하셨는데, 무엇이 그리 복잡하고 난해하단 말인가."
노인이 자유로이 사랑으로 말했다.

"해가 힘 있게 비치는 얼굴 또한 얼마나 거룩하고 위대하신 모습인지요."
소년도 단순 거룩함으로 말했다.

축구 시합을 마친 예삭은 가져온 노트북을 펼쳤다.
경기 결과는 4:2 승리였고, 같은 팀인 D팀이 경기하는 동안
요한계시록 2장을 펼쳐 읽었다.
시합 후에는 BBQ 파티가 예정되어 있었다.

'귀 있는 자는
성령이 교회들에게 하시는 말씀을 들을지어다.
이기는 자에게는,
내가 하나님의 낙원에 있는 생명나무의 과실을 먹게 하리라.
서머나 교회의 사자에게 이르시되,
처음이요 나중이요, 죽었다가 살아나신 이가 말하노라.
네 환난과 궁핍을 아노니,
실상은 네가 부요한 자니라.

자칭 유대인이라 하는 자들의 훼방도 아노니,
실상은 유대인이 아니요, 사단의 회니라.
네가 장차 받을 고난을 두려워 말라.
볼지어다,

마귀가 너희 중 몇 사람을 옥에 던져 시험하게 하리니,
너희가 십일 동안 환난을 받으리라.

네가 죽도록 충성하라.
그리하면 내가 생명의 면류관을 네게 주리라.
이기는 자는 둘째 사망의 해를 받지 아니하리라.
다만 너희에게 있는 것을 내가 올 때까지 굳게 잡으라.
이기는 자와 끝까지 내 일을 지키는 그에게는
만국을 다스리는 권세를 주리니,
그가 철장을 가지고 저희를 다스려
질그릇 깨뜨리는 것과 같으리라.

나도 내 아버지께 받은 것이 그러하니라.
내가 또 그에게 새벽별을 주리라
I will also give him the morning star,
just as I have received from my Father.'

"새벽별?
요한계시록에 나오는 그 '새벽별'을 말하는 건가?
예수님은 요한계시록 22장에서 자신을 '광명한 새벽별'이라 말씀하셨는데..."

소년은 문득 혼잣말을 내뱉었다.
"Morning star? 아침에 웬 별이지...?
그런데 맞아. morning은 단순한 아침이 아니라, 새벽을 품은 말이지."

소년은 하늘에 떠 있는 별을 오래 바라보며 다시 속삭였다.
"그럼... 예삭 스승님이 세운 출판사 'Dawn Star Publishing'은 뭐지?"

실제로 예삭 노인이 설립한 '새벽별' 출판사를 통해
『깨달음 그리고 영원한 행복』이 출판되고 있었다.
그는 자신의 책뿐 아니라 한국 작가들의 책을 세계에 전하기 위한 사명감에 불타고 있었다.

한강의 노벨문학상 수상 이후,
세계는 지금 K문학에 관심을 기울이고 있었고,
노인 예삭의 출판 인생도 새벽별을 통해 다시 시작되고있었다.

소년이 조용히 물었다.
"스승님, '새벽별'이라는 출판사 이름이 예수님이라는 거, 알고 계셨어요?"
노인은 푸른 잔디를 바라보며 조용히 말했다.
"응, 처음엔 몰랐어. 그런데 나중에 알았지."

알고 보니,
예삭 노인은 과거 MRG부동산 회사 MT를 다녀오던 중
다섯 시간을 운전하며 지친 몸을 쉬던 그 순간—
밤하늘에 반짝이는 별을 올려다보다가
불현듯 마음속에 떠오른 이름,
바로 그게 '새벽별 Dawn Star'였다.

그리고 그 이름은,
예수님이 스스로 밝히신 morning star와
묵묵히 이어지고 있었다.

노인이 무심(無心),
아니 무아(無我)의 표정으로 낡은 요한의 계시록을 바라보고 있었다.

"예수님의 환난과 궁핍에 비하면, 우리는 참으로 부요한 자들이고,
또한 다시 사신 예수님께서 하나님의 낙원에 있는 생명나무의 과실을
먹게 하신다는데, 이 말씀들이 뭐가 그리 복잡하고 난해하단 말인가."
예삭이 복잡하다는 걸 쉽게 말했다.

"죽도록 충성하면 생명의 면류관을 주시겠다고 하시고,
이기는 자는 둘째 사망의 해를 받지 않는다니,
이 얼마나 감사하고 아름다운 약속인가요."
소년도 소망으로 쉽게 말했다.

"예수님이 다시 오실 그날까지,
진리의 말씀을 굳게 붙잡고 끝까지 이기기만 하면
우리는 만국을 다스리는 권세를 받게 된다네.
그러나 깨어 있는 자에게있어
그분이 오시는 날은,
단지 머나먼 훗날만이 아니야.
어제일 수도 있고, 오늘일 수도 있으며, 내일일 수도 있는 것이지.
보고 들을 수 있는 심안(心眼)과 심이(心耳)가 있는 자,
찰나(刹那)의 깨달음에 눈뜨는 자는
그 순간을 보고, 들을 수 있게 될 것이야."

노인은 그 날을 매일같이 맞이하고 있었다.
예수님과 늘 동행하는 자, 곧 각자(覺者)로서.

노인이 구름이 되어 말하자,
소년은 마치 천둥처럼 울려 퍼지는
그 말씀의 여운 속에 한참을 머물러 있었다.

358

"그리고 그분은 우리에게 새벽별(Morning Star)까지 주신다고 하셨어요."
소년이 어린아이같은 표정으로 말하며 노인의 작은 노트를 바라보았다.

'귀 있는 자는 성령이 교회들에게 하시는 말씀을 들을지어다
He who has an ear, let him hear what the Spirit says to the churches.'

그때 축구장 BBQ 그릴 테이블에서 말씀 공부 중이던 노인에게 경적 소리가 울렸다.
축구 시합을 마치고 먼저 떠난다는 프에르토리코 친구 Ed였다. 예삭 노인과 참
좋은 친구 사이였다. 노인은 불어오는 바람에 다시 벗었던 상의를 입었다.

'사데 교회(church in Sardis)의 사자(angel)에게 편지하기를,
하나님의 일곱 영과 일곱 별을 가지신 이가 가라사대
내가 네 행위를 아노니, 네가 살았다 하는 이름은 가졌으나 죽은 자로다.

이기는 자는 이와 같이 흰 옷을 입을 것이요,
내가 그 이름을 생명책에서 반드시 흐리지 아니하고
그 이름을 내 아버지 앞과 그 천사들 앞에서 시인하리라.

귀 있는 자는 성령이 교회들에게 하시는 말씀을 들을지어다.

빌라델비아 교회(church in Philadelphia)의 사자에게 편지하기를,
거룩하고 진실하사, 다윗의 열쇠(key of David)를 가지신 이,
곧 열면 닫을 사람이 없고 닫으면 열 사람이 없는 그이가 가라사대.

네가 나의 인내의 말씀을 지켰은즉,
내가 또한 너를 지켜 시험의 때를 면하게 하리니,
이는 장차 온 세상에 임하여 땅에 거하는 자들을 시험할 때라.

귀 있는 자는 성령이 교회들에게 하시는 말씀을 들을지어다.

라오디게아 교회(church in Laodicea)의 사자에게 편지하기를,
아멘이시요, 충성되고 참된 증인(faithful and true witness)이시요,
하나님의 창조의 근본(ruler of God's creation)이신 이가 가라사대.

네가 차지도 아니하고, 더웁지도 아니하도다.
차든지 더웁든지 하기를 원하노라.
이같이 미지근하여 내가 너를 입에서 토하여 내치리라.

볼지어다, 내가 문 밖에 서서 두드리노니
누구든지 내 음성을 듣고 문을 열면
내가 그에게로 들어가 그와 더불어 먹고,
그는 나로 더불어 먹으리라.

이기는 자에게는 내가 내 보좌에 함께 앉게 하리니,
내가 이기고 아버지 보좌에 함께 앉은 것과 같이 하리라.'

"예수님은 성령이시고, 진리이십니다."
소년이 진리가 되어 말했다.
"예수님은 우리가 미지근하지 않고, 차든지 더웁든지,
명확하고 분명한 사도이기를 원하시지."
노인이 분명함으로 말했다.
"문을 두드리시는 그리스도의 음성을 듣고
마음의 문을 열어드리면,
우리는 그리스도와 함께 더불어 먹고살게 됩니다."
소년이 따스한 미소로 말했다.
"그리스도의 말씀과 함께하며, 그 말씀을 끝까지 지키면
우리는 그리스도와 함께 하나님의 보좌(throne)에 앉는 영광을 누리게 되지."

여느 때와 마찬가지로, 새벽 운동을 마친 예삭은
샤워 후 맥도날드로 향했지만, 유난히 몰려온 배고픔을 잠시 참았다.

'또 보좌에 둘려 이십사 보좌들이 있고,
그 보좌들 위에 이십사 장로들이 흰 옷을 입고
머리에 금 면류관을 쓰고 앉았더라.

보좌로부터 번개(flashes of lightning)와 음성(rumblings),
뇌성(peals of thunder)이 나고
보좌 앞에 일곱 등불 켠 것이 있으니,
이는 하나님의 일곱 영이라.

죽임을 당하신 어린 양이 능력과 부와 지혜와 힘과
존귀와 영광과 찬송을 받으시기에 합당하도다.

인(印) 맞은 자들의 수는 144,000,
이는 각 이스라엘 지파별로 일만 이천 명씩.

이는 보좌 가운데 계신 어린 양이 저희의 목자가 되사
생명수 샘으로 인도하시고,
하나님께서 저희 눈에서 모든 눈물을 씻어주실 것임이라.'

"보좌로부터 번개와 음성과 뇌성이 나고…"
예삭은 허공을 응시하며 혼잣말을 속삭였다.
그 순간, 예수께서 성령으로 임하셨던 그날이 떠올랐다.
Big Bear 산속에서, 성령의 예수님으로부터 번개와 음성, 뇌성으로
묵시(默示)를 받았던 그날이었다.

"목자이신 그리스도께서
우리를 생명수 샘(fountain of living water)으로 인도하시고,
하나님께서 저희 눈에서 모든 눈물을 씻어 주실 것입니다
Christ, our shepherd, will lead us to the fountain of living water,
and God will wipe away every tear from our eyes."
소년이 마지막 책장을 넘기며 한영으로 묵상했다.

'사로잡는 자는 사로잡힐 것이요,
칼로 죽이는 자는 자기도 마땅히 칼에 죽으리니,
성도들의 인내와 믿음이 여기 있느니라.

지혜가 여기 있으니,
총명 있는 자는 그 짐승의 수를 세어 보라.
그 수는 사람의 수니, 육백육십육(666)이니라.
또 내가 들으니 하늘에서 음성이 나서 가로되,
기록하라. 지금 이후로 주 안에서 죽는 자들은 복이 있도다.

성령이 가라사대,
그렇도다. 저희는 수고를 그치고 쉬리니
이는 저희의 행한 일이 따름이라.

또 하늘에 크고 이상한 다른 이적을 보매
일곱 천사가 일곱 재앙을 가졌으니
곧 하나님의 진노가 이것으로 마치리로다.

나는 알파요 오메가요, 처음과 나중이요, 시작과 끝이라.
나는 다윗의 뿌리요, 자손이니 곧 광명한 새벽별이라 하시더라.

성령과 신부가 말씀하시기를 오라 하시는도다.
듣는 자도 오라 할 것이요,
목마른 자도 올 것이요,
원하는 자는 값없이 생명수를 받으라 하시더라

주 예수의 은혜가 모든 자들에게 있을지어다. 아멘.'

소예공부(요한계시록)

"구약에서 하박국은 악인이 형통하는 것에 대하여 하나님께 항변했습니다. 그러나 인류 역사 속 불의와 탐욕은 결국 무너지며, 하나님의 공의는 지연될지언정 사라지지 않습니다. 악인은 반드시 심판을 받으며 심지어 그 벌은 삼 사대까지 이른다는 말씀에 정신 번쩍 차려야 합니다. 는다." 부처 싯다르타가 인류에의 사랑을 담아 단호하게 말했다.

"죽도록 끝까지 진리와 말씀의 믿음을 지킨 자는 승리합니다. 이 세상은 영원하지 않지만 하나님은 모든 눈물을 닦아주십니다. 말씀과 진리와 늘 동행하면 고통과 눈물의 세상은 끝나고, 영원한 위로의 나라가 열립니다. " 소크라테스가 초연함으로 말했다.

"요한계시록은 희망의 메시지입니다. 이 책은 악의 세력에 대한 하나님의 궁극적인 승리를 선포합니다. 그것은 우리가 흔들림 없이 서서 시련을 견뎌내도록 용기를 북돋아줍니다. 또한, 그리스도의 재림을 기다리며, 하나님의 주권과 자비, 은혜를 깊이 새기게 합니다." 공자가 은혜와 으로 희망으로 말했다.

"거짓과 탐욕은 스스로 무너지며 하나님 중심의 삶은 회복을 이끕니다. 사랑 없이는 아무것도 아니며 계시록은 두려움의 책이 아니라, 결국 사랑과 거룩의 회복을 향한 초대장입니다." 예수님이 사랑이 되어 말했다.

"다윗의 뿌리요 자손이시며 밝은 새벽별(Morning Star)이신 우리의 그리스도, 우리 모두에게 생명수를 값없이 주신 예수님께 한없는 감사를 드립니다." 소년이 밝은 새벽별처럼 빛나는 얼굴로 기도했다.

"주 그리스도의 은혜가 온 인류에게 있을지어다. 아멘." 예삭 노인이 기록한 마음으로 기도했다.

정경 66권을 끝낸 소년과 예삭의 얼굴은,
시내산에서 십계명 판을 들고 내려오던 모세의 얼굴처럼 빛을 발하였다.
그 모습은 그리스도의 빛이요, 세상의 소금이었다.

노인과 소년은 '소설 정경'이라는 긴 여정을 통해
마침내 인생의 답을 찾은 것에 감사하며,
서로 그리스도의 사랑과 자비의 마음으로 포옹했다.

소년이 마지막 페이지를 덮는 순간,

맑은 물소리가 천둥 같은 울림으로 변하며
세계는 말씀으로 통일이 되고,
인류는 사랑으로 하나가 되는 새로운 세상이 열렸다.

이로써, 모든 인류는 깨달음을 얻어 영원한 행복에 이르게 되었다.

🌏 끝.

저자(著者)의 시(詩)

— 신과 나, 그리고 당신과의 사랑 이야기
마지막 장, 그러나 여정은 계속된다.

나는 지금,
66권 정경을 소설로 다 써 내려온 이 자리에서
눈을 감으면 아직도 심장이 뛴다.

소년과 예삭의 대화가 들려오고,
소크라테스, 공자, 부처, 예수가
언어와 시대를 넘어 다정하게 웃으며 나에게 속삭인다.

"잘 가고 있어. 이제는 네가 이 대화를 세상에 전할 때야."

『깨달음 그리고 영원한 행복』은
더 이상 한 사람의 이야기가 아니다.
이 책은 수천 년의 진리를 꿰뚫고,
이 순간을 살아가는 우리 모두에게 주어진
사랑과 깨달음의 불꽃이다.

나는 더 이상 무소유의 떠돌이가 아니다.
나는 지금, 인류의 희망을 등에 지고
모든 벽을 허무는 모빌 콘서트의 주인공이자
무에서 유를 향해 걷는 철없는 순례자다.

이 책을 읽은 당신,
그대도 이제 이 여정의 일부가 되었다.
우리의 이야기는 멈춤이 없다.
인생의 마지막 한 걸음을 내딛는 순간까지
나는 사랑하는 이웃과 함께 울고 웃으며 글을 더 써 내려갈 것이다.

그것이 내 생명의 던져짐이요, 목적이요, 사명이다.
그리고 나는 믿는다.
그 이야기들은 반드시

깨달음 그리고 영원한 행복이 되어
당신 삶의 가장 깊은 곳을 비출 것이다.

이제, 모든 이야기를 마친 지금 나는 알게 되었다.
이 책은 글이 아니라 기도였고, 고백이 아니라 운명이었다.

소년과 예삭, 소크라테스와 예수, 공자와 부처는
결국 내 안에 있었고,
내가 그들과 함께 살아낸 시간 그 자체가 이 책이 되었다.

나는 단지,
거지였고, 병들었고, 외로웠다.
그러나 지금,
나는 하늘의 왕국을 끌어안은 작가이며
사랑을 꿈꾸는 철없는 남자이고
사랑하는 이웃과 함께 세계를 꿰뚫는
불꽃 커플의 반쪽이다.

이 책을 읽은 당신,
이건 단순한 독서가 아니다.
하늘이 당신에게 보낸 초대장이다.

이제 당신 차례다.
깨달아라. 사랑하라. 행복하라.
그리고 세상에 이렇게 선언하라:

"나는 지금, 책의 내용대로 누구도 판단하지 않고,
있는 그대로 모두를 사랑하는 것을 넘어서
나보다 남을 낮게 여긴 그 순간,
깨달음의 문턱에서 영원한 행복에 이르게 되었다."

저자는 이 순간도
당신의 눈물, 웃음, 떨림 하나하나에 숨을 맞추고 있다.
우리가 함께한 첫 페이지처럼, 이 마지막 장도...
다시 시작되는 밤이다.

나는 조용히 눈을 감는다.
모든 단어는 내 가슴에서 피로 쓰였고,
모든 문장은 당신에게 닿기 위해 목숨 걸고 태어났다.

소년의 눈빛,
노인의 미소,
소크라테스의 침묵,
공자의 눈물,
예수의 포옹,
부처의 숨결…

모두가 우리의 이야기였고,
당신의 영혼에 속삭이는 하늘의 러브레터였다.

나는 이 책을 쓴 것이 아니라,
이 책이 나를 다시 쓰고 있었다.

이 책을 읽은 당신,
당신은 더 이상 예전의 당신이 아니다.
이제 당신 안에도 불꽃이 심어졌다.

깨달음의 불,
사랑의 불,
우리가 함께 피운 영원한 행복의 불.

이 책은 사랑과 자비의 입맞춤이자
인류의 심장을 녹이는 마지막 불꽃이다.

이제…
모든 것을 태우고, 다시는 돌아오지 말자.
이 사랑은, 부활하지 않아도 이미 영원하니까.

게이시 김(근철) ★ 새벽별

17. 하나님께서 독생자 예수 그리스도를 주시기까지 하며 그토록 사랑하신 이 세상은 완전하다The world is perfect, for God so loved the world that He gave His only begotten Son, Jesus Christ.

18. 지극히 작은 자 하나에게 한 것이 곧 신에게 한 것이다What you do for the least of these, you do for God.

19. 자신보다 남을 낮게 여기면 깨달은 사람이라고 할 수 있다Consider others better than yourself, and you can be said to have attained enlightenment. - 빌립보서 2장

20. 행함이 없는 종교는 죽은 것이다Faith without acts is dead.

21. 다름은 틀림이 아닌 공존의 증거: 각자에게는 그들만의 분량이 있다자신의 인생으로 다른 사람의 인생을 바꾸려 하지 말라. 발, 손, 귀, 눈, 코, 머리, 입, 우리는 모두 그리스도의 몸을 이루는 각기 다른 지체다Difference is not wrong, but evidence of coexistence. Everyone has their own measure; do not try to change someone else's life with yours. We are all different parts of the body of Christ. - 고린도전서 12장

22. 군자화이부동 소인동이불화(君子和而不同 小人同而不和): 군자는 화합하되 같지 않고 소인은 같지만 화합하지 않는다. 쓸데없이 패거리하며 다투지 말라. A gentleman harmonizes but does not conform; a petty person conforms but does not harmonize. - 바울과 공자

23. 사해지내 개형제야(四海之內 皆兄弟也): 천하의 사람이 다 나의 형제다All within the Four Seas are brothers. - 공자

하느님의 뜻을 행하는 모두가 내 형제요 자매요 어머니다 All within the Four Seas are brothers; 공자. Whoever does God's will is my brother, sister, and mother. - 예수

24. 빈부에 처하는 비결: 비천에 처할 줄도 알고 풍부에 처할 줄도 알아 모든 일에 배부르며 배고픔과 풍부와 궁핍에도 일체의 비결을 배웠노라The secret to being content in any situation, knowing how to live in both humble means and prosperity, being filled, hungry, and in abundance or need.

25. 반소사음수(飯疏食飲水) 곡굉이침지(曲肱而枕之) 낙역재기중의(樂亦在其中矣): 거친 밥을 물말아 먹고 팔을 베개 삼아 자더라도 즐거움은 그 안에 있느니라. Eat coarse rice, drink water, and bend your arm as a pillow; there is joy in this. - 논어

비록 무화과나무가 무성하지 못하며 포도나무에 열매가 없으며 감람나무에 소출이 없으며 밭에 먹을 것이 없으며 우리의 양이 없으며 외양간에 소가 없을지라도 나는 여호와로 말미암아 즐거워하며 나의 구원의 하나님으로 말미암아 기뻐하리로다. - 하박국

26. 공수래공수거(空手來空手去): 우리가 세상에 아무 것도 가지고 온 것이 없으매 또한 아무 것도 가지고 가지 못하리니 We bring nothing into the world, and we take nothing out. - 금강경 & 사도 바울

27. 물질은 생명유지의 수단, 그 이상도 이하도 아니다. 물질에 얽매여 생을 낭비하지 말라Material things are a means to sustain life, nothing more and nothing less. Do not waste your life being entangled in materialism.

28. 하늘을 날으는 새와 들에 핀 들국화는 걱정 없이 존재의 감사함으로 살아가게 하는 우리 인생의 선생이다Birds flying in the sky and wildflowers in the field are teachers who live without worry, in gratitude for their existence.

29. 자신의 직업에서 즐거움을 찾고 이웃과 함께 먹고 마시며 신께 영광을 돌리는 것이 최선의 인생이다The best life is to find joy in your work, eat and drink with your neighbors, and love God. - 솔로몬

30. 나 하나님은 죽은 자의 하나님이 아니요 산자의 하나님이시니라: 죽음의 세계에는 일도 계획도 지식도 지혜도 없으니 아낌없이 살라는 솔로몬의 가르침을 귀 있는 자는 들을지어다I am the God of the living, not the dead; the world of the dead has no work, planning, knowledge, or wisdom. Therefore, those with ears can hear Solomon's teaching and live fully.

31. 내가 서 있는 곳이 극락이고 천당이요 나를 스쳐가는 사람이 부처요 예수다Where I stand is paradise and heaven, and the people who pass me by are Buddha and Jesus.

32. 어떠한 좋은 가르침이라도 사랑이 없으면 공해요 소음이다Any excellent teaching without love is just noise and pollution.

케이시 김은 새벽별 출판사의 창립자로, 한인 작가들이 아마존과 같은 글로벌 플랫폼에 자신의 작품을 출판할 수 있도록 돕고 있습니다. 유소년 축구와 아마추어 및 프로 권투선수를 거쳐, PGCC 골프대학을 졸업하고 선수와 티칭 프로로 활동한 후, 부동산, 주식, 뮤추얼 펀드, 주식, 보험 자격증을 보유하기도 하는 등 그 체험에서 우러난 문장 하나하나에 우주의 온기와 깊이가 녹아 있어, 읽는 이의 가슴에 긴 울림과 진한 감동을 전합니다.

The Casey Kim Group을 창립하고, 골프, 피트니스, 축구,
재정 교육을 종합한 스포츠&문화 센터를 준비 중입니다.
또한, 3년 가까이 홈리스로 살며 무소유의 삶에서 얻은
깨달음을 책에 담아 세상과 나누고자 합니다.
63세의 나이에 가장 건강하고 행복한 삶을 살아가고 있는 그는,
인생의 진리와 가치를 추구하는 여정을 계속 이어가고 있습니다.

출판 정보

도서명: 깨달음 그리고 영원한 행복 (2권: 신약편)

저자: 케이시 김(근철)

펴낸이: 케이시 김(근철)

출판사: 새벽별출판사 (Dawn Star Publishing)

발행일: 2025년 6월 20일

이메일: dawnstarpublishing@gmail.com

ISBN: 978-1-968249-03-8